KNAUR

Über die Autorin:
Kirsten Schützhofer, 1972 geboren, war als Englischlehrerin in der Erwachsenenbildung tätig, bevor sie 1999 in Leipzig den Studiengang Bibliothekswesen begann. Sie verbrachte längere Zeit am Goethe-Institut in Bordeaux sowie in Bibliotheken in Colmar und in den Archives de Paris. Sie hat zahlreiche historische Romane unter ihrem Klarnamen und Bestseller unter einem Pseudonym geschrieben.

KIRSTEN
SCHÜTZHOFER

Reise mit Emma

ROMAN

KNAUR

Besuchen Sie uns im Internet:
www.knaur.de

Aus Verantwortung für die Umwelt hat sich die Verlagsgruppe Droemer Knaur zu einer nachhaltigen Buchproduktion verpflichtet. Der bewusste Umgang mit unseren Ressourcen, der Schutz unseres Klimas und der Natur gehören zu unseren obersten Unternehmenszielen. Gemeinsam mit unseren Partnern und Lieferanten setzen wir uns für eine klimaneutrale Buchproduktion ein, die den Erwerb von Klimazertifikaten zur Kompensation des CO_2-Ausstoßes einschließt. Weitere Informationen finden Sie unter: www.klimaneutralerverlag.de

FSC www.fsc.org MIX Papier aus verantwortungsvollen Quellen FSC® C014496

Originalausgabe November 2021
Knaur Taschenbuch

Ein Imprint der Verlagsgruppe
Droemer Knaur GmbH & Co. KG, München

Redaktion: Gisela Menza
Covergestaltung: Alexandra Dohse / grafikkiosk.de
Coverabbildung: Collage von Alexandra Dohse
unter Verwendung von Motiven von Shutterstock.com
Illustration im Innenteil: Liliia Hryshchenko / Shutterstock.com
Satz: Adobe InDesign im Verlag
Druck und Bindung: GGP Media GmbH, Pößneck
ISBN 978-3-426-52585-2

2 4 5 3 1

1. KAPITEL

»Liv, du musst sofort kommen.«

Papa kam ohne Umschweife zum Ziel. Ich malte eine lange Linie auf die große Papierunterlage vor mir und runzelte die Stirn. Dann malte ich ein paar Verästelungen an die Linie, Bögen und Kringel, fügte eine zu ordentliche Blüte hinzu, etwas weiter entfernt davon eine Sonne, umrundet von schnörkeligen Strahlen.

Ich bin keine gute Malerin. Ich habe einfach kein Gefühl dafür, was man weglassen muss. Ich male alles, und dann wird es kitschig. Kitschig ist der Zwilling von doof. Ein Freund hat mir das mal gesagt. Etwas aggressiv gestimmt malte ich eine zweite zu ordentliche Blüte und drückte dabei fest auf.

»Was ist denn passiert?«, hörte ich mich fragen.

Ich führte ein Gespräch, aber eigentlich hörte ich nicht richtig zu. Eigentlich beschäftigten mich diese Blumen und mein Leben und die Sommerferien, die vor mir lagen, und vielleicht auch, dass ich sie das dritte Jahr in Folge alleine verbringen würde.

»Was passiert ist?« Mein Vater holte tief Luft. »Deine Großmutter möchte alleine eine Reise durch Europa machen, das ist passiert, und das geht einfach nicht. Nicht in ihrem Alter. Sie ist fünfundachtzig.«

Er sagte den letzten Satz, als ob mir das nicht bewusst wäre. Der Bleistift fiel mit einem zarten »tock« aus meiner Hand auf die Unterlage und hinterließ den Hauch eines Strichs. Großmutter nannte mein Vater Ludwig seine Mutter Emma nur, wenn er hervorheben wollte, dass sie schon sehr alt war, uralt eigentlich.

Emma entstammt einem anderen Jahrhundert, was in unserer Familie oder in unserem nächsten Umfeld inzwischen ja fast alle tun, wenn man es recht bedenkt. In meinem engsten Kreis hatten lediglich zwei Freundinnen, die in den letzten Jahren Partner gefunden hatten, ihren Familien Mitglieder dieses Jahrhunderts hinzugefügt …

Ich runzelte erneut die Stirn. War Großmutter eigentlich ein Wort, das man überhaupt noch benutzte? Ich nahm den Bleistift wieder auf und malte die nächste Linie, dann noch eine: eine Leiter. Ich zeichnete ein Strichmännchen, das die Leiter mit verrenkten Gliedern emporkletterte. Ein weiteres folgte ihm. Vom Ende der Leiter sprang eines der Männchen in einen kleinen Pool.

»Ach komm, Papa, Omi wird sich eine Route ausgesucht haben, die sich gut bewältigen lässt«, sagte ich. »Sie ist doch reiseerfahren.«

O ja, Emma war immer gerne gereist, und ich hatte ihren Geschichten gerne gelauscht. Was Reisen anging, war sie mutiger als ich oder mein Vater. Wenn man Gerüchten Glauben schenken konnte, war sie ähnlich mutig wie meine Mutter, ihre Schwiegertochter, gewesen, aber das konnte ich nicht einschätzen. Mama hatte unsere Familie verlassen, als ich fünf gewesen war. Ich erinnerte mich kaum noch an sie, und mein Vater hatte nie viel über sie gesprochen.

Er schnaubte. »Sie ist fünfundachtzig«, wiederholte er, als hätte ich etwas nicht mitbekommen. »Nein, das geht so wirklich nicht, Liv, du wirst mit ihr reden müssen. Auf dich hört sie wenigstens manchmal. Mich …« Er stockte. Er wusste sehr gut, dass seine Mutter ihn für einen Feigling hielt. Ich wusste das auch.

Ich malte jetzt einen Kreis zwischen die beiden Striche und über die Stufen meiner Leiter hinweg, ein Strichmännchen verschwand hinter einem weiteren Kringel.

»Papa, Omi ist erwachsen. Ich werde ihr kaum vorschreiben können, was sie zu tun oder zu lassen hat.«

»Sie ist zu alt für so etwas«, beharrte er. Ich sah meinen Vater fast vor mir, wie er an seinem Schreibtisch saß, mit durchgedrücktem Rücken und ernstem Gesicht, das irgendwie immer etwas lang und traurig wirkte, wenn er sich aufregte. Ich fragte mich, was er sagen würde, wenn *ich* eines Tages *ihm* beschied, zu alt für etwas zu sein. Allerdings tat mein Vater ohnehin nichts Gefährliches oder auch nur irgendetwas, was man hätte verbieten müssen. Zeit seines Lebens hatte er Mathematik und Deutsch an einer Grundschule unterrichtet. Mein Vater war das Sinnbild der Verlässlichkeit.

»Du musst kommen, Liv«, forderte er mich noch einmal eindringlicher auf.

Ich seufzte. »Die Ferien fangen erst in einer Woche an. Das weißt du doch, Papa, und vorher …«

»Hm.« Er war nicht zufrieden. Ich hörte es ihm an, während ich auf meinen mit Terminen vollgestopften Kalender sah. Gott sei Dank waren die Noten eingetragen, aber es blieb immer noch viel zu tun. Als kinderlose Alleinstehende hatte ich zugestimmt, in den letzten Tagen vor den Sommerferien viele zusätzliche Aufgaben zu übernehmen. Mir kam das zupass, denn ich saß ohnehin nicht gerne alleine zu Hause. Vor drei Jahren hatten Jürgen und ich uns getrennt, und was mir anfangs wie eine Befreiung vorgekommen war – doch, es hatte sich bitter angefühlt, als ich ihn zwei Wochen später mit seiner Neuen gesehen hatte –, wurde inzwischen hin und wieder doch zu einer Belastung. Auch deshalb hatte ich dafür gesorgt, dass ich diese Woche gut beschäftigt war: Da war das Abschlussgrillen mit der Klasse, ein letzter Kinoabend mit Freundinnen, eine letzte Teambesprechung – und danach gähnende, Furcht einflößende Leere. Ich starrte die leeren Kalenderkästchen an, die für sechs Wochen Sommerferien standen, balancierte den Bleistift zwischen meinen Fingern und überlegte.

»Bist du noch dran, Liv?«, fragte mein Vater im nächsten Moment leicht verunsichert.

»Klar.«

»Kommst du also?«, drängelte er.

Ich seufzte. »Okay, aber wirklich erst Ende der Woche, dann fangen die Ferien an, wie du weißt. So lange wirst du sie wohl oder übel unter Kontrolle halten müssen.«

Freitag darauf machte ich mich wie versprochen auf den Weg. Ich hatte morgens bereits mein Gepäck ins Auto geladen. Auf der Fahrt dachte ich an frühere Ferien bei meiner Großmutter und ließ herrliche Erinnerungen in mir aufsteigen: an Lieblingsessen, die sie mir kochte, Fotoalben, die wir gemeinsam durchstöberten, Geschichten, die sie erzählte, und natürlich zu allen Jahreszeiten Emmas einfach unübertreffliche Kekse. Wenn ich in ihrem Haus war, sah ich die vertrauten Bilder von mir an den Wänden, Fotos und Selbstgemaltes, das ich zu Hause niemals aufgehängt hätte und das mich hier in eine süße, nostalgische Stimmung versetzte, und natürlich Emmas Erinnerungsgläser auf dem einzelnen Regalbrett im Flur und in dem deckenhohen Regal im Wohnzimmer, in denen sie thematisch Kleinigkeiten von ihren Reisen sammelte.

Ich fuhr direkt nach Schulschluss los, nachdem ich mich ausgiebig von meiner Klasse verabschiedet hatte. Seit dem letzten Jahr hatte ich endlich mal wieder meine eigene Klasse. Fünft-, nunmehr Sechstklässler können immer noch sehr körperlich sein. Sie umarmen einen spontan. Sie fassen einen einfach an. Sie erzählen einem Dinge, und manche fragen immer noch Sachen, die man eigentlich nicht fragt. Für männliche Kollegen ist das sicherlich manchmal nicht leicht.

»Haben Sie einen Freund, Frau Schreiber?«, hatte mich Arzu, eine schmale Schülerin mit großen schwarzen Augen und der Neigung zu einem Damenbart, heute gegen Schulschluss noch gefragt, während ich die letzten Sachen in meiner Tasche verstaute. Damenbart hin oder her – Arzu war sehr hübsch.

»Momentan nicht«, antwortete ich und stellte mir vor, dass sie in ein, zwei Jahren sicherlich die Hormone ihrer Mitschüler in Wallung bringen würde. Wie ihre Eltern wohl damit umgehen würden?

»Wollen Sie mal heiraten, Frau Schreiber?«

Arzu war ziemlich neugierig, aber ihr Gesicht war klar und offen dabei und nicht im Geringsten gehässig. In früheren Zeiten wäre ich mit fünfunddreißig eine alte Jungfer gewesen. Manchmal fühlte sich das heute auch so an.

»Ich weiß nicht«, blieb ich vage. Arzu musterte mich.

»Warum nicht? Ich will einmal heiraten und wie eine Prinzessin aussehen. Ich habe mir sogar schon ein Kleid ausgesucht. Wollen Sie nicht wie eine Prinzessin aussehen?«

Ich lächelte, zum Teil, weil diese Gespräche einfach niedlich waren, zum Teil, weil ich nicht ganz sicher war, was ich antworten wollte. Die Elfjährige zeigte mir, wie üppig der Rock ihres Hochzeitskleides sein würde; ihren Bewegungen nach zu schätzen jedenfalls offenbar enorm, dazu einen Schleier aus echter Spitze, das war ja klar, und eine Schleppe, die ihren Gesten zufolge bis zum Schultor reichen sollte. »Von Dior«, sagte sie ernsthaft.

Ich musste lächeln. Kinder sprechen Klischees aus, ohne dabei rot zu werden, und wer war ich, das zu bewerten. Außerdem, wer weiß, vielleicht heiratete sie wirklich in Dior. Arzu war durchsetzungsfähig. Sie war jemand, der seine Ziele erreichte.

»Kommen Sie zu meiner Hochzeit?«, fragte sie.

»Wenn du mich einlädst?«

»Klar, das mache ich. Sie müssen kommen.«

Sie lachte zufrieden. Die letzte Hochzeit, zu der ich gegangen war, war die eines weiteren Ex-Freundes gewesen. Unsere Trennung hatte damals schon Jahre zurückgelegen, und wir passten echt nicht zusammen, aber trotzdem nagte sein Glück vorübergehend an mir. Als er mich damals eingeladen hatte, hatte ich natürlich sofort mit dem Gedanken gespielt, abzusagen, aber standen wir nicht alle über den Dingen? Viel Rotwein und einen heldenhaften Einsatz meiner besten Freundin Jenna später, die mich wahrscheinlich vor noch größeren Dummheiten bewahrt hatte, musste ich am nächsten Morgen mit dröhnendem Schädel zugeben, dass ich so gar nicht über den Dingen stand.

Ich war inzwischen fast an meinem Ziel angekommen, hatte die Strecke in etwa zweieinhalb Stunden geschafft. Die Straßen waren nicht zu voll gewesen, und ich kannte natürlich auch ein paar, auf denen man Staus umgehen konnte. Hier kannte ich mich schließlich aus. Mein Blick schweifte über das flache Land, auf dem ich aufgewachsen war: Gutshöfe, große Äcker, hier und da Kuhweiden, Schweinemastbetriebe, riesige Hühnerställe und zu viel Nitrat im Boden. Jacques Brel sang in meinem Kopf *Avec la mer du Nord pour dernier terrain vague / Et des vagues de dunes pour arrêter les vagues …* Als Jugendliche hatte ich viel Brel gehört, vielleicht, um mich von meinem Vater abzusetzen, der nicht viel mit Chansons am Hut hatte und nur Klassik hörte.

Klaus Hoffmann hatte, wie ich fand, eine annehmbare Übersetzung geschaffen: Allein mit dem Meer, den tosenden Wellen / Und welligen Dünen, wo die Wellen zerschellen …

Ich passierte endlich das Ortsschild und nahm den Fuß vom Gas, fuhr vorbei an backsteinroten Häusern und größeren Villen vergangener Honoratioren, sah etwas zurückgesetzt den dampfenden Misthaufen, um den es immer mal wieder Streit mit den umliegenden Ferienhausbesitzern gab. Ein alter Mann kehrte die Straße. Ich winkte. Emma musste mein Auto gehört haben, denn sie stand schon in der Tür, als ich den Wagen stoppte und schließlich ausstieg. Sie war schlank, trug einen feinen Wollpullover zu dunkelblauen Jeans und darüber eine Schürze. In der Hand hielt sie ihren Rührlöffel. Ich erinnerte mich, dass die Großmütter von Freundinnen stets Kittelschürzen getragen hatten. Emma hatte so etwas nie getragen und würde es nie tun. Wir umarmten uns innig. Als ich das Haus betrat, duftete es nach Plätzchen.

»Hm, lecker«, rief ich aus.

»Sommerplätzchen«, entgegnete sie mit einem verschmitzten Lächeln.

Im Flur warf ich im Vorübergehen einen Blick auf die Erinnerungsgläser. Im Frankreichglas stand ein kleiner Eiffelturm, einen Aufenthalt in Pisa markierte ein zierlicher schiefer Turm, ein silbriges Ästchen, das sie am Strand aufgesammelt hatte, erinnerte an einen Aufenthalt in der Bretagne.

Die Plätzchen gab es selbstverständlich wie immer von meinem Kindergartenteller, Gespräche und Lachen dazu. Ich gab ohne Umschweife zu, dass mein Vater mich schickte, aber das wusste Emma natürlich längst. Sie ließ sich nichts vormachen.

»Ich weiß nicht, warum ich so einen Feigling großgezogen habe«, sagte sie später am Abend über meinen Vater, während sie die Lasagne aus dem Ofen nahm. Emma war nicht nur eine gute Bäckerin, sondern auch eine leidenschaftliche Köchin. Die italienische Küche hatte es ihr in den letzten Jahren besonders angetan, aber es hat auch eine französische, indische und sogar eine vietnamesische Phase gegeben. In seiner Kindheit, beschwerte sich mein Vater manchmal, habe es allerdings nur Dosenfraß gegeben. »Ich hatte keine Zeit«, pflegte Emma dann ungerührt zu sagen. »Ich musste Geld verdienen, und ich hatte auch ein Leben.«

Wir setzten uns an den Tisch. Ich verteilte Lasagne auf beide Teller. Emma nahm die Gabel zur Hand. Ich tat es ihr gleich und teilte das erste Stück meiner Lasagne ab. Vielleicht eine halbe Minute lang war es still, lange für meine Großmutter.

»Denkst du etwa auch, ich bin zu alt für eine solche Reise?«, fragte sie dann, und ihre Stimme klang durchaus scharf.

Ich hielt inne, spießte ein Stück Lasagne auf und hob erst mit leichter Verzögerung den Kopf. »Ich weiß nicht. Du bist eben fünfundachtzig«, stellte ich dann fest. »Das steht wohl außer Frage.«

»Das weiß ich, aber ich bin ja nicht tot.« Emma legte ihre Gabel ab.

»Nein.« Meine Stimme klang weder fest noch unsicher, sondern irgendwie nachdenklich. Wir aßen mehr von der leckeren Lasagne.

»Ja, ich weiß, dass ich nicht mehr die Jüngste bin«, nahm Emma den Gesprächsfaden wieder auf, »aber ich muss diese Reise einfach machen, weißt du? In Erinnerung an eine Zeit, in der ich jünger war, und weil ich … Ach, wer weiß …« Sie schob sich wieder etwas Lasagne auf die Gabel. »Ich bin fünfundachtzig, das ist ja durchaus nicht von der Hand zu weisen, und ich weiß einfach nicht, wie lange ich noch werde reisen können. Deshalb …«

Manchmal kam mir meine Großmutter sehr direkt vor, andererseits hatte sie einfach recht. Eine Weile aßen wir schweigend die Lasagne weiter.

»Diese Reise – dein Vater hat dir doch sicherlich meinen Plan gezeigt –, das war die letzte und die erste Reise, die ich mit Paul gemeinsam gemacht habe, weißt du?«, war dann Emmas Stimme zu hören. »Das war etwas ganz Besonderes. Beim ersten Mal war ich das erste Mal außer Landes, das andere Mal … Ich möchte das noch einmal erleben. Ich möchte in meine Erinnerungen eintauchen. Es wird mir guttun.«

»Na ja, ich weiß nicht, ob man so etwas einfach wiederholen kann«, sagte ich vorsichtig und hörte sofort meinen Vater in meiner Stimme.

»Kind, Kind, wie der Vater immer am Zweifeln«, erwiderte Emma kopfschüttelnd und schob ihren Teller zurück. »Natürlich wird es anders sein als damals. Natürlich bin ich nicht mehr jung, aber es wird auch Ähnlichkeiten geben und vor allem schöne Erinnerungen. Ich möchte mich noch einmal mit allen Sinnen erinnern. Ich möchte sehen, riechen, schmecken …«

Emma konnte wirklich sehr mitreißend sein. Ich dachte unwillkürlich daran, dass ich Emmas Mann – meinen Großvater – nie kennengelernt hatte. Er war bereits vor meiner und wenig nach der Geburt meines Vaters gestorben. Auch mein Vater hatte nie eine Beziehung zu ihm aufbauen können. Emma war quasi alleinerziehend gewesen. Leicht konnte das damals nicht gewesen sein, war es ja auch heute noch nicht. Jedenfalls kannten sowohl mein Vater als auch ich Paul nur aus Geschichten oder als jungen, ernsten Mann von Fotos, und trotzdem war er auch in meiner Welt irgendwie immer wieder präsent gewesen. Emma hatte ihn sehr geliebt, das war stets deutlich gewesen, und sie *hatte* natürlich von ihm erzählt, wenn auch nie alles. Sie hatte sich immer ein Stück Geheimnis zwischen sich und ihrem Mann erhalten.

Ich hörte Emmas Gabel noch einmal über ihren Teller schaben, bevor sie sie endgültig zur Seite legte. Die Haare in meinem Nacken stellten sich bei dem Geräusch auf.

»Weißt du«, sagte sie, »diese Reise würde mir wirklich viel bedeuten, und deshalb habe ich mir etwas überlegt, um deinen Vater zu beruhigen.«

Manchmal war er mein Vater, fiel mir auf, und nicht ihr Sohn.

»Ja?«

»Wie wär's, wenn du einfach mitkommst?«

Emma

Liv hatte wie erwartet zögerlich reagiert, aber so war sie eben, da kam sie ganz nach ihrem Vater, überlegte sich alles drei- oder viermal, drehte jede Entscheidung mehrfach im Kopf herum und betrachtete sie aus allen Blickwinkeln. Woher hatten die beiden das nur? Überraschend war es jedenfalls nicht, dass sich auch im Leben der Enkelin so wenig änderte. Immer vorsichtig, immer auf Sicherheit bedacht, auch was Neues oder Beziehungen in ihrem Leben anging. Emma glaubte nicht, dass eine Frau nicht auch ohne Mann durchs Leben gehen konnte, doch es war auch nicht zu übersehen, dass ihre Enkelin viel zu viele Punkte auf ihrer Liste hatte, die es unmöglich machten, Neues in ihrem Leben zuzulassen. An schlechten Dingen biss sie sich zudem gerne fest.

Genug gegrübelt. Emma drehte sich zur Garderobe um und nahm ihren eleganten leichten Sommermantel vom Haken und dann den kleinen Hut. Liv und sie hatten also über die Reise gesprochen. Emma hatte ihre Enkelin eingeladen, mitzukommen. Die hatte natürlich nicht sofort geantwortet. Sie müsse darüber nachdenken.

Emma war nicht überrascht gewesen. Jedenfalls klang es schon einmal nicht danach, als ob Liv etwas für die Ferien geplant hätte.

Sechs Wochen Sommerferien und keine Pläne, viele Ausreden blieben ihr da ja wohl nicht, und Emma wusste einfach, dass es ihr guttun würde, rauszukommen: Liv hatte sich besonders im letzten Jahr viel zu sehr in die Arbeit geworfen. Und dann war da diese hässliche Trennung vor etwa drei Jahren gewesen, von der sie sich inzwischen einfach zu lange erholen musste. Immerhin hatte sie ihre Freiheit wiedergewonnen. So sah Emma das jedenfalls, allerdings fand sie auch, dass Liv diese Freiheit einfach nicht nutzte. Stattdessen zog ihre Enkelin es vor, zu arbeiten und auf ausgetretenen Pfaden zu bleiben. Wie ihr Vater Ludwig.

Sie wagt nichts. Das muss sich ändern, bevor alles zu spät ist.

Emma blieb stehen und stützte sich auf ihren Regenschirm. Ihr lieber Sohn hatte ihr zum letzten Geburtstag sogar einen Stock geschenkt – zur Sicherheit –, aber mit so etwas würde sie sich niemals sehen lassen. Sich ab und zu auf den Regenschirm zu stützen war inzwischen allerdings durchaus hilfreich, das musste sie zugeben.

Emma seufzte. Meine Güte, jetzt ärgerte sie sich schon wieder darüber, wie ihr Körper sie nach und nach einfach im Stich ließ. Diese Sache war wirklich am schwersten zu akzeptieren am Älterwerden. Sie ging noch ein paar Schritte weiter und blieb dann neben dem Zaun der Nachbarin mit den vielen Katzen stehen, um ein bisschen zu verschnaufen. Nun gut, man musste sich eben anpassen und trotzdem die eigenen Ziele nicht aus dem Kopf verlieren. Das eine hatte sie immer gekonnt, das andere lernte sie immer besser. Sie machte noch einen Schritt, und alles änderte sich.

2. KAPITEL

Der Anruf erreichte mich am frühen Vormittag des nächsten Tages in meinem alten Kinderzimmer, kurz nachdem ich daran gedacht hatte, das Handy wieder einzuschalten. Ich hatte bereits gefrühstückt, geduscht, etwas gelesen und viel nachgedacht, vor allem über das, was mich Emma gefragt hatte. Am Nachmittag, so hatten wir ausgemacht, sollte ich ihr meine Entscheidung mitteilen.

Mein Handy brummte wieder. Dass es der zweite Anruf war, stellte ich erst fest, als ich wieder aufgelegt hatte. Ich drückte auf Annehmen. »Liv Schreiber.«

»Liv! Liv? Gut, dass du endlich rangehst!« Es war die Stimme meines Vaters, und sie klang so aufgeregt, dass ich mich zuerst gar nicht darüber wunderte, dass er mich anrief. Noch hatte ich nämlich nicht mitbekommen, dass er das Haus verlassen hatte. »Liv, hörst du mich? Deine Großmutter ist im Krankenhaus. Du musst sofort kommen.«

»Im Krankenhaus?«, echote ich.

»Ja, sie ist gestürzt. Heute Morgen beim Spaziergang. Sie hat sich den Oberschenkel gebrochen. Es war alles sehr aufregend. Spaziergänger haben sie gefunden und den Krankenwagen gerufen, dann wurde ich informiert … Ich komme erst jetzt dazu, dich anzurufen, weil … Kannst du bitte kommen?«

»Alles klar, bin quasi auf dem Weg.«

Wenig später saß ich im Auto. Meine Gedanken wirbelten. Emma war im Krankenhaus. Sie hatte sich den Oberschenkel gebrochen. Das bedeutete doch, dass die gestern besprochenen Pläne hinfällig waren? Bedauerte ich das? Ich hatte lange darüber nachgedacht, was ich zu ihr sagen sollte, und sogar ein bisschen mit dem Gedanken gespielt, die Idee nicht ganz schlecht zu finden, aber wenn sie im Krankenhaus war … Mit einem gebrochenen Oberschenkel machte man definitiv keine Reisen. Das sollte sogar für meine Großmutter unmöglich sein.

Das Krankenhaus war klein, und es war lange her, dass man mich selbst als Kind hier einmal nach einem Fahrradsturz behandelt hatte, bei dem ich nach einem unglücklichen Manöver über den Fahrradlenker gestürzt und mir eine Platzwunde eingehandelt hatte. An der Tür waren die Besuchszeiten ausgehängt, an der Rezeption nickte man mir zu. Ich fragte mich, ob man hier jeden Patienten und dessen Familie persönlich kannte, und dann, ob so ein kleines Krankenhaus überhaupt noch rentabel sein konnte? Im Flur vor Emmas Zimmer begegnete ich meinem Vater.

»Schläft sie?«, fragte ich, gleichzeitig etwas verwundert, mich ausgerechnet das fragen zu hören. Allerdings hatte man ihr doch sicherlich Schmerzmittel gegeben, und die machten ja manchmal müde. Wie behandelte man so einen Oberschenkelbruch eigentlich, und wie lange dauerte das?

»Gott bewahre.« Mein Vater schüttelte leicht verzweifelt den Kopf. »Wie kommst du darauf? Sie liegt mir eher damit in den Ohren, dass sie schnellstens hier wieder rauswill. Nach Hause. Gott sei Dank habe ich dazu nichts zu sagen, sondern die Ärzte.«

»Es ist also heute Morgen passiert?«, fragte ich. Eigentlich wusste ich das ja bereits.

Ludwig rollte mit den Augen. »Ja, gegen sieben Uhr. Im Krankenhaus kannte man sie und rief mich an. Meinen Namen hatte sie bis dahin übrigens nicht genannt …«

Das sieht Emma ähnlich.

»Und jetzt treibt sie mich, wie gesagt, mit ihren Forderungen in den Wahnsinn, dass sie hier schnellstmöglich rauswill.« Er sah mich flehend an. »Gehst du jetzt bitte, bitte zu ihr hinein und redest mit ihr? Mir will sie ja gar nicht zuhören. Sag ihr, dass sie *nicht* nach Hause kann und dass sie auf die Ärzte hören muss. Sie hat sich das Bein gebrochen.«

Ich war mir sicher, dass das meiner Großmutter klar war, aber ich sagte nichts.

Ich klopfte. Emma rief »Herein«. Offenbar war die erste Behandlung so weit abgeschlossen, die Pflegekraft verabschiedete sich gerade. Meine Großmutter und sie lachten über irgendetwas. Emma war immer leicht in Kontakt gekommen. Ich zog mir einen Stuhl heran, fragte sie, was geschehen sei, und sah einen Schatten über ihr Gesicht huschen. Offenbar hatte sie die Balance verloren, direkt am Zaun der Katzenfrau. Sie wollte nicht wirklich mehr darüber sagen. Ich konnte sehen, dass das Ereignis an ihr nagte. Sie hatte die Kontrolle verloren. Das war ungewohnt für sie.

Was sie allerdings wollte, war, mit mir über die Reise zu sprechen und was daraus jetzt werden sollte, und sie klang sehr entschlossen dabei. Ganz offenbar hatte sie sich in den letzten Stunden sehr viele Gedanken darüber gemacht.

Ich musterte sie prüfend. »Tut das nicht weh?«, unterbrach ich ihren Redefluss.

»Man hat mich vorerst unter Drogen gesetzt«, gab sie trocken zurück. Ich wollte etwas entgegnen. Sie sprach einfach weiter. »Also es ist ganz einfach, Liv, du musst diese Reise für mich machen. Es ist alles gebucht, es wäre doch schade, das alles verfallen zu lassen?« Sie hielt inne und schaute mich prüfend an. »Und auch dir würde ein Tapetenwechsel sehr guttun. Das weißt du doch sehr gut, Liv. Du musst raus aus diesem immergleichen Einerlei.«

Es ist mein Einerlei, beharrte ich stumm. Innerlich wehrte ich mich hart gegen das Ansinnen, dass andere immer besser wussten, was für mich gut war. Was ich laut erwiderte, war: »Aber ich bin noch nie alleine gereist.«

Meine Großmutter war unbeeindruckt. »Einmal ist immer das erste Mal.«

Touché. Wir redeten ungezielt noch ein bisschen weiter über dies und das. Ich sagte nicht Ja und nicht Nein, wie auch am Vortag.

Abends rief sie mich noch einmal an, als ich längst wieder in meinem alten Kinderzimmer saß und durch alte Kinder- und Jugendbücher blätterte. Ich besuchte sie auch am nächsten Tag, an dem sie operiert wurde und natürlich bereits wusste, in welche Rehaklinik man sie schicken würde. Dass es ihre Wunschklinik war, verwunderte mich nicht. Emma konnte sehr energisch sein, wenn sie etwas erreichen wollte.

Am Tag darauf bat sie mich, einen guten Kaffee an ihrer Maschine zu Hause zu zapfen und in eine Thermoskanne abzufüllen und Kuchen aus der Cafeteria mitzubringen, weil das sonstige Essen meist ungenießbar sei. Emma war immer ein Leckermäulchen gewesen. Ich versuchte, sie noch einmal über ihren Sturz zu befragen, doch hinsichtlich dessen hielt sie sich bedeckt. Sie sei gestolpert und habe den Halt verloren, das könne passieren in ihrem Alter. Ich dachte nach und konnte mich nicht erinnern, dass meine Großmutter je in so einer Lage gewesen war.

War sie wirklich einfach nur gestolpert, oder war ihr vielleicht schwindelig geworden, sodass etwas Größeres hinter der Sache steckte? Vielleicht sollte doch noch einmal ein Arzt darauf schauen?

Ich hatte Emma bislang tatsächlich nie als wirklich alt erlebt. Erst jetzt wurde mir klar, dass sie am Ende ihres Lebens angekommen war, und doch war dieser Gedanke immer noch nicht greifbar und beunruhigte mich. Selbstverständlich erwischte sie mich beim sorgenvoll Gucken.

»Willst du mich wirklich weiter anglotzen, als stünde ich mit einem Fuß im Grab, oder hilfst du mir jetzt mal?«

Emma schaute mich herausfordernd an und deutete dann auf den Kuchen. Ich verteilte die Kuchenstücke endlich auf den Tellern, schob den Tisch an ihrem Bett so, dass sie gut darankam, und schluckte erneut alles hinunter, womit ich ihr eine Situation schmackhaft machen wollte, die sie nur schweren Herzens oder kaum akzeptieren konnte.

»Die Rehaklinik wird …«, setzte ich an.

»Hast du meinen Computer mitgebracht?«, unterbrach sie mich.

Ich war nicht überrascht, dass sie mich hinsichtlich dieser Sache ignorierte. »Klar.«

Ich holte ihn aus der Tasche. Emma hatte einen Laptop der neuesten Generation, mit dem sie mehr arbeitete als manch Jüngerer. Mit den sozialen Medien kannte sie sich in jedem Fall besser aus als ich. Emma hatte damals gemeinsam mit uns ihren ersten Computer gekauft. Sie hatte einen Kurs belegt, und wenn ich Probleme mit meinem Computer hatte, rief ich eher sie an als meinen Vater, der einen Großteil seiner Arbeit immer noch am liebsten handschriftlich erledigte.

»Gute Güte«, pflegte Emma zu sagen. »Ich weiß wirklich nicht, von wem er das hat.«

Emma hatte den Laptop inzwischen aufgeklappt und ihn hochfahren lassen. Nur etwas später wusste ich Bescheid. Natürlich hatte sie sich Gedanken gemacht, das überraschte mich wirklich nicht. Es ging immer noch um die Reise, die ich nicht nur alleine antreten, sondern auch für sie auf Instagram dokumentieren sollte. Das war ihr Plan. Sie würde mir ihre Reiseunterlagen geben und ein Erinnerungsstück, das mich auf der Reise begleiten sollte. Ich sollte Fotos für sie machen und sie auf diese Weise teilhaben lassen.

Ein Erinnerungsstück – ich fragte mich, was das wohl war. Hoffentlich nichts zu Unhandliches … sollte ich mich überhaupt entscheiden, ihr Angebot anzunehmen.

»Essen wir jetzt endlich?« Emma klang ungeduldig. »Am besten nimmst du dir den Stuhl und setzt dich auf die andere Seite.«

Ich tat, wie mir geheißen, und starrte auf die Instagram-Seite, die sie geöffnet hatte. Sie war mit »Emmas Reise« betitelt. Meine Großmutter hatte bereits drei Bilder online gestellt. Eins zeigte uns beide.

Ich selbst hatte Instagram noch nicht benutzt, aber es wunderte mich nicht, dass Emma sich damit auskannte. Soziale Medien waren nicht so mein Ding, doch Emma bewegte sich mit ihren über achtzig Jahren darin wie ein Fisch im Wasser. Natürlich würde ich sie dennoch nicht fragen, wie man sich anmeldete. Ich wollte das alleine herausfinden. Das war ich mir immerhin schuldig.

»Und hast du fertig nachgedacht? Kannst du es dir vorstellen?«

Sie hatte mir die Frage doch eben erst gestellt? Ging sie davon aus, ich könne ihr jetzt schon eine Antwort geben? Ich dachte gerne eingehend über Sachen nach, das wusste sie doch … Allerdings drängte die Zeit natürlich, und ich würde wohl, zumindest für meine Verhältnisse, ins kalte Wasser springen müssen, sollte ich mich dafür entscheiden …

An diesem Abend zuckte ich mit den Schultern. Knapp zwei Tage später landete ich in Dublin.

3. KAPITEL

Das Flugzeug setzte mit minimaler Verspätung auf dem Dubliner Flughafen auf, von wo aus ich mich anschließend mit dem Mietwagen todesmutig, wie ich fand, in den Verkehr der irischen Hauptstadt stürzte. Meine Freundin Jenna hatte mich gewarnt, aber dennoch war es gewöhnungsbedürftig, dass irische Fußgänger rote Ampeln einfach zu jeder Zeit ignorierten. Bis ich die Straße nach Westen erreichte, war ich nass geschwitzt und fuhr eine Weile mit heruntergelassenen Scheiben, um abzukühlen und frische Luft zu atmen. Je weiter ich mich von Dublin entfernte, desto häufiger sah ich grüne Wiesen und noch mehr grüne Wiesen und Schafe und Kühe und noch mehr Kühe. Ich passierte Athlone, Claremorris, Ballinrobe und viele ungewohnte Ortsnamen mehr, die ich gleich wieder vergaß.

Das erste Ziel auf Emmas Reiseroute war die Insel Inishbofin ganz auf der anderen Seite an der Westküste Irlands. Ich hatte mir die Bilder in dem Album, das mich auf der Reise begleiten würde, genauestens angeschaut und dennoch keine Ahnung, was mich dort erwartete. Das Album war das Erinnerungsstück, von dem Emma gesprochen hatte, ein Fotoalbum, in dem Paul, mein unbekannter Großvater, und sie Fotos, Zeichnungen und Notizen ihrer Reise zu einem Bericht zusammengefügt hatten und das ich bisher aus Zeitgründen eher grob überflogen hatte. Es war ein von außen eher unscheinbares Album mit einem gewebten Stoffeinband in einer Art Tartanmuster und festen Seiten, auf denen es unendlich viel zu entdecken gab, und es roch nach Emma. Noch verstand ich nicht alles, was ich da sah, aber ich würde das meiste wohl noch kennenlernen. Außerdem war es gewiss gut, eine Aufgabe zu haben, wenn man so ganz alleine unterwegs war. Die Vorstellung behagte mir im Übrigen immer noch nicht recht.

Den Unterlagen zufolge sollte die Fähre nach Inishbofin am nächsten Tag gegen elf Uhr übersetzen. Die Nacht davor wollte ich in einem Bed and Breakfast in der Nähe des Hafens verbringen. Die erste Unterkunft, die ich in Clifden ansteuerte, war belegt, aber die Dame des Hauses rief bei einer Freundin ein Dorf weiter an, und ein köstliches Abendessen mit leckeren Sandwiches, heißem Tee und Petits Fours zum Nachtisch später, nachdem ich mich noch ein wenig hatte ausfragen lassen, lag ich zwischen richtigen Daunendecken, starrte auf eine äußerst kitschige Deckenlampe in Hellblau und Rosé – auf der ähnlich gestalteten Nachttischlampe jagten sich pausbäckige kleine Kinder in Rosa und Blau – und gähnte so herzhaft, dass es mir fast den Kiefer aushakte. Eigentlich hatte ich noch ein wenig in Emmas Reisealbum stöbern wollen, aber ich war zu müde. Die Anreise, die lange Fahrt im Linksverkehr und das Bemühen, wenigstens etwas vom hiesigen Dialekt zu verstehen, forderten ihren Tribut. Das Letzte, was ich dachte, kurz bevor ich wegdämmerte, war, dass es furchtbar ruhig war und dass ich das irgendwie nicht mehr gewohnt war. Dann war nichts mehr.

Am nächsten Morgen weckte mich ein Hahn. Eine junge Frau stand am Herd, als ich das an die Küche angrenzende Speisezimmer betrat. Sie brachte mir mein Frühstück – ein *full Irish,* bestehend aus Eiern, Würstchen, Frühstücksspeck, ein paar Champignons, Toast und starkem schwarzem Tee mit Milch – an den einzigen gedeckten Tisch und stellte sich als Enkelin der Besitzerin vor, die ich tags zuvor bereits kennengelernt hatte. Gott sei

Dank verstand ich den Dialekt schon etwas besser als am Abend zuvor. Gestern hatte ich noch öfter gerätselt. Auf *so etwas* hatte mich mein Schulenglisch jedenfalls nicht vorbereitet.

Die junge Frau leistete mir noch ein wenig Gesellschaft. Wir sprachen über dies und das, bevor sie sich verabschiedete, um sich um die Hühner zu kümmern. Den Hahn hatte ich ja bereits gehört.

Wenig später ging ich auch wieder nach oben. Bezahlt hatte ich schon am Abend vorher. Meine Tasche und der Rucksack waren rasch gepackt, kaum fünfzehn Minuten später befand ich mich bereits auf der Weiterreise.

Gegen halb zehn Uhr morgens erreichte ich den kleinen Fährhafen nach Inishbofin und parkte meinen Wagen. Ich überlegte kurz, ob ich ihn hier einfach stehen lassen konnte, aber eigentlich blieb mir ja kaum etwas anderes übrig. Nachdem ich abgeschlossen hatte, kontrollierte ich zweimal nach und kaufte dann ein Ticket, etwas Wasser und ein paar Schokoriegel in einem kleinen Laden am Pier.

Es war noch früh, ich hatte also Zeit, mich umzusehen. Zuerst stöberte ich ein wenig in Emmas Album, um mich zu orientieren. Dann spazierte ich erst einmal kreuz und quer durch den kleinen Hafen. Vom Hafen und seiner Umgebung gab es ein paar Bilder im Album. Eins zeigte Emma neben dem grauen VW Käfer, dem ersten gemeinsamen Auto meiner Großeltern, ein weiteres das aufgewühlte Meer. Das dritte war eine verwaschene Aufnahme eines Denkmals. Kurz darauf fand ich das betreffende Steinkreuz, das an das *Cleggan Bay Disaster* erinnerte. Während einer riesigen Springflut Ende Oktober 1927 war die »Star of Seas« samt ihrer Besatzung untergegangen. Sechzehn Fischer aus Cleggan, neun von der Insel Inishbofin und weitere zwanzig aus dem umliegenden County Mayo verloren bei dem Unglück ihr

Leben. Unwillkürlich spürte ich einen faustdicken Stein in meinem Magen. Viele Familien hatten damals in nur einer Nacht Familienmitglieder und zumeist auch ihren Ernährer verloren, ein furchtbarer Schicksalsschlag. Ich überprüfte meine Fotos und nahm das Steinkreuz dann noch einmal aus einem anderen Winkel auf. Später würde ich sie für Emma online stellen, so war es ausgemacht: Ich würde die Reise für sie dokumentieren, Veränderungen fotografieren, die mir auffielen, und Fotos nachstellen, die ich in ihrem Album fand, damit sie sich erinnern konnte und sehen, was sich in all den Jahren verändert hatte. So war das: Ich würde in das eintauchen, was Emma und Paul vor so vielen Jahren erlebt hatten. Die Idee schien mir interessant, aber trotzdem war ich mir noch nicht sicher, was ich von alldem halten sollte. Auch beunruhigte mich, alleine unterwegs zu sein.

Als ich endlich zum Pier zurückkam, nachdem ich schnell noch mein Gepäck aus dem Auto geholt und wieder zweimal kontrolliert hatte, ob es abgeschlossen war, hatten sich schon weitere Mitreisende versammelt. Ein paar wohnten sicher auch auf der Insel, andere waren unübersehbar Touristen. Ich hörte amerikanische, französische, italienische und spanische Sätze. Viele machten nur eine Tagestour, andere würden wie ich länger bleiben. Zu meinen Füßen platzierte ich die Tasche und den Rucksack.

Die Überfahrt gefiel mir gut. Der Seegang war ordentlich. Ein paar Mitreisende wurden nass, seekrank wurde keiner. Ich fand, dass alles meiner Ankunft etwas Besonderes gab. Außerdem hatte ich Inseln schon immer gemocht. Sie zogen mich geradezu magisch an: als Urlaubsziele, als Ort in einem Roman oder besser noch in einem Krimi, wenn die Protagonisten quasi eingesperrt waren und nicht fliehen konnten. Ich mochte es, dass eine Insel die erste offizielle Etappe der Reise war. Auch deshalb stand ich die ganze Fahrt über an der Reling und sah zunehmend vorfreudiger meinem Ziel entgegen.

Nach knapp einer halben Stunde landeten wir in einem natürlichen Hafen an, der sicherlich schon jahrhundertelang genutzt worden war. Ich machte die Ruine eines alten Forts aus. Das mussten die Cromwell's Barracks sein, von denen ich schon während meiner knapp bemessenen Vorbereitung gelesen hatte. Das sternförmige Fort lag auf einer vorgelagerten Insel namens Port Island und war bei Ebbe zu erreichen.

Da wir nun in den Hafen einfuhren, nahm ich meinen Rucksack wieder auf den Rücken und meine Reisetasche zur Hand. Als ich wenig später von Bord ging, rissen die letzten dichteren Wolken auf, und der Himmel war plötzlich so weit und so unerwartet blau, das Licht so zart und hell, wie ich es nur aus dem Norden kannte. Der Wind wehte jetzt nur sehr leicht. Ich musste die Augen zusammenkneifen, als ich nun noch einmal nach oben sah, wo der Wind das letzte Gespinst von Wolken dahinjagte, zu dünn, um die Sonne noch zu verdecken, die stärker brannte als erwartet. Irland, Land des Regens – ich hatte gelesen, dass man hier nur Rost ansetzen könne. Momentan hegte ich allerdings die Befürchtung, ich könnte mir einen Sonnenbrand holen.

Nachdem ich die Gangway verlassen hatte, schwankte der Boden unter meinen Füßen noch ein, zwei Schritte weiter. Ich kramte in meiner Jackentasche nach der Adresse meiner Unterkunft. Ein Haus fiel mir dabei auf. Ich kannte es aus dem Album. Paul hatte hier das Bild einer jungen Emma aufgenommen. Dort an der Hausecke hatte meine Großmutter gestanden und frech in die Kamera gelacht, gekleidet in einen dunklen Rock, der wohl über das Knie reichte, den sie aber ein wenig geschürzt hatte, sodass man ihre Beine sah. Auf dem Bild schaute es aus, als würde sie ihm etwas zurufen. Was war das wohl gewesen? Man hatte sehen können, wie glücklich sie gewesen waren, und das hinterließ ein durchaus warmes Gefühl in mir. Vier Tage lagen vor mir, so wie damals vor Emma und ihrem Mann Paul.

Paul … Ich wusste wirklich nicht viel über ihn. Was auch immer Emma hin und wieder erzählt hatte, wir hatten ihn alle nie richtig fassen können.

Ich gab mir einen Ruck und ging weiter. Meine Großeltern waren damals privat untergekommen, für diese Reise hatte Emma ein vielversprechendes Bed and Breakfast gefunden. Als ich mich noch einmal umblickte, stellte ich fest, dass ich längst alleine zurückgeblieben war. Alle anderen waren bereits auf der Suche nach oder in ihren Unterkünften oder auf dem Weg zu ihren Tageszielen, weil ihnen nur die Zeit bis zur letzten Fähre blieb. Ich studierte zur Sicherheit noch einmal die Wegbeschreibung und setzte mich in Bewegung.

Bald hatte ich mein Ziel entdeckt. Ich kannte auch dieses Haus schon aus dem Album. Damals war es lediglich ein größeres Einfamilienhaus gewesen und hatte keine Zimmer angeboten. Auf dem Weg dorthin machte ich noch ein paar Bilder. Ich freute mich darauf, heute Abend in meinem Zimmer Emmas Album noch genauer und intensiver mit den neuen Eindrücken im Kopf zu durchstöbern. Eigentlich war es ja nicht nur ein Album. Es war eine Art Reisetagebuch, so hatte sie es genannt, gezögert und hinzugefügt: »Du wirst schon sehen.«

Ausfragen lassen hatte sie sich jedenfalls nicht. Ich müsse die Dinge selbst entdecken. Sie wolle nicht vorgreifen. Ehrlich gesagt war ich mir im Ansatz nicht klar darüber gewesen, ob ich Lust auf die romantische Geschichte meiner Großeltern hatte – immerhin knabberte ich auch nach drei Jahren noch an meiner letzten Trennung. Trotzdem hatte ich das Album im Flugzeug aufgeschlagen und bald über mich und die Reise gegrübelt. Was würde all das mit mir machen? War ich den Anforderungen gewachsen? Länderwechsel lagen vor mir, verschiedenste Orte, Sprachen, Menschen … Eigentlich war ich kein Mensch für Entdeckungen. Ich war auch keine Abenteurerin. Was machte ich hier? Warum hatte ich mich um Himmels willen überreden lassen?

In dem Moment, in dem ich das Bed and Breakfast betrat, fühlte sich etwas anders an, aber dass das so war, verstand ich erst später. Ich hatte geklingelt und nach einer Weile vorsichtig die Tür aufgeschoben, um im nächsten Moment in einem Flur zu stehen, der irritierend privat aussah. Mein erster Impuls war, das Haus sofort wieder zu verlassen, dann ermahnte ich mich, zuerst einmal tief durchzuatmen und zu überlegen. Übernachtung mit Familienanschluss – so hatte es schließlich geheißen. Als ich mich bei der Planung damit beschäftigt hatte, hatte das gut geklungen. Jetzt fragte ich mich, viel zu spät, ob ich das überhaupt wollte. Ich kontrollierte noch einmal die Adresse. Schließlich wollte ich keinesfalls im falschen Haus stehen. Mein Blick fiel auf zwei erdverschmierte Gummistiefel und auf eine dieser wahlweise weinroten, blauen oder grünen Wachsjacken, die hier fast jeder zu tragen schien. Ich kannte die von Burberry, aber das hier sah gewiss nicht nach einem Burberry-Modell aus. Das war Kaufhausware.

Ich horchte wieder. Jetzt hörte ich endlich auch etwas, vorher war ich wohl einfach zu aufgeregt gewesen. Irgendwo da hinten spielte ein Radio die besten Songs der Siebziger, Achtziger und Neunziger, wie mich gerade ein Jingle informierte. Durch einen Spalt unter der Tür drang Licht in den Flur und hob die Risse in dem alten gelb-braun gemusterten Linoleum hervor. Ich schluckte. Okay, ein Bed and Breakfast war natürlich keine Pension oder ein Luxushotel, und ich war schließlich nicht verwöhnt.

Immer noch stand ich im Flur. Die Treppe herab waren mit einem Mal Schritte zu hören, und ich hatte den Impuls zu fliehen, während ich abwechselnd auf die Küchentür und nach oben starrte. Was sollte ich tun? Wie sah das denn aus, wenn ich hier wer weiß wie lang im Flur stand und nicht auf mich aufmerksam machte? Da waren so viele Ideen in meinem Kopf, aber ich konnte mich für keine entscheiden. Stattdessen umklammerte ich den Griff meiner Reisetasche so fest, dass es langsam wehtat. Dann kam *er* die Treppe herunter.

Er sah sehr gut aus, und das machte die Sache nicht unbedingt leichter. Gut aussehende Männer machten mich seit jeher nervös, hässliche allerdings auch. Ehrlich gesagt war ich wohl im Umgang mit niemandem besonders locker, wahrscheinlich, weil ich mir einfach stets zu viele Gedanken machte. Eigentlich war es echt ein Wunder, dass ich in der Schule so gut zurechtkam, aber die Schule war irgendwie auch wie eine Bühne, auf der ich spielte. Das war etwas anderes …

In diesem Moment wäre ich jedenfalls am liebsten Entschuldigungen murmelnd rückwärts aus dem Eingang gestolpert. Es gab drei Gründe, warum ich das Haus nicht verließ: Erstens war gebucht, und wo zur Hölle sollte ich sonst unterkommen? Zweitens hatte mich der Mann ohnehin entdeckt, vermutlich war er übrigens in meinem Alter, und schenkte mir bereits ein breites Lächeln.

»Howya!«, sagte er.

»Howya!«, erwiderte ich. Es klang eigentlich ganz okay. Ich nahm allen Mut zusammen und erzählte von der Buchung, bevor ich ihm in die leere Küche zu dem dudelnden Radio folgte, wo ich ihm für die nächsten Minuten dabei zusah, wie er ein recht unordentlich geführtes Buch durchforstete. Möglicherweise starrte ich ihn dabei an. Wenn das so war, gab er kein Zeichen, dass er es bemerkte. Er hatte dichtes schwarzes Haar, das etwas tiefer in den Nacken reichte, leuchtend blaue Augen, die Nase hatte einen kaum merklichen Drall nach links, und für seine Wangenknochen hätte manche wohl getötet. Seine Augen waren mir übrigens schon im ersten Moment unserer Begegnung aufgefallen. Wie so ziemlich alle Iren hatte er außerdem diese Schneewittchenhaut, gegen die meine bleiche mitteleuropäische Haut geradezu dunkel wirkte. Unter dem verwaschenen blauen T-Shirt zeichneten sich breite Schultern ab. Und ebenso die Muskeln seiner Arme, aber es waren keine, die man sich im Fitnessstudio erarbeitete. Offenbar arbeitete er körperlich durchaus hart.

»*Ah, there you are* ... Liv Schreiber.« Er hob so unvermittelt den Kopf, dass ich zusammenzuckte. Hoffentlich hatte er nicht bemerkt, wie ich ihn angestarrt hatte. »I am Liam, by the way.«

»Liv.« Ich versuchte mich an einem Lächeln und kam mir vor, als würden meine Gesichtszüge entgleisen. Ich dachte an so viel in diesem Moment, an das ich mich später gar nicht erinnerte; so viele absurde Gedanken, die mich davon abhielten, mich auf die Gegenwart zu konzentrieren, um die es hier doch ging. Der schöne Mann sprach weiter. »Äh, was?«, stotterte ich.

»Ich wollte Ihnen gerne das Zimmer zeigen und fragen, ob das alles Gepäck ist und ob Sie noch etwas brauchen?«

»Nein, das ist alles, danke.«

Er bückte sich, um meine Reisetasche zu nehmen. Ich riss sie ihm geradezu aus der Hand. »Okay«, sagte er gedehnt.

Wenig später stieg er vor mir die Treppe hinauf. Sein Hintern war ... Ich senkte den Blick auf die Stufen, mit denen ich den Griff meiner Tasche umklammerte. Oben im Flur angekommen, streckte er mir unvermittelt die Hand entgegen. »Sorry, I forgot. Welcome.«

»Thank you.« Ich ergriff sie und fand, dass ich klang wie ein übereifriges Schulmädchen. Warum waren meine Finger eigentlich so warm und schwitzig? Liam hatte einen festen Händedruck. Ich mochte das. Ich atmete plötzlich ruhiger.

Der Händedruck ist wichtig, finde ich. Es gibt Menschen, bei denen es sich anfühlt, als hielte man einen toten, schlaffen, aber doch noch lebenswarmen Fisch fest.

Wir standen einen Moment lang wortlos da, dann räusperte Liam sich und stieß die Tür zum Zimmer auf. Er war so groß, dass er sich in der Tür ein wenig bücken musste. Bei mir reichte es gerade noch. Dann standen wir wieder nur da.

Ich sah mich um. Das Zimmer war einfach eingerichtet, in einem reduzierten skandinavischen Stil, der mir recht gut gefiel und den ich nach dem gestrigen Kitsch in dem anderen Bed and Breakfast nicht erwartet hatte. Endlich ging ein Ruck durch meinen Gastgeber.

»Sorry«, sagte er, ging zum Fenster und zog die Vorhänge auf. Ich folgte ihm und genoss einen Moment lang die Aussicht.

Von meinem Zimmer aus konnte man den Hafen sehen. Liam bewegte sich, und meine Gedanken beschäftigten sich gleich wieder mit ihm. Ich hatte ja schon festgestellt, dass er wie jemand aussah, der sich körperlich betätigte. Was er wohl machte? War er vielleicht Fischer? Als ich mich vom Fenster wegdrehte, sahen wir einander direkt in die Augen. Hier oben im Licht war der Kontrast zwischen seinem Haar und den Augen noch frappierender. Schwarzes Haar und blaue Augen – keltisch nannte man das. Woher wusste man eigentlich, wie die Kelten ausgesehen hatten? Meine Gedanken drifteten schon wieder ab, einfach weil er mich so nervös machte. Ich sah, wie er schluckte und dann zwei Schritte zurücktrat. Mit einer Hand öffnete er die Schranktür und präsentierte einen leeren Schrank und etwa fünf Kleiderbügel.

»Für Ihre Sachen.« Dann deutete er auf eine weitere Tür. »Bad und Toilette. Es ist klein, aber nur für Sie. Ich hoffe, es gefällt Ihnen und Sie haben alles, was Sie sich wünschen.«

Ich nickte dieses Mal nur. Meiner Stimme traute ich momentan nicht.

»Unten im allgemeinen Aufenthaltsraum«, fuhr er fort, »gibt es ein paar Infos zur Insel, Spiele, einen Kaffeeautomaten und einen Wasserkocher für Tee natürlich. Außerdem kann man dort andere Gäste treffen. Heute sind Sie allerdings die Einzige. Brauchen Sie sonst noch etwas?«

»Nein, alles wunderbar. Ich denke, ich schaue mich vielleicht erst mal ein bisschen draußen um?« Meine Stimme ging am Ende hoch und ließ meine Aussage wie eine Frage klingen. Gott, was sollte das denn? Er schaute mich einen Moment lang etwas ratlos an – war ja klar! – und nickte dann nur.

Liam O'Rourke war gut aussehend, aber irgendwie war ihm das nicht bewusst, oder es kümmerte ihn eben nicht. Am ersten Tag ging ich gleich wieder aus dem Haus, und daran war nicht zu einem geringen Anteil er schuld. Ich konnte mir einfach nicht vorstellen, mit ihm in einem Haus zu bleiben, ihm womöglich über den Weg zu laufen oder gar mit ihm sprechen zu müssen. Am Ende fühlte er sich verantwortlich für mich. Das wollte ich keinesfalls.

Außerdem hatte ich zu tun. Meine Zeit war knapp bemessen. Ich musste Bilder für Emma machen. Also schnappte ich mir kurz entschlossen meine Kamera und das Album und machte mich auf meinen ersten Ausflug in Emmas Vergangenheit.

Mein Bed and Breakfast befand sich so ziemlich direkt oberhalb des Hafens, das Haus, in dem Paul und Emma damals untergekommen waren, lag noch ein paar Schritte näher zum Hafen hin. Zuerst einmal lief ich wieder in Richtung Meer, knipste ein paar Fotos von den Cromwell's Barracks und begegnete anderen Touristen vom Schiff, die mich dafür beneideten, dass ich länger bleiben würde. Dann kehrte ich zu einem späten Mittagessen in ein Restaurant ein und blätterte hoch konzentriert in Emmas Album, während ich auf das Essen wartete. Für den nächsten Tag plante ich eine erste kleine Wanderung zur Westseite der Insel hinüber.

Ich stellte auch fest, dass es mehr Fotos von meiner Großmutter als von Paul in dem Album gab. Er hatte also mehr fotografiert. Die Emma von heute erkannte ich in den Fotos durchaus wieder, aber ich bemerkte auch etwas, was sie hinter sich gelassen hatte: eine jugendliche Unsicherheit, ein Suchen und Versuchen, ein Nichtwissen darum, wer und was man eigentlich war. Paul hatte außerdem viel gezeichnet, Emma hatte mehr geschrieben. Von ihr stammten die meisten Beschreibungen von Tagesabläufen und der Umgebung. An einer Stelle musste einmal ein Blatt geklebt haben, doch es hatte die Zeit nicht überlebt und nur einen leichten bräunlichen Abdruck hinterlassen. Am Strand traf ich später auf ein weiteres Denkmal, das an das *Cleggan Bay Disaster* erinnerte und an die neun Inselmänner, die damals ihr Leben gelassen hatten. Überraschend verspürte ich wieder diesen Kloß im Hals und fröstelte ein wenig.

Die letzte Fähre verließ Inishbofin gegen siebzehn Uhr. Kurz danach betrat ich den Pier-Shop, kaufte mir ein Sandwich, kehrte zu meiner Unterkunft zurück und raste, als ich den Flur leer vorfand, hinauf in mein Zimmer. Das Sandwich verspeiste ich am Fenster sitzend und spülte es mit Wasser hinunter. Später duschte ich, schlüpfte ins Bett und machte zum ersten Mal den Fernseher an, der an der gegenüberliegenden Wand angebracht war. Die Lautstärke ließ mich zusammenzucken. Ich regelte runter und verfolgte die irischen Abendnachrichten um einundzwanzig Uhr mit halbem Ohr, während ich die Pläne für den nächsten Tag präzisierte. Dann scrollte ich durch die Bilder auf meinem Handy und schaute mir danach auch die auf meiner Kamera an. Meine Güte, waren das bereits viele. Zum ersten Mal seit dem Beginn meiner Reise öffnete ich Instagram, stellte Bilder ein und formulierte Bildunterschriften. Es war doch ein bisschen aufregend. Emma meldete sich wenig später.

»Schöne Bilder. Wie geht es dir?«

»Es ist hübsch hier«, schrieb ich zurück, und das stimmte ja auch. Irgendwie.

Am nächsten Morgen wachte ich bester Laune auf. Ich hatte am Abend zuvor noch etwas länger in Emmas Album geblättert und mich dabei bemüht, mir nur die Seiten von Inishbofin anzusehen, als könnte ich mir damit die Überraschungen einer Reise bewahren, die ich doch längst mit meiner Großmutter besprochen hatte. Ich war inzwischen durchaus ein wenig stolz auf mich, denn bisher meisterte ich das Alleinreisen doch unerwartet gut. Vielleicht würde es also doch nicht so schrecklich werden wie erwartet.

Wie gestern geplant, brach ich nach dem Frühstück zur Westseite der Insel auf. Dieser Teil Inishbofins war eher flach. Ich kam ohne große Anstrengung voran, lauschte währenddessen auf die Wellen und schaute auch immer wieder zum Meer hinüber, das hier natürlich nirgends weit entfernt war. Bäume gab es dafür kaum, das hatte ich schon im Internet gesehen. Ein Großteil war über die Jahrhunderte zum Bauen und als Brennholz verwendet worden, zu einer erfolgreichen Aufforstung war es nie gekommen. Während ich so vor mich hin lief, genoss ich die strahlende Helligkeit des Nordens und weiterhin einfach verboten gutes

Wetter. An manchen Stellen schimmerten die Wiesen weiß vor Salzigkeit. Ab und zu scheuchte ich ein paar Kaninchen auf. Schafe beobachteten mich aus sicherer Distanz. Letztere schienen alleine unterwegs zu sein. Wenn sie einen Besitzer hatten, kümmerte sich momentan jedenfalls niemand um sie. Im Laufen aß ich ein Sandwich und einen Apfel, die ich noch rasch im Pier-Shop erstanden hatte. Irgendwann wählte ich mir einen Platz für eine erste kleine Pause und holte das Album aus meinem Rucksack.

Auch für Emma und Paul hatte die Reise hier begonnen: auf Inishbofin. Inis Bó Finne auf Irisch. Die Insel der weißen Kuh. Emma hatte ein paar Notizen dazu im Album gemacht, Paul eine aufrecht stehende weiße Comic-Kuh mit unglaublich langen, klimpernden Wimpern gezeichnet, die mich lächeln ließ.

Mein Großvater, der Zeichner und Fotograf, hatte auf dieser Wanderung ein paar wirklich schöne Bilder meiner Großmutter aufgenommen. Er hatte einen Blick für Motive, wie ich feststellen konnte, während ich angestrengt danach Ausschau hielt. Leicht war das wirklich nicht. Die Bilder waren vor langer Zeit aufgenommen worden, seitdem hatte sich die Landschaft durchaus verändert. Ich war bald so ins Suchen und Vergleichen vertieft, dass ich nicht bemerkte, dass ich nicht mehr alleine war. Als ich irgendwann den Kopf hob, kam Liam O'Rourke mir auf dem Weg entgegen, auf dem ich gerade stand, und ich überlegte tatsächlich kurz, mich »in die Büsche zu schlagen« und so zu tun, als müsste ich mir dort abseits des Weges etwas ansehen.

An dieser Stelle war das allerdings kaum möglich. Ich drehte mich zur Seite, tat so, als hätte ich ihn nicht gesehen, nahm die Kamera vors Auge und fotografierte. Vielleicht würde er ja einfach vorbeigehen. Er blieb stehen. Natürlich.

»Kann ich Ihnen helfen? Soll ich ein Bild von Ihnen machen?«

Er schaute zu dem Hintergrund hin, den ich mir gewählt hatte. Irgendjemand hatte an dieser Stelle Paul und Emma Arm in Arm und überglücklich aufgenommen. Ich starrte durch den Sucher meiner Kamera und gab erst einmal keine Antwort, als müsste ich mich auf mein Motiv konzentrieren. Allerdings war da nichts als eine grüne Wiese, die etwas anstieg, natürlich keine Bäume, keine Steine und auch sonst rein gar nichts, was für ein Foto von Interesse gewesen wäre. Warum hatten eigentlich so viele Menschen das Bedürfnis, ein Bild von sich selbst zu machen? *Ich* vor Felsen, *ich* vor Meereshintergrund, *ich* neben einem Baum …

Nun gut, Emma verfolgte meine Reise und wünschte sich, Bilder von den bekannten Stellen zu erhalten, also nickte ich doch. Ein Bild von mir war besser als eins von einer grünen Wiese.

»Danke. Wenn Sie so freundlich wären.«

»Gerne.«

Liam nahm die Kamera vorsichtig entgegen. Ich gab ihm ein paar Hinweise. Er nickte zum Zeichen, dass er verstanden hatte. Zwei Bilder vor Meereshintergrund, zwei Bilder vor grüner Wiese. Warum sagte er jetzt eigentlich nichts, er hatte doch mich angesprochen?

Er trug wieder nur T-Shirt und Jeans, was mir ehrlich gesagt heute etwas zu kühl gewesen wäre. Der Gedanke, ob er es wohl darauf anlegte, dass Frauen seinen Oberkörper bewunderten, lenkte mich im nächsten Moment so sehr ab, dass ich kaum bemerkte, dass er mir die Kamera zurückreichte.

»Danke«, murmelte ich und öffnete die Bildansicht. Er wartete ab.

»Okay so?«

»Ja.«

Ich fand, dass ich etwas knapp und unwirsch klang, und überlegte, was ich noch sagen konnte, um die Situation aufzulockern.

»Sie sind ein guter Fotograf«, sagte ich vielleicht etwas undeutlich.

»Was?«

Auch das noch, ich hatte zu leise gesprochen.

»Sie sind ein guter Fotograf.«

»Hm.« Er zuckte mit den Schultern.

»Meine Großmutter war vor Ewigkeiten einmal hier«, plapperte ich weiter. Jetzt sah er mich fragend an. Warum erzählte ich ihm das? Meine Großmutter interessierte ihn sicher nicht.

»Hat es ihr gefallen?«

»Was?«

»Ob es ihr hier gefallen hat?«

»Ja, ich ...« Ich konnte später nicht sagen, wieso, aber ich verstaute die Kamera kurz entschlossen, zog das Album hervor und zeigte es ihm. Er schmunzelte wie auch ich über die Kuh. Ich erzählte ihm noch etwas mehr. Dann berichtete ich auch von meiner Reise, noch mehr von meiner Großmutter und schließlich auch von unserem gemeinsamen Account auf Instagram. Als ich ihn danach etwas unruhig über meine Geschwätzigkeit anblickte, sah er durchaus nicht genervt aus. Ich war erleichtert.

»Wow, Ihre Granny hat es aber drauf. Meine würde ja nie im Leben einen Computer anfassen. Sogar meine Mutter tut sich schwer damit. Sie hat Ihnen heute Morgen übrigens das Frühstück bereitet. Eigentlich würde ich die Organisation unseres Bed and Breakfast gerne mit dem Computer abwickeln, aber diese Idee hat nicht nur Unterstützer bei uns.«

Ich musste lächeln, weil er mich auch anlächelte und weil sich das plötzlich einfach vertraut anfühlte. Da wir Englisch sprachen, mussten wir uns auch keine Gedanken um »du« oder »Sie« machen, unser Ton wurde dennoch langsam umgänglicher. Als er mich schließlich fragte, ob wir den Rest des Weges zusammen gehen könnten, lehnte ich nicht ab. Warum auch? Wenn wir denselben Weg hatten, wäre es albern, nicht gemeinsam zu gehen. Ein paar Schritte weit gingen wir schweigend nebeneinanderher.

»Ich habe Glück mit dem Wetter, oder?«, stellte ich dann fest, um irgendetwas zu sagen.

»Hm.«

»Warst du eigentlich schon einmal in Deutschland?«

»Ja, ein paar Wochen in einer Obstkonservenfabrik … Odenwald.« Er sprach es in englischem Tonfall aus. »Und du? Erstes Mal hier, oder?«

Ich nickte. Er fragte mich noch ein paar Sachen zu Deutschland, ich revanchierte mich und erfuhr, dass er auf der Insel geboren worden war und bis auf sein Studium fast die ganze Zeit hier gelebt hatte. Derzeit half er im Betrieb seiner Familie aus und war so etwas wie ein Mädchen für alles auf der Insel.

»Bis ich weiß, wie es weitergehen soll und ob ich das B&B wirklich übernehmen werde oder etwas ganz anderes mache.« Er untermalte seine Unentschiedenheit mit einem leichten Schulterzucken. Ich war mir nicht sicher, aber irgendwie hatte ich den Eindruck, als hätten sich unsere Schritte verlangsamt, jedenfalls hatten wir das Bed and Breakfast seiner Familie immer noch nicht erreicht, dabei lag hier ja alles nicht allzu weit entfernt auseinander.

»Was hast du studiert?«, fragte ich ihn. Ich wusste nicht, was ich mir vorstellen sollte; irgendetwas Kerniges vielleicht, so, wie er aussah. Wovon lebten die Leute hier eigentlich? Konnte man Fischerei studieren? Vielleicht hatte er auch Betriebswirtschaft studiert, schließlich gab es hier ja so etwas wie einen Betrieb zu führen.

»Literatur«, sagte er.

Ich hielt unvermittelt an und starrte ihn an. War mir das peinlich? Doch, im nächsten Moment irgendwie schon. Trotzdem oder vielleicht auch zu meinem Glück fand ich erst einmal keine Worte.

»Überrascht?«, unterbrach er die Stille als Erster. Er lächelte, was mich erleichterte, denn offenbar war er nicht beleidigt.

»Ein wenig.«

»Was dachtest du denn, was ich studiert habe?«, hakte er grinsend nach. »Also, falls du mir ein Studium zugetraut hast …«

Ich lief rot an, dann zuckte ich mit den Schultern.

»Agrarwissenschaften vielleicht?«

Er dachte darüber nach. »Aber wir Iren sind doch große *storyteller*«, erklärte er dann. »Wir sind die geborenen Geschichtenerzähler, jedenfalls sagt man so.«

Er sah ein bisschen amüsiert aus, und plötzlich konnte ich ihn mir doch an der Uni vorstellen. »Wo warst du?«

»Trinity College.«

»Wow, beeindruckend.«

»Warum?«

Ich dachte an das alte, ehrwürdige College in Dublin, das ich auf einer weiteren Etappe besuchen wollte. Meine Freundin Jenna hatte dort ein Auslandsjahr verbracht. »Ach, weil, irgendwie …«

»Ich habe drei Jahre lang in Dublin gewohnt«, fuhr er fort, »und ich habe es geliebt, aber danach musste ich einfach hierher zurück.« Er machte eine Pause. »Manche verstanden das nicht, weder meine Freunde in Dublin noch meine Freunde hier. Jeder dachte, ich passe nicht mehr hierher. Ich sei ja ein anderer Mensch geworden. Ich hatte studiert, Literatur noch dazu …«

Er sprach es aus wie etwas, das hier keine Verwendung hatte. Ich war überrascht, wie offen er war, und dennoch nicht peinlich berührt. Es fühlte sich erstaunlich vertraut an, so mit ihm zu sprechen.

Wir waren jetzt doch an meiner Unterkunft angekommen und äußerten spontan beide die Hoffnung darauf, uns noch einmal zu sehen.

»Wo kriegt man hier eigentlich eine Kleinigkeit zu essen?«, fragte ich dann. »Gestern gab es abends Sandwiches aus dem Supermarkt, mittags war ich in einem Restaurant.« Ich nannte den Namen. Er nickte.

»Hast du Hunger?«, hakte er nach, um mir dann den Pub seiner Familie zu nennen – »Meine Schwester kocht wirklich gut!« –, aber auch ein paar weitere Restaurants.

Ich zögerte. »Vielleicht bin ich doch zu müde?«, hörte ich mich dann sagen.

»Auch gut.« Er bot an, mir eine Kleinigkeit zuzubereiten und nach oben zu bringen. »Du solltest dir aber auch einmal den Pub ansehen. Meine Schwester Áine wird sich freuen, unseren Gast kennenzulernen. Ich glaube, sie ist schon ganz neugierig.«

Ich zog mich unwillkürlich innerlich zurück. Ja, ich war gestern Mittag essen gewesen, aber mittags war tendenziell weniger los als abends, und ich wollte mich nicht wie auf einem Präsentierteller fühlen. »Vielleicht morgen?«, sagte ich dennoch.

»Das wäre schön«, gab er mit einem ehrlichen Lächeln zurück. Er drehte sich zur Treppe. »Ich werde dann mal …«

Ich nickte. Es war deutlich, dass wir beide nicht recht wussten, wie wir das hier beenden sollten. Er gab sich schließlich einen Ruck und sprang die Stufen hinunter. Ich stand noch einen Moment da und begab mich dann in mein Zimmer.

Den Rest des Abends verbrachte ich vor dem Fernseher, sah Nachrichten und eine Fernsehshow, während ich kleine Quiches, Käsestücke und Cracker, kombiniert mit einem äußerst leckeren Chutney, aß, die Liam mir noch hochgebracht hatte. Er hatte lediglich geklopft und das Tablett dann vor meiner Tür gelassen. Als ich öffnete, war er schon verschwunden, und irgendwie war ich erleichtert darüber. War ich feige? Vielleicht.

Emma

Emma wachte mitten in der Nacht auf und schlief erst Stunden später wieder ein. Als jüngerer Mensch hatte sie gehört, dass mit dem Alter Erinnerungen zurückkehrten, auf die man lieber verzichtet hätte, und ganz offenbar konnte man auch tatsächlich nichts dagegen tun. Sie waren einfach da, ungewollt und unerwünscht, aber sie waren da.

Und so war sie in dieser Nacht wieder einmal zu donnerndem Flak- und Flugzeuglärm aufgewacht. Wieder hatte sie, Knie an Knie, mit Elisabeth im Luftschutzkeller gesessen, während die Explosionen draußen alles zum Vibrieren brachten und der Putz von den Wänden rieselte.

Jemand hatte geheult. Eigentlich heulte immer irgendjemand. Jemand anders zog seine Kinder eng an sich und sang ihnen monoton etwas vor. Sie alle verdrängten den Gedanken daran, dass ein direkter Treffer für jeden hier das Ende bedeutete. Auch sich im Keller oder im Bunker zu verstecken war immer noch ein potenziell tödliches Versteckspiel. Glück brauchte man zum Überleben.

Jedes Mal, wenn Elisabeth und sie danach zurück ans staubige Licht gestiegen waren, hatte sich die Stadt verändert. Neue Schuttberge waren hinzugekommen. Neuer Staub veränderte die Lichtverhältnisse, bis er sich irgendwann legte. Jedes Mal hatten Elisabeth und sie einander umarmt, sich festgehalten und einander ins Ohr geflüstert, dass sie immer füreinander da sein würden, das ganze Leben lang.

Füreinander da zu sein war das, was sie aufrecht hielt in diesen Tagen. Auf den Bergen, die einmal Häuser und Wohnungen gewesen waren, waren bald die ersten weiblichen Häftlinge damit beschäftigt, den Schutt wegzuräumen. Ja, am Anfang waren das Häftlinge gewesen, wie Emma sich gut erinnerte. Es war keine Arbeit, um die man sich besonders riss, eher eine Strafe. Sie erinnerte sich auch an die Leichen, die an den Straßen aufgereiht gelegen hatten, manchmal nur notdürftig abgedeckt, und sie erinnerte sich daran, wie sie in den letzten Kriegstagen jedes Mal gerannt war, als wäre der Teufel hinter ihr her, und im Versteck nach Paul gesehen hatte, der sich zu diesem Zeitpunkt bereits unerlaubt von der Truppe entfernt hatte.

Doch, Elisabeth, Paul und sie hatten Glück gehabt in diesen Tagen, und in mancher Phase ihres Lebens hatte sich Emma rückblickend gefragt, ob das Glück eines Menschen vielleicht doch irgendwann aufgebraucht war.

Der Krieg war irgendwann vorbei gewesen. Die Amerikaner waren eingerückt, und vielleicht waren sie jetzt alle voller Lebenshunger, weil der Tod eben noch so nah gewesen war. Nun waren Elisabeth und sie es gewesen, die den Schutt forträumten, und es war immer noch keine Arbeit, hinter der man her war. Natürlich kam es auch vor, dass man Dinge fand, die man versetzen konnte. Einmal hatte Elisabeth einen Toten gefunden und sich übergeben müssen. Natürlich hatten sie bis dahin schon einige Tote gesehen, aber der war nicht mehr ganz frisch gewesen. Das war etwas anderes.

Elisabeth war schließlich die Erste gewesen, die Amerikaner kennenlernte und Kaugummi und Strümpfe mitbrachte. Sie war damals oft die Erste gewesen. Man mochte ihre unkomplizierte, freundliche Art, die niemandem Angst machte. Auch mochte man sie hübsch nennen, mit ihrem klaren, freundlichen Gesicht.

Nein, Elisabeth war keine süßliche Schönheit. Emma hatte gehört, dass jemand sie herb und apart nannte. Elisabeth freundete sich mit Jeff Moore an und ging mit ihm tanzen. Emma begleitete sie und tanzte mit Jeffs Freunden, auch wenn sich nichts Tieferes entwickelte, was sie auch gar nicht wollte. Dafür kamen Paul und sie sich näher – Paul, der vor dem Krieg ihr Nachhilfelehrer gewesen war und sie für ihn damals lediglich ein kleines Mädchen und mit dem sie jetzt lange, tiefschürfende Gespräche führte. Der Krieg hatte Paul verändert, aber er hatte nichts dagegen, dass sie ausging. Manchmal blieb sie auch bei ihm, sie redeten oder spielten Karten.

»Lasst euch nicht kleinkriegen«, sagte er zu Elisabeth und ihr, und das taten sie auch nicht. Sie machten sich keine Gedanken darum, was die anderen dachten. Der Krieg hatte ihnen gezeigt, wie schnell ein Leben vorbei sein konnte, und was brachte es dann, sich immer an alle Regeln gehalten zu haben? Was brachte es, wenn man sein Leben nicht gelebt hatte aus Angst, irgendetwas falsch zu machen?

4. KAPITEL

»Die Leute sagen, du läufst mit einer Frau herum?«, begrüßte ihn seine Schwester Áine, als Liam am nächsten Tag in den Pub kam. Er blieb einen Moment in der Tür stehen und setzte sich dann zu ihr an den Tresen.

»Sie ist unser Gast«, erklärte er, »ich bin ihr zufällig begegnet, als ich von Murrays Schafen kam. Wir haben ein bisschen geredet und sind dann gemeinsam nach Hause. Gestern habe ich ihr übrigens gesagt, sie könne hier etwas Gutes zu essen bekommen, aber sie war zu müde. Machst du ihr eine Kleinigkeit, falls sie heute kommt?«

»Willst du sie beeindrucken?« Áine zwinkerte ihm zu. Er reagierte nicht darauf. Sie nahm ein paar leere Pintgläser vor ihm weg und wischte geschäftig über den Tresen. »Wie heißt denn unser Gast?«

»Liv Schreiber.«

»Guinness?«

»Noch zu früh.«

Liam sah zu, wie Áine den Lappen nach dem Putzen sorgfältig auswusch und auswrang. Ein weiterer früher Mittagsgast kam herein, grüßte und bestellte zwei Pints. Áine bediente routiniert den Zapfhahn.

»Freut mich übrigens, wenn du mal wieder mit jemandem redest«, sagte sie unvermittelt. Liam schüttelte unwillig den Kopf.

»Sie ist ein Gast. Ich bin eben höflich.«

»Klar ist sie das.« Áine klang nicht überzeugt. »Sollte sie kommen, mache ich ihr einen Croque Monsieur. Okay?«

»Natürlich.«

Áine bückte sich, holte eine Flasche Wasser aus dem Kühlschrank und füllte ein Glas. »Bitte! Du sollst nicht ganz leer ausgehen. Für dich später auch was zu essen?«

Liam nahm das Glas. »Ich nehme mir eins von den verpackten Sandwiches. Was hast du denn noch da?«

»Ich kann dir auch einen Croque Monsieur machen.«

»Nicht nötig.«

»Das weiß ich, aber ich könnte. Warum setzt du dich nicht mit ihr hin, ihr esst etwas zusammen …«

Liam hielt das Glas fester, er trank nicht.

»Hör auf, mein Leben zu planen«, zischte er sie dann an. »Ich weiß gar nicht, ob sie kommt. Es war nur ein Vorschlag. Sie hat sich noch nicht entschieden.«

Er funkelte seine Schwester wütend an, und ja, vielleicht wären sie in Streit geraten, wenn nicht in diesem Moment diese Deutsche eingetreten wäre und sich suchend umgeblickt hätte.

5. KAPITEL

Ich landete tatsächlich im Pub der O'Rourkes, obgleich ich das am Vorabend, je länger ich darüber gegrübelt hatte, eigentlich kategorisch ausgeschlossen hatte. Ich gehe einfach nicht gerne alleine irgendwohin, hatte ich mir gesagt. Allerdings war ich alleine auf dieser Reise, also sollte ich mich vielleicht besser daran gewöhnen, sonst würde ich viel Zeit alleine auf dem Zimmer verbringen …

Neben Liam war nur ein weiterer Mittagsgast da, der den Kopf kurz hob und sich dann wieder seinen Pints widmete. Eins stand vor ihm, eins hatte er bereits halb getrunken. Ich nickte Liam am Tresen zu, als ob ich ihn erst jetzt entdeckt hätte. Zugegebenermaßen war ich froh über zumindest ein bekanntes Gesicht.

»Darf ich?«, fragte ich, während ich auch noch die Wirtin begrüßte – eindeutig seine Schwester, sie sahen sich ähnlich –, und deutete auf den Platz an seiner Seite. Liam nickte. Ich kletterte auf den Barhocker. Vor meinem Gastgeber lag ein anämisch aussehendes Schinkensandwich, daneben stand ein Glas Wasser. Die Frau hinter dem Tresen lächelte mich immer noch an. Jetzt, wo ich sie genauer betrachtete, sah sie ihm nicht mehr so ähnlich. Sie hatte einen Wust lockiger Haare, schwarz wie seine auch, aber ihr Gesicht war rundlicher und zudem leicht herzförmig, breiter um die Augenpartie, schmaler am Kinn. Außerdem hatte sie eine ziemlich kleine Stupsnase. »Meine Schwester Áine«, stellte Liam sie vor. »Sie hat hier das Sagen.«

»Ich habe überall das Sagen.« Áine nahm ein Glas zur Hand und bearbeitete es mit einem Spüllappen. Sie lächelte mich wieder an. »Du bist also unser Gast? Liam hat schon von dir erzählt.«

»Ja«, gab ich knapp zurück und spürte, dass ich errötete. Mehr fiel mir in diesem Moment einfach nicht ein. Ein Guinness stand plötzlich vor mir. Der Anblick gefiel mir durchaus, leider mochte ich jedoch kein Bier, nahm aber tapfer den ersten Schluck.

»Und, hast du Hunger? Ich kann dir einen Croque Monsieur anbieten, wenn das in Ordnung ist?«, fragte Áine. »Liam sagte mir, du wolltest vielleicht etwas essen.«

»Ja, das wäre nett.«

Eigentlich wusste ich gar nicht, was ein Croque Monsieur war. Womöglich sah man das auch meinem Gesicht an, denn Áine erklärte mir im nächsten Moment, es handle sich um ein Sandwich mit Käse und gekochtem Schinken, das dann noch mit geriebenem und leicht gepfeffertem Käse im Ofen überbacken werde.

»Ich mache dann noch etwas selbst gemachte Béchamelsoße auf den Belag«, fügte sie hinzu. »Mein Bruder könnte dir natürlich erzählen, dass ein Croque Monsieur erstmals in Prousts *Auf der Suche nach der verlorenen Zeit* erwähnt wurde. Wenn er nicht wäre, wüsste ich das jedenfalls nicht.«

Ich sah zu Liam hin, der keine Miene verzog, während er das Bier anschaute, das vor mir stand. »Schmeckt dir unser Nationalgetränk?«, fragte er endlich.

Ich wollte nicht darum herumreden. »Ich mag Bier nicht sonderlich, aber«, fügte ich mit entschuldigendem Lächeln hinzu, »es sieht definitiv gut aus. Vielleicht versuche ich es als Nächstes aber lieber mit Cider – oder Wasser. Es ist noch etwas früh am Tag für Alkohol.«

Liam schaute mich für einen Augenblick länger an, bevor er lachte. »Du hast es gehört, Schwesterchen. Sie ist ehrlich. Das fällt vielen heute schwer.«

Nach dem übrigens sehr leckeren Essen verabschiedeten wir uns voneinander. Áine blieb im Pub, Liam hatte einem Nachbarn Hilfe versprochen, ich wollte mir weiter die Insel erlaufen.

Ich hatte bereits nach dem Frühstück eine kleine Wanderung zu den Ruinen von Saint Colman's unternommen, die in Emmas Album erwähnt wurden und sich etwa eine halbe Stunde vom Hafen entfernt befanden. Von den Überresten der Abtei aus, die größtenteils aus dem 14. Jahrhundert stammten, boten sich beeindruckende Blicke auf das Hauptland von Inishbofin und die umliegenden kleineren Inseln. Von den Gebäuden war allgemein nicht viel übrig, auf dem Gelände ringsum verbargen sich inmitten wuchernder Vegetation und unglaublich saftiger grüner Wiesen Steinkreuze und einige Gräber. Ich fand es einfach wildromantisch.

Die Kirche hatte einst über fünf Fenster verfügt. Ich nahm mir die Zeit und schaute durch jedes von ihnen hindurch, während ich mich durch den ehemaligen Raum bewegte und immer neue Ausblicke genoss. Vor dem Altar fand sich ein großer Bullaunstein, eine verhältnismäßig tiefe, zumeist halbkugelige Aushöhlung in einem Felsblock oder Stein und ein unmissverständlicher Beweis für einen frühchristlichen Vorgänger an dieser Stelle. Die ältesten Überreste auf dem Gelände – Kreuze, zwei Quellen und eben der Bullaunstein – stammten so auch aus dem 7. Jahrhundert. Ich machte mich als Nächstes auf die Suche nach den heiligen Quellen. In Emmas Album gab es ein Foto von ihr neben einer davon und ein weiteres neben einem keltischen Kreuz. Ich hatte mir Zeit gelassen, ein wenig umhergestöbert, während ich den Sonnenschein genoss, und war schließlich fündig geworden.

Danach hatte ich mich auf den Weg zu O'Rourkes Pub gemacht, wo ich gegessen und Liam und endlich auch seine Schwester getroffen hatte. Nun ging es zum zweiten Mal zum Hafen. Ich kam an zwei Männern in typischen Aran-Sweatern vorbei, mit Gummistiefeln und in speckigen Jeans, die in ein Gespräch verwickelt waren. Mir entgingen ihre Blicke nicht. Sie grüßten unvermittelt, ich grüßte errötend zurück. Ich betrachtete die Häuser noch einmal genauer, an die ich mich aus dem Album erinnerte, und tat sehr beschäftigt. Emmas Beschreibungen waren wirklich gut, ähnlich aussagekräftig wie Pauls Fotos, farbenprächtig und detailliert, ein Echo dessen, was ich heute noch sah.

Natürlich gab es auch Veränderungen. Ich ließ die bisherige Reise Revue passieren. Vier Tage war ich unterwegs, schneller als erwartet hatten sich die Dinge geändert. Auf dem Weg hierher hatte ich mir eine Reise alleine noch nicht vorstellen können, mittlerweile fühlte es sich nicht mehr so überwältigend an. Ich gewöhnte mich an die Situation, und daran hatte durchaus auch dieser Liam O'Rourke seine Beteiligung …

Da die Flut tief stand, machte ich spontan einen kurzen Abstecher zu den Cromwell's Barracks. Danach suchte ich mir wieder einen Weg ins Inselinnere. Früh am Morgen war es wolkenverhangen gewesen, inzwischen war der Himmel längst wieder stahlblau, und ich konnte sogar meinen Pullover ausziehen. Emmas Album führte mich zu einem Strand im Nordosten, an dem sie mit Paul von einem Regenschauer überrascht worden war.

Mit Regen war heute nicht zu rechnen. Ich legte vorübergehend den Kopf in den Nacken. Auch die winzigsten Spuren von Nebelfetzen waren längst wieder verschwunden. Ich dachte an Liam. Würden wir uns heute noch einmal begegnen?

Wir werden sehen … Ich setzte mich wieder in Bewegung. Mein Ziel entpuppte sich als recht flacher Strand. Es gab Bereiche mit hellem Sand und welche mit flachen bewachsenen Steinen. Das Wasser schimmerte so türkisgrün, dass es an ein Bild aus einem Katalog erinnerte, aber das hier war die Wirklichkeit. Eine Weile blieb ich stehen und ließ den Blick schweifen, dann lief ich ein Stückchen weiter, bückte mich und stellte fest, dass der »Sand« hier stellenweise aus lauter winzigen durchscheinend blauen, gelben und rosafarbenen Schneckenhäusern bestand. Ich sammelte sie mit beiden Händen auf, um sie fasziniert aus der Nähe zu betrachten. So etwas Schönes hatte ich lange nicht mehr gesehen. Und dann erinnerte ich mich an die Aquarelle kleiner Schnecken, die Paul, mein Großvater, passend dazu ins Reisealbum gemalt hatte. Er hatte die Zartheit und das Wunder dieser Tausenden und Abertausenden Schnecken wirklich sehr eindrücklich auf das Papier gebannt.

»Liv!« Jemand rief plötzlich meinen Namen. Ich war verblüfft, dann schaute ich mich um und entdeckte Liam etwas weiter am Strand entlang. Schon wieder konnte ich nicht sagen, wo er hergekommen war. Von irgendwo da hinten wohl. Ich wusste es einfach nicht. Er näherte sich rasch.

»Arbeit erledigt?«, fragte ich.

»Ja, alles gut.« Liam klopfte sich Schmutz von der Jeans.

»Heute Morgen warst du auch schon früh weg, oder?«, redete ich weiter.

Er nickte. »Ich war bei unserem Boot.«

»Das muss aber echt früh gewesen sein, und das, nachdem du gestern so spät zurückkamst. Brauchst du keinen Schlaf?« Er schaute mich an, und ich fragte mich, ob ich etwas Blödes gesagt hatte. »Ich bin zufällig aufgewacht und habe dich gesehen«, stotterte ich dann. Das war ja noch dümmer …

Liams Lächeln machte sein Gesicht weicher. »Mein Vater sagte mir immer, ich kann machen, was ich will, wenn ich ansonsten meine Arbeit erledige. Also bin ich heute früh aufgestanden, wie es abgemacht war, und habe meine Arbeit erledigt.«

»Klingt vernünftig. Und jetzt?«

»Habe ich Zeit.«

Er lächelte schief, als wäre er sich nicht sicher, ob mich das interessieren würde. Ich nahm all meinen Mut zusammen.

»Zeigst du mir dann vielleicht noch etwas?«

Ich konnte eigentlich nicht glauben, dass ich ihn das fragte. So etwas hatte ich ja noch nie getan. Aber er schien es nicht abwegig zu finden. »Gerne«, sagte er. Sein Lächeln vertiefte sich.

Wir gingen noch ein Stück am Strand entlang und dann weiter einen Hügel hinauf. Als ich müde wurde, kannte er Stellen, an denen man bequem rasten konnte. Zuerst saßen wir nur schweigend nebeneinander und sahen zum Meer hinüber. Ich suchte den Horizont angestrengt nach Schiffen ab. Irgendwann rückten wir dichter zusammen.

Ich redete mir zuerst ein, dass es Zufall war und daran lag, dass es inzwischen doch ein bisschen kühler war, aber als sich unsere Gesichter einander schließlich zuwandten, wusste ich, dass ich falschlag. Wir kannten einander kaum drei Tage und … So etwas macht man nicht, fuhr es mir durch den Kopf, und im nächsten Moment fragte ich mich, warum man so etwas nicht machte? Was sprach dagegen? Es machte Spaß, mit ihm unterwegs zu sein. Ich hatte ihm inzwischen ein paar weitere Seiten aus Emmas Album gezeigt. Er hatte sie neugierig betrachtet und mir Tipps hinsichtlich dessen gegeben, was zu sehen war. Irgendwann blickten wir uns wieder an, und dann küssten wir uns. Es fühlte sich seltsam an und richtig und gleichzeitig ein wenig so wie in einem romantischen Film, und wahrscheinlich dachte ich schon wieder viel zu viel nach. Nach dem ersten Kuss rückten wir hastig voneinander ab. Meine Unsicherheit spiegelte sich auf seinem Gesicht. Offenbar waren wir beide überrascht.

»Ich mache so etwas eigentlich nicht«, krächzte er und musste sich räuspern.

»Ich auch nicht«, murmelte ich, und dann küssten wir uns einfach wieder.

Viele Gefühle strömten auf mich ein: Ich wollte ihn. Ich wollte ihn halten. Ich wollte ihn spüren. Ich wollte ihn sogar schmecken. Ich konnte mich nicht erinnern, je solch intensive Gefühle gehabt zu haben. Ich war stets ein eher nüchterner Mensch gewesen, ich hatte noch nicht einmal eine wilde Jugendphase gehabt. Auch die Zahl meiner Beziehungen war übersichtlich. Man konnte sie an einer Hand abzählen. Nachdem die letzte zu Ende gegangen war, hatte ich geglaubt, mein Herz sei gebrochen. Jetzt, wo ich Liam küsste, wusste ich, dass das nicht so gewesen war. Ich hatte mich nie wirklich nach jemandem verzehrt. Vielleicht hatte ich die Veränderung gehasst, die eine Trennung mit sich brachte, aber jetzt gab es Liam, und zum ersten Mal wollte ich die Kontrolle verlieren.

Abends gingen wir gemeinsam in Áines Pub. Gestern hatte ich mir das noch nicht vorstellen können, und auch heute Mittag hatte es Überwindung gekostet, aber an diesem Abend begrüßte man mich bereits so, als wäre ich nicht erst kürzlich eingetroffen. In einer Ecke hatten sich ein paar Musiker zusammengefunden. Einer spielte Geige, eine Frau Gitarre, einer entlockte der Tin Whistle eine Melodie, ein anderer einem irischen Dudelsack, der Nächste hielt eine große Trommel schräg in der Hand, bei der ein etwa dreißig Zentimeter breiter Rahmen mit Leder bespannt war. Der Spieler stützte sich beim Spiel mit dem linken Ellbogen auf seinem linken Oberschenkel ab, während er die Trommel mit der linken Hand hielt und gleichzeitig mit den Fingern derselben Hand die Innenseite des Leders berührte, und mit der rechten einen Holzschlegel in rotierenden Bewegungen über die Trommelfläche wirbeln ließ.

Ich fragte Áine, was das denn für ein Instrument sei?

»Ein Bodhrán«, erklärte mir Liams Schwester. »Siehst du, wie Gerry mit seiner linken Hand die Tonhöhen variiert?«

Ich nickte, auch wenn ich es nicht sah. Später aß ich noch einen weiteren von Áines abartig leckeren Croque Monsieurs. Dieses Mal schloss sich mir Liam an. Wenig später kam auch Gerry, der Bodhrán-Spieler, an unseren Tisch. Ich fragte, ob ich Bilder machen und sie für meine Großmutter online stellen dürfe. Niemand hatte etwas dagegen. Ich zeigte zur Sicherheit noch den Instagram-Account. Emma war online und schickte mir wenig später ein Herz. Weitere Freunde von Gerry und Liam tauchten mit großem Hallo auf.

»Wer ist die schöne Lady?«, fragte einer von ihnen, während mich ein anderer irgendwie nur anlächelte, sodass ich seinem Blick irgendwann auswich. Minuten später stand wieder mal ein Guinness vor mir. Ich hätte mir gewünscht, es wäre nur ein *half pint* gewesen, aber es musste wohl schon aus Gründen der Emanzipation ein ganzes Pint sein.

»Früher«, erklärte mir Gerry, »durften Frauen nicht in Pubs trinken, und später bekamen sie immer nur ein halbes Pint. Wir sind da anders.« Er klang stolz. Ich lobte den Sinn für Fortschritt, wünschte mir aber dennoch weniger Guinness.

»Eamonn«, stellte sich Minuten später der Lächler vor.

»Liv.«

Ich wusste nicht, was ich noch sagen sollte, aber dann erzählte ein anderer Freund etwas, und die Aufmerksamkeit verlagerte sich. Ich beobachtete Liam. Wenn ich nicht aufpasste, schaute ich ihn ständig an. Gerry kehrte zu den Musikern zurück und spielte uns ein Solo. Später forderte Áine ihren Bruder auf, die Theke zu übernehmen, und ging selbst nach vorne, um zu singen. Ich war verblüfft, wie man eine so schöne Stimme haben und nicht auf irgendeiner großen Bühne stehen konnte. Man forderte mich auf, ebenfalls etwas zu singen, und wiegelte mein Zögern mit einem »Jeder kann doch singen!« ab. Und irgendwie fühlte ich mich gut genug, also sang ich.

Vielleicht war ich ein bisschen betrunken, als es nach Hause ging. Liam stützte mich. Wir redeten. Ich sagte ihm, dass die Hälfte des Pubs Eamonn und die andere Hälfte Séan oder Gerry geheißen habe. Er ist mir sympathisch, dachte ich dann bei mir. Nein, er war mehr als das. Er gefiel mir auf eine Art und Weise, zu der ich mich nach fast drei Jahren Singledasein kaum fähig gehalten hätte – abgesehen davon, dass ich ja auch gegenüber meinem Ex-Freund nie so etwas gespürt hatte. Liam war mir auf eine Weise vertraut, die einen auch dumme Sachen machen ließ, weil man keine Angst hatte, sich zu blamieren. Das Gefühl, sich einfach fallen lassen zu können, irritierte mich gleichermaßen, wie es sich gut anfühlte.

Als ich spät in der Nacht wieder in meinem Zimmer war, schickte ich Emma noch eine kurze Nachricht, war aber zu müde, den Instagram-Account zu füttern. Das würde ich morgen tun.

Am nächsten Morgen lernte ich Melanie, Áines und Liams Mutter, kennen, die alle Mel nannten und die normalerweise in einem Cottage am Ostende der Insel wohnte und sich nur noch gelegentlich am Betrieb des B&B beteiligte. Sie hatte mich schon einmal mit Frühstück versorgt, da hatte ich sie aber nicht gesehen. Heute tat sie es wieder. Danach machte ich erneut einen Abstecher zu dem Strand mit den schönen Schneckenhäusern und sammelte ein paar davon in einem kleinen Behälter. Noch einmal bewunderte ich Pauls zarte Zeichnungen. Früher als sonst kehrte ich in mein Zimmer zurück und setzte mich mit dem Album ans Fenster, um alles einmal in Ruhe nachzuverfolgen, ohne dass der Wind an meinen Haaren oder den Seiten riss. Manche Dinge erkannte ich inzwischen besser. Ich schickte Emma ein Bild von den Schneckenhäusern. Sie erinnerte sich sofort.

»Wir hatten unsere Kamera dabei und Paul oft auch seinen Zeichenblock. Er hat so gerne gemalt.«

Ich las ihre Worte, und ich hörte sie, und ich stellte mir vor, dass ihre Stimme schwer dabei klang. Dann sagte ich mir, dass dies nur geschriebene Worte waren. Ich konnte nicht wissen, wie meine Großmutter klang. Diese Insel und alles, was hier geschah, machten mich wohl empfindsam.

Nachmittags hatte Liam wieder Zeit. Wir gingen spazieren. Es ist nur ein kleiner Flirt, redete ich mir ein – jetzt sprach ich also schon von einem Flirt, du meine Güte –, aber ich wusste, dass das nicht so war und dass mein Herz nach langer Zeit offenbar wieder bereit für mehr war. Doch fühlte er überhaupt dasselbe?

Liam wollte mir an diesem meinem letzten Tag noch mehr von der Insel zeigen. Wir beide trugen festes Schuhwerk und Jeans. Ich hatte meine Windjacke angezogen. Er trug immerhin ein weißes Langarmshirt. Wir kamen gut voran. An ein paar Felsbrocken vorbei mussten wir schließlich sogar etwas klettern. Einmal reichte er mir die Hand, um mich zu stützen. Ich griff zu. Dann küssten wir uns wieder.

6. KAPITEL

Als sie sich nach diesem Ausflug trennten, konnte Liam es kaum erwarten, Liv abends im Pub wiederzusehen. Sie waren den ganzen Nachmittag zusammengeblieben, und es hatte sich gut angefühlt. Er hatte auf so etwas gehofft, war heute sogar extrafrüh aufgestanden, um seine Arbeit noch rascher zu erledigen. Liv war etwas Besonderes. Diese Frau bedeutete ihm etwas. War er zu schnell mit seinen Gefühlen? Seine Schritte verlangsamten sich.

Bin ich denn überhaupt schon bereit hierfür?

Bisher hatte er sich keine Gedanken darum gemacht. Er war einfach vorgeprescht, hinein in diesen Wirbel, der sein Herz schneller schlagen ließ. Vielleicht wagte er auch nicht, darüber nachzudenken, weil er nicht wusste, wie die Antwort ausfallen würde …

Ja, er fühlte sich glücklich an Livs Seite, aber hatte er dieses Glück verdient? Áine war zufrieden mit der Entwicklung, das war unübersehbar, aber letztlich war alles seine Entscheidung.

Liam runzelte die Stirn. Liv und er hatten bereits so viel miteinander geredet, sie hatten so viel miteinander geteilt. Aber durfte er das überhaupt zulassen?

Als Nächstes ging Livs Reise nach Cashel, dann nach Dublin und anschließend nach Paris. Weiter wusste sie noch nicht so recht. Jedenfalls machte sie eine Reise durch Europa, auf den Spuren ihrer Großmutter.

Sie hatte ihm das Album gezeigt, hatte ihm von der Reise erzählt, die ihre Großeltern gemeinsam unternommen hatten und die nun sie, die Enkelin, für ihre Großmutter Emma wiederholte.

Emma war unglücklich gestürzt, hatte sich ein Bein gebrochen und befand sich inzwischen in einer Rehaklinik.

Für Liv war es die erste Reise alleine. Das hatte sie ihm gegenüber mehrfach betont, und mit jedem Mal hatte es sich angefühlt, als würde sie ihm mehr vertrauen. Und er? Er fühlte sich gut mit ihr. So gut wie schon lange nicht mehr. Sie berührte ihn. Sie ließ ihn lächeln, lachen sogar, aber durfte er zulassen, dass sie einander so nahekamen?

»Du musst ehrlich mit ihr sein«, hatte Áine gesagt, denn es gab Dinge, die ausgesprochen werden mussten, für die er aber die Worte nicht fand, Dinge, an denen er manchmal schlicht zu ersticken glaubte …

»Wann sagst du es ihr, Liam?«

Áine wischte energischer über den Tresen und ließ ihn dabei nicht aus dem Blick. Liam rührte behutsam in seiner Tasse, sah zu, wie sich die Milch in einem Schleier mit dem dunklen Tee verband, und nahm einen der Hobnobs zur Hand. Er liebte diese Kekse, daran hatte sich nie etwas geändert, auch in seinen dunkelsten Stunden nicht. Er biss in den Keks hinein, kaute und schluckte.

»Was soll ich ihr sagen?« Es klang undeutlich. Er hörte sich an wie ein kleines Kind, das etwas zugeben sollte, sich aber noch sträubte.

»Du weißt, was ich meine.« Áine hielt inne, eine Hand auf den Lappen gestützt, die Augenbrauen gerunzelt. »Du solltest ehrlich mit ihr sein, findest du nicht? Sie sollte bestimmte Dinge wissen, das ist wichtig und das würde bestimmte Dinge auch für dich leichter machen.«

Liam starrte wieder in seinen Tee. »Was weißt du schon«, murmelte er. Was sollte die Wahrheit schon einfacher machen?

Bestimmte Dinge … Es war so viel leichter, wenn man es nicht aussprach. Es tat nämlich nicht so weh, und es ließ keine Erinnerungen hochkommen … Er verkrampfte sich, trank dann den Tee in einem Zug aus und stand auf.

»Muss weiter. Vielen Dank für den Tee.«

»Wann willst du dich entscheiden?«

Áines Stimme ließ ihn noch einmal in der Tür verharren.

Ich will gar nichts entscheiden, dachte er. Er drehte sich zur Seite, starrte auf den Türrahmen, an dem sich schon so viele Hände abgestützt hatten, atmete durch und fühlte keine Erleichterung.

»Ich denk drüber nach.«

Er wusste nicht, worüber er nachdenken sollte und was die richtige Entscheidung war. Er ließ die Tür hinter sich zufallen und trat auf den Weg hinaus. Links sah er den alten Murray mit seinem Fahrrad, rechts hinunter lag der Anleger für die Fähre. Etwas weiter entfernt sah er ein Fischerboot von seiner Tour zurückkehren. Ein paar Touristen strebten zu ihren Unterkünften. Liam wandte ihnen den Rücken zu und ging den Weg entlang, der irgendwann weiter den Hügel aufwärts führen würde.

7. KAPITEL

Liam räusperte sich zum wiederholten Mal. Lag ihm irgendetwas auf dem Herzen? Wahrscheinlich sollte ich nicht zu viel darüber nachdenken. Ich neigte ohnehin dazu, mir zu viele und zu unsinnige Gedanken zu machen. Gefühlt schon immer hatte ich mir alles gerne bis ins kleinste Detail ausgemalt, hatte darüber gegrübelt, was geschehen und vor allem, was schiefgehen könnte, aber letztendlich konnte auch ich nicht in die Zukunft sehen.

An diesem Tag waren wir schon am Vormittag gemeinsam losgegangen, hatten uns aber noch einmal für später verabredet. Es war mein letzter Tag auf der Insel. Liam räusperte sich schon wieder. Offenbar war etwas kompliziert, und es war nicht leicht, die richtigen Worte zu finden. Ich konzentrierte mich darauf, den Moment zu genießen, das wieder einmal schöne Wetter, das strahlend helle Licht, das Meer, das Geräusch der Wellen, die gegen das Land schlugen. Ich hatte vorsichtshalber sogar Sonnencreme aufgetragen.

»Wäre es eigentlich okay, wenn ich dich begleiten würde?«, platzte Liam so plötzlich heraus, dass mir zuerst die Worte fehlten. Ich war so perplex, dass ich vielleicht einen Augenblick zu lange schwieg. Die Unsicherheit, die sich auf seinem Gesicht abzeichnete, war nicht zu übersehen. Er tat mir so leid. Ich musste etwas sagen. Er öffnete den Mund. Ich war schneller.

»Das wäre wunderbar, wirklich.« Ich setzte das »wirklich« hinzu und fand, dass es falsch klang. »Ich meine wirklich«, wiederholte ich und machte es damit nicht besser. Ich hörte mir zu, während ich das sagte. Es war ein wenig so, als stünde ich neben mir, ein seltsames Gefühl. Meine Wangen flammten auf. Auch Liam errötete. Irgendwie starrten wir beide im nächsten Moment zum Meer hinüber.

»Also ich«, setzten wir zugleich an. Und dann mussten wir lachen, und im nächsten Moment hielten wir uns in den Armen, länger dieses Mal als alle Male davor, und irgendwann lehnte ich mich ganz leicht gegen seine Arme zurück und legte den Kopf in den Nacken, und dann küssten wir uns.

An diesem letzten gemeinsamen Tag auf der Insel suchten wir Lieblingsorte auf. Ich füllte einen weiteren Behälter mit den winzigen bunten Schneckenhäusern, um ihn bei nächster Gelegenheit von unterwegs aus nach Hause zu schicken. Wir unterhielten uns. Über Emma. Über unser Leben. Über die Insel. Sein Großvater hatte die Fischerei noch in Vollzeit betrieben, schon als kleiner Junge war Liam mit ihm hinausgefahren. Jeder in seiner Familie konnte ein Boot steuern oder sogar segeln, einfach jeder. Ich war beeindruckt.

Auf See müsse man demütig sein, erklärte er mir, und ich verstand ihn. Das Meer war stärker als man selbst, und es ließ nicht mit sich verhandeln. Jede Generation kannte Fischer, die nicht zurückgekommen waren. Jeder kannte Väter, Söhne, Brüder und Freunde, die das Meer geholt hatte. Es gab Stürme und Springfluten und viele Dinge mehr, mit denen man nicht immer rechnete.

Ich hatte Respekt vor dem, was er erzählte, und bedauerte zugleich, dass wir nicht zusammen mit dem Schiff hinausgefahren waren. Aber irgendwann würden wir das tun. Das stand für mich fest, und darauf freute ich mich jetzt schon. Wir würden gemeinsam hierher zurückkommen und gemeinsam hinausfahren, und Liam würde mir diesen Teil seiner Welt zeigen. Wenn ich daran dachte, spürte ich schon die Gischt auf meinem Gesicht und das Salz auf meinen Lippen. Ich stellte es mir in allen Details vor, so klar, dass mich eine Gänsehaut überlief, und ich war glücklich.

Abends waren wir natürlich wieder im Pub. Áine machte mir einen Croque Monsieur, und dieses Mal fand ich nicht genug Worte, sie zu loben. Sie war eine echt gute Köchin, daran gab es keinen Zweifel. Als Liam für einen Augenblick am Tisch mit seinen Kumpeln landete, nahm sie mich beiseite. »Du tust ihm gut«, sagte sie.

Ich sah zu Liam hinüber. Er bemerkte es und lächelte mir zu. Ich wusste nicht recht, was ich darauf antworten sollte. Für einen Moment war ich irritiert, aber bevor ich weiter nachdenken konnte, kam eine Gruppe Musiker unter lautem Hallo herein, und bald darauf war der ganze Pub am Singen, und auch ich summte und wippte mit. Es wurde wieder spät, bis wir alle den Weg in unsere Betten fanden, und ich musste sogar noch ein wenig packen, was mir schwerfallen würde. Als Liam und ich uns voneinander verabschiedeten, stand er im Schatten auf der Treppe, die nach oben führte. Ich konnte sein Gesicht nicht recht erkennen, was sich komisch anfühlte. Wir wussten auch, dass Áine eine Türbreit entfernt stand. Wahrscheinlich macht uns das unsicher, dachte ich.

»Schlaf gut«, sagte ich. »Bis morgen.«

Er nickte. Ich konnte es nicht sehen, aber ich stellte mir vor, dass er lächelte.

Am Abreisemorgen war ich natürlich besonders früh wach und stand dann auch viel zu früh an der Fähre. Liams Mutter Mel hatte mich quasi gezwungen zu frühstücken, und ich hatte nur ein paar Bissen hinunterbekommen, die mir jetzt schwer im Magen lagen. Ich hatte drei starke Kaffee trinken müssen, weil der Abend im Pub schön, aber doch lang gewesen war. Liam war noch nicht da, aber er würde bald kommen. Ich dachte ein wenig über die Dinge nach, die ich gerne mit ihm besprechen wollte. Ich freute mich wirklich darauf. Meine Sehnsucht war geradezu körperlich. Ich spürte sie überall. Nach und nach trafen alle Passagiere ein. Ich wartete und wartete, bis ich endgültig aufgefordert wurde, an Bord zu gehen. Liam kam nicht.

8. KAPITEL

Auf dem Schiff stand ich mit dem Rücken zur Insel, die ich jetzt unter keinen Umständen mehr sehen wollte, und beobachtete die anderen. Auf der Fähre waren ein paar der Leute, mit denen ich auch angereist war, und nach einer Weile kamen wir ins Gespräch. Hin und wieder hatten wir uns zwischendurch gesehen, aber ich war ja beschäftigt gewesen.

Man fragte mich natürlich auch nach dem jungen Mann, in dessen Begleitung man mich des Öfteren gesehen hatte, und ich erklärte, dass er der Besitzer meines Bed and Breakfast gewesen sei und dass er mir ein wenig die Gegend gezeigt habe.

»Glückwunsch, das hat dir doch sicherlich ganz andere Einblicke ermöglicht.«

Ich nickte nur. Je länger wir unterwegs waren, desto schwieriger fand ich es, an den Gesprächen teilzunehmen und nicht zu einsilbig zu klingen.

Wir machten Bilder von der Fähre und von uns. Ich versuchte, das Unverständnis und den Schmerz zu ignorieren, der immer spitzer und tiefer in mir wühlte. Ich hatte meine Schutzzone verlassen, und das hatte ich dafür bekommen. Scharf sog ich die Luft ein, drehte mich dann aber doch um, um nach Inishbofin zurückzusehen.

Die Insel der dummen Träume.

Stacey, eine Amerikanerin, stand plötzlich neben mir. »Ich könnte auch heulen«, sagte sie.

Ich erwiderte nichts, während eine erste Träne meine Nase entlangrollte und dann an meiner Nasenspitze kitzelte, bevor ich sie mit dem Handrücken fortwischte.

»Es war so schön dort, nicht wahr? Ich kann es nicht erwarten, wieder herzukommen, aber jetzt muss ich erst einmal wieder arbeiten und dummes Geld verdienen«, fuhr Stacey fort. »Weißt du, meine Vorfahren sind Iren. Sie sind während der Hungersnot in die USA gekommen. Du hast von der Hungersnot gehört, oder?«

Ich nickte wieder nur. Die Tränen schwollen immer heftiger in meiner Kehle an, und ich wollte ganz gewiss nicht vollkommen die Fassung verlieren. Also drehte ich mich ruckartig wieder um und sah zum gegenüberliegenden Ufer hin. Obwohl ich es zu vermeiden versuchte, beschäftigten sich meine Gedanken mit dem gestrigen Abend. Hatte es Anzeichen gegeben? Irgendetwas? Er hatte doch gesagt, dass er mitkommen würde. Von sich aus. Er hatte mich sogar gefragt. Was war geschehen? Ich versuchte, mir den Moment vor Augen zu führen, als er zu seinen Freunden gegangen war. Er hatte entspannt und vergnügt ausgesehen, oder war er doch nachdenklicher gewesen als sonst? Eine ganze Weile hatte er mit seinen Kumpeln zusammengesessen und mich und Áine alleine gelassen, und ich hatte nichts kapiert, hatte mich täuschen lassen wie ein kleines Mädchen.

Er hat mit dir gespielt … Was will ein so gut aussehender Mann auch von einer Langweilerin wie dir? Ich wusste, dass ich mir gegenüber nicht gerecht war, aber ich konnte die bösartigen Gedanken einfach nicht abschalten. Wie hatte ich nur glauben können, dass sich ein solcher Mann für mich interessierte? Vielleicht hatte er sogar schon eine Freundin? Ich konnte mir mit einem Mal nicht vorstellen, dass so jemand keine Freundin hatte. Gestern, als er mich gefragt hatte, ob wir gemeinsam reisen würden, warum hatte er da überhaupt so lange gebraucht, um die Frage zu stellen?

Die Fähre legte endlich an. Ich verabschiedete mich knapp von den anderen und ging von Bord. Das Auto stand schon da und wartete, und ich blieb noch einen Moment länger mit dem Rücken zum Meer stehen und sammelte mich. Ich wusste nicht, was am meisten wehtat und was mich am meisten verwirrte. Ich war sauer auf mich und auf mein dämliches Vertrauen. Ich war sauer darauf, dass ich mein Verhalten geändert hatte. Als ich endlich einstieg, um loszufahren, musste ich feststellen, dass ich auf der falschen Seite saß, und brach endgültig in Tränen aus: verdammtes Leihauto, verdammte Reise, die ich nie hatte antreten wollen. Eigentlich wollte ich doch nur heim. Warum hatte ich mich von Emma nur überreden lassen? Scheiße!

Ich wechselte die Seite, knallte die Autotür zu und fuhr los. Ich heulte noch ein gutes Stück des Weges und hielt dann irgendwann an, um mir das Gesicht mit dem abgestandenen Wasser aus meiner Wasserflasche zu waschen. Auf dem Weg nach Galway kaufte ich mir irgendwo einen Becher Tee to go und ein Sandwich, weil ich ganz bestimmt nicht irgendwo alleine herumsitzen wollte. Den Tee trank ich schluckweise, das Sandwich rührte ich nicht an. Ich hätte immer noch weinen können, aber ich war leer geweint.

Als ich zum Wagen zurückkehrte, offenbarte mein Handy eine ungeduldige Nachricht von Emma. »Und, hast du die Insel jetzt verlassen? Ich warte auf neue Bilder!«

Ich überlegte einen Moment, nicht zu antworten, aber mir war klar, dass ich das nicht durchhalten würde. Und wenn ich mit jemandem reden wollte, dann mit Emma.

»Bin wieder auf dem Festland«, schrieb ich also und stellte dann ein paar Bilder von der Fähre online, auf denen ich nicht aussah wie ein gelutschter Drops. Emma verteilte Herzchen.

»Wo ist Liam?«, textete sie mir wenig später. »Der gut aussehende junge Mann fehlt eindeutig. Hattest du nicht angedeutet, ihr würdet gemeinsam weiterreisen?«

Das hatte ich voreilig tatsächlich getan. Ich spürte, wie meine Kehle enger wurde, während meine Daumen zögernd über der Tastatur schwebten. Was sollte ich schreiben? Wahrscheinlich war ich jetzt sogar rot geworden, jedenfalls fühlte es sich so an. Wenigstens sah mich hier niemand. Ich rief kurz entschlossen die Telefontastatur auf und tippte ihre Nummer ein. Emma begrüßte mich mit Namen. »Liv, wie schön, persönlich von dir zu hören!«

In ihrer Stimme war eine Mischung aus Überraschung und Freude.

»Er hat mich versetzt«, sagte ich ohne Umschweife.

»Was?«, entfuhr es meiner Großmutter, dann schwieg sie einen Moment lang, bevor sie mich aufforderte: »Erzähl mir alles.«

»Das möchte ich vielleicht lieber nicht.«

»Liv!«

Ich atmete tief durch, dann redete ich doch drauflos.

Während ich Emma mein Herz ausschüttete, bemühte ich mich, die bereits wieder neu erwachenden Gefühle so tief wie möglich in mir zu vergraben. Aber es war schwer. Da war wieder etwas in mir, sobald ich über ihn geredet hatte, etwas, was ich nicht fühlen wollte, etwas, was die Realität auszuschließen versuchte. Wie sollte ich ihn vergessen, wenn mein Körper nach wenigen gemeinsamen Tagen so reagierte? Warum fühlte ich überhaupt so?

Er hat dich versetzt, Liv, Himmel, das war ja wohl die eindeutigste Botschaft, die man kriegen konnte. Was brauchte es denn noch? Wollte ich es schriftlich, vielleicht auch noch mit Unterschrift? War schön mit dir, aber das war's? Tschüss!

»Das tut mir wirklich so leid, Schatz«, sagte Emma, und ich gab mit einer etwas festeren Stimme, die meine Gefühle nicht wirklich widerspiegelte, zurück, dass das schon okay sei. Ich sagte, dass ich jetzt einfach die nächsten Tage planen würde, und kämpfte schon wieder gegen die Tränen an.

»Du bist jetzt auf dem Weg nach Cashel, oder?«, fragte Emma.

»Hm.« Ich zog mit einer Hand den Reiseplan hervor. »Ja, Cashel«, bestätigte ich, während ich mir mit tränenglasigen Augen ein paar Bilder im Album anschaute. Und Pauls Zeichnungen.

Okay, okay, okay, wiederholte ich dann stumm bei mir, die nächsten Tage, das war wichtig, nichts sonst … Denk nicht an ihn. Er ist es nicht wert.

Wenig später verabschiedeten Emma und ich uns voneinander. Ich versprach, bald neue Bilder einzustellen. Für einen Moment saß ich danach noch reglos da, dann öffnete ich den Bilderordner auf meinem Handy. Vom ersten Bild lächelte mich Liam auf einem Felsen sitzend an. Ich erinnerte mich, dass er mich kurz danach gefragt hatte, ob wir die Reise gemeinsam fortsetzen sollten. Verdammt, warum hatte er das getan? Er hatte keine Verpflichtung gehabt, mich so zu verletzen.

Zur Hölle, jetzt war ich doch wütend. Ich nahm mir die Reiseunterlagen vor und sortierte die Inishbofin-Blätter nach hinten. Heute Abend würde ich mir erneut Emmas Album vornehmen und die nächsten Tage planen. Ich hatte noch keine Ahnung, was mich in Cashel erwartete. Meine Großmutter hatte damals eine Freundin aus Kindertagen dort besucht, eine Elisabeth Schwarz, die vor Jahren nach Cashel geheiratet hatte und dort zu Lizzie Moore geworden war. Emma hatte nicht gesagt, dass ich sie besuchen solle, als ich ihr Bild im Album entdeckt hatte. War das seltsam?

»Wir haben uns irgendwie aus den Augen verloren. Hatten seit Jahren keinen Kontakt …« Das hatte sie gesagt. Nur das.

»Soll ich sie für dich besuchen? Das könnte doch spannend sein?«

Emma hatte mit den Schultern gezuckt. »Es ist lange her. Im Krieg hat uns vielleicht doch nur das Überleben zusammengeschmiedet«, hatte sie nach einer Weile ziemlich lapidar gesagt, »und danach, da ist das Band eben irgendwann gerissen.«

Ich dachte unwillkürlich, dass ich nun doch ein wenig neugierig darauf war, was aus Elisabeth Schwarz alias Lizzie Moore geworden war. Vielleicht versuchte ich auch, mich von weiteren dummen Gedanken abzuhalten, aber das war ja wohl gleich, solange es funktionierte.

Emma

Der Mann mit den Büchern war immer donnerstags gekommen. Er strukturierte ihre Woche zwischen Trümmerforträumen, Anstehen um Nahrung und ein bisschen Vergnügen. Und natürlich wollten sie sich vergnügen. Elisabeth und sie waren jung, das Leben lag noch vor ihnen. Meist gingen sie alleine weg. Paul hatte nichts dagegen, er selbst machte sich nichts mehr daraus. Stattdessen beschäftigte er sich mit anderen Dingen, die er viel zu lange hatte missen müssen, wie er sagte, zeichnete und las viel. Auf Nachfrage hatte er ihr erklärt, dass er das Gefühl habe, bei diesen Dingen aufholen zu müssen. Er suchte auch nach Möglichkeiten, ein Studium aufzunehmen. Emma wollte gewiss auch irgendwann wieder in die Schule gehen, ihr Abitur machen, aber jetzt einfach noch nicht. Der Gedanke, wieder in die Schule zu gehen, fühlte sich im Moment an, als wollte man sie einsperren, und das Leben hatte sie doch lange genug eingesperrt und mit dem Tode bedroht.

Elisabeth und sie warteten wie immer gemeinsam an der Stelle, zu der der Mann kam. Ein paar hatten sich zu ihnen gesellt, Ältere und Jüngere, aber zumeist Frauen und natürlich viele Kinder. Wie immer kam Bewegung in die Menge, sobald der Mann mit seinem Karren endlich auftauchte. Er war groß und sehr dünn mit strähnigem, längerem Haar, das ihm bis auf die Schultern reichte, dunklen Augen und einer Habichtsnase. Sein Mund war eher klein, die Lippen schmal. Er hatte kein Alter, vielleicht war er uralt, vielleicht noch jung. Holpernd bewegte er sich über den Schutt. Niemand wusste recht, wo er herkam. Es gab Gerüchte, aber man redete nicht wirklich darüber. So etwas wurde für sich behalten. Der Mann selbst sprach nur das Nötigste. Anfangs hatten sich manche Kinder vor ihm gefürchtet, aber schon bald konnten sie es nicht mehr abwarten, dass er kam. Die ersten Kinder liefen jauchzend auf ihn zu und begleiteten den Mann dann wieder das Stück des Weges zurück bis zu den Wartenden. Ein paar Frauen freuten sich auf die amerikanischen Zeitschriften, für die Kinder hatte er heute zwei neue Kinderbücher dabei, mit denen sich die Kleinen jauchzend zurückzogen. Für Elisabeth und Emma brachte er ein Märchenbuch mit. Für einen flüchtigen Moment verspürte Emma Enttäuschung, aber dann folgte sie Elisabeth zu dem alten Holzbalken, auf dem sie immer saßen, während der Mann geduldig wartete. Er tat nichts, wenn er dort saß. Manchmal rauchte er eine Zigarette, die ihm jemand mitgebracht hatte. Manchmal aß er etwas. Zwei Stunden Zeit blieben ihnen, in der Welt ihres Buches zu verschwinden. Es dauerte jedes Mal nicht lange, bis ihnen das gelang, bis sie *Schneewittchen* lasen und sich wieder in ihren Kinderbetten liegen sahen, während sie mit leuchtenden Augen den Stimmen ihrer Eltern lauschten.

Der Laptop stand offen vor Emma. Sie hatte Instagram geöffnet und schaute noch einmal die Bilder an, die Liv ihr geschickt hatte. Sie hatte nicht gedacht, dass das, was sie geplant hatten, so gut funktionieren würde. Dass sie an der Reise teilnehmen konnte, während sie hier in der Rehaklinik saß. Es gelang ihr durchaus sehr gut, anhand von Livs Bildern die eigene Reise nachzuvollziehen. Es gelang ihr auch sehr gut, sich zu erinnern. Nicht alle Erinnerungen waren willkommen, aber sie würde damit umgehen können.

Emma klickte weiter. Das nächste Bild vergrößerte sich: Liam. Livs Stimme hatte so anders geklungen, als sie erstmals von dem jungen Mann berichtet hatte, so voller Gefühl und Liebe sogar, die Emma lange vermisst hatte. Irgendetwas musste sich da doch machen lassen …

9. KAPITEL

Cashel empfing mich mit dem wahrscheinlich typisch irischen Gemisch aus Nieselregen, Sonnenschein und einem herrlichen Regenbogen, und alles innerhalb einer halben Stunde. Dass es so etwas in Irland gab, hatte ich gelesen, hatte es mir aber nicht recht vorstellen können. Alles in allem war es ziemlich feucht, feuchter als auf …

Inishbofin … Ich kämpfte vergeblich gegen die Gedanken an. Wenn ich aufpasste, dachte ich nicht zu oft an Liam, aber ich musste eben aufpassen. Ich hatte auf der Fahrt sogar vorübergehend in Erwägung gezogen, seine Fotos vom Handy zu löschen – eine Art virtuelles Verbrennen –, aber ich wollte auch sein Gesicht derzeit nicht sehen, und wenn ich die Bilder aufrief, würde ich das tun, und dann musste ich wieder … *an ihn denken.*

Ich seufzte. Auf dem Weg von Cleggan nach Galway über Clifden mit seinen bunten Häusern hatte ich lauthals gesungen, um mich irgendwie abzulenken. Nach Galway ging es weiter in Richtung Loughrea, dann nach Thurles und so weiter und so fort. Etwa vier Stunden brauchte ich bis Cashel, vier Stunden, in denen ich wie ein Teenie viel zu viel nachgedacht und kaum Pausen gemacht hatte. Jetzt schmerzte mein Rücken meinem Alter entsprechend, der Nacken war verspannt, und ich musste sehr dringend auf die Toilette.

Gott sei Dank fand ich schnell einen Parkplatz in der Nähe meines Hotels. Emma und Paul waren damals in einem Privatzimmer untergekommen, das es offenbar nicht mehr gab.

»Damals war ja noch nicht alles so touristisch, und Irland war außerdem sicherlich nicht das erste Ziel, das einem in den Kopf kam«, hatte Emma mir bei unserer Besprechung gesagt, während ich für einen Moment durch Bölls *Irisches Tagebuch* blätterte, das ich ihr auf Wunsch von zu Hause mitgebracht hatte. »Außerdem mussten wir auf jeden Pfennig schauen. Es ist aber eh nicht so wichtig, dass du im gleichen Haus unterkommst. Es kommt auf den Ort an. Und auf die Bilder. Ich bin schon sehr gespannt, was du heute dort vorfindest.«

Ich erinnerte mich später, bei diesem Gespräch auf einem der unbequemen Krankenhausstühle gesessen zu haben. Das war auch der Tag gewesen, an dem ich das Bild mit Elisabeth entdeckt hatte. Es war nur ein undeutliches Foto. Elisabeth schaute darauf nicht in die Kamera. »Wer ist das?«, hatte ich Emma gefragt und das Album so gedreht, dass meine Großmutter die Seite sehen konnte. Sie hatte erst die Augenbrauen gehoben und sie dann gerunzelt.

»Elisabeth.« Es war also niemand, der zufällig mit auf das Foto geraten war.

Ich hatte noch nie von einer Elisabeth gehört.

»War sie auf der Reise dabei?«

Emma hatte den Kopf geschüttelt. »Sie war eine Schulfreundin. Sie ist nach Cashel gezogen, wir haben sie dort besucht.«

Jetzt war ich neugierig. »Soll ich sie vielleicht für dich besuchen?«

Emma hatte mit den Schultern gezuckt. »Ach, ich weiß nicht, es ist lange her. Vielleicht wohnt sie ja auch gar nicht mehr dort«, hatte sie dann unter anderem recht langsam gesagt. »Ich habe wirklich lange nichts von ihr gehört.«

»Hast du denn während der Planung versucht, sie zu kontaktieren?«

»Ach Gott«, hatte sie mich unterbrochen. »Sie war meine beste Freundin, aber natürlich hatte ich später auch ein Leben zu leben, und es war und ist nicht leicht, alleine ein Kind aufzuziehen … Irgendwie ist sie mir darüber wohl aus dem Blick geraten. Vielleicht hätte ich mir auch mehr Zeit nehmen sollen, ja, aber nein, du musst dich nicht auch noch darum kümmern …«

Emma hatte auf meinen Vorschlag hin wirklich nicht besonders enthusiastisch geklungen. Das wunderte mich ein wenig, denn schließlich ging es doch hier um die Vergangenheit, und Elisabeth war doch offenbar ein Teil dieser Reise gewesen …

Ich verstaute rasch die Unterlagen und das Album, in denen ich während einer Pause gestöbert hatte. Inzwischen war ich fest entschlossen, herauszufinden, ob es eine Lizzie Moore in Cashel gab, die einmal die beste Freundin meiner Großmutter gewesen war … Ich schloss den Reißverschluss meines Rucksacks. Die Scheiben meines Mietwagens waren mittlerweile so sehr beschlagen, dass ich nichts mehr sah. Als ich ausstieg, war es frisch, und ich wünschte mir, die Strickjacke doch nicht ganz nach unten in die Reisetasche gestopft zu haben. Entschlossen eilte ich durch den sehr feinen Regen zum Hotel hinüber. Die Stufen zur Tür hinauf waren ausgetreten. Als ich mich oben noch einmal umdrehte, glänzte die regennasse Straße in einem plötzlichen Sonnenstrahl auf, bevor es – irgendwie passend zu meiner Stimmung – wieder düster wurde.

Drinnen erwartete mich ein Traum aus Rot und Gold. Ich sah mich um und dachte, dass mir das wider Erwarten gefiel, selbst wenn es recht pompös wirkte. Auch dieses Hotel hatte es schon zu Zeiten von Emmas Reise gegeben, es hatte aber in einer zu hohen Preisklasse gelegen. Paul und sie waren deshalb lediglich zum Nachmittagstee hier gewesen. Es gab da ein etwas lichtschwaches Bild, auf dem eine sehr ernste, offensichtlich nervöse Emma sehr gerade in einem Sessel saß und bemüht in die Kamera lächelte. Auch deshalb hatte sie dieses Hotel für diese Reise ausgesucht. Sie hatte schon damals davon geträumt, einmal hier zu übernachten.

Hinter der Rezeption, vor der ein ausgetretener roter Teppich an viele Füße erinnerte, die hier schon gestanden hatten, saß ein gelangweilter, Kaugummi kauender Teenager. Durch eine Tür rechter Hand vermeinte ich den Raum zu erkennen, in dem Paul und Emma wohl damals gesessen und ihren Tee getrunken hatten. Ich grüßte und nannte meinen Namen. Der junge Mann nahm es mehr zur Kenntnis, als dass er etwas sagte, durchforstete die Computer-Datenbank und schob mir endlich einen Schlüssel mit einem riesigen Anhänger zu, der offensichtlich sicherstellen sollte, dass man ihn nicht mit nach draußen oder gar versehentlich mitnahm. Dann deutete er auf die Treppe, die geradeaus nach oben führte, machte aber keine Anstalten, mein Gepäck zu tragen oder mich auch nur nach oben zu bringen. Jede Stufe der Treppe knarrte heftig, bis hinauf in den ersten Stock, wo ich zuerst einmal in die falsche Richtung lief.

Als ich die Tür zu meinem Zimmer aufstieß, schien die Sonne hinein. Dieser ständige Wechsel war unglaublich. Ich trat ein, schob die Tür hinter mir zu und lehnte mich tief durchatmend dagegen. Mein Zimmer war ein Traum oder vielleicht auch ein Albtraum aus schnörkeligen weißen Neobarockmöbeln und einem riesigen Bett, an dem man einen Vorhang hätte anbringen können, was man aber nicht getan hatte. Vor dem leicht beschlagenen Fenster hingen Rüschenvorhänge mit Streifen in dunklerem und hellerem Rosé. Es roch feucht. Ich drehte die Heizung voll auf im Versuch, etwas dagegen zu tun. Auf einem Tischchen stand ein irgendwie unpassend modern aussehender Wasserkocher nebst Teebeuteln, haltbarer Milch, Zucker und Tassen. Ich öffnete eine weitere Tür und entdeckte ein kleines, aber modernes Bad und endlich eine Toilette. Es gab sogar eine Badewanne und ein Angebot an farbigen Duftperlen. Ich hielt kurz meine Nase darüber und schnupperte. Vielleicht würde ich heute Abend ein entspannendes Bad nehmen und danach in Emmas Album stöbern, um mir mehr Klarheit über die nächsten Tage zu verschaffen. Es war wichtig, Pläne zu haben. Immer noch. Ich schaute in den Spiegel und dachte an Liam. *Scheiße.*

Nach dem Auspacken ging ich bald wieder nach unten. Es war jetzt etwa vierzehn Uhr. Ich durchforstete die Werbezettel an der Rezeption und steckte ein paar davon ein, unter anderem eine Broschüre über den Rock of Cashel und ein paar Tipps für Restaurants. Eine Örtlichkeit pries seine selbst gemachten Burger an, dazu extrakrosse Pommes und einen Softdrink nach Wahl. Außerdem gab es ein indisches Restaurant und mehrere Cafés. Ich ließ mir ein Telefonbuch geben und durchforstete es nach dem Namen Moore, musste aber bald feststellen, dass der Name nicht gerade selten war. Eine Elisabeth oder Lizzie Moore fand sich schon einmal nicht darunter. Möglicherweise war sie auch unter ihrem Mädchennamen verzeichnet.

Nun gut, dann würde ich mir heute eben zuerst einmal den Rock of Cashel ansehen und mein weiteres Vorgehen überlegen. Seit ich mich auf der Reise befand, hatte ich mir bereits mehrfach die Bilder von dort oben angesehen und war jedes Mal beeindruckt gewesen. Der Rock of Cashel war in jedem Fall ein gutes Ziel für heute, schließlich war es noch früh am Tag.

Ich machte mich rasch etwas frisch, zog meine Regenjacke über und schloss die Zimmertür energisch hinter mir. Den Schlüssel ließ ich bei dem gelangweilten Jugendlichen, der immer noch schwer mit Kaugummikauen und seinem Handy beschäftigt war und auch dieses Mal kaum aufblickte. Auf mein »Bye« hin gab er lediglich ein Brummen von sich und daddelte weiter. Als ich jetzt wieder vor die Tür trat, hatte es aufgehört zu regnen, aber der Boden schimmerte feucht, und die Wolken hingen noch tief. Entschlossen lief ich los. Mein Ziel hatte ich schon gesehen, als ich in den Ort hineingefahren war. Es lag prominent in der Landschaft, von mir aus gesehen in nordwestlicher Richtung. Die Anlage, die hoch über der Ebene thronte, wirkte ebenso sagenhaft verwunschen wie imposant. In früheren Zeiten hatte man auf dem Felsen einen Sitz von Feen und Geistern vermutet. Als ich mich jetzt meinem Ziel näherte, konnte ich gut nachvollziehen, wie es dazu gekommen war. Die mittelalterlichen Kirchruinen auf diesem bereits seit Jahrhunderten als Festung genutzten Felsen wirkten auch auf meine modernen Augen wie verzaubert. Ich benötigte etwa zwanzig Minuten, bis ich den Fuß des Hügels erreichte. War ich auf den ersten Metern des Anstiegs noch relativ alleine gewesen, schlossen sich mir wenig später munter plaudernde Amerikaner und noch ein wenig später gut gekleidete, ziemlich sportliche Italiener an. Der Wind wurde mit jedem Schritt in die Höhe stärker. Inzwischen konnte ich meinen Atem deutlich hören und fühlte mich mahnend daran erinnert, dass ich zu wenig Sport machte.

Zwei weitere Amerikaner überholten mich, und hinter ihnen folgte eine zweite lautstarke italienische Reisegruppe. Je näher ich meinem Ziel kam, desto imposanter wirkten die Gebäude. Das älteste war ein Rundturm, dessen Eingang sich fast vier Meter über dem Boden befand. Emma hatte einige kurze Notizen über die irisch-romanische Architektur, die Hochgotik und mittelalterliche Burgen ins Album geschrieben. Von Paul stammte eine kleine Zeichnung neben dem Foto vom Rock of Cashel, die Paul und Emma als Comicfiguren zeigte, die sich den Weg zum Fels hinaufkämpften. Gemeinsam mit einer dritten Gruppe Italiener erreichte ich das Plateau.

Ich steuerte zuerst den Rundturm an und las in der abgegriffenen Broschüre aus dem Hotel nach, dass der Bau ursprünglich ohne Mörtel errichtet worden war und dass man diesen erst in unserer Zeit aus Sicherheitsgründen hinzugefügt hatte. Die Funktion dieser Rundtürme war immer noch nicht abschließend geklärt, auch wenn es mittlerweile mehr als eine interessante Theorie dazu gab. Paul hatte einen Rundturm gezeichnet und eine Rapunzel mit Emmas Gesicht hinzugefügt. Cormacs Kapelle, die ich als Nächstes in den Blick nahm, war zu Zeiten von Pauls und Emmas Reise noch eine Ruine gewesen, deren Restaurierung erst in neuerer Zeit abgeschlossen worden war. Bevor ich hineinging, machte ich für Emma ein Foto. Die Kapelle war für eine romanische Kapelle außergewöhnlich reich geschmückt. Nur kurz darauf stand ich schon vor der Ruine der großen Kathedrale. Irgendjemand hatte hier ein Foto von Emma und Paul gemacht, Paul eines von Emma und Elisabeth, aber Elisabeth hatte im Moment des Abdrückens ihren Kopf zur Seite gedreht, sodass ich nur ihr in der Bewegung verwischtes Profil sah.

Emma und sie wirkten sehr eng auf dem Bild, beide hatten die Arme umeinandergelegt, beste Freundinnen eben. Ich wunderte mich erneut, dass ich bis vor Kurzem nicht von ihr gehört hatte. Das passte einfach nicht.

Ein Guide tauchte mit einer neuen Touristengruppe auf dem Plateau auf. Ich durfte mich ihnen anschließen und erfuhr, dass der ungewöhnliche Grundriss der Kathedrale mit den Gegebenheiten der Örtlichkeit zu tun hatte und dass es ein König von Munster gewesen ist, der um 370 die erste Burg an dieser Stelle hatte bauen lassen, bis der Ort um 1100 an die Kirche gegangen war. Unser Guide wusste ziemlich unterhaltsam zu erzählen und flocht immer wieder Anekdoten ein. Ich war froh, mich der Gruppe angeschlossen zu haben. Die Amerikaner waren, wie ich fand, freundlich, ziemlich grün angezogen und immer bereit zu lachen, besonders über die Geschichten von einem Bischof, der angeblich siebenundvierzig Kinder gehabt hatte, neun davon mit seiner eigenen Frau. Ein Teil der Italiener blieb nach einer Weile zurück und machte Selfies. Ich lachte auch über den Bischof. Es gab nur eine Sache, die nervte: Ich sah Liam überall. Ich hatte ihn schon auf dem Weg zum Rock hinauf gesehen. Nun kam er aus Cormac's Kapelle. Später, als ich längst wieder im Ort war, sah ich ihn hinter der Scheibe eines Pubs, den ich nicht betrat. Zu Abend aß ich in dem indischen Restaurant. Kurz bevor ich ins Bett ging, erreichte mich eine Nachricht meiner besten Freundin Jenna, die fragte, ob wir uns spontan in Dublin treffen sollten. Ebenso spontan stimmte ich zu. Es war zwar schon recht spät, als ich das tat, aber es überraschte mich nicht, als wenig später das Telefon klingelte.

»Echt jetzt?«, war Jennas verblüffte Stimme zu hören. »Habe ich denn der richtigen Person die Anfrage geschickt? Ich glaube, du hast noch nie einem meiner Vorschläge so schnell zugestimmt.«

»Hallo, Jenna!«

Ich musste schmunzeln und konnte Jenna quasi vor mir sehen, wie sie da auf ihrem WG-Bett saß, denn natürlich war sie nach dem Studium nicht dort ausgezogen, im Schneidersitz, das Telefon vor sich haltend, den Kopf mit dem aschblonden, störrischen Haar gedankenvoll zur Seite gelegt.

»Sonst bist du nicht so spontan«, stellte sie trocken fest.

Wahrscheinlich nicht, dachte ich und sagte dann laut: »Ach, ich wusste einfach, wie sehr du das willst.«

»Du kennst mich eben in- und auswendig.«

Jenna lachte ihr tiefes Hildegard-Knef-Lachen. Ich musste auch lachen. Jenna war immer die mit den verrückten Ideen gewesen. Sie hatte sich ein Auslandsjahr alleine zugetraut, während ich zu lange darüber nachgedacht und es dann doch lieber gelassen hatte. Sie war danach begeistert gewesen und hatte mir immer wieder davon erzählt. Ich konnte es mir immer noch vorstellen. Was sollte ich weg von daheim, wo ich alles kannte? Was sollte das bringen?

Inzwischen dachte ich natürlich etwas anders über das Auslandsjahr, aber das Studium war vorbei. Diese Chance hatte ich verpasst. Die Reise, die ich jetzt unternahm, würde wahrscheinlich die längste Zeit sein, die ich im Ausland verbrachte. Jenna auf der anderen Seite arbeitete als Übersetzerin und war mit ihren Projekten nicht ortsgebunden. Sie konnte sich also durchaus rasch einfach mal »freinehmen«. Auch deshalb hatte sie mir den Vorschlag wahrscheinlich machen können oder warum auch immer ... Manchmal fragte ich mich, was Jenna und mich zusammenschmiedete? Jenna trug ihr Herz auf der Zunge. Jenna lachte viel und manchmal auch so laut, dass es mir peinlich war, und sie machte sich sicherlich keine Gedanken darüber, was passieren könnte, wenn sie neuen Leuten begegnete. Ich dagegen verbrachte meine Zeit gerne damit, sorgfältig Dinge zu überdenken, die vielleicht gar nicht eintraten. Eigentlich war sie das krasse Gegenteil von mir.

In meiner Erinnerung hatte sie mich angesprochen, in ihrer war ich es gewesen, die ihr in der Mensa behilflich gewesen war, nachdem sie versehentlich zweimal den Startknopf für den Kaffeebecher bedient und eine kleine Überschwemmung angerichtet hatte. Ich hielt das für ziemlich unwahrscheinlich. Jenna unterliefen solche Fehler nicht. Aber sie beharrte auf ihrer Geschichte. Bald darauf hatten wir entdeckt, dass wir mehrere Kurse zusammen besuchten. Natürlich kannten die Professoren Jenna, mich jedoch nicht. Sie stand mir bei den verhassten Referaten zur Seite. Ich hörte mir an, wenn sie sich tränenreich über einen ihrer Ex-Freunde beschwerte, denn Jenna war zwar eine toughe Frau, doch sie war auch sehr emotional. Manchmal wunderte ich mich also, manchmal wusste ich einfach, dass wir so gut zusammenpassten, eben weil wir so unterschiedlich waren und uns doch beide etwas zu geben hatten. Mit ihr lernte ich Leute kennen oder fand mich in Situationen wieder, die mir sonst verschlossen geblieben wären. Mit mir lernte sie, innezuhalten.

Nachdem wir aufgelegt hatten, schickte ich ihr noch ein Emoji mit Herzchen-Augen und schrieb dazu: »Dann kannst du mir endlich Dublin zeigen!« Zugegebenermaßen hatte ich es damals noch nicht einmal geschafft, sie zu besuchen, was einer Mischung aus Geldmangel, Angst und zu viel Arbeit geschuldet gewesen war und was Jenna unter »Du setzt die falschen Prios« zusammengefasst hatte.

»Wird ja auch Zeit«, antwortete sie und setzte etwas später hinzu: »Freu mich wie Bolle! Echt jetzt!«

10. KAPITEL

Der nächste Tag startete mit einem guten Frühstück. Immerhin hatte ich heute mehr Appetit als am Vortag. Verdammt, ich würde mir die restliche Reise doch nicht von irgend so einem wankelmütigen irischen Bauern verderben lassen! Okay, ich hatte mir etwas vorgaukeln lassen, schön und gut, aber ich würde darüber hinwegkommen. Und zuallererst würde ich jetzt herausfinden, was mit Elisabeth passiert war, der Freundin meiner Großmutter. Gut möglich, dass sie sich einfach auseinandergelebt hatten, ein Menschenleben war eine lange Zeit, aber ich war mir doch sicher, dass Emma sich letztendlich freuen würde zu erfahren, was aus ihrer Freundin geworden war. Und außerdem hatte ich damit eine Aufgabe, die mich zumindest etwas davon abhielt, zu viel über eine gewisse Person nachzudenken.

Ich trank also zwei Tassen Kaffee zum Frühstück und aß vier Würstchen und alle Scheiben gebratenen Speck. Der missmutige Teenager war heute Morgen nirgendwo zu sehen – vielleicht war er in der Schule. Statt seiner bediente erst eine junge Frau mit mächtiger roter Lockenmähne (sie sah aus wie einer irischen Tourismusbroschüre entsprungen), die etwas später von der älteren Variante ihrer selbst abgelöst wurde, die die Haare allerdings deutlich kürzer trug.

»Sheila Monaghan, Besitzerin des Hotels«, stellte die ältere Frau sich mit freundlichem Lächeln vor. »Leider konnte ich Sie gestern nicht persönlich begrüßen. Ich hoffe, Sie sind zufrieden?«

»Ja, vielen Dank.« Ich räusperte mich, ohne zu wissen, weshalb, und mehr zu sagen hatte ich eigentlich auch nicht vor. Ich war nicht der Typ für Small Talk. Sheila schien das gar nichts auszumachen, oder sie bemerkte meine Reserviertheit nicht.

»Noch einen Kaffee oder vielleicht Tee?«, fragte sie freundlich, nun gepaart mit einer Art zurückhaltender Neugier.

»Gerne. Ein Tee wäre nett.«

Sheila Monaghan verschwand kurz durch eine schmale Tür, die wahrscheinlich in die Küche führte, und stellte wenig später eine weitere Kanne auf den Tisch. Auch Milch hatte sie mitgebracht und Zucker, von dem ich ein Päckchen nahm. Irgendwie war mir nach süß. Der Tee war gut und stark.

»Wo geht es denn heute hin?«, erkundigte sich Sheila, während sie sich nun kurzerhand an den Nachbartisch setzte.

»Gestern war ich auf dem Rock of Cashel.«

»Ah, das ist wunderbar.« Sheila freute sich geradezu enthusiastisch über die gute Wahl meines Ziels und erzählte mir, dass sie zwar ihr ganzes Leben hier wohne, aber trotzdem immer wieder selbst dort hinaufgehe. »Wenn ein richtig guter Wind weht, lasse ich mich da oben durchpusten, und dann schaue ich in alle Richtungen, und manchmal ist es, als würde der Wind dann alle Sorgen und Nöte einfach mit sich mitnehmen.« Sie lächelte nachdenklich. »Manchmal braucht man das, oder?«

Ich nickte nur, nahm einen Bissen von meinem gebutterten Toast und trank schluckweise den guten, süßen Tee dazu. Sheila war mittlerweile an die Kante ihres Stuhls gerutscht, machte aber keine Anstalten, mich zu verlassen.

»Gestern waren Sie also auf dem Rock of Cashel«, sagte sie und wiederholte dann ihre Frage: »Was haben Sie denn heute vor, wenn ich fragen darf? Sie bleiben ja noch eine Nacht, nicht wahr?«

Ich nickte wieder nur und pickte mit der Fingerspitze Toastkrümel von meinem Teller. Dann hob ich doch den Kopf. »Ich wollte mich noch etwas umsehen. Außerdem bin ich tatsächlich auf der Suche nach jemandem. Dürfte ich Sie dazu vielleicht etwas fragen?«

»Gerne.« In Sheilas Gesicht leuchtete Aufmerksamkeit auf.

»Wissen Sie, ich unternehme die Reise anstelle meiner Großmutter, die sich leider das Bein gebrochen hat ...«

»Oh, wie furchtbar ...«

»Und ich weiß, dass vor langer Zeit eine Jugendfreundin nach Cashel gezogen ist und ...«

»Nein, das ist aber aufregend«, unterbrach meine Wirtin mich ein weiteres Mal. »Wie heißt die Freundin denn?«

Ich zögerte unwillkürlich. War jetzt der Moment oder tat ich damit doch etwas, was meiner Großmutter nicht gelegen kam? Sheila sah mich immer noch erwartungsvoll an. Ich musste mich räuspern. »Sie heißt Elisabeth«, sagte ich dann. »Elisabeth Moore.«

Ich sprach den Vornamen deutsch aus. Sheila runzelte die Stirn.

»Elisabeth«, setzte ich in englischer Aussprache hinzu.

Jetzt war es an meiner Wirtin, die Augen aufzureißen. »Elisabeth ... Himmel, könnte das unsere Lizzie sein ...?« Sie runzelte erneut die Stirn. »Nein, das müsste unsere Lizzie sein ... Wie alt ist Ihre Großmutter denn, wenn ich fragen darf?«

»Sie ist fünfundachtzig.«

Sheila Monaghans Gesicht hellte sich noch weiter auf. »Also es gibt hier eine Lizzie Moore. Lizzie kurz für Elisabeth, wissen Sie. Sie führt das Rose Café, und ich bin mir sicher, dass sie um die achtzig Jahre alt ist.«

Irgendwie machte sich meine rechte Hand selbstständig und stieß gegen die Teetasse, während ich versuchte, danach zu greifen. Sollte es so einfach sein? Aber Cashel war eben ein kleiner Ort mit seinen etwas über viertausend Einwohnern. Es war also tatsächlich gut möglich, dass ich Emmas Jugendfreundin bereits gefunden hatte.

»Wissen Sie«, fuhr Sheila fort, »Lizzie ist vor Jahren mit ihrem amerikanischen Ehemann hierhergekommen. Das war sehr ungewöhnlich, die meisten gingen damals ja eher weg. Ich kenne sie ziemlich gut. Sie ist Deutsche, ja? Das wusste ich nicht. Ich dachte, sie sei Amerikanerin. In jedem Fall ist sie eine begnadete Bäckerin. Besuchen Sie sie am besten in ihrem Café. Dort können Sie dann herausfinden, ob sie die Gesuchte ist, und zusätzlich ihren unglaublichen Kuchen probieren.«

»Das mache ich.«

»Sie macht wirklich ausgesprochen leckere Törtchen«, fuhr Sheila schwärmerisch fort. »Ich darf da gar nicht so oft hingehen. Wenn man älter wird, bleibt einfach jedes Kilo zu viel sofort an den Hüften hängen. Früher habe ich übrigens in der Praxis ihres Mannes ausgeholfen. Jeff Moore war Tierarzt, der beste … Dann haben wir das Hotel übernommen. Lizzie und ich sind übrigens seit Jahren gemeinsam in einem Lesezirkel. Ihre Kinder sind eine Zeit lang zusammen mit meinen in die Schule gegangen.« Sheilas Ausdruck verdüsterte sich im nächsten Moment. »Jetzt sind meine beiden weg und Lizzies Tochter auch. Nur ihr Sohn ist geblieben, der hat die Praxis seines Vaters übernommen. Die anderen mussten gehen. Es gibt hier einfach nicht genügend Arbeit.«

»Das tut mir leid.«

Sheila zuckte mit den Schultern. »Es ist, wie es ist. Wir sind daran gewöhnt.«

»Es kann trotzdem nicht leicht sein.«

»Nein.« Sheila schaute nachdenklich in die Ferne. »Jason, der gestern an der Rezeption war, ist übrigens das Nesthäkchen meiner mittleren Schwester. Ihre Tochter hat Sie heute Morgen zuerst bedient. Sie wird das Hotel wohl mal übernehmen. Wir sind vier Schwestern insgesamt«, klärte mich Sheila im nächsten Moment weiter auf, und ich fragte mich, ob ich wohl irgendwann besser lernte, mich auf solche Begegnungen einzulassen, oder ob mich zu viel Privates immer nervös machen würde.

»Sie lesen gerne?«, versuchte ich das Thema zu wechseln.

»Ja«, sagte Sheila und lächelte. »Sie nicht?«

»Doch.« Und Emma, fügte ich in Gedanken hinzu, und Lizzie offenbar auch … Ich beugte mich leicht vor, sodass ich die Kante des Tisches an meinem Körper spürte. »Könnten Sie mir die Adresse geben?«

»Klar …« Sheila stand auf und verschwand in Richtung Rezeption. Ich spähte in meine Tasse, lüpfte dann den Deckel der Teekanne und entschied mich, den Rest auch noch zu trinken. Es dauerte eine Weile, bis Sheila zurückkam. Ich hatte meinen Tee schon getrunken und das Geschirr abtransportbereit gestapelt, weil ich mich einfach irgendwie hatte beschäftigen müssen.

»Hier!« Triumphierend hielt sie mir einen leicht zerfledderten Zettel entgegen. »Ich wusste doch, dass wir irgendwo noch einen ihrer Werbezettel haben. Es gab nur diesen. Das Rose Café hat Werbung eigentlich nicht so nötig … Schauen Sie mal. Da ist auch die Adresse und eine Wegbeschreibung.«

Sie legte den Zettel vor mich hin. Er war schon recht abgegriffen und eher nüchtern gehalten mit dem Namen des Cafés, einer Adresse und darunter einer stilisierten Darstellung des Gebäudes, in dem sich das Café befand. Noch während ich las, festigte sich die Entscheidung, die ich eigentlich schon vorher getroffen hatte.

Sheila und ich wechselten noch ein paar Worte. Sie gab mir Tipps, wo ich heute Abend etwas Gutes zu essen bekommen würde, zweifelte aber daran, dass das nach einem Besuch im Rose Café noch vonnöten wäre. Auf den Treppenstufen zum Hotel holte ich mein Handy heraus und rief den Stadtplan auf. Das Café, das Emmas Freundin betrieb, musste ganz in der Nähe sein. Ich schaffte es trotzdem erst einmal, an einer Ecke falsch abzubiegen und gut zehn Minuten lang in die falsche Richtung zu marschieren, bevor ich doch noch auf meinen Fehler aufmerksam wurde und umkehrte. Bereits kurze Zeit später stand ich endlich vor dem Eingang. Mein Herz schlug wahrscheinlich so schnell wie noch nie vor dem Betreten eines Cafés.

Die Luftfeuchtigkeit war heute wieder höher, ein feiner Nebel, bei dem man nicht recht wusste, ob es jetzt regnete oder nicht. Ich kontrollierte meine Uhr. Das Café hatte erst vor Kurzem geöffnet. Ich versuchte, etwas durch die Fensterscheiben zu erspähen, doch die waren dafür eigentlich zu klein und außerdem ziemlich beschlagen. Zur Tür hinunter führten zwei ausgetretene Stufen. Ich zögerte noch einen Augenblick länger und gab mir dann einen Ruck. Der Türsturz erschien mir so niedrig, dass ich beim Eintreten instinktiv den Kopf einzog. Drinnen war es mollig warm. Ich pflückte mir mechanisch das Tuch vom Hals, das ich beim Hinausgehen umgeschlagen hatte, weil ich es doch unerwartet kühl gefunden hatte. In einer Ecke bullerte ein ziemlich kleiner gusseiserner Ofen, auf dem offenbar eine Teekanne warm gehalten wurde. Der Duft, der mich umhüllte, war äußerst verlockend. Es roch nach süßem Gebäck, Sahne, Butter und Marmelade. Gerade einmal drei kleine Tische nebst Stühlen füllten den Raum bereits vollkommen aus. Nach hinten hinaus gab es offenbar noch einen kleinen Garten, auf den ein selbst gemaltes Schild hinwies und in dem es weitere Plätze gab. Über der Theke hing ein Schild mit den

Worten »Self Service«, Selbstbedienung. Es gab außerdem drei Barhocker an der Kuchentheke. Auf der Theke standen ein offenbar frischer Apfelkuchen und ein Teller mit ebenso gut duftenden Scones. Ein erster Käufer war schon da und nahm gerade eine Tüte mit Gebäck entgegen, öffnete sie noch einmal leicht und versenkte schnuppernd die Nase darin. Es war dieser Moment, in dem ich mir wieder einmal einbildete, Liam zu sehen. Mir stockte der Atem, und ich kämpfte für einen Moment sogar damit, meine Tränen zurückzuhalten. Und natürlich irrte ich mich. Das da war nicht Liam. Liam saß auf Inishbofin und umgarnte wahrscheinlich gerade die nächste doofe Touristin. *Vergiss ihn, vergiss ihn, verdammt noch eins.* Es war doch absurd, wenn ich immer noch an ihn dachte. Mein letzter Freund, und mit dem war ich immerhin wirklich zusammen gewesen, hatte mich schon gute drei Jahre meines Lebens gekostet. So etwas durfte nicht noch einmal passieren, nicht unter diesen Umständen.

»Howya, luv? Wie kann ich helfen?«

Eine Frau mit einem freundlichen, rundlichen Gesicht, umrahmt von kleinen grauen Dauerwellenlocken, tauchte hinter dem Käufer und der Theke auf. Ich zuckte zusammen. Hatte sie mich jetzt mehr als einmal angesprochen? Ich wusste es nicht, denn ich war vorübergehend so in meinen Gedanken gefangen gewesen, dass ich nichts mitbekommen hatte. War sie überhaupt schon da gewesen, oder war sie eben durch die Tür da gekommen, die nach hinten führte?

»Sie sind doch richtig hier und haben sich nicht verlaufen, oder etwa doch?« Die ältere Frau lachte breit. »Jedenfalls sehen Sie aus, als hätten Sie gerade einen Geist gesehen. Falls Sie sich also fragen, wo Sie sind: Das ist das Rose Café, Besitzerin Lizzie Moore.«

»Nein, nein«, stotterte ich, »ich bin schon richtig.«

»Haben Sie mich im Internet gefunden? Hat mich jemand empfohlen?« Lizzie Moores Lächeln vertiefte sich. Natürlich wusste sie, dass sich niemand hierhin verlief. Das Rose Café war ein Ziel, das man ansteuerte. Ich hatte auf meinem Weg rasch ein paar Bewertungen im Internet studiert. Die meisten waren offenbar mehr als zufrieden gewesen. Das Lob war zumeist hymnisch, wenn es auch die üblichen Ausreißer gab. An einem Regentag waren offenbar zu viele Leute hier gewesen, und es war zu eng. An einem anderen Tag hatte die Hafermilch gefehlt. »Also, was kann ich für Sie tun?« Die alte Frau lächelte immer noch.

»Sie sind Elisabeth Moore, ja?«

Ich sprach ihren Vornamen halb deutsch aus. Sie antwortete nicht gleich, sondern musterte mich jetzt eingehender.

»Die bin ich tatsächlich«, gab sie dann zurück und schaute mich prüfend an. »Ich bin Elisabeth, aber so hat mich schon seit Ewigkeiten niemand mehr genannt.« Auf ihrem Gesicht zeichneten sich Verwunderung und Neugier ab, jedoch kein Misstrauen. »Woher kennen Sie denn meinen Namen?«

Ich hatte mir viele Worte zurechtgelegt und auch Erklärungen, aber letztendlich wählte ich das, was ich für den einfachsten Weg hielt, und sagte nur: »Ich bin Liv Schreiber, Emmas Enkelin.«

»Emma«, stieß Lizzie hervor. Sie schüttelte den Kopf.

Einen Moment lang war es still. Während dieser Zeit wechselten sich die unterschiedlichsten Gefühle auf Lizzies Gesicht ab.

»Emmas Enkelin? Emma? Ach du meine Güte, ist das lange her.« Sie räusperte sich, hielt sich dann einen Augenblick an der Theke fest. Tatsächlich schwankte sie. Ich überlegte kurz, ob ich ihr wohl zur Seite springen müsste. »Geht es ihr denn gut?«, fragte sie dann. »Geht es Emma gut?«

»Ja, ich denke schon.«

Ich fragte mich wieder einmal, warum sich Elisabeth und Emma eigentlich aus den Augen verloren hatten? War es einfach so passiert, war das Leben wirklich dazwischengekommen, hatte man sich irgendwann neu orientiert, oder war Irland in der damaligen Zeit letztendlich einfach zu weit weg gewesen? Wie hatten die beiden sich überhaupt kennengelernt? Auch das wusste ich nicht.

Lizzie kam hinter der Theke hervor und stand für einen Moment neben mir. Sie musterte mich noch einmal eingehend.

»Setzen wir uns«, sagte sie dann. »Sie sehen ihr nicht ähnlich.«

»Nein.« Ich blickte mich um. »Müssen Sie sich nicht um Ihre Gäste kümmern?«

Lizzie zuckte mit den Schultern. »Bei so einem Wetter hält sich der Betrieb vormittags in Grenzen. Außerdem sehe ich von hier aus ja alle, und bald kommt auch meine Aushilfe. Die schmeißt den Laden wenn nötig alleine.« Sie betrachtete mich noch einmal von oben bis unten. Jetzt, wo sie nicht mehr hinter der Theke stand, fiel mir auf, dass sie eher klein war, sicher einen guten Kopf kleiner als ich. Offenbar war der Boden hinter der Theke also erhöht. Sie nahm meinen Blick wahr. »Habe ich größer gewirkt?« Sie zwinkerte mir zu.

»Ein wenig.« Ich lächelte. Sie griff unvermittelt nach meinen Händen und schaute mir dann fest und prüfend ins Gesicht.

»Emmas Enkelin … Setzen wir uns, setzen wir uns endlich. Sie müssen mir alles erzählen, wirklich alles. Wo ist Emma? Ist sie hier?«

Tee und Scones schmeckten köstlich, so köstlich sogar, dass ich kaum aufhören konnte zu futtern. Das typische Gebäck war duftig und locker, nicht zu süß, und die *clotted cream* darauf schmeckte einfach nach mehr. Ich kam mir gierig vor, aber Lizzie machte das nichts aus. Sie freute sich. Wir sprachen inzwischen Deutsch miteinander, und wir duzten uns. Ganz automatisch waren wir ins Du gerutscht. Sie erzählte, dass Emma und sie sich in der Schule in Frankfurt kennengelernt hatten und wie sie selbst nach dem Krieg erst in die USA und dann nach Irland ausgewandert war, weil es ihren Mann zurück ins Land seiner Väter gezogen hatte. Anfangs war es nicht leicht gewesen. Als junge Familie hatten sie sehr kämpfen müssen, dann waren die Dinge langsam besser geworden.

»Mein Mann war Tierarzt. Leider ist er Anfang der Neunziger verstorben.«

»Das tut mir leid.«

»Es war eine harte Zeit, aber der Tod gehört zum Leben dazu, nicht wahr?«

Ich fand ihren Ausspruch in diesem Zusammenhang außergewöhnlich, konnte aber nicht länger darüber nachdenken, denn Lizzie sprach bereits weiter.

»Ich habe jedenfalls einen Sohn und eine Tochter großgezogen«, sagte sie, »und lange Zeit den Haushalt geführt, aber irgendwann, als die Kinder älter wurden, war mir das eben nicht mehr genug, und da ist mir die Idee zum Rose Café gekommen. Mehr Tee, luv?«

Ich nickte. Ich hatte mittlerweile echten Gefallen an dem starken Schwarztee gefunden, der in Irland getrunken wurde, und dieses Gebäck war einfach ein Traum. Sheila hatte nicht übertrieben.

»Backen lag einfach nahe, das war mein Hobby«, fuhr Lizzie fort. Sie zupfte an ihrer Schürze herum. »Das war es schon immer und ist es immer noch.« Jetzt strich sie die Schürze über ihrem Bäuchlein glatt. »Ich weiß, man sieht es mir nicht an, aber …« Sie grinste breit. Ich musste unwillkürlich lächeln. Ich konnte mir jetzt gut vorstellen, dass Emma und sie Freundinnen gewesen waren, aber nicht, warum sie es nicht mehr waren.

Lizzies Aushilfe kam nur ein paar Minuten später, eine junge aschblonde Frau namens Orla. Lizzie wechselte ein paar Worte mit ihr, bevor Orla sich an die Arbeit machte. Orla erinnerte mich an … Nein, das war jetzt wirklich Unsinn.

Stopp. Stattdessen erzählte ich Lizzie von Emmas geplanter Reise und umriss ungefähr die Zeit, seitdem sich die Wege der beiden getrennt hatten. Viel war es nicht, was ich wusste.

»Hat dir Emma eigentlich etwas von mir erzählt?«, hakte Lizzie unvermittelt nach. »Woher kennst du mich?«

Hörte sich das an, als ginge Lizzie davon aus, dass Emma sie verschwiegen hatte? Eigentlich stimmte das ja auch.

»Nicht viel«, musste ich zugeben. »Ich habe deinen Namen und ein Bild in ihrem Album gefunden. Ihr wart damals gemeinsam auf dem Rock of Cashel, nicht wahr? Als Paul und sie euch besucht haben. Da gibt es ein Bild, und da habe ich nachgefragt.« Ich runzelte die Stirn. »Emma hat immer einiges für sich behalten«, fuhr ich dann fort. »Aber vielleicht will sie ja auch, dass ich ein paar Dinge selbst entdecke?« Ich schaute Lizzie fragend an.

Die schwieg einen Augenblick, um dann langsam zu sagen: »Möglich, das klingt nach Emma.«

Für einen Moment war es wieder still. Lizzie schaute mit geweiteten Augen in die Ferne. »Ach, Emma«, sagte sie schließlich, »es hat immer solch einen Spaß mit dir zusammen gemacht.«

Sie erhob sich unvermittelt und verschwand in Richtung Theke, wo sie wie mechanisch den Teller mit weiteren Probierstücken füllte. Dann kehrte sie an unseren Platz zurück. Orla schaute kurz zu uns herüber.

»Oh, ich weiß nicht, ob ich überhaupt noch etwas …«, versuchte ich abzuwehren.

Zwei Touristinnen – ich vermutete aus China – betraten den Laden und kauften sich leuchtrosa Muffinherzen.

Lizzie erzählte plötzlich wieder von ihrem Sohn, der die Tierarztpraxis übernommen hatte und heute im Umkreis unterwegs war, und dann von ihrer Tochter, die in Minnesota lebte. Ich erinnerte mich daran, dass Lizzies Kinder mit denen meiner Wirtin in der Schule gewesen waren.

»Mein Sohn hatte es anfangs wirklich nicht leicht.«

»Und Deutschland?«, unterbrach ich sie etwas ungeschickt. »Hast du noch Kontakt nach Deutschland?«

Sie schüttelte den Kopf. Ich erfuhr, dass sie anfangs hin und wieder in die alte Heimat gekommen war, als ihre Eltern noch gelebt hatten, aber die waren auch schon in den Sechzigern gestorben, und der Krieg mit seinen Bombennächten hatte sie damals weit in den Süden verschlagen, während Emma inzwischen im Norden wohnte.

Danach erzählte ich etwas mehr von Emma und ihren Reiseplänen.

»Kanntet ihr euch eigentlich alle?«

»Natürlich. Wir haben uns alle in Deutschland kennengelernt. Mein Mann war der Erste, den Paul gesehen hat, als er aus seinem Versteck kam.«

»Versteck?« Davon wusste ich ja auch wieder nichts.

»Ja, Paul hatte doch gegen Kriegsende seine Truppe verlassen und sich in Richtung Heimat durchgeschlagen. Er ist desertiert und musste sich dann einige Wochen verstecken. Es war nicht leicht damals. Emma hat ihm das Leben gerettet und ich auch ein bisschen. Aber es war zuallererst ihre Idee. Deine Großmutter kann ziemlich furchtlos sein.« Lizzie nahm einen Löffel und rührte für einen Moment nachdenklich in ihrer fast leeren Tasse herum. »Dass Paul so jung sterben musste«, fuhr sie fort, »hat mir immer sehr leidgetan.« Da war ein tieftrauriger Ausdruck auf ihrem Gesicht. Ich musste schlucken.

»Du weißt davon?«

»O ja. Emma hat mir eine Karte geschickt. Wir waren kurz nach ihrer Reise ja noch hin und wieder in Kontakt, aber sie hatte dann ja auch das Kind, das sie selbst aufziehen musste, und das Leben war wohl nicht einfach. Ich habe Kinder *und* einen Mann, und ich weiß, was das bedeutet.« Lizzie lächelte wehmütig.

Ich schaute auf meinen Teller und überlegte, woran Paul eigentlich gestorben war. Auch das hatte mir Emma nicht gesagt. Ich wusste nur, dass sie danach nicht mehr geheiratet hatte.

»Ich mag meine Unabhängigkeit«, hatte sie mir einmal etwas schroff auf meine Nachfrage beschieden und ob ich wohl der Meinung sei, dass eine Frau heiraten *müsse*. Ich beobachtete Lizzie aus den Augenwinkeln. Sollte ich jetzt doch mehr fragen? War es richtig zu versuchen, hinter dem Rücken meiner Großmutter Dinge in Erfahrung zu bringen, oder erwartete sie dies vielleicht sogar von mir?

Ich reichte Lizzie das Handy, damit sie sich meine bisherigen Bilder der Reise ansehen konnte. Emmas Album hatte ich dieses Mal leider nicht mitgenommen – warum eigentlich nicht? Die ältere Frau scrollte mit ähnlichem Geschick wie Emma. Sie hatte gewiss nicht zum ersten Mal ein Smartphone in der Hand.

Zwischenzeitlich kamen ein paar mehr Gäste, und ich half ihr und Orla spontan dabei, sie zu versorgen. Danach saßen wir wieder gemeinsam an unserem Tisch.

»Denkst du, Emma war zufrieden mit ihrem Leben?«, fragte Lizzie mich plötzlich.

Ich überlegte. »Ja, ich denke schon. Sie war Chefsekretärin, und sie ist gerne viel gereist. Solange ich denken kann, war sie unterwegs. Manchmal kommt es mir vor, als wäre sie wirklich schon überall gewesen.«

Lizzie schmunzelte. »Das klingt nach ihr. Wenn sie von etwas geträumt hat, dann war es immer, fortzukommen und andere Länder und Leute kennenzulernen.« Sie hielt inne. »Weißt du«, sagte sie dann, »wenn ich an die beiden denke, an Paul und sie, dann kann ich nur daran denken, wie bezaubernd sie zusammen waren. Das war eine Liebe, wie man sie nur einmal in hundert Jahren sieht. Ich habe mir immer vorgestellt, wie sie einmal eine Familie gründen. Diese Familie würde genauso perfekt sein wie ihre Liebe ... Diese Liebe war wirklich etwas ganz Besonderes. Emma war nämlich eigentlich ein eher nüchterner Mensch, das waren wir wohl alle damals. Wir waren im Krieg aufgewachsen, weißt du, Gefühle und Träume waren kein Teil unseres Lebens. Ich habe erst sehr viel später gelernt zu träumen, und dann habe ich auch gleich dieses Café aufgemacht. Was hat dir Emma denn von früher erzählt?«

Sie hat mir überhaupt nichts erzählt, dachte ich und zuckte mit den Schultern. Lizzie runzelte die Stirn.

»Auf dem Rückweg kamen sie übrigens noch einmal vorbei, und da war etwas anders ...«

Ich beugte mich unwillkürlich nach vorne. »Was denn?«

»Ich weiß nicht. Sie liebten sich immer noch unglaublich, aber es war, als hätten sie mit etwas abgeschlossen, eben anders.«

Wir schwiegen beide. Das nach Lizzies Beschreibung wundervollste Liebespaar der Erde war also ein zweites Mal nach Cashel gekommen, und ... Und was? Warum wusste ich nichts von alldem, was war damals geschehen? Ich schaute Lizzie fragend an. Die runzelte die Stirn.

»Es tut mir leid. Es ist lange her ... Ich kann dir wirklich nichts sagen.« Plötzlich schien sie nicht mehr ganz so entschieden, was sie mir erzählen wollte. Ich glaubte Lizzie nicht, dass sie sich nicht erinnerte, aber ich schluckte den Vorwurf hinunter. Ich jedenfalls würde mich an Ort, Stunde, Minute und Sekunde erinnern, an der mir unwiderruflich bewusst geworden war, dass Liam nicht kommen würde.

Der Besuch im Rose Café hatte einige Fragen beantwortet, jedoch auch neue hervorgebracht. Ich mochte Lizzie und war lange geblieben. Ich hatte interessante Dinge erfahren. Ich konnte verstehen, warum Emma und sie so gute Freundinnen gewesen waren. Ganz sicher hatte ich die paar Stunden im Rose Café nicht mehr so intensiv an Liam gedacht. Dass ich viel zu oft an ihn dachte und dass das aufhören musste, war mir klar, sobald ich mich wieder draußen auf der Straße auf dem Weg ins Hotel befand. Dort angekommen und vor dem Hintergrund dessen, was mir erzählt worden war, nahm ich mir Emmas Album zur Hand. Ich wollte mir noch einmal das Bild von Emma und Lizzie ansehen. War darauf mehr zu erkennen? Ich starrte es an, kam aber zu keinem Schluss. Wahrscheinlich war es nur ein Bild, nicht mehr und nicht weniger. Vielleicht hatte Lizzie den Kopf zufällig zur Seite gewandt, vielleicht hatte sie es absichtlich getan. Vielleicht hatte ich aber auch einfach zu viel Fantasie.

11. KAPITEL

Der Tag meiner Abreise war sonniger, aber noch etwas windiger als der Vortag. Ich fuhr noch einmal zum Rose Café, um mich von Lizzie zu verabschieden, die gerade öffnete. Ich fragte sie, ob ich sie fotografieren und das Foto in unseren Reise-Account stellen dürfe. Sie stimmte zu.

»Ich hoffe, du kommst einmal wieder«, sagte sie auf Englisch zu mir – wahrscheinlich, damit uns auch ihre Aushilfe verstand –, als ich mich endgültig verabschiedete. Dann atmete sie tief durch und fügte auf Deutsch hinzu: »Auf Wiedersehen – und ich meine jedes Wort!«

Ich winkte Orla und ihr noch einmal zu, während ich den Wagen aus der schmalen Gasse hinausmanövrierte, in der das Café lag. Dann fuhr ich von Cashel aus über Clonmel, Carrick-on-Suir, Waterford und New Ross und anschließend an der Ostküste entlang über noch mehr schmale Straßen, an denen links und rechts Steinmauern emporwuchsen, und vorbei an saftig grünen Wiesen bis nach Dublin, wo ich gegen Mittag eintraf. Ich gab das Auto ab und fuhr mit einem Taxi zum Busbahnhof, in dessen Nähe das von Jenna empfohlene Hostel lag. Es überraschte mich nicht, dass meine beste Freundin bereits mit ein paar anderen Reisenden in der Eingangshalle saß und sich natürlich blendend unterhielt, während ich für einen Augenblick mit mir haderte, ob ich in meinem Alter wohl noch der richtige Typ für Hostels war. Immerhin hatten wir einen *private room*, wie ich wenig später erleichtert feststellte. Zuerst einmal aber grüßte mich Jenna freudig, zog mich in ihre Arme, trat dann einen Schritt zurück und schüttelte den Kopf. »Sag mal, du siehst ja furchtbar aus. Ich dachte, du machst Urlaub?«

Ich verzog das Gesicht. »Geht es auch weniger direkt?«

Jenna ignorierte meine Entgegnung. »Was ist los?«, fragte sie stattdessen. So war sie. Jenna war niemand, der um den heißen Brei herumredete. Nun, was sollte ich ihr sagen? Ich zögerte.

»Lange Fahrt wahrscheinlich, Linksverkehr, schmale Straßen …«, überlegte ich dann laut. Ein Kerl, der mich versetzt hat, ergänzte ich innerlich. Ich wollte ihr noch nicht mehr erzählen, schon gar nicht von Liam. Noch war die Zeit nicht gekommen, vielleicht würde sie auch nie kommen. Immerhin wollte ich ihn vergessen, nicht über ihn reden. *Vergiss ihn, Liv, vergiss ihn einfach, du bist schließlich kein albernes Schulmädchen mehr mit rosa Herzchen um den Kopf wie in so einem doofen Teeniefilm. Vergiss ihn einfach.*

»Hörst du mir überhaupt zu?«, drang Jennas Stimme mitten in meine Gedanken.

»Ja, ja, natürlich …«

Ich konnte sehen, dass sie mir nicht glaubte, doch sie fragte nicht weiter. Jenna wusste durchaus, wann es besser war, nicht nachzuhaken. Es fühlte sich gut an, jemanden wie sie an der Seite zu haben, jemand, der einen klaren Kopf hatte.

Wir tranken noch einen Tee im hauseigenen Café und gingen dann ein wenig raus. Ich hatte heute fast die ganze Zeit gesessen. Bewegung würde mir sicher guttun. Jenna ging es ähnlich. Sie führte mich zuerst zum Fluss Liffey, an dem wir ein Stück quatschend entlangliefen, während wir ab und zu Blicke hinunter aufs Wasser warfen, bevor wir uns in einem Kiosk ein paar Sandwiches kauften, die wir im Laufen aßen, um dann spontan doch noch in einem Pub einzukehren. Jenna trank Guinness, ich Cider, und während sie rasch mit anderen Gästen ins Gespräch kam, genoss ich es, in ihrem Strom zu schwimmen. Gegen dreiundzwanzig Uhr waren wir zurück in unserem Doppelzimmer. Wir schwatzten noch ein bisschen. Ich erzählte weiterhin nicht von Liam, auch wenn ich wieder vermehrt an ihn dachte. Doch Jenna hatte auch viel zu erzählen, und so fiel es nicht auf, wenn ich ein bisschen schwieg.

Wie immer schlief Jenna schnell ein, während ich noch wach lag und mich immer angestrengter bemühte, nicht an *ihn* zu denken.

Wirklich gelang mir das nicht. Ich sah uns beide am Strand mit den bunten Schnecken und später auf dem Hügel Seite an Seite, während wir gemeinsam auf das Meer hinunterblickten und ich von unserer Zukunft träumte.

Dummes Ding, sang es in meinem Kopf, dummes, dummes Ding …

Obwohl ich später eingeschlafen war, wachte ich morgens früher auf. Das war immer so gewesen. Ich duschte, zog mich an und trat wieder ins Zimmer, als sich Jenna gerade gähnend im Bett aufsetzte. Natürlich war sie selbst in rasender Geschwindigkeit ausgehbereit. Das war auch Jenna. Wenn sie einmal wach war, war meine beste Freundin immer schnell und fokussiert.

Das Hostel bot ein Frühstück an, sodass wir uns erst einmal stärkten. Dann schleppte Jenna mich in Richtung des Cafés Winding Stairs, in dem sie, wie ich bereits aus einigen Erzählungen wusste, in ihrem Auslandsjahr ganze Nachmittage mit Kaffee, Büchern und Karottenkuchen verbracht hatte. Leider hatten wir bereits gestern festgestellt, dass das Winding Stairs inzwischen ein gehobenes Restaurant war, womit sich Jenna nur schwer hatte abfinden können.

Das ehemalige Café lag direkt an der Liffey, in unmittelbarer Nähe zur Ha'penny Bridge, war nach einem Yeats-Gedicht benannt worden und in den Siebziger- und Achtzigerjahren eine berühmte Dubliner Landmarke gewesen, bevor es – Jenna googelte noch einmal – 2005 vorübergehend hatte schließen müssen. Immerhin befand sich im untersten Stockwerk noch der Buchladen. Jenna empfand das als tröstlich.

»Wenigstens das«, murmelte sie mit säuerlicher Miene.

Wir beschlossen, dort Mittag zu essen. Bis es so weit war, wollte mich Jenna ein wenig herumführen. Unser erstes Ziel waren die Überreste der Stadtmauer. Strongbow, der Eroberer, war hier angeblich eingeritten.

»Sagt man jedenfalls.« Jenna runzelte die Stirn.

Ich kannte Strongbow nicht, nickte aber. Danach ging es zurück zur Christchurch, wo wir unter anderem eine mumifizierte Katze bestaunten, die dort irgendwann einmal in einer Orgelpfeife stecken geblieben war. Armes Tier.

Die Kathedrale war groß und befand sich Untersuchungen zufolge nahe der Stelle, an der sich früher das Dublin der Wikinger befunden hatte. Davon war heute allerdings nichts mehr zu sehen. Dafür gab es hier jetzt ein hässliches Hochhaus und natürlich die Touristenfalle Temple Bar, die wir selbstverständlich noch ausgiebiger besuchen wollten. Ich freute mich jedenfalls darauf. Auf den Bildern, die ich mir bisher angeschaut hatte, hatte Temple Bar durchaus einen gewissen Charme. Mir gefielen die teils engen Kopfsteinpflastergassen und die roten Backsteinhäuser hier und da. Wir liefen noch ein Stück weiter am Dublin Castle vorbei, und ich musste unwillkürlich an die von Tana French erschaffene Polizeieinheit denken, die dort ihre Arbeit versah. Ich mochte Frenchs Krimis. Sie hatten etwas Besonderes.

Vom Dublin Castle weg führte uns die Scarlet Lane, die rote Gasse, wieder zum Fluss hin. Rot, weil hier früher das Blut von den an der Burg zur Warnung aufgespießten Köpfen … Jenna erzählte und erzählte und erzählte, und es machte mir wirklich nichts aus, ihr nur zuzuhören. Schließlich kehrten wir zum Winding Stairs zurück und fanden einen Sitzplatz im obersten Stockwerk mit wirklich tollem Blick auf die Umgebung. Jenna trauerte noch kurz dem megaleckeren Karottenkuchen hinterher, den sie hier immer gegessen hatte, und entschied sich dann für Seafood Chowder, eine cremige Fischsuppe, und danach für einen Teller mit Räucherfisch. Ich schloss mich ihr an. Während wir warteten, musterte ich die Bücher, die stellenweise die Wände säumten. Ich konnte gut erahnen, was Jenna hier gefallen hatte. Sie bewegte ihren Stuhl, dann beugte sie sich zu mir hin: »Jetzt erzähl du endlich auch mal ein bisschen. Ich habe den Eindruck, du hältst dich irgendwie zurück.«

»Ach wo.« Ich zuckte mit den Schultern. »Es gibt einfach noch nicht so viel zu erzählen. Das Wichtigste weißt du, und ich war bislang ja nur auf Inishbofin und beim Rock of Cashel. Das ist nicht viel.«

Jenna lehnte sich auf ihrem Stuhl zurück. »Cool, ich mag den Rock. Was meinst du, hat er sich verändert, seit ich das letzte Mal da war?« Sie trank einen Schluck von dem Wasser, das inzwischen gebracht worden war.

»Na ja«, ich überlegte, »vermutlich ist es voller geworden, wie alles heutzutage, aber er ist sicherlich immer noch beeindruckend. Daran dürfte sich nichts geändert haben.«

Ich dachte daran, dass sich die Fotos aus Emmas Album, verglichen mit heute, zeitweise durch große Leere auszeichneten. Damals war sicherlich alles weniger touristisch gewesen, andererseits war ich froh, heute Leute zu haben, die mir vor Ort etwas über die Umgebung erzählen konnten. Die Führung hatte mir wirklich Spaß gemacht … Im nächsten Moment hatte ich plötzlich wieder das Bild vor Augen, auf dem Lizzie den Kopf weggedreht hatte. Warum beschäftigte mich das eigentlich so?

Jenna hatte ihr Glas etwas länger in der Hand gehalten und stellte es jetzt mit einem deutlichen Geräusch ab. »Und Inishbofin?«

Himmel, ist das jetzt ein Verhör?

Ich räusperte mich. »Sehr nett. Hauptsächlich habe ich meine Ziele ja nach Emmas Reiseplan ausgesucht, weißt du.« Ob sie bemerkte, dass ich ihr auszuweichen versuchte? Nun, sie wäre nicht Jenna, wenn sie es nicht bemerkte, aber würde sie mich darauf ansprechen?

Und wenn ich Emmas Plan nicht gefolgt wäre, schoss es mir als Nächstes durch den Kopf, wäre ich Liam vielleicht nie begegnet, und dann würde ich jetzt auch nicht ständig an ihn denken …

»Ja, richtig«, hörte ich wieder Jennas Stimme, »das musst du mir noch genauer erklären. Du wolltest diese Reise eigentlich gemeinsam mit deiner Oma unternehmen, aber …?«

»Sie hat sich das Bein gebrochen.«

Sollte ich Jenna von Lizzie erzählen? Lizzie hatte nicht auf meinem Plan gestanden, dennoch hatte ich sie besucht. Ich hatte etwas verändert. Aber was gab es da eigentlich zu erzählen? Emma und Paul, das Traumpaar, hatten sich gestritten. Doch Paare stritten sich nun einmal, so ungewöhnlich war das auch wieder nicht. Zudem wusste Jenna ja noch weniger von den beiden als ich. Und ich? Ich wusste eigentlich auch nichts. Ich hatte die beiden nie als Paar erlebt. Ich wusste noch nicht einmal, woran mein Großvater wirklich gestorben war. Er war krank, hatte es einmal geheißen. Er war nicht alt geworden, das war's. Ich wusste rein gar nichts.

Eine Gruppe spanischer Touristen kam herein und suchte sich lautstark einen Platz direkt neben uns aus, was Jenna und mich den Gesprächsfaden vorübergehend ein wenig verlieren ließ, aber für mich war das okay. Ich wollte ja eigentlich nicht von Inishbofin und alldem reden, weil ich dann unweigerlich noch mehr an Liam dachte.

Nach dem Mittagessen schleppte Jenna mich kurzerhand in den Long Room vom Trinity College. »Das ist ein schöner Touristen-Highlight«, erklärte sie mir, »keine Widerrede. Da *muss* jeder hin. Ich bestehe darauf.«

Natürlich fügte ich mich, was blieb mir auch anderes übrig. Wir gingen also erneut über die Ha'penny Bridge, durch die Crown Alley und dann links in die Dame Street, an deren Ende wir Trinity College schon sehen konnten. Wir betraten das altehrwürdige Gelände durch den Haupteingang unter dem Glockenturm hindurch, vorbei an den Statuen von Edmund Burke und Oliver Goldsmith, stolperten ein paar Schritte über das unebene Pflaster und hielten dann inne. Ich konnte es Jennas Gesichtsausdruck nach einem kurzen Seitenblick deutlich ansehen, dass sie sich als jüngeres Ich hier sah. Sie ging langsamer, sie erinnerte sich. Mit sehnsüchtigen Blicken folgte sie den wenigen Studenten, die hier im Sommer noch unterwegs waren. Auf dem Parliament Square machte sie mich auf die Examination Hall aufmerksam, bevor wir endgültig auf die berühmte Bibliothek zusteuerten. Auch Liam musste hier entlanggegangen sein, schoss es mir durch den Kopf, hatte vielleicht auf den Stufen dieses Gebäudes dort gesessen oder da drüben nervös auf den Beginn eines Examens gewartet …

»Liv, kommst du jetzt?«

»Klar.«

Jenna hatte kurz vorher noch eine Bekanntschaft aus den Zeiten ihres Studiums angerufen, und so kamen wir noch vor den Touristenmassen zum Ende der Mittagspause in den Long Room hinein und konnten uns etwas länger Zeit nehmen, alles auf uns wirken zu lassen. Vom *Book of Kells* konnte ich mich kaum lösen. Das Kunstwerk, das diese frühen Buchmaler hier geschaffen hatten, war mehr als faszinierend: Die Farben und überaus fantasievollen verschlungenen Darstellungen von Mustern, Tieren und Menschen suchten ihresgleichen. Ich war jedenfalls über jede Minute froh, die ich hier länger verweilen durfte. Natürlich hatten auch Paul und Emma das *Book of Kells* besucht. Paul hatte danach – offenbar aus dem Gedächtnis – eins der Muster abgezeichnet, verschlungene Tiere, Menschen, Muster … Seine künstlerische Begabung wurde auch hier sehr deutlich. Ich erinnerte mich an ein paar Zeichnungen, die ich als Kind in Emmas Kleiderschrank entdeckt hatte. Damals hatte ich nichts damit anfangen können. Ich kannte meinen Großvater nicht. Er war ein Fremder und mir so fern, dass ich mich nicht eingehender mit seinen Bildern beschäftigte.

Jenna und ich waren inzwischen im Long Room angekommen. Langsam ließ ich den Blick über die Bücherreihen schweifen. Es war beeindruckend, die Länge des ganzen Raums mit seinen Bögen für diesen kurzen Moment fast für sich zu haben, abgesehen von ein paar wenigen anderen, die inzwischen zu uns vorgestoßen waren. Ich liebte den Anblick, den Geruch, es war ein wenig wie in einer Kirche, einer Kathedrale des Wissens. »Es ist beeindruckend«, flüsterte ich.

Ich wusste nicht, warum ich das tat, irgendwie erschien es mir nur natürlich, so, wie man eben auch in einer Kirche seine Stimme nicht erhob. Ich sah Jenna von der Seite an. Die runzelte die Stirn. »Inzwischen muss ich hier immer an diese eine Szene aus *Star Wars* denken …«, sagte sie dann. »Weißt du, welche ich meine?«

Ich musste überlegen, dann fiel es mir ein: Obi-Wan Kenobi sucht nach einem Planeten, der aber nicht in der Datenbank zu finden ist, und die Bibliothekarin antwortet, was es nicht in der Datenbank gebe, könne es auch in der Realität nicht geben. Was sich letztendlich natürlich als falsch herausstellte, weil der Datenspeicher manipuliert …

»Liv?«

O Mann, ich riss mich schon wieder aus den Gedanken. Wenigstens hatte ich nicht an Liam gedacht … Nur jetzt wieder. Ich biss mir auf die Lippe. Ich musste Jenna von ihm erzählen, irgendwie, das stand inzwischen fest, doch wann und wie?

Aus dem Hof des Trinity College mit seinen inzwischen zunehmenden Touristenströmen lenkte mich Jenna durch einen Seiteneingang zurück in die pulsierende irische Hauptstadt. Wir überquerten die Nassau Street und liefen ein Stück entlang der Dawson Street bis zu einem Buchladen, in dem Jenna während ihres Auslandsjahrs ebenfalls viel Zeit verbracht hatte. Nahe am College gelegen, bot dieser Buchladen wie auch ein weiterer gegenüber eine Menge fachwissenschaftlicher Literatur. Ich konnte verstehen, warum Jenna öfter dort gewesen war. Ich liebte die Atmosphäre, die mich umfing, nachdem wir eingetreten waren. Sie warf mich selbst in vergangene Zeiten zurück, in denen noch so viel möglich zu sein schien und man noch so viele Träume hatte. Unterschiedlichste Käufertypen verteilten sich durch das große Haus, pflückten Bücher aus den Regalen wie reife Früchte, um in ihnen zu stöbern und herauszufinden, ob man wohl zueinander passte. Schließlich liefen wir noch die Stockwerke bis ganz nach oben. Dort angekommen, spähte ich aus dem Fenster auf die Straße nach unten, hinüber zum College und dann in die andere Richtung, so weit es mir eben möglich war. Meine Gedanken flatterten mit einem Mal durcheinander wie ein aufgescheuchter Hühnerhaufen. Ich dachte an Dinge, die ich aus

Angst verpasst hatte, die ich nicht angesprochen, nach denen ich nicht gefragt hatte. Warum war ich zum Beispiel nicht umgekehrt, als Liam nicht aufgetaucht war? Warum hatte ich ihn nicht zur Rede gestellt? Warum hatte ich einfach akzeptiert, dass er nicht kam, als stünde ihm das Recht zu, mich so zu behandeln? Ich merkte, wie ich wütender wurde. War das die zweite Stufe des Verlusts, bewegte ich mich jetzt von Trauer und Fassungslosigkeit zu Wut?

Ich riss mich aus den Gedanken. Wo war Jenna denn? Ich schaute mich um. Einen Moment später tauchte sie wieder auf, lachend, mit einem großen Wälzer im Arm, den sie dann doch zurückstellte.

»Hach, sich noch einmal so fühlen, als müsste man die Literatur zum Semester zusammenstellen …«

Sie kam zu mir und hakte sich bei mir unter, und ich verstand, dass es ihr ähnlich ging wie mir, dass sie sich in diesem Augenblick in frühere Zeiten zurücksehnte. Ich wunderte mich ein wenig, denn ganz so hatte ich die Lage bei ihr nicht eingeschätzt.

Auf dem Weg von oben bis ganz unten hatte Jenna bald doch noch einen Stapel Bücher im Arm. Auch ich blätterte hier und da, fand durchaus Interessantes, entschied mich aber in Anbetracht meiner Reise und des Gewichts gegen einen Kauf.

Während Jenna zur Kasse ging und die Bücher kurz darauf in ihrem Rucksack verstaute, wartete ich. Als sie wieder zu mir zurückkam, trafen sich unsere Blicke. Ich kämpfte noch mit mir, aber Himmel, ich würde ihr von Liam erzählen. Heute noch. Jetzt. Während ich nach Worten suchte, sah sie mich mit einem Mal sehr ernst an.

»Weißt du, ich bin verdammt gern hier, aber es tut irgendwie weh, dass das alles vorbei ist, dass ich diesen Teil meines Lebens nicht zurückrufen kann.«

»Willst du wieder an die Uni?«, fragte ich wie aus der Pistole geschossen. Für einen Moment runzelte sie die Stirn.

»Ich weiß nicht«, sagte sie dann verblüfft und fügte etwas langsamer hinzu: »Ich hatte eine gute Zeit, weißt du? Es war, als würden mir alle Möglichkeiten offenstehen, auch wenn ich gar nicht genau wusste, was ich wollte. Aber nein, irgendwie glaube ich nicht, dass ich wieder an die Uni möchte. Komisch, oder? Wahrscheinlich weiß ich doch nicht wirklich, was ich möchte.«

Jenna schüttelte den Kopf und lachte. Sie lacht oft, dachte ich. War Jenna glücklich? Bisher hatte ich nie daran gezweifelt, aber wie zufrieden war sie eigentlich? Ihr Übersetzerdasein kam mir immer sehr erstrebenswert vor. Sie konnte über sich selbst bestimmen, musste nicht jeden Tag hinaus. Sie schien mir ungebunden, und sie tat das, was sie immer hatte tun wollen: Sie vermittelte zwischen den Sprachen. Ja, auch ich liebte meinen Beruf, und dennoch hatte ich manchmal den Eindruck, dass das alles doch nicht das Richtige war.

Wir kehrten noch einmal ins Arts Building zurück, das moderne Gebäude, in dem Jenna ihr Studienjahr verbracht hatte und durch das wir bisher nur hindurchgegangen waren. Es gab dort eine kleine Cafeteria, die im Moment allerdings geschlossen war. Wir setzten uns einfach an einen der Tische. Jenna holte eine kleine Flasche Wasser aus ihrem Rucksack. Ich tat es ihr gleich. Wir tranken beide, während sich an den Nachbartischen wenige Studenten über ihre Unterlagen beugten. Das Collegejahr war längst vorbei, vielleicht mussten diese hier Nachprüfungen ablegen, falls es so etwas gab. Ein Grüppchen Touristen durchquerte plappernd das Gebäude auf dem Weg zum Außengelände. Ich folgte ihnen mit Blicken, während ich nachdachte. Wie war das eigentlich? Wollen wir zurück, weil etwas in der Vergangenheit so bedeutend für uns war, oder eher, weil wir vor der Gegenwart wegliefen? Ich räusperte mich, und dann erzählte ich ihr endlich von Liam.

Jenna hörte mir für ihre Verhältnisse sehr ruhig zu, nur an ihrem Gesichtsausdruck konnte man ablesen, was sie von den verschiedenen Stadien meiner Geschichte hielt. Als ich geendet hatte, schwiegen wir beide für einen Moment.

»Was für ein Mistkerl«, platzte es dann aus ihr heraus.

Ich wollte spontan widersprechen, tat es dann aber doch nicht. Warum hatte ich das Bedürfnis, ihn auch noch in Schutz zu nehmen? Das war wirklich unnötig. Es konnte keinen Grund dafür geben, einen einfach ohne ein einziges Wort sitzen zu lassen. Das hatte niemand verdient. Er hätte zu mir kommen und sagen müssen, was los ist. Auch das wäre nicht schön gewesen, aber es hätte mich nicht so hilflos und mit so vielen Fragen zurückgelassen.

»Er hat dich wirklich einfach sitzen lassen?«, echote Jenna in meine eigenen Gedanken. Sie sprach es aus, und ich fand, dass sie recht hatte. »Dieser Mistkerl«, platzte es ein zweites Mal aus ihr heraus. Ich runzelte die Stirn. Ja, doch, er war ein Mistkerl, daran ließ sich wohl nichts herumdeuten. »Hast du ein Bild von ihm?«

Ich zückte mein Handy, suchte ein Bild heraus und reichte es ihr. Jenna betrachtete Liam einen Moment lang schweigend.

»Ein gut aussehender Mistkerl«, stellte sie dann fest.

»Ziemlich.« Ich nickte und dachte, dass mir sogar als Erstes aufgefallen war, wie unglaublich gut er aussah. Dabei war mir das doch gar nicht wichtig, oder? Ich war zu gut aussehenden Menschen bislang jedenfalls gerne ausgewichen, schließlich wusste ich Bescheid über sie. Sie hatten die Wahl, und sie hatten es bestimmt nicht nötig, sich mit jemandem wie mir zu befreunden.

»Er war nett«, murmelte ich.

Jenna reckte den Zeigefinger ihrer rechten Hand und machte eine abwehrende Bewegung. »Nett? Nett, Liv? Nett ist der kleine Bruder von langweilig.«

Ich ging nicht darauf ein, und Jenna sah sich das Bild noch einmal länger an.

»Es tut mir leid«, sagte sie dann. »Aber ich verstehe schon, den kann man kaum übersehen.« Sie blickte mich fragend an. »Und er hatte dir angeboten, dich zu begleiten, und ist dann einfach nicht aufgetaucht?«

War es eine Mutprobe gewesen, fuhr es mir durch den Kopf, hatte er mit Freunden gewettet, wie rasch er die graue deutsche Maus aufreißen und dazu bringen konnte, ihn auf ihrer Reise durch Europa mitzunehmen – Emmas Reise … Auch bei ihr musste ich mich endlich mal wieder melden. Verdammt, warum sprudelten so viele Gedanken durch meinen Kopf? »Ja, aber ist schon okay«, murmelte ich.

Jennas Finger fuchtelte wieder vor meinem Gesicht.

»Ist es nicht, Herrschaftszeiten!« Sie überlegte. »Komm«, forderte sie mich dann auf. Eigentlich, dachte ich, fühle ich mich etwas müde, eigentlich möchte ich viel lieber hier sitzen bleiben. Ich konnte mir sogar sehr gut vorstellen, hier noch sehr lange zu sitzen, den Collegeangehörigen und den Touristen mit Blicken zu folgen und mich vielleicht so von meinen Gedanken zu lösen. Doch Jenna stand schon und sah erwartungsvoll auf mich herunter. »Komm, ich habe eine echt gute Idee.«

Sie hielt mir mein Handy hin. Ich verstaute es in meinem Rucksack.

»Was denn?«, fragte ich im Aufstehen. Ich hatte immer noch nicht recht Lust. Ich wollte wirklich hierbleiben oder auch einfach nur zurück ins Hostel gehen und mich tief unter der Decke vergraben, weil sich meine Gedanken jetzt immer ausführlicher um Liam drehten und ich nicht wusste, wie lange ich die Fassade noch aufrechterhalten konnte, dass mich das alles nichts mehr anging. Keinesfalls wollte ich heulen.

Jenna schulterte ihren Rucksack und bekam von meiner Stimmung nichts mit. »Ganz einfach, wir gehen zum heiligen Valentin.«

»Zu wem? Zum Schutzpatron der Liebenden, meinst du den jetzt? Wieso das denn?«

»Weil's den hier gibt, ganz einfach«, gab Jenna zurück, als wäre das das Sonnenklarste der Welt, und fügte dann hinzu: »Wir gehen da hin, für jedes einzelne Mal, an dem ich sitzen gelassen wurde, und für deinen Mistkerl natürlich zuallererst.«

»Du?« Wahrscheinlich starrte ich sie an, denn Jenna gab mir irgendwann einen freundschaftlichen Stoß und lachte, wie sie es gerne tat, um eine Situation zu entspannen. Im nächsten Moment hatte sie sich bei mir untergehakt.

»Ja, ich. Sag mal, denkst du, ich bin nie sitzen gelassen worden?«

Ich zuckte mit den Schultern. Darüber hatte ich mir ehrlich keine Gedanken gemacht, warum sollte ich? Ich ließ mich ein Stück von ihr mitziehen. »Und da willst du ausgerechnet den Schutzpatron der Liebenden aufsuchen?«, fragte ich sie dann. Jenna lächelte mich auf ihre unnachahmliche Art an.

»Ich bin eben Optimistin.«

Ich lachte jetzt auch, während ich ihr immer noch langsam, inzwischen aber weniger zögerlich folgte. Vielleicht konnte ich einen solchen Schutzpatron ja tatsächlich gebrauchen.

Auf dem Weg nach draußen kamen uns neue Touristengruppen entgegen: Amerikaner auf Ahnensuche, Deutsche in praktischer Funktionskleidung und junge Reisende auf der Suche nach Party und Revolution. Das Wetter war mild, als wir erneut aus dem Seiteneingang zur Nassau Street hinaustraten und dann ein Stück an der Mauer entlanggingen, die das College umschloss. An einer Stelle blieb ich kurz stehen, um zu den Cricketspielern hinüberzusehen, die ich eben entdeckt hatte und die in ihrer traditionellen Kluft aus weißer Hose, Hemd und weißem Pullover von ferne auf mich wirkten wie aus der Zeit gefallen. Ich konnte auch den roten, nicht zu kleinen Ball erkennen, und ich hörte das Geräusch, das er machte, wenn er auf einen der *bats* traf. Jenna zog mich weiter, und wir bogen in die Frederick Street ab. Ich dachte wieder an Liam, der dieses College ja auch besucht und zweifelsohne viel Zeit im Arts Building verbracht hatte … Ich war verwundert, denn da war immer noch etwas in mir, das sich verdammt nach ihm sehnte und das ganz offensichtlich bereit war, ihm zu verzeihen. Letzte Nacht, erinnerte ich mich jetzt, hatte ich sogar von ihm geträumt.

»Scheißkerle«, sagte Jenna wie aus heiterem Himmel, und entgegen meinen Erwartungen musste ich wieder lachen. Vielleicht lachte ich etwas heftig, aber irgendwie tat es auch gut. Ich lachte, und ich spürte meinen Körper, und Jenna lachte auch. Zwei Kinder an der Hand einer Erwachsenen starrten uns an. Ein älterer Mann passierte uns und drehte sich dann noch einmal grinsend zu uns um, bevor er schmunzelnd weiterging. Jenna und ich gerieten außer Atem und mussten doch weiter lachen. Die Muskeln in meinem Bauch protestierten. Mein Lachen schwankte zwischen Trauer, Schmerz und Erleichterung. Es war immer noch schwer, sich einzugestehen, wie sehr mich Liam verletzt hatte.

Und jetzt waren wir also auf dem Weg zum Schutzpatron der Liebenden. Was uns allerdings nicht davon abhielt, auf dem Weg dahin energisch über Männer herzuziehen. Verdammt, tat das gut.

12. KAPITEL

Die Whitefriar Street Church entpuppte sich als wahres Kleinod, ein friedlicher Rückzugsort im Innenstadt-Trubel, der auch für Jenna neu war.

»Ich hab erst vor Kurzem hiervon gelesen«, sagte sie. »Da gab es einen Reisebericht in irgendeiner Zeitung. Ich bin ja eigentlich nicht so bewandert in der Kenntnis unserer Heiligen.«

Wir liefen ein paar Schritte in die Kirche hinein und sagten dann erst einmal nichts mehr. Tatsächlich fand ich, dass die Kirche von innen deutlich größer als von außen wirkte. Sie war zudem relativ hell. Jenna und ich nahmen uns Zeit. Wir bewunderten die Glasfenster und suchten schließlich den heiligen Valentin auf, dessen Reliquien im 19. Jahrhundert aus Rom hierhergebracht worden waren. Andere vor uns hatten ihre Bitten und Gebete hinterlassen. Ich dachte an Liam. Ich würde mit ihm abschließen müssen. Ich konnte nicht darauf hoffen, dass ich eines Tages aufwachte und er doch da und niemals fort gewesen war. So lief das Leben nicht. Ich musste auch damit aufhören, ihn überall zu sehen. Vielleicht konnte mir dieser Heilige ja tatsächlich dabei helfen … Ich rang mich schließlich sogar dazu durch, eine Kerze anzuzünden und eine kleine stumme Bitte in mir zu formulieren. Eigentlich wusste ich nicht, wie man so etwas machte, aber vielleicht würde mir eine Art Abschlussritual helfen? Was hatte ich schon zu verlieren?

Just als wir etwas später wieder vor die Tür traten, klingelte Jennas Handy. Sie nahm das Gespräch an und redete dann sehr schnell auf Englisch mit jemandem, immer wieder unterbrochen von dem kehligen Lachen, das ich so gut von ihr kannte. Ich schaute mich derweil etwas auf der Straße um, machte noch ein paar Fotos und wartete darauf, dass Jenna ihr Gespräch beendete. Was dauerte. Offenbar fanden sich immer neue Themen. Ich nahm mir schließlich mein eigenes Handy vor, scrollte durch die Bilder, löschte ein paar, überflog dann meine Notizen hinsichtlich dessen, was ich mir noch anschauen wollte, und überlegte gerade, ob ich Instagram öffnen sollte, als mich Jenna zu sich rief.

»Wir sind eingeladen«, sagte sie fröhlich. »Heute Abend geht's auf eine Party!«

Ich freute mich im ersten Moment irgendwie darauf, dann dachte ich wieder an Liam. Blöd. Offenbar hatte der heilige Valentin bislang nicht geholfen: Ich hatte meinen Gaukler aus Mayo nicht vergessen. Zu Jenna sagte ich nichts. Stattdessen lächelte ich sie an.

Bald näherten wir uns der noblen Einkaufsstraße Grafton Street aus der Richtung von Stephen's Green, einem Park auf der Dubliner Südseite. Wir entschieden uns, eine Weile auf einer Bank auszuruhen und durch Emmas Album zu blättern, das ich heute mitgenommen hatte.

Ich würde es ab jetzt immer mitnehmen. Natürlich erkannte Jenna einige Stellen mit Leichtigkeit wieder. Dieser Brunnen da befand sich in unmittelbarer Nähe, am östlichen Ende des Parks erhob sich das Shelbourne-Hotel, in dem die Countess Markiewicz während des Osteraufstands von 1916 ausgeharrt hatte. Paul und Emma hatten sich davor Arm in Arm fotografieren lassen. Jenna gab mir einen kurzen Abriss über den Osteraufstand (eine weitere fehlgeschlagene irische Rebellion), dann schlug sie vor, hinüber ins Stephen's Green Shopping Centre zu gehen und dort im Kylemore einen Tee zu trinken und vielleicht eine Kleinigkeit zu essen. Wenig später bestellten wir beide einen Tee, ich nahm dazu Scones und sie *rock buns*. Auf dem Weg zum Tisch nahm ich eine vertraute Bewegung aus den Augenwinkeln wahr. Ich schaute mich danach um, sah für einen Moment einem Schwarzhaarigen hinterher, bevor ich mich wieder von ihm losreißen konnte. Jenna, der meine Abwesenheit nicht entgangen war, musterte mich eindringlich.

»Was ist?«

Ich zuckte mit den Schultern.

»Er ist es nicht wert«, fuhr sie in strengerem Ton fort. »Jemand, der einen sitzen lässt, ist es niemals wert.«

Ich schwieg. Und wenn er es doch wert war? Während sich in meinem Kopf wieder einmal die Gedanken jagten, schlug ich vor, als Abschluss auch noch einen Kaffee im Bewley's auf der Grafton Street zu trinken, in der wir uns ja ohnehin schon befanden. Laut einem alten Reiseführer aus Emmas Bestand war das einmal ein absolutes Muss gewesen. Jenna war dafür. »Klar, warum nicht?« Zu Studienzeiten hatte sie auch hier viele Stunden Kaffee trinkend und Zeitung lesend mit Freunden verbracht. »Ein Kaffee passt auch noch.«

Wir verließen also das Shopping Centre und liefen die beliebte Einkaufsstraße hinunter. Je weiter wir kamen, desto dichter wurde der Fußgängerverkehr, sodass immer wieder kaum ein Vorankommen war. Auch im Bewley's war es voll, und doch fanden wir einen Platz für uns und unseren Kaffee. Jenna hatte beim Hereinkommen einen dieser verboten leckeren *carrot cakes* mit Frischkäse-Icing entdeckt und stand noch einmal auf, während ich mich schon mit Emmas Album auf dem kleinen dunklen Holztisch ausbreitete. Unsere Nachbarn warfen einen kurzen neugierigen Blick zu uns hinüber und widmeten sich dann wieder ihrem Gespräch. Ich blätterte langsam. Es gab viele Fotos und Zeichnungen von Dublin. Einiges davon erkannte ich bereits wieder, einiges galt es noch zu entdecken. Ich schaute mir erneut ein paar von Pauls Zeichnungen und Emmas Notizen dazu an. Es fiel mir immer noch nicht ganz leicht, sie mir als junge Menschen vorzustellen. Während ich noch mit gerunzelter Stirn dasaß, kam Jenna mit ihrem Kuchen zurück. Ich legte das Album zur Seite, trank einen Schluck Milchkaffee und versuchte auf Jennas Aufforderung hin den Kuchen.

»Hast du dich eigentlich schon mal umgesehen?«, fragte sie mich.

»Ein wenig«, murmelte ich. Natürlich war mir der Name aufgefallen, der an einer Stelle als Mosaik im Boden eingelassen war, die Glasfenster und draußen die ägyptischen Motive, die damals von der Entdeckung des Grabs von Tutanchamun inspiriert worden waren. Im Innenraum, auch in der Nähe unseres Platzes, standen hier und da kleinere Palmen. Es war ein hübsches Café, etwas Jugendstil, etwas Historismus, eine Reminiszenz an das 19. Jahrhundert. Ich hatte irgendwo gelesen, dass hier die ersten Pakete Tee eingetroffen waren, die Irland, die heutige Teetrinkernation, je erreicht hatten. Ich ließ Jenna noch ein wenig in Erinnerungen schwelgen, dann nahmen wir uns zusammen Emmas Album vor.

»Das ist schon irgendwie cool«, sagte sie.

Ich nickte, während mein Blick wieder einmal an einer von Pauls Zeichnungen festhing. Ja, sie hatte recht, und es war auch etwas Besonderes, diese Reise zu unternehmen. Es war etwas Besonderes, dass mich Emma auf ihre Reise geschickt hatte, dass ich Dinge erfahren durfte und auf diesem Weg irgendwie auch mich selbst besser kennenlernen konnte … *Und dann war da Liam.*

Ich hörte, wie Jenna neben mir die Luft durch die Zähne zog.

»Das ist übrigens St. Michan's«, sagte sie und deutete auf ein Bild, auf dem Emma und Paul nebeneinander vor etwas standen, das wie ein Kellereingang aussah.

»Oh«, machte ich. Dieses Bild hatte ich bislang nicht deuten können. Jenna beugte sich näher über die Zeichnungen. Sie tippte mit den Fingern auf eine davon.

»Da gibt es Mumien«, ergänzte sie.

Jetzt verstand ich endlich. Das erklärte natürlich Pauls Zeichnung eines kleinen Skeletts auf dieser Seite, über die ich schon ein-, zweimal gerätselt hatte.

»Jenna, du bist Gold wert!«, entfuhr es mir.

»Klar.« Jenna grinste selbstzufrieden, aber doch auf eine Art, die nicht abstoßend war, und mir wurde mal wieder deutlich, wie hilfreich es war, dass wir uns hier getroffen hatten. Und weil Jenna die Stadt damals auch touristisch erkundet hatte, wusste sie natürlich, was es mit den Mumien von Dublin auf sich hatte.

Fotos von den Mumien gab es natürlich nicht in Emmas Album. Sicher war es im Keller oder im Gewölbe oder wo immer die sich befanden ohne Blitz zu dunkel gewesen. Dafür hatte Paul ja gezeichnet. Das Skelett war perfekt, und je nachdem, wie man draufschaute, konnte man glauben, es grinse einen an.

»Ist es weit?«, fragte ich, ohne den Blick von dem kleinen Skelett abzuwenden. Jenna spielte mit ihrer Tasse und schien zu überlegen, ob sie sich noch einen Kaffee holen sollte.

»Es ist ein Stück, allerdings liegt es auf der Nordseite, also gewissermaßen auf unserer Seite des Flusses, und da müssen wir ja eh noch einmal hin, um uns für die Party bereit zu machen.«

Ich schaute auf meine Uhr. Wir überlegten einen Augenblick hin und her und entschieden dann, den Ausflug doch noch auf uns zu nehmen. Bis zur Party waren es noch ein paar Stunden. Wir waren zwar bereits beträchtliche Strecken gelaufen, aber unser Weg führte uns immerhin wieder ein Stück in Richtung des Hostels, und da mussten wir ja, wie gesagt, sowieso hin.

Dieses Mal überquerten wir den Fluss weiter westlich über eine größere Brücke und erreichten nach etwa zwanzig weiteren Minuten unser Ziel. St. Michan's war ein graues, eher wuchtiges Gebäude, wie es viele auf den Britischen Inseln gab, eine Kirche, die durchaus an eine Burg oder Festung erinnerte. Innen befand sich Irlands älteste Orgel, auf der Georg Friedrich Händel möglicherweise den Messias geübt und damit erstmals öffentlich aufgeführt hatte. Die Uraufführung hatte in jedem Fall in Dublin stattgefunden. Die Mumien befanden sich in der Krypta. Leider war es zu spät.

»Das ist jammerschade«, stellte Jenna bedauernd fest. »Das war nämlich echt cool. Ich war schon mit mehreren Freunden hier, weißt du? Bram Stoker hat hier seine Inspiration für Dracula gefunden.«

Ich schauderte und wusste nicht, ob ich vielleicht doch erleichtert war, keine Toten sehen zu müssen. Dafür schaute ich mir den Eingang zur Krypta etwas länger an. Hier hatten die beiden also vor so langen Jahren gestanden. Paul und Emma. Sie hatten ernst, aber irgendwie glücklich ausgesehen, unternehmungslustig und bereit, der Zukunft entgegenzugehen, junge Menschen, deren gemeinsames Leben noch vor ihnen lag. Aber ein langes gemeinsames Leben war ihnen nicht vergönnt gewesen. Hatten sie das hier schon gewusst? Ich glaubte nicht. Ihr Bild sagte etwas anderes. Mein Magen zog sich zusammen.

Wir schauten uns noch auf dem kleinen Friedhof um, dann hatten wir beide für heute genug gesehen und machten uns auf den Weg ins Hostel. Der Rückweg zog sich etwas, was möglicherweise an unseren inzwischen schweren Füßen lag. Wieder in unserem Zimmer, waren wir beide froh, uns ausruhen zu können.

»O Mann«, keuchte ich, »keinen Schritt hätte ich mehr gehen können.«

»Ich auch nicht«, seufzte Jenna, »aber wir müssen heute noch mal ran.«

»Ja, ja …« Ich legte mich auf den Rücken und starrte eine Weile an die Decke, dann setzte ich mich wieder hin, stellte die heutigen Bilder online, entschuldigte mich für die Verzögerung und berichtete Emma vom Treffen mit Jenna. Wie immer meldete sie sich wenig später. Wir tauschten ein paar Nachrichten aus. Sie fragte nicht nach Cashel oder nach Lizzie. Sie sagte auch nichts zu Lizzies Foto.

»Und hast du heute noch was vor?«, schrieb Emma dann. Ich antwortete, dass wir Freunde von Jenna besuchen würden. Sie schickte mir ein »Daumen hoch« und bedankte sich dafür, auf diese Art und Weise doch noch an der Reise teilnehmen zu können.

»Aber es ist nicht dasselbe, oder?«, tippte ich ein. Es dauerte einen Augenblick, bevor sie antwortete.

»Es ist okay, glaub mir. Nächstes Jahr …«

»Nächstes Jahr«, tippte ich, ohne recht zu überlegen, aber wir beendeten beide unsere Sätze nicht. Keiner wusste, was nächstes Jahr war. Ich spürte, dass ich darauf achten musste, nicht wieder in schlechte Stimmung zu kommen. Jenna sprang vom Bett auf.

»Hey, schau mal auf die Uhr. Wir sollten uns fertig machen, wenn wir pünktlich zu spät kommen wollen.«

»Wenn wir was?«

»Iren kommen immer zu spät, das aber relativ pünktlich, nämlich etwa um fünfzehn bis zwanzig Minuten«, warf mir Jenna noch rasch über die Schulter zu, bevor sie im Bad verschwand. Ich schmunzelte, während ich in meiner Tasche nach einem geeigneten Outfit wühlte. Für Partys hatte ich nicht geplant. Ich bin kein Partygänger, bin ich nie gewesen. Wahrscheinlich war Jenna an jeder echten Party schuld, an der ich je teilgenommen hatte.

Als sie aus dem Bad zurückkam, ein Handtuch um den Kopf gewickelt, ein weiteres um den Körper, beäugte sie kritisch meine Auswahl. Das langweilige Shirt sollte ich gleich wieder in die Tasche stecken. Sie beabsichtigte, mir etwas Schwarzes mit Glitzer zu leihen. Glitzer? Ich war mir unsicher, doch vielleicht hatte sie auch recht. Ich musste zugeben, dass ich nicht auf Partys eingerichtet war, aber wollte ich dieses *I am a Princess*-Shirt tragen, das sie aus ihrem Koffer zog? Während Jenna vom Typ her durchaus etwas Herbes hatte, was auch einmal ein Prinzessinnen-Shirt vertrug, fand ich, dass ich in Schwarzglitzernd zu zuckrig aussah, und dann auch noch dieser Schriftzug: Princess. Ich atmete tief durch und lehnte ab. Jenna rollte die Augen zur Decke und zog dann einen dünnen schwarzen Kaschmirpullover aus meiner Tasche heraus, während ich in meine schmale schwarze Jeans schlüpfte, die, aus welchen Gründen auch immer, den Weg in mein Gepäck gefunden hatte.

Jenna runzelte die Stirn. »Liv, so wird dich aber niemand sehen.«

Ich verschränkte unwillig die Arme vor der Brust. Vielleicht will ich ja auch gar nicht, dass mich jemand sieht, dachte ich, aber ich sagte nichts. Ich wollte mich nicht auf eine Diskussion einlassen, die ich ganz sicher verlor. Jenna inspizierte inzwischen meine Schuhe. Die Auswahl war bescheiden. Es gab Turnschuhe, Wanderschuhe und Sandalen.

»Wenigstens rote Sneaker wären jetzt cooler«, kommentierte sie, doch ich hatte keine und war jetzt doch ein bisschen froh, dass Jenna und ich nicht dieselbe Schuhgröße hatten. Ich war mir sicher, dass sie mich sonst zu ihren roten Schuhen überredet hätte. Aber ich war einfach niemand, der so etwas trug, dazu fand ich meine Füße ein wenig zu groß. Trotzdem freute ich mich inzwischen doch auf den Abend. Ganz gewiss würde mich die Party auf andere Gedanken bringen, und das war wirklich wieder einmal dringend nötig.

Da wir heute eine ziemliche Strecke gelaufen waren, bestellten wir uns für den Hinweg ein Taxi, das uns wieder auf die andere Flussseite brachte, in den Südteil Dublins. Die betreffende Wohnung befand sich in einem modernen Gebäude am Earls Court in der Adelaide Road nahe der National Concert Hall. Im Aufzug ging es nach oben. Nach dem Eintreten stellte ich als Erstes fest, dass die Wohnung deutlich kleiner war, als ich erwartet hatte, und eigentlich nur aus einem schmalen Flur, der jetzt voller Schuhe und Jacken war, einer kleinen Küche und einem großen Wohn- und Schlafbereich bestand, in dem sich bei unserer Ankunft schon eine Menge Leute befanden. Offenbar kamen doch nicht alle Iren zu spät, oder aber wir waren viel zu spät.

Natürlich sah ich gleich als wir ankamen Liam, um im nächsten Moment festzustellen, dass dieser Mensch lockigeres Haar hatte, ein rundliches Koboldgesicht mit einem kleineren Näschen, und etwas kleiner als Liam war er auch. Mindestens seit St. Michan's hatte ich die Erinnerung an ihn recht gut in Schach halten können, doch in diesem Moment war es mir wieder misslungen.

Zur Hölle mit ihm. Ich folgte Jenna stoisch ins Getümmel. Sie stellte mich rasch hintereinander den verschiedensten Leuten vor, wobei ich kaum die Hälfte der Namen behielt. Die Stimmung war gut. Aus den Boxen einer Stereoanlage dröhnte abwechselnd Indierock, irischer Rock und auch einmal Punk. U2 sangen »Sunday Bloody Sunday«. Half Man Half Biscuit folgten mit »Dickie Davies Eyes«. Irgendwann trennten Jenna und ich uns, und ich zog mich in die kleine, mit Kunstbüchern vollgestopfte Küche zurück, in der sich bereits mehr Menschen aufhielten, als ich es für möglich gehalten hatte. Meghan, die eingeladen hatte, betrieb eine kleine Galerie, und alles an ihrer Wohnung zeigte, dass sie

Kunst liebte und lebte. Sie hatte wirklich das Beste aus dem kleinen Apartment gemacht. Während ich den Gesprächen lauschte, verstand ich auch, dass es quasi ein Sechser im Lotto war, so eine Wohnung überhaupt zu bekommen: Innenstadtlage, renoviert, modern, mit Fahrstuhl. Unsere Gastgeberin war zum richtigen Zeitpunkt am richtigen Ort gewesen.

»Ich hab's geerbt. Ein Onkel, von dem ich bis zu diesem Zeitpunkt noch nie etwas gehört hatte«, erklärte sie mir, während wir beide an unserem Wein nippten. »Es tut mir leid, dass ich ihn nie kennengelernt habe. Ich hätte ihm gerne gedankt.«

Ich nahm mir noch ein paar Häppchen vom Büfett. Meghans aus Indien stammender Freund hatte gekocht, und das Essen lecker zu nennen war stark untertrieben. Ich hatte selten etwas Besseres gegessen als diese Hackfleischbällchen mit Granatapfeldip oder den frittierten Tofu. Noch mehr Gäste drängten sich inzwischen in die Küche hinein. Ich wich bis zum Fenster zurück. Die Stimmung war gut, die Küche bei Partys irgendwann wohl immer der beste Platz, auch in Dublin. Ein rothaariger Lockenkopf, der sich neben mich ans Fenster gelehnt hatte, erzählte davon, dass er bald zu seiner Freundin nach Mexiko ziehen werde. Zustimmung mischte sich mit bedauerndem Gemurmel. Nicht alle von Jennas ehemaligen Studienfreunden, eigentlich die wenigsten, waren in Dublin geblieben, die anderen hatte das Leben mittlerweile in die ganze Welt verstreut. Manche waren derzeit auf Besuch da und natürlich auch auf der Party. Man erzählte sich von früher und sprach über das, was das Leben bislang gebracht hatte. Zwei hatten geheiratet.

»Ich hab's immer gewusst«, sagte Jenna, die inzwischen auch in der Küche war, und sah um Zustimmung heischend in die Runde. »Habe ich es nicht immer gesagt? Die beiden waren doch schon damals wie Töpfchen und Deckelchen. Unzertrennlich einfach.«

»Sie haben sich in Neuseeland getroffen«, ergänzte einer, was man bereits wusste. »Waren getrennt voneinander da und haben sich getroffen. Inzwischen haben sie zwei Kinder.«

»Joe wollte doch nie Kinder?«

»Jetzt hat er sie. Er ist ein besserer Dad, als seiner es war.«

Zustimmendes Gemurmel. Ich hörte weiter nur zu und nickte hin und wieder. Als ich einmal direkt angesprochen wurde, errötete ich. Aber es war dann doch nicht so schwer, etwas zu sagen.

»Ich bin Lehrerin«, beantwortete ich die Frage.

»Guter Job.«

»Anstrengend.« Ich rollte mit den Augen.

»Verantwortungsvoll«, gab mein Gegenüber zurück. »Besser als Aktien oder Häuser verkaufen.«

Aber weniger lukrativ, dachte ich bei mir und wusste doch gleichzeitig, dass ich nie nach einem lukrativen Job gesucht hatte. Wir quatschten weiter über dies und das. Jenna verschwand und kam wieder. Sie sah erhitzt aus, erhitzt und fröhlich. Ich fühlte mich auch jünger. Gegen ein Uhr bat einer der Nachbarn darum, die Musik leiser zu drehen. Gegen halb zwei war es so weit. Mit einem Mal fand ich mich erneut an einem Fenster wieder, schaute auf die Adelaide Road hinunter und musste daran denken, dass Liam während seines Studiums auch irgendwo in Dublin gewohnt hatte. Wo war das gewesen? Wir hatten nicht darüber gesprochen. Und warum sollte mich das überhaupt interessieren? Ich sah Liam an diesem Abend noch zweimal. Nachts träumte ich wieder von ihm.

Als ich am kommenden Morgen in unserem Doppelzimmer aufwachte, hatte sich Jenna natürlich noch tief in ihren Decken vergraben. Man sah nur ihren wirren Haarschopf. Eigentlich hatte sie diese Nacht bei Freunden übernachten wollen, doch ich hatte sie davon überzeugen können, mit mir zu kommen. Ich hatte einfach beschlossen, dass ich mich nicht in der Verfassung fühlte und auch nicht mehr in dem Alter war, in irgendeiner fremden Wohnung auf dem Boden zwischen leeren Flaschen und Chipskrümeln zu schlafen und morgens fremden Menschen in einem viel zu kleinen Bad zu begegnen. Außerdem war das Hostel bezahlt. Ja, ich war ein Spießer. Nachdem wir die Party verlassen hatten, sorgte der Spaziergang zurück zum Hostel – wir hatten uns dieses Mal gegen ein Taxi entschieden – für einen klareren Kopf. Die Straßen waren recht leer gewesen, aber ich hatte mich nicht unsicher gefühlt. Natürlich hatten wir, zurück im Zimmer, dann doch noch lange geschwatzt wie immer, wenn wir gemeinsam nächtigten. Und wie immer schlief Jenna als Erste ein, und ich war als Erste wach.

Gähnend setzte ich mich auf und nahm das Handy vom Nachttisch. Neun Uhr. Also war es gar nicht so früh, wie es sich anfühlte, nur war es gestern eben sehr spät gewesen. Offenbar steckte ich wenig Schlaf doch nicht mehr so schnell weg. Du wirst alt, Liv.

Ich verschwand im Bad, duschte rasch und putzte auch schon die Zähne. Jetzt fühlte ich mich ein wenig besser. Mein vorderstes Ziel war es, mich auch heute von dummen Gedanken abzuhalten. Deshalb musste ich irgendwie in Bewegung bleiben, körperlich und gedanklich. Ich verharrte unvermittelt und starrte einen Moment lang mein Gesicht im Spiegel an. Ich habe immer jünger ausgesehen, als ich eigentlich war. Heute sah ich ziemlich verquollen aus, und auch reichlich kaltes Wasser und eine Gesichtsmassage änderten daran nichts. Ich barg das Gesicht für einen Moment in den Händen und rieb dann noch einmal energisch darüber, danach gähnte ich erneut herzhaft.

Jenna war schon auf dem Weg nach unten zum Frühstück, als ich mich kurz entschlossen noch einmal umdrehte. Fast hätte ich Emmas Album vergessen. In den letzten Tagen hatte ich öfter feststellen können, wie hilfreich es war, die Erinnerungen zwischendurch immer mal wieder aufzufrischen. Unten war Jenna bereits in ein Gespräch verwickelt. Natürlich. Ich beobachtete sie einen Moment lang. Auch ich hatte mir immer gewünscht, so leicht und locker mit Fremden umgehen zu können, aber das würde mir wohl nie gelingen. Das Frühstück fiel heute einfach aus. Wir wollten Zeit sparen und tranken lediglich einen Kaffee. Bald darauf liefen wir wieder einmal in südlicher Richtung zum Custom House Quay. Auf der anderen Flussseite folgten wir der D'Olier Street und bogen dann in die College Street ab. Jenna hatte vorgeschlagen, das Gebäude der Bank of Ireland zu besuchen, in der bis zu seiner Auflösung im Act of Union 1801 das irische Parlament getagt hatte.

Warum nicht, dachte ich, außerdem hatte ich es gestern ja durchaus genossen, wie Jenna mir Dublin näherbrachte. Alles, wenn es mich nur vom Grübeln abhielt und Liam daran hinderte, ständig in meinen Gedanken aufzutauchen wie so ein kleiner »Jack in the box«. Kurz entschlossen kauften wir Tickets und hatten Glück: Die Führung würde gleich starten. Wir hatten kaum Zeit, den zusätzlichen Kaffee auszutrinken, den wir uns noch auf dem Weg gekauft hatten, bevor wir bereits mit einer Gruppe aufgeregt plappernder Amis und ein paar gelangweilten italienischen Teenies mit ihren kunstbeflissenen Eltern das Gebäude betraten.

Unser Führer, ein älterer, recht kleiner Mann, der mich mit seinem Bart an den Weihnachtsmann erinnerte, stellte sich uns als Mr Finnegan vor. Mr Finnegan war ganz offenbar in seinem Element. Er quoll geradezu über von Wissen und war dabei locker und witzig. Es machte ziemlichen Spaß, ihm zuzuhören.

Unser Ziel war das ehemalige House of Lords, in dem sich auch heute noch ein riesiger Tisch befand, der angeblich aus damaligen Zeiten stammte.

»Hier«, erklärte Mr Finnegan mit bedeutungsschwangerer Stimme, »haben sich früher die Lords versammelt, um Politik zu machen, aber auch um Gesuche und Bitten entgegenzunehmen.« Ein paar von uns durften sich an den Tisch der Lords setzen. Mr Finnegan ging zu jedem hin, legte seine Hände auf die Stuhllehne und nannte mit gewichtiger Stimme den Namen des jeweiligen Lords. »Hier saß der Duke of Leinster, dort der Earl of Desmond, hier der Earl of Cavan ...«

Die meisten strafften im Moment der Nennung ihre Schultern, als gälte es, den Namen würdig zu vertreten. Manche drehten sich um und musterten mit einer gewissen Faszination die Stühle, auf denen sie saßen. Sogar die Teenies waren für einen Moment gepackt und hielten die Handys nicht mehr direkt vors Gesicht. Einer machte ein Selfie.

Mr Finnegan ließ uns Zeit, bevor er die Stimme wieder erhob: »Und hier warteten die Bittsteller ...« Er ging auf mich zu. »Darf ich?«

Ich wusste nicht, warum, aber irgendwie hielt er jetzt meine Hand und führte mich an den betreffenden Platz. Jenna folgte mir, weil ihr nur zu klar war, dass ich auf keinen Fall alleine dort stehen wollte. Mr Finnegan stand nun auf halbem Weg zwischen uns und den »Lords«, die uns sehr aufmerksam ansahen. Jenna kreuzte die hinunterhängenden Hände vor dem Körper und senkte den Kopf. Wie es schien, spielte sie das Spiel mit. Eine Zeit lang hatte sie mit großem Vergnügen Rollenspiele gespielt. Sie war immer gerne in andere Charaktere geschlüpft. Ganze Wochenenden lang war sie damals unterwegs gewesen.

»Spüren Sie es, meine Damen?«, fragte Mr Finnegan.

Jenna nickte. Ich zog unwillkürlich die Schultern hoch. Vielleicht hatte er recht. Vielleicht spürte man hier tatsächlich etwas Kaltes, Bedrückendes, als hätten die, die vor so langer Zeit hier gestanden hatten, ihre Ängste und Gefühle der Bedrängnis hiergelassen …

»Merken Sie es? Spüren Sie, wie kalt es an dieser Stelle ist?« Mr Finnegan sah uns eindringlich an. »Und jetzt stellen Sie sich einfach nur vor, mit welchen Gefühlen die Bittsteller hier standen, mit welchen Hoffnungen und mit welchen Ängsten … Hier wurden Schicksale entschieden, hier wurden Entscheidungen über Leben und Tod getroffen …« Seine Stimme wurde lauter, dann wieder so leise, dass wir die Köpfe hoben und uns nach ihm umsahen, als bestünde die Möglichkeit, dass er verschwunden war. Er zeigte zum Tisch der Lords und donnerte: »Von diesen Menschen dort.«

Manche der Lords rissen die Augen auf, andere sahen zufrieden aus.

»Er macht das echt gut«, zischte Jenna mir begeistert zu und verstärkte dann nochmals ihre demütige Haltung.

Ich erwiderte nichts. O ja, er machte das wirklich gut, und ich fühlte mich furchtbar. Ganz zu schweigen davon, dass mich just in diesem Moment natürlich einer der jungen Männer an Liam erinnerte.

Um Himmels willen, würde das denn je aufhören? Immerhin bemerkte Jenna nicht, dass ich abgelenkt war, denn sie war viel zu sehr in ihr Spiel vertieft. Ich war erleichtert, schließlich wollte ich nicht schon wieder über Liam reden. Ich wollte doch nichts mehr, als ihn endlich zu vergessen.

Nachdem wir die Bank verlassen hatten, schlug Jenna vor, bei Burdock's Fish & Chips zu essen. Die lange Liste verschiedener Fischsorten überforderte mich. Die dicken knusprigen Pommes mit Essig waren wider Erwarten äußerst lecker. Zwischendurch stellte ich Bilder online und bekam meist zeitnah eine Nachricht von Emma. Sie war immer noch in der Rehaklinik, würde aber bald nach Hause kommen. Wir stellten ein paar Bilder in den Liberties nach und fügten neue hinzu. Später suchten wir ein alternatives Café in Temple Bar auf. Zum Café gehörte ein kleiner Laden, in dem wir zuerst ausgiebig herumstöberten, bevor wir uns einen Tisch suchten und das unerwartet leckere vegetarische Abendessen bestellten. Während ich zum Abschluss an meinem fair gehandelten Biokaffee nippte, sah ich mit nachdenklich geweiteten Augen zum Fenster hinüber. Draußen liefen unablässig Menschen vorüber, manchmal in größeren, manchmal in kleineren Gruppen. Einige blieben vor dem Schaufenster stehen, um etwas genauer zu betrachten. Hier gab es Silberschmuck zu bewundern, buntes Geschirr und Webtaschen, wie man sie in Deutschland in Eine-Welt-Läden kaufen konnte. Jenna hatte sich schon beim Hereinkommen ein paar Postkarten gekauft und grübelte nun, welche sie behalten und welche sie verschicken sollte. Ging es darum, loszulassen, fuhr es mir unwillkürlich durch den Kopf, nicht den verpassten Chancen hinterherzutrauern, sondern nach vorne zu sehen?

»Hör auf, an ihn zu denken, auch wenn er ein sehr hübsches Arschloch ist«, zwängte sich Jenna in meine Gedanken. Manchmal kam es mir so vor, als könnte sie in meinem Gesicht lesen wie in einem Buch. Natürlich wollte ich widersprechen, tat es dann aber nicht. Warum sollte ich Liam verteidigen? Er hatte es nicht verdient. Ich schaute auf den dunklen Holztisch vor mir und schob mit einem Finger die Kaffeetasse von mir weg. Jenna redete weiter auf mich ein. Ich hörte nicht wirklich zu, entnahm ihren Worten aber hauptsächlich, dass ich ihn vergessen sollte … Leichter gesagt als getan.

Auf dem Rückweg zum Hostel kamen uns auf der O'Connell Bridge amerikanische Touristen mit seltsamen Hüten entgegen. Jenna redete immer noch, ich war ihr immer noch auch dankbar. Abends stellten wir gemeinsam Bilder für Emma ein. Meine Großmutter war begeistert. Natürlich gab es Dinge, die sich geändert hatten – Städte veränderten sich eben, und das Dublin, das meine Großmutter in Erinnerung hatte, hatte eben auch diesen grauen Schleier gehabt. Emma war auf der O'Connell Bridge bettelnden Kindern begegnet und hatte mit Paul lange Diskussionen über Armut geführt. Aus ihren Worten wurde sehr deutlich, dass Irland für lange Zeit ein sehr armes Land gewesen war.

Aber das machte uns nichts aus, schrieb sie, denn wir waren auch nicht reich. Es war einfach, als gehörten wir dazu.

An diesem Abend schleppte mich Jenna trotz meiner Gegenwehr in eine irische Tanzvorführung. Ich hatte so etwas Ähnliches mal unter der Bezeichnung Riverdance im Fernsehen gesehen und konnte mich einer gewissen Faszination nicht entziehen, auch wenn ich fand, dass die Oberkörper der Tänzer aussahen, als hätten sie einen Stock verschluckt, während ihre Beine und Füße geradezu unglaubliche Drehungen und Wendungen vollzogen. Danach ging es noch einmal in einen Pub. Jenna telefonierte. Ein paar ihrer Freunde tauchten auf. Ich unterhielt mich mit einem über sein Studium. Er hatte gerade beschlossen, noch einen Masterabschluss auf sein Informatikstudium zu setzen. Es kam mir vor, als würden alle neu beginnen wollen, nur ich nicht.

Obwohl wir spät ins Bett kamen, konnte ich nicht einschlafen. Ich stöberte leise durch Emmas Album, während von Jennas Bett her bereits kein Ton mehr zu hören war. Im schwachen Licht meiner Handytaschenlampe schaute ich mir wieder einmal Pauls Zeichnungen an und bewunderte seine äußerst akkurate Schrift. Er hatte anfangs wirklich viel gezeichnet. Später schien es mir weniger zu werden, und auch die Schrift wurde unordentlicher. Ich blätterte eine weitere Seite um und musterte die Skizzen von Kindern. In einem Bildband über das alte Dublin in dem Buchladen gestern hatte ich auch schon solche Fotos gesehen, Bilder aus einer Zeit, die fremd und längst vergangen war …

Am nächsten Tag hieß es endgültig ab nach London für mich, während Jenna nach Cork fuhr, wo sie spontan noch weitere alte Studienfreunde besuchen wollte. Auf eine Weise war ich zufrieden. Ich hatte so ziemlich alles gesehen, was auch Paul und Emma damals besucht hatten, und ich hatte viele schöne Bilder geknipst, über die ich mich bereits mit Emma ausgetauscht hatte. Dublin hatte sich verändert, aber ich hatte mein Bestes getan und mit Jennas Hilfe die meisten Motive gefunden. Auf eine andere Weise konnte ich nicht wirklich aufhören, an Liam zu denken, und das ärgerte mich. Und was war mit Cashel? Sollte ich Emma darauf ansprechen, sollte ich dem Gefühl nachspüren, das mir sagte, dass es einen Grund dafür gab, dass Lizzie und sie keinen Kontakt mehr hatten? Ging mich das überhaupt etwas an?

Jennas und mein Abschiedsessen war ein großzügiges irisches Frühstück, zu dem es Würstchen, Bacon, Rühreier, sogar selbst gemachtes braunes Brot und sehr guten Kaffee gab.

»Wo geht es als Nächstes hin?«, fragte Jenna mich, nachdem sie einen Schluck Kaffee zu sich genommen hatte.

»London«, gab ich zurück. »Omi will, dass ich das Globe besuche.«

Jenna nahm sich noch eine Scheibe braunes Brot und butterte sie großzügig. Ich beneidete sie um ihren bemerkenswerten Stoffwechsel.

»Das Globe stand damals aber noch nicht wieder«, bemerkte sie dann augenzwinkernd, bevor sie einen Bissen von dem Brot nahm.

»Nein«, bestätigte ich, »aber Emma mag Shakespeare. Wenn sie wieder gesund ist, hat sie fest vor, das Globe zu besuchen.«

»Klar. Das ist bestimmt ein Erlebnis. Freunde waren vor Jahren mal in einer Premiere zu zwei Pence. Sie hatten Stehplätze, aber natürlich haben sie nichts auf die Bühne geworfen wie in Shakespeares Zeiten.« Jenna grinste. »Bringst du mir bitte, bitte eine Tasse aus dem Shop mit? Ich sammle die.«

»Okay.«

Dann war es Zeit, aufzubrechen. Wir umarmten uns noch einmal fest, bevor ich mich zu der Mitfahrgelegenheit gesellte, die Jenna für mich aufgetrieben hatte. Ich straffte die Schultern. Jetzt würde ich Dublin hinter mir lassen, die ganze Insel und alles, was mit ihr verbunden war. Dazu war ich fest entschlossen.

Emma

Manchmal schlief Emma nachts schlecht, oder sie schlief tagsüber einfach zu lang. Das machte allerdings nichts, denn als alter Mensch konnte sie selbst über ihren Tagesablauf bestimmen, was so ziemlich das Beste am Altsein war. Alles andere, fand sie, hatte doch sehr viele Nachteile, aber immerhin, immerhin musste man es niemandem mehr recht machen. Was auch bedeutete, dass man schlafen konnte, wann und wie lange man wollte. Schließlich gingen alle davon aus, dass man den Schlaf brauchte, nicht, dass man zu faul war oder so etwas.

Sie hatte wieder über diesen Liam und ihre Liv nachgedacht und dann eine Entscheidung getroffen. Es war ja nicht zu übersehen, dass ihre Enkelin den Burschen nicht vergessen hatte, und es wäre nicht auszuhalten, wenn sie ihm so lange hinterhertrauerte wie dem letzten Freund, diesem Jürgen …

Emma war gleich aufgefallen, dass Liam einige von Livs Bildern kommentiert hatte. Eigentlich hatte er einen guten Eindruck auf sie gemacht. Also hatte sie beschlossen, ihn anzuschreiben und ihn sich ein wenig zur Brust zu nehmen, und dann …

Nun ja, das musste man sehen. Sie würde ihn jedenfalls nicht so einfach davonkommen lassen. Er würde ihr sagen müssen, warum er Liv hatte sitzen lassen, und sie würde ihm den Kopf waschen. O ja, vielleicht war das ein Eingriff in Livs Leben, andererseits hatte ihre Enkelin eine solch entnervende Art, sich selbst im Weg zu stehen, dass man fuchsteufelswild werden konnte.

Was war nur mit ihr los? Emma konnte sich nicht erinnern, selbst je so gewesen zu sein. Man hatte doch nur dieses eine Leben, da musste man zupacken, wenn es nötig war. Man konnte nicht immerzu darauf warten, dass *es* einem passierte, sonst rannen einem alle Möglichkeiten und Gelegenheiten einfach durch die Finger wie feinster Sand. Und manchmal musste man dann eben auch schwierige Entscheidungen treffen, und manche Entscheidungen konnten sich auch als falsch herausstellen, aber immerhin hatte man es gewagt. Das wusste Emma ganz sicher aus eigener Erfahrung, und sie wusste auch, dass man gelegentlich die verletzte, die man doch am meisten liebte.

Während sie diese Reise vorbereitet hatte, war ihr das immer klarer geworden. Sie musste unwillkürlich an den Moment denken, als Liv Elisabeths Foto aufgefallen war. Hätte ich damals die

Wahrheit sagen müssen? Nun, vielleicht stand es ihr ja wirklich nicht zu, sich mit dem zu beschäftigen, was bei Liv falsch lief, vielleicht gab es andere Dinge, über die sie sich eher Gedanken machen musste …

Emma hielt einen Moment inne und starrte auf die gegenüberliegende Wand. Und ja, vielleicht würde sie das tun. Später. Nicht jetzt.

13. KAPITEL

Wir trafen gegen achtzehn Uhr in London ein. Die Metropole lag im Abendsonnenschein, der Abendverkehr war dicht. Auf den letzten Kilometern war ich sogar etwas eingenickt und fuhr erst wieder hoch, als wir die Außenbezirke der Stadt erreichten. Brendan, Jennas Kumpel, und ich hatten uns auf der langen Fahrt ganz gut unterhalten, wie ich fand – eine Erleichterung, denn immerhin hatten wir gut zehn Stunden auf engstem Raum miteinander verbracht. Ich wusste jetzt, dass Jenna und er den Kurs »Amerikanische Literatur« besucht hatten und einmal fast ein Paar gewesen waren. Brendan kehrte nach einem Besuch bei seinen Eltern zu seiner Familie in Südengland zurück. Auch er gehörte zu den vielen Iren, die ihr Land wegen eines Jobs hatten verlassen müssen. Obwohl ich ihm versicherte, dass das nicht nötig sei, brachte er mich fast bis zu meinem Hotel, wünschte mir viel Glück und stürzte sich dann wieder zurück ins Getümmel der großen Stadt, um heute noch nach Hause zu kommen. Er hatte mir Bilder seiner Familie gezeigt, eine Bande von Rotschöpfen, die fast das ganze Foto auszufüllen schienen. Ich blieb noch einen Moment stehen und sah zu, wie sich sein Auto aufgrund des Staus nur langsam entfernte. Dann betrat ich das Hotel. Meine Buchung ließ sich schnell finden. Ich wurde rasch über alles Wichtige informiert und brachte mein Gepäck in mein Zimmer.

Es war einfach, genügte aber meinen Zwecken. Jenna fehlte mir. Für einen kurzen Moment saß ich unschlüssig da, dann entschied ich mich, nach einem Take-away Ausschau zu halten. In meinem Magen grummelte es schon leicht. Das letzte Mal hatten wir irgendwo auf der Höhe zwischen Wales und England gegessen. Das war schon ein Weilchen her. Ich gab mir also einen Ruck, besorgte mir ein Curry und zog mich damit wieder in mein Zimmer zurück, um es an dem wackligen Tisch zu mir zu nehmen, der den Platz zwischen Bett und Wand fast vollständig ausfüllte. Für einen Moment fühlte ich mich ebenso wacklig wie das Möbelstück. Du bist albern, Liv. Ich schaute mich um, um mich mit irgendetwas zu beschäftigen. Jemand hatte direkt gegenüber oberhalb des Tischs ein winziges Bleistiftsmiley an die Wand gemalt. Der Teppich war etwas abgenutzt. Hinter dem Fenster rauschte der Verkehr vorüber. Ich musste aufpassen, mich von dieser Stimmung nicht überwältigen zu lassen. Immerhin gab es Tikka Masala. Ich stopfte mir die erste Fuhre in den Mund. Dann öffnete ich Instagram. Emma kam online, während ich die ersten Bilder postete.

»Wie geht's dir?«, schrieb sie.

»Alles gut«, tippte ich ein, »hatte schöne Tage mit Jenna und bin jetzt in London. Wie geht es dir? Was macht das Bein?«

»Es wird … Den Umständen entsprechend, würde ich sagen. Die Ärzte sind zufrieden.« Dann änderte sich ihr Ton. Vielleicht kam es mir aber auch nur so vor. »London ist toll! Genieß deinen Aufenthalt. Herzchen, Herzchen, Emma.«

Ich musste lächeln. »Mach ich«, tippte ich ein.

Einen Moment war es still, dann, während ich das nächste Bild online stellte, plötzlich eine Nachricht auf meinem Handy. Ich öffnete sie.

»Hat sich der Ire noch einmal gemeldet?«

Ich starrte auf das Display. Die Buchstaben tanzten für einen Augenblick wild durcheinander.

»Nein, warum sollte er?«

»Weil du meine Spitzenenkelin bist.«

»Hat er nicht.«

»Mistkerl.«

Ich konnte nichts dazu sagen.

»Vielleicht solltest du dich noch einmal bei ihm melden?«

»Wieso, er hat mich sitzen lassen.«

»Manchmal muss man die Dinge in die Hand nehmen.«

»Ich nicht.«

Ich wechselte zu Instagram und stellte weitere Bilder online. Es dauerte einen Moment, bis eine neue Nachricht eintrudelte.

»Es tut mir leid, wenn ich dir zu nahe getreten bin«, schrieb Emma.

»Ist schon okay. Schlaf gut«, postete ich zurück.

Na, das war direkt. Sie setzte ein Smiley dahinter. Danach blieb mein Handy still. Ich schubste die Gedanken an Liam mit aller Kraft von mir weg. Natürlich wollte Emma nur das Beste für mich, das war mir klar, trotzdem wollte ich einfach nicht über ihn reden. Diese Geschichte lag hinter mir, was auch immer sie dachte. Ich wollte mich lieber mit der Reise beschäftigen, die einzige, die sie in ihrer kurzen Ehe mit Paul unternommen hatte. Warum war ihnen nur so wenig Zeit vergönnt gewesen? Warum hatte sie den Kontakt zu Lizzie verloren oder vielmehr aufgegeben? Es war gut, sich solche Gedanken machen zu können, denn diese Gedanken hielten mich von anderen ab. Die Gedanken wirbelten geradezu durch meinen Kopf, Fetzen von Nebelschleiern gleich, die sich in einem Moment verdichteten und im nächsten auflösen wollten. Es war, als hielte ich ein Puzzle in der Hand, von dem ich nicht alle Teile hatte. Für einen Moment starrte ich mein Handy an. Sollte ich sie anrufen? Dann warf ich mich rücklings aufs Bett und verschränkte die Arme hinter dem Kopf.

Und Liam? Wann würde ich endlich nicht mehr an ihn denken? Meine Augenbrauen näherten sich einander über der Nasenwurzel. Meine Lippen wurden zu einem schmalen Strich, so sehr presste ich sie in diesem Moment aufeinander. Ich fröstelte. Schließlich angelte ich mit einer Hand nach der Fernbedienung. Ich würde mich einfach wieder einmal mit irgendeinem Unterhaltungsprogramm ablenken. Morgen war ein neuer Tag, und in London gab es genug zu sehen.

Am nächsten Morgen gönnte ich mir ein reichhaltiges Frühstück, das mir genügend Energie für einen langen Spaziergang durch London geben sollte, und zum Start viel Kaffee. Ich hatte mich schon auf der Fahrt mit Brendan mithilfe des Albums ein wenig schlaugemacht. Paul und Emma hatten ihre Zeit in London offenbar hauptsächlich mit langen Spaziergängen verbracht, in Parks gepicknickt, weil das günstiger gewesen war, als irgendwo einzukehren, und sich vor Regenschauern in Hauseingänge gerettet. Ich erinnerte mich an ein Foto, auf dem sich Emma lachend unter einen großen schwarzen Regenschirm duckte. Außerdem gab es ein Bild der beiden vor dem Buckingham Palace, eines bei der Speakers' Corner im Hyde Park und eines vor Madame Tussauds, wobei sie offenbar nicht hineingegangen waren. Ich hatte Emma jedenfalls versprechen müssen, den Besuch im Wachsfigurenkabinett für sie nachzuholen.

Nach dem Frühstück ging es rasch noch einmal nach oben. Ich packte meinen Rucksack für den Tag inklusive Album, wie immer. Zuerst würde ich einige Bilder für Emma nachstellen und den Rest des Tages dazu nutzen, kreuz und quer durch die Stadt zu laufen, um noch mehr Fotos zu machen, die ich dann während diverser Pausen in Cafés oder auf Parkbänken online stellen wollte.

Als ich vor die Tür meines Hotels trat, stand die Sonne schon klar am Himmel und versprach einen weiteren schönen Tag. Der Sommer zeigte sich wirklich überall von seiner besten Seite. Ich lief los, überquerte bald die Tower Bridge und machte erste Fotos vom Tower. Wenig später fotografierte ich einen Hauseingang, der mich an eins von Emmas Regenfotos erinnerte – damals war das Wetter schlechter gewesen, britisch eben. Gegen Mittag spazierte ich zum Hyde Park, fotografierte die Speakers' Corner und suchte mir danach eine Bank für eine kleine Pause. Für London hatte ich Charles Dickens im Gepäck. War das zu prätentiös? Auch egal, wer sollte mich schon bei der Lektüre erwischen? Ich war ja *alleine*.

So etwas darfst du nicht denken.

Ich bemühte mich, in *Oliver Twist* zu versinken, den ich früher schon einmal gelesen hatte, spazierte dann noch eine Weile umher und suchte endlich wieder meinen Weg nach draußen. Die Sonne war inzwischen höher gewandert. Der Asphalt heizte sich weiter auf und roch nach Sommer. An einer Stelle hatte jemand ein Eis fallen lassen. Ein Kind? Ich stellte mir das Drama vor. Das cremeweiße Softeis war noch nicht ganz geschmolzen und zog sich in traurigen, schmierigen Spuren über den schmutzig grauen Boden.

Vom Hyde Park aus ging ich zum Buckingham Palace (Bilder!), dann durch Southwark und zum nahe der Themse gelegenen Globe Theatre.

Das Gebäude gefiel mir auf den ersten Blick. Ich fand, dass es einem einen durchaus guten Eindruck davon verschaffte, wie dieses Theater zu Shakespeares Zeiten ausgesehen haben mochte. Ich machte rasch noch mehr Bilder und stellte sie sofort online.

Jenna meldete sich. Sie hatte gerade unsere Instagram-Seite geöffnet und meine Aktivität bemerkt. Es fühlte sich schön an, auf diese Weise mit ihr verbunden zu sein. Sie hatte übrigens eine gute Zeit in Cork und bedauerte es sehr, in den nächsten Tagen nach Hause zu müssen. Ich rief sie kurz entschlossen an.

»Und?«, fragte sie als Erstes. »Was macht der Kerl? Hast du ihn inzwischen vergessen?«

Ich schwieg. Auch auf der anderen Seite war es für einen Moment still.

»Das hätte ich nicht sagen sollen«, stellte Jenna dann mit rauer Stimme fest. »Ich quatsche einfach, ohne nachzudenken. Sollte ich nicht.«

»Ist schon okay …« Ich musste mich heftig räuspern. »Ich schaffe das.«

»Das will ich hören.«

»Hm.« O ja, darin war ich gut, es hatte ja auch nur drei Jahre gedauert, bis ich mich vom Ende meiner letzten Beziehung halbwegs erholt hatte, dachte ich dann bitter. Mit Liam würde das total einfach, so, wie er in den wenigen Tagen in mein Herz gedrungen, es zerrissen und mir die blutigen Teile zurückgelassen hatte.

Du übertreibst schon wieder, Liv.

Tu ich nicht.

Jenna und ich quatschten noch ein bisschen und verabschiedeten uns dann voneinander. Wir spürten beide, dass es im Moment nicht mehr zu sagen gab. Ich konnte hören, dass sie immer noch ein schlechtes Gewissen hatte. Während ich mein Handy wegsteckte, lief ich um die Ecke des Gebäudes und wurde plötzlich so stark von der Sonne geblendet, dass ich abrupt stehen blieb. Eine Melodie kündigte eine Nachricht von Emma an, die sich zu den Globe-Fotos meldete.

»Das hätte ihm gefallen«, schrieb sie.

Ihm. Paul. Wie wäre es wohl gewesen, mit Liam hier zu sein, wie wir es geplant hatten, diese ganze restliche Reise gemeinsam mit ihm zu machen? Verdammt, warum konnte ich denn nicht aufhören, an ihn zu denken? Warum hatte ich ihn nur in mein verdammtes Herz gelassen, warum hatte ich nicht besser aufgepasst? Wann kapierte ich es denn endlich: Wenn man Leute zu nahe an sich heranließ, dann wurde man verletzt. So war das eben. Ich hatte das schon oft miterlebt. Ich hatte mich schon oft verletzen lassen. Man musste sich selbst schützen, das tat kein anderer.

Die Sonne blendete mich immer noch, und ich bewegte mich hinüber in den Schatten. Ich würde mich jetzt auf meine nächsten Ziele konzentrieren. Zuerst kaufte ich eine Tasse für Jenna im Museumsshop, dann machte ich mich auf den Weg zu Madame Tussauds. Beim Warten in der Schlange las ich leicht schaudernd, dass Marie Tussaud, die Gründerin des ersten Wachsfigurenkabinetts, in ihren Anfängen während der Französischen Revolution Ende des 18. Jahrhunderts zahlreiche Köpfe prominenter Revolutionsopfer nachmodelliert hatte. Jahre später hatte sie dann in London das Wachsfigurenkabinett gegründet. Als ich nach einer beträchtlichen Wartezeit schließlich die Ausstellung durchwanderte, schwankte ich zwischen Grusel und Faszination. Die meisten Figuren sahen ungeheuer lebensecht aus, aber ihre Bewegungslosigkeit war mir irgendwie unheimlich. Nachts im Dunkeln wollte ich hier jedenfalls nicht eingesperrt sein. Irgendwann durchquerte ich einen Nebenraum, möglicherweise eine Art Werkstatt, in deren Regalen Köpfe und Gliedmaßen warteten, als wären sie irgendjemandem abgeschnitten worden. Ich schauderte nicht zum ersten Mal. Nach etwa drei Stunden machte ich mich auf den Weg ins Hotel. Dieses Mal gab es ein Thunfisch-Sandwich zum Fernsehunterhaltungsabendprogramm.

14. KAPITEL

Nach Paris fuhr ich mit Eurolines vom Bahnhof Victoria Station aus. Bei Dover wechselten wir auf die Fähre, und ich verließ den Bus auf der Suche nach etwas zu essen und um einen Blick auf die berühmten weißen Felsen zu erhaschen. Emma hatte an dieser Stelle einen Liedtext ins Album geschrieben, Paul ein kleines Bild dazu gezeichnet: For when the dawn comes up / There'll be bluebirds over / The white cliffs of Dover / Tomorrow, just you wait and see …

Ich wusste nur, dass es ein berühmtes Lied war, und nahm mir vor, später danach zu googeln. Vielleicht hatte ich noch Zeit, sobald ich mir etwas zu essen besorgt hatte. Dann fragte ich mich, was wohl zuerst da gewesen war, das Lied oder die Zeichnung?

Die Fähre war gut gefüllt, und es dauerte eine ganze Weile, bis ich mein Schinken-Käse-Sandwich in den Händen hielt. Mit dem Sandwich suchte ich mir den Weg aus dem stickigen Innenraum nach draußen, wo es mir besser gefiel. Eine Weile schaute ich einer Familie mit drei kleinen Kindern zu, die jauchzend auf das Meer hinausblickten, und erwischte mich irgendwann dabei, wie ich im Takt zu einem Lied aus den Kopfhörern eines Jugendlichen wippte.

Die Überfahrt war eher kurz. Wieder im Bus, musste ich feststellen, dass sich eine englische Familie auf meinem Platz breitgemacht und sogar meine Jacke achtlos auf den hinteren Sitz geworfen hatte. Es dauerte eine Weile, bis ich meinen Ärger hinunterschlucken konnte und mit dem makellos gekleideten Schwarzafrikaner ins Gespräch kam, der jetzt neben mir saß und mir bald erzählte, dass er auf dem Weg war, sein Studium an der Sorbonne aufzunehmen. Ich unterhielt mich gut mit ihm. Hin und wieder warf ich der Familie dennoch einen wütenden Blick zu. Sie reagierten nicht.

Nachdem wir die Fähre verlassen hatten, kamen wir unerwartet schnell voran. Erst kurz vor Paris nahm der Stau zu, und ich fing an, mir intensiver Gedanken darüber zu machen, wie ich mein Hotel erreichen würde. Wahrscheinlich fiel meinem Sitznachbar meine Nervosität auf, jedenfalls ging er mit mir zur ersten Metrostation, zeigte mir, welches Ticket ich ziehen und wohin ich fahren musste, und begleitete mich dann sogar noch ein Stück weiter, weil ich offenkundig gar zu hilflos wirkte. Ich war ihm jedenfalls sehr dankbar dafür und fühlte mich noch verlorener, als sich unsere Wege endgültig trennten.

Als ich in meine zweite Metro wechselte, dachte ich an Jenna. Gestern hatte ich mich kurz über sie geärgert, heute vermisste ich sie wieder aus vollem Herzen. Ich war einsam. Plötzlich hatte ich erneut den Eindruck, dass in den Tagen meiner Reise doch nichts besser geworden war. Ich reiste weiterhin nicht gerne, und jetzt vermisste ich auch noch das Englisch um mich herum, das mir inzwischen vertraut geworden war und das ich außerdem so viel besser verstand als dieses verdammte Französisch.

Eigentlich wollte ich jetzt nur noch ins Hotel, die Decke über meinen Kopf ziehen und morgen hoffentlich frisch und halbwegs erholt in einen neuen Tag starten. Aber würde ich denn jeden Tag absolut neu beginnen müssen? Würde sich das alles immer so anfühlen, die ganze Reise lang? Warum hatte ich Emmas Plan nur zugestimmt? Ich reiste nicht gerne, und noch weniger gerne reiste ich allein. Ich hätte Nein sagen sollen. Menschen zu begegnen bedeutete nichts weiter, als verletzt zu werden … Wenigstens würde mir das Album weiterhin Orientierung bieten. Es war wie ein Krückstock, an dem ich mich festhalten konnte.

Trotz meiner Ängste, mich alleine in dieser großen Stadt zu verlieren und mein Hotel nicht rechtzeitig zu finden, bevor mein Zimmer einfach an einen anderen Gast weitergegeben wurde, kam ich im Weiteren recht gut voran. Wir hatten Mitte Juli, im August gab es Schulferien, und wer konnte, würde Paris verlassen, um ans Meer zu fahren, an den Atlantik oder das Mittelmeer. Tagsüber musste es warm gewesen sein. Die stickige Luft, ein Gemisch aus Wärme und Abgasen, hielt sich noch zwischen den Häusern. Wahrscheinlich lag ganz Europa unter einer Dunstglocke.

Ich verlief mich nur einmal und musste ein kleines Stück zurück, aber ich fand die Stelle rasch, an der ich falsch abgebogen war. Ich war tatsächlich schon einmal mit meinem Vater in Paris gewesen, gemeinsam mit einer Reisegruppe. Wir waren mit dem Bus gefahren, und es hatte natürlich den einen gegeben, der immer vorne beim Fahrer hatte sitzen müssen, und den, der von der Klimaanlage Schnupfen bekam. Zu Hause an einer Wand gab es ein Bild von meinem Vater und mir vor dem Louvre, den wir natürlich auch besucht hatten, obgleich ich mich nicht wirklich erinnerte.

Auch Emma und Paul waren in dem berühmten Museum gewesen. Davon wusste ich. Auf ihren Bildern hatte ich das alte Paris entdeckt, eines, das ich von dem ein oder anderen längst ikonischen Foto kannte, ein schwarz-weißes Paris, das eine verführerische Eleganz ausstrahlte. Wie würde mein Paris aussehen, grau und voller Einsamkeit?

Ich wechselte zum letzten Mal die Metrostation. Auf der anderen Straßenseite fotografierten sich ein paar Mädchen dabei, wie sie seltsame Sprünge machten, wahrscheinlich Bloggerinnen oder

Instagrammerinnen, dann eilte ich die Treppen auch schon nach unten, löste ein neues Ticket und stieg in die nächste Bahn ein. Mein Rucksack schnitt mir inzwischen doch unangenehm in die Schultern, und die Tasche schien meinen rechten Arm zu verlängern. Der lange Reisetag hatte mich außerdem müde gemacht, aber ich ging dennoch auf dem letzten Stück Weg ins Hotel rasch in den Supermarkt, um mir ein Sandwich und eine Flasche Wasser zu kaufen, etwas Käse, der, wie ich fand, recht verführerisch aussah, einen kleinen Joghurt als Nachtisch und Obst. Wenn ich einmal da war, wollte ich das Zimmer nicht noch einmal verlassen.

Im Hotel wurde ich freundlich empfangen und schlug mich besser mit meinem Schulfranzösisch, als ich erwartet hatte. Frühstück gab es ab acht Uhr. Ich war im zweiten Stock untergebracht. Leider war es ein älteres Gebäude, und die Treppenstufen waren mir fast ein wenig zu viel. Ich war inzwischen wirklich verdammt müde.

Als ich das Zimmer endlich betrat, fühlte ich mich jedenfalls ziemlich erleichtert. Ich ließ meinen Rucksack von der Schulter rutschen und die Reisetasche fallen. Dann warf ich mich aufs Bett, wo ich eine Weile reglos auf dem Rücken liegen blieb und an die Decke starrte, an der eine flache Glaslampe im Stil der frühen Sechzigerjahre ein mildes gelbliches Licht verbreitete. Nach einer Weile setzte ich mich doch wieder auf und ging zum Fenster, das auf einen wirklich sehr schön begrünten Hof hinausging. Unten konnte ich Tische und Stühle ausmachen, oben eine Art Glasdach. Die Tische und Stühle ließen mich vermuten, dass man dort unten frühstückte. Ich warf einen Blick ins Bad, schlüpfte kurz entschlossen aus meinen Klamotten, die ich gleich im Beutel mit der Schmutzwäsche verstaute, und wusch mir genüsslich den Reisedreck von der Haut. Niemand erwartete mich, also ließ ich mir Zeit damit. Es tat gut, lauwarmes Wasser über Kopf und Körper laufen zu lassen. Etwa eine Stunde nach meiner Ankunft lag ich sauber im Bett und fühlte mich nicht gar zu schlecht. Zehn Minuten später meldete sich Jenna aus einem Corker Pub. Ich sagte ihr, dass ich sie vermisste. Hinter ihr war Jubeln und lautstarker Gesang zu hören. Irgendein Fußballspiel, wie sie mir erklärte. Kurz darauf schickte sie mir ein Bild, auf dem sie einen mir unbekannten Typen im Arm hielt. Ich betrachtete ihn prüfend.

»Doch noch etwas Zucker für diesen Abend«, schrieb Jenna.

Ich dachte, dass das typisch Jenna war, und dann dachte ich doch wieder an den heiligen Valentin und an Liam. Es war nicht leicht, in den Schlaf zu finden.

15. KAPITEL

In dieser Nacht schlief ich dennoch weit besser als erwartet. Mein Frühstück nahm ich wie gestern bereits vermutet in dem schnuckeligen Lichthof zu mir, der großzügig mit Pflanzen zugestellt war, was einem den Eindruck eines kleinen Dschungels gab. Schon allein dieser Start in den Tag versöhnte mich ein wenig mit dem, was mich gestern wieder viel zu sehr beschäftigt hatte. In diesem Moment ging es mir einfach gut, in diesem Moment hatte ich wieder das Gefühl, alles bewältigen zu können.

Auch beim Frühstück half mir mein Schulfranzösisch ausreichend. Das Croissant war definitiv eines der besten, die ich je gegessen hatte. Ich freute mich inzwischen doch auf den Tag. Noch vor dem Frühstück blätterte ich in Emmas Album und las hier und da etwas. Ich sah mir die Bilder noch einmal sehr genau an, die Paul und sie von Paris geschossen hatten. Da gab es unter anderem eines von Paul, wie er schmal und lang auf einer Art Balustrade über der Seine thronte, auf dem Kopf ein Hut, wie man ihn damals noch getragen hatte, während er zufrieden in die Kamera lächelte, und eines von Emma, die mit nachdenklichem Ausdruck zu einer Statue hinaufstarrte. Ich entschied mich außerdem für gute Schuhe. Ich würde Paris zu Fuß erkunden, so, wie es Paul und Emma getan hatten.

Das Wetter war auch an diesem Morgen bereits herrlich sommerlich, aber es war eine leichte Brise aufgekommen, sodass es sich nicht mehr so stickig anfühlte. Ich verstaute schnell noch das Album in meinem Rucksack und gab das erste Ziel zur Sicherheit in meinem Handy ein. Nachdem ich eine Weile nach meiner Sonnenbrille gesucht hatte und sie mir endlich aufsetzen konnte, überprüfte ich noch einmal Portemonnaie und Handy. Eine bekannte Melodie drang aus einem der Zimmer in meinen Kopf. In einem anderen war das Zimmermädchen bei französischem Pop dabei, die Spuren des letzten Gastes zu beseitigen. An der Rezeption saß heute Morgen eine junge Frau, telefonierte und winkte fröhlich mit der freien Hand, als ich ihr einen tonlosen Abschiedsgruß zuwarf.

Vom Hotel aus lief ich zuerst nach links und folgte dann der Rue Emile Richard bis zur Metrostation Raspail. Es war immer noch früh, die Stadt war noch dabei zu erwachen. Ich beobachtete Menschen auf dem Weg zur Arbeit. Bei ein paar Jugendlichen fragte ich mich, ob sie wohl die Schule schwänzten. Vor einem Bäcker bildete sich eine Schlange. Ein älterer Mann mit sorgsam frisiertem Haar trug einen Trenchcoat zu Schlafanzug und Slippern, ein anderer lief einem Bus hinterher. Eine ältere Dame ging ungerührt mit einem Kopf voller Lockenwickler in den nächsten Supermarkt. Ich genoss es zu beobachten. Hin und wieder erinnerte mich eine Ecke an die ikonografischen Fotos von Paris, die wohl jeder kannte. Ich dachte wieder an die Reise mit meinem Vater und freute mich darüber, dieses Mal doch mehr Zeit zu haben. An einer Stelle brauchte ich etwas länger, um die Straße zu überqueren. Der Verkehr nahm stetig zu. Ein Moped tuckerte lautstark vorbei, ein Taxi wechselte rasant auf die Busspur, drei Fahrradfahrer, ein zerbeultes Auto und eine Luxuslimousine fuhren an mir vorüber.

Paris. Das Blau des Himmels über mir wurde intensiver, war aber noch blass. In meinem Kopf war immer noch die Melodie aus dem Hotel: Edith Piafs »Sous le ciel de Paris« … Sous le ciel de Paris / Marchent des amoureux / Hum hum / Leur bonheur se construit / Sur un air fait pour eux … Unter dem Himmel von Paris / Gehen die Verliebten,/ Ihr Glück schwebt auf einer Melodie,/ Die für sie komponiert wurde. Ich schritt energisch aus, als könnte ich den Worten in meinem Kopf entkommen, vorbei an einer Metrostation, die mit einem Mal Menschen ausspuckte. Neben mir öffnete sich eine Ladentür. Ein Kleiderständer mit Schals und Taschen wurde herausgeschoben und holte mich fast von den Füßen. Die kleine Asiatin dahinter entschuldigte sich so rasch und wortreich, dass ich nicht wusste, ob sie vielleicht doch mit mir schimpfte. An einer Ecke wippten ein paar Jugendliche mit übergroßen Kopfhörern zu französischem Rap, ein sehr junger Kampfhund stolperte abwechselnd tapsig über seine Pfoten oder die Leine und landete dann auf seinem kleinen Hinterteil. Ich gelangte über den Boulevard Montparnasse und den Boulevard Raspail zur Rue Vavin und dann zum Jardin du Luxembourg, von dem es natürlich einige Bilder in Emmas Album gab.

Der Park fing mich sofort mit seiner ganz besonderen Stimmung ein, eine Oase im dennoch nicht fernen Großstadttrubel. Ich lief an ein paar alten Boulespielern vorbei, sah Nannys mit Kindern, blieb vor der Gartenfassade des Schlosses stehen, um den Bötchenfahrern zuzusehen. Schließlich ließ ich mich auf einer Bank nieder und holte das Album hervor. Ich verbot es Edith Piaf, weiter von Liebenden zu singen, und betrachtete die Motive aus Emmas Album. Es war nicht ganz einfach, denn auch die Natur veränderte sich: Bäume fielen Stürmen zum Opfer, mussten umgeschlagen werden und verschwanden. Neues ersetzte Altes.

Im Park hatte Paul wieder gezeichnet. Oft war Emma sein Motiv gewesen. Ich sah sie auf einer Bank sitzen, vor einer der Statuen stehen, einen Weg entlangschreiten. Fast kam es mir so vor, als könnte ich die damalige Emma in den Zeichnungen besser erkennen als auf den Fotos, auf denen sie auf mich hin und wieder etwas fremd und gekünstelt wirkte. Es war auch immer noch faszinierend zu sehen, wie jung meine Großmutter, wie jung sie beide einmal gewesen waren.

Nach einer Weile verstaute ich das Album wieder und lief weiter. Ich erreichte den Rand des Parks, wo der Verkehrslärm deutlicher zu hören war, und betrachtete die Häuser mit ihren typischen, gestreiften Markisen, die auf der anderen Straßenseite über die Bäume hinauswuchsen. Über allem lag plötzlich das Geräusch eines Flugzeugs. Ich lief weiter, dann setzte ich mich wieder und ließ das Leben um mich herum geschehen. Es war das Leben derjenigen, die in kein Büro mussten oder eben gerade heute oder in diesem Moment nicht. Das Leben der Kinder, die noch keine Schule besuchten. Das Leben der älteren Menschen, die die Arbeitswelt hinter sich gelassen hatten. Jemand lächelte mir zu. Ein Kind tapste vorbei und stolperte, weil es den Blick nicht von mir nehmen konnte. Ich hatte mich schon fast erhoben, um ihm zurück auf die Füße zu helfen, da war seine Begleiterin auch schon da. Sie lachte und schloss es in ihre Arme. Es lachte ebenfalls. Sie hockte sich zu ihm und musterte seine Kleidung, klopfte Staub ab, streichelte sein Knie und stellte ihm eine Frage, zu der es den Kopf schüttelte. Die beiden verschwanden wieder aus meinem Blickfeld.

Ich fuhr fort, zu beobachten und meine Umgebung auf mich wirken zu lassen. Wenn ich das tat, gelang es mir, diese anderen Gedanken von mir fernzuhalten, die immer noch irgendwo lauerten. Hin und wieder kontrollierte ich mein Handy.

Nach einer Weile entschied ich mich, endgültig weiterzugehen, obwohl ich mir durchaus hätte vorstellen können, noch Stunden hier zu sitzen, doch ich hatte auch Pläne für diese Stadt, und Emma wartete auf Bilder. Ich ging also weiter in Richtung

Odéon-Theater und dann über die Rue Racine vorbei am Musée de Cluny mit seiner Mittelalterausstellung und seinem schönen Garten und schließlich zum Pont des Arts, von dem aus ich für eine Weile das Treiben auf der Seine beobachtete. Ich erinnerte mich spontan an ein Gemälde, das ich einmal gesehen hatte, aus einer Zeit, in der der Fluss noch nicht begradigt worden war, an das Treiben an den Ufern von Flüssen in alten Zeiten: Boote, die Waren heranbrachten, Frauen, die Wäsche wuschen, Flussmühlen, Kinder, die spielten … Jemand, der sich erleichterte. Die Seine entsprang in der Bourgogne-Franche-Comté und mündete bei Le Havre in den Ärmelkanal. Entlang ihrer Ufer erstreckte sich das alte Zentrum von Paris, über Jahrhunderte waren Handelsgüter auf ihr transportiert worden, hatte sich das Leben an ihren Ufern gesammelt und abgespielt.

An einem Kiosk holte ich mir wenig später ein Schinkenbaguette, auch das gehörte dazu, wie Emma mich bei einem unserer letzten Gespräche erinnert hatte. Ich machte ein Selfie von mir und dem Baguette, auf dem ich so tat, als würde ich hineinbeißen, und stellte es sofort online. Auf dem Weg zur Conciergerie, die ich als Nächstes ansehen wollte, kündigte die bekannte Melodie Emmas Nachricht an. Ich öffnete.

»Bist du schon an der Sainte-Chapelle?«

»Hallo«, tippte ich ein, »ich …«

»Hallo.«

Pause.

»Wo bist du denn?«

Ich hob den Kopf von meinem Handy und schaute mich um.

»An der Seine«, schrieb ich dann, »nähere mich gerade der Conciergerie.«

Emma schickte ein trauriges Smiley. »Puh, viel zu gruselig, wenn ich an die ganzen armen Leute denke, die dort auf ihre

Hinrichtung warten mussten … Denk einmal an die unheimlichen Schwingungen.«

Ich runzelte die Stirn und tippte: »Hier war aber auch die Burg der ersten Könige Frankreichs.«

»Und das Schreckensgefängnis der Revolutionszeit«, antwortete Emma.

»Kann sein. Es sieht aber auch ein bisschen aus wie in einem Mantel- und Degenfilm«, schrieb ich dann. »Du weißt, wie sehr ich die früher mochte.«

»Wann gehst du zur Sainte-Chapelle?« Emma hatte offenbar nicht die Absicht, sich vom Thema abbringen zu lassen. Ich überlegte, ob die Kirche heute überhaupt auf meinem Programm stand? Dass ich sie besuchen würde, stand fest, ja, aber war das heute? Im Album hatte ich mir die Bilder der Kirche bisher nur flüchtig angesehen, also wahrscheinlich nicht. Es war eine Kirche. Ich fühlte mich heute nicht besonders dorthin gezogen. Viel eher wollte ich das Treiben auf den Straßen verfolgen. Ich war sicher, dass es mich besser ablenkte.

»Sollte ich?«, tippte ich eher halbherzig.

»Unbedingt.« Emmas Nachricht kam prompt. »Diese Kirche ist ein Kleinod. Ich weiß, dass man das im Album nicht richtig sieht. Wir hatten damals nicht die rechten Möglichkeiten. Es war zu dunkel. Du *musst* sie dir ansehen.«

»Paul hat ein paar schöne Zeichnungen gemacht«, schrieb ich.

»Ja.«

Manchmal konnte meine Großmutter sehr knapp sein. Sollte ich sie jetzt vielleicht nach Pauls Zeichentalent fragen? War das eine Möglichkeit, über ihn zu sprechen, ihm und ihr näherzukommen? Ich mochte seine Zeichnungen wirklich, mochte den Feinsinn und ja, auch den Witz, den sie zuweilen transportierten. Immer wenn ich sie mir ansah, versuchte ich, mir vorzustellen, was für ein Mensch mein Großvater gewesen war, er, für den ich bisher so gar kein Gefühl hatte, weil ich ihn ja nie kennengelernt hatte. Er, von dem ich nichts wusste, außer dass Emma ihn sehr geliebt hatte.

»Okay, bin ohnehin in der Nähe«, tippte ich ein. »Ich mache mich gleich auf den Weg, wenn du darauf bestehst.«

»Du solltest wollen. Ich bestehe darauf.« Emma schickte mir ein lachendes Smiley. »Es wird sich lohnen. Echt.«

Wir verabschiedeten uns, und ich steckte mein Handy weg. Dann blieb ich noch einen Augenblick an Ort und Stelle stehen und sah nachdenklich auf den Fluss hinunter. Ein Bateau-Mouche fuhr vorüber. Man winkte mir vom Oberdeck zu. An den Bouquinisten sammelten sich die ersten Interessenten. Auch ich wollte später dort eine Runde drehen. Ich liebte Bücher, seit ich denken konnte, und mehr noch, seit ich selbst lesen gelernt hatte, und ganz besonders liebte ich alte Bücher. Das war etwas, das ich mit meinem Vater teilte.

Noch ein Stückchen weiter, und ich beschleunigte meine Schritte, lief an der Seine entlang bis zum Pont au Change. Die Sainte-Chapelle befand sich irgendwo auf dem Gelände des Justizpalastes. Die Schlange vor der Kasse würde wohl einige Geduld erfordern, denn inzwischen war es später Vormittag, und nicht wenige hatten beschlossen, diese wichtige Etappe noch vor dem Mittagessen abzuhaken. Hier zeigte sich dann doch die Hochsaison. Ich reihte mich in die Schlange ein, trank ein paar Schlucke aus meiner Wasserflasche, kontrollierte dann meinen Rucksack, weil ich ohnehin nichts Besseres zu tun hatte, und ließ ihn schließlich wieder auf meine Schultern gleiten. Verschiedenste Nationalitäten versammelten sich in der Schlange. Ich hörte ein Potpourri europäischer Sprachen. Ein junges deutsches Elternpaar versuchte, sein Kind im Buggy in den Schlaf zu schaukeln, doch der Kleine riss immer wieder den Kopf hoch und schaute um sich. Direkt hinter mir reihte sich eine Familie mit zwei Teenies ein, die trotz des späten Vormittags noch recht verschlafen dreinblickten. Entlang der Schlange strebten inzwischen wieder mehr Pariser vorbei. Einige sahen aus, als befänden sie sich auf dem Weg zu Mittagessenterminen. In der Schlange kam ich indes nur langsam vorwärts. Stimmte es wirklich, dass die Pariser ihre Stadt im August verließen, um allesamt ans Meer zu fahren? Für die Franzosen waren es jetzt noch ein paar Tage, doch im Rest Europas hatten die Ferien schon begonnen, und die ersten Touristen ließen die Einwohnerzahl von Paris bereits weiter anschwellen. Hinter mir verlängerte sich die Schlange immer noch, vor mir näherte sich inzwischen das Kassenhäuschen.

Dann war es endlich so weit. Ich zahlte, mein Rucksack wurde kontrolliert, auch Metalldetektoren kamen zum Einsatz. Anschließend folgte ich den Hinweisschildern durch den Gang, landete in einem Hof und stand zum ersten Mal vor der Sainte-Chapelle, jenem Kleinod, welches ich Emma zufolge keinesfalls verpassen dufte.

Von draußen betrachtet war die Kirche eher unscheinbar, typisch hellgrau und sehr zierlich und reckte sich, wenn man das so über ein Gebäude sagen konnte, weit den Wolken entgegen. Mehrfach ließ ich den Blick an den Mauern nach oben wandern, hinauf in den Pariser Himmel, der inzwischen sehr blau und gleichzeitig mittagshell leuchtete. Ich sah Vögel, hörte Motorenlärm und die Stimmen der nächsten Touristen, die es durch die Kontrollen geschafft hatten, so wie auch das Elternpaar mit dem Buggy, in dem das Kind inzwischen doch eingeschlafen war. Zwei ältere Herrschaften in beigebraunem Partnerlook, beide mit Schirmmützen, fassten sich unter und tappten einander stützend über das Kopfsteinpflaster auf den Eingang zu.

Noch einmal glitt mein Blick an dem so typischen hellgrauen Pariser Kalkstein nach oben: Als wollte sie den Himmel berühren, so hatte ich irgendwo gelesen, oder hatte mir Emma das gesagt? Nein, so stand es in einem Text über dieses gotische Juwel, den ich pflichtschuldig für meine Vorbereitung gelesen hatte. In Emmas Album gab es keine Bilder von drinnen, wohl aber von außen, und es gab Zeichnungen, mit denen Paul versucht hatte, das Erlebte einzufangen. Sie hatten offenbar auch jemanden gefragt, ein Bild von ihnen beiden vor der Kirche zu machen. Paul stand da in Anzughose und schwarzem Rollkragenpullover, Emma war ähnlich gekleidet und trug die blonden Haare als Pferdeschwanz. Unglaublich, dass sie einmal so jung gewesen war. Mein Herz schlug unerwartet schneller, als ich nun durch den schmalen Eingang trat. Dahinter umfing mich Dunkelheit, bis ich mich an die Lichtverhältnisse gewöhnt hatte. Ein paar Schritte nur, und ich erreichte die untere Kapelle. Hier war es immer noch nicht besonders hell, aber zumindest die Farbgebung gefiel mir schon einmal recht gut. Dennoch wirkte hier unten alles etwas gedrängt, wohl auch, weil die Decke nicht besonders hoch war. Über eine Wendeltreppe ging es nach oben, und dann verstand ich endlich, warum Emma mich hierhergeschickt hatte, denn hier oben war alles anders, hier oben öffnete sich einem der Himmel. Es war einfach atemberaubend, und ich verstand von einem Moment auf den anderen, was es bedeutete, wenn jemand sagte, etwas sei größer als man selbst: Dies hier war größer als ich selbst. Die mittelalterlichen Baumeister und Handwerker hatten vor so enorm langer Zeit etwas ganz und gar Unglaubliches geschaffen. Farbiges Licht fiel durch die riesigen Glasfenster, zwischen denen die steinernen Wände auf ein Mindestmaß reduziert waren, lediglich vereinzelte Streben, eine beachtliche Leistung, wenn man das Alter der Kirche bedachte. Ich erfuhr, dass wie auch an anderen gotischen Kirchen ein unsichtbares Metallskelett für die nötige Stabilität sorgte. Für die damaligen Menschen musste ein solches Gebäude geradezu überwältigend gewesen sein, wenn es auch mir noch den Atem rauben konnte.

Wieder sah ich mich um. Alles wirkte einfach unglaublich friedlich in diesem besonderen Licht hier oben, sogar die Stimmen der anderen Touristen waren gedämpfter. Irgendwie sprachen wir wohl alle automatisch leiser, und ich, ich wollte am liebsten ewig hierbleiben.

Natürlich machte ich auch artig Bilder für Emma und wusste doch, dass keines davon einfangen konnte, was ich hier sah. Das war einfach unmöglich, dazu hätte ich so viele Eindrücke einfangen müssen, die über ein Bild hinausgingen, Gefühle, Stimmungen, sogar Geräusche, einen Gesichtsausdruck, der die vollkommene Verblüffung über das Gesehene widerspiegelte …

Nach einer Weile steckte ich das Handy einfach weg und ließ nur noch meine Umgebung auf mich wirken. Vielleicht würde ich irgendetwas von dem hier in Worte fassen können, vielleicht würde mir das ja gelingen. Ob wir, überlegte ich, manchmal einfach zu viel durch die Kamera schauen und uns dadurch den Blick auf die Welt letztendlich verstellen? Andererseits war es doch so, dass man das Gesehene gerne teilen wollte, und ich wollte meine Erlebnisse wirklich mit Emma teilen. So hatten wir es ausgemacht.

Während ich wieder einmal sinnend zu einem der wunderbaren Glasfenster schaute, fragte ich mich, ob es irgendwann auch von mir Bilder geben würde, auf denen ich so jung wirkte, dass ich mir selbst fremd war?

Wie es Emma wohl jetzt ging? Bevor ich diese Reise angetreten hatte, hatte ich den Eindruck gehabt, einiges über sie zu wissen. Inzwischen war ich mir nicht mehr ganz sicher. Das Album ihrer Reise spiegelte die Innigkeit und Nähe meiner Großeltern wider, aber es war doch nicht alles immer rosig gewesen zwischen den beiden, das wusste ich von Lizzie. Was war das Problem gewesen? Würde ich das je erfahren, oder bauschte ich die Sache doch zu sehr auf, weil ich manchmal – zu oft? – zu viel nachdachte?

Natürlich musste ich die Kirche irgendwann verlassen. Ich konnte nicht ewig dortbleiben. Die etwa zwei Stunden, die ich in der Kapelle verbrachte, vergingen in jedem Fall wie im Flug, und auch am Ende dieser Zeit fiel es mir schwer, mich zu trennen. Ich wollte dieses Licht weiter sehen. Ich wollte die gedämpften Stimmen hören, die verblüfften und strahlenden Gesichter derjenigen sehen, die aus der unteren Kapelle nach oben stiegen und sich in diesem Kleinod wiederfanden. Diese Kirche war eine weitere Oase im Trubel einer Millionenstadt, die man so an dieser Stelle nicht erwartete. Und als ich dann doch wieder vor der Tür stand – es war mir wirklich sehr schwergefallen –, sah ich natürlich Liam im Hof, aber dieses Mal irrte ich mich nicht wie so viele, viele Male zuvor. Dieses Mal stand er wirklich da, quasi der Tür gegenüber im Hof des Justizpalasts, und schaute mich unverwandt an. Und trotzdem blickte ich mich vorsichtshalber um, ob es da noch jemanden gab, bevor ich auf ihn zuging. Ich war so angespannt, dass ich jeden meiner Schritte wie ein Echo in meinem ganzen Körper spürte. Der Boden war plötzlich fester, und ich fürchtete mich einfach höllisch davor, verletzt zu werden. Vielleicht irrte ich mich ja auch, und das war eine Halluzination. Vielleicht war ich verrückt.

Drama steht dir nicht, Liv.

Ich ging weiter, direkt auf ihn zu. Ich laufe nicht davon, wiederholte ich wie ein Mantra in meinem Kopf, ich laufe nicht davon. Ich wollte wissen, warum er da war. Er sollte sagen, warum er in Inishbofin nicht gekommen war. Er war mir eine Erklärung schuldig.

Mein Herz klopfte mit jedem Schritt schneller, als wollte es einen kleinen Galopp laufen. Als ich endlich vor ihm stand, musste ich schlucken. Mein Hals war trocken. Mir wurde erst kalt, dann plötzlich war mir warm. Ich versuchte, meine feuchten Hände so unauffällig wie möglich an meiner Hose abzureiben. Es war absurd, aber mein Körper reagierte einfach auf ihn, ohne dass ich etwas machen konnte.

Und ja, eigentlich wollte ich ihn sofort berühren oder spüren oder … Ja, vielleicht sollte ich mich davon überzeugen, dass er keine Halluzination war.

»Liam.« Sehr vorsichtig sagte ich seinen Namen. Er lächelte mich hilflos an, aber da war auch Hoffnung in seinem Blick. Seine Unsicherheit war irgendwie beruhigend, und ich erkannte in diesem Moment, wie begehrenswert er immer noch für mich war. Trotz allem, was passiert war, war mein Herz immer noch bereit, ihn in sich aufzunehmen, ihm zu verzeihen, das Geschehene hinter sich zu lassen. Ich ließ ihn nicht aus den Augen, während ich tief durchatmete. Wie gut er aussah! Wahrscheinlich gehörte Liam zu den Menschen, die einfach immer gut aussahen. Immer. Er schaute mich an. Mir fuhr durch den Kopf, dass wir die Dinge doch auch später klären konnten, wenn wir etwas Zeit miteinander verbracht hatten.

»Sie machen gleich zu«, sagte ich und fügte dann hinzu: »Falls du noch reinwillst?«

Er schüttelte den Kopf und schwieg dann wieder. Woran dachte er? Keiner von uns hatte bisher Hallo gesagt, keiner hatte den anderen gefragt, wie es ihm ging. Wir standen voreinander und wussten irgendwie beide nicht, was wir tun sollten. Mein Herzschlag hatte sich vielleicht etwas beruhigt, doch als ich jetzt ein Lächeln in seinen Mundwinkeln erahnte, klopfte er sofort wieder schneller. Es war doch ein wenig verräterisch, das kleine Herz.

»Howya, Liv«, sagte er endlich. Seine warme Stimme jagte mir einen Schauder über den Rücken, gegen den ich rein gar nichts tun konnte. Ich hoffte, dass er mein Zusammenzucken nicht bemerkt hatte. Aber auch er war irgendwie nervös. Ich konnte es sehen. Und während diese ganzen Gedanken durch meinen Kopf wirbelten, starrte ich ihn weiter an, und immer mehr Gedanken drängelten sich in meinem Kopf, ohne dass ich einen richtig fassen konnte. Ich wusste nicht, was ich fühlte, und ich wusste nicht, was ich fühlen wollte. Ich hatte mir mehrfach ausgemalt, ihn zur Rede zu stellen. Jetzt tat ich es nicht, weil man solche Dinge eben nicht tat oder eben nur im Film, in so einer Liebeskomödie, in der die Heldin Dinge machte, bei denen man in der Realität im Erdboden versinken würde. War das gut, ihn hier wiederzusehen? Konnte man im wahren Leben einfach so von Neuem beginnen? Für einen flüchtigen Moment überlegte ich, doch einfach an ihm vorbeizugehen, aber das wäre albern, und ehrlich gesagt wollte ich das auch gar nicht. Wenn ich ganz ehrlich war, war ich überglücklich, ihn zu sehen: Er war wieder da, wir waren wieder zusammen, so, wie wir es geplant hatten, bevor er einen Rückzieher gemacht hatte. Ich wollte von Neuem beginnen. Durfte ich ihm so einfach wieder vertrauen?

»Hi«, entgegnete ich.

»Also, wie geht's?«, fragte er.

»Ganz gut«, antwortete ich, wahrscheinlich zu rasch, denn meine Stimme zitterte dabei. Mein Magen zog sich zusammen, und kurz fühlte es sich so an, als würde ich in Tränen ausbrechen. Verdammt noch mal. Ich bemühte mich, den Kloß im Hals hinunterzuschlucken, ohne dass es allzu sehr auffiel. Ich wollte nicht zeigen, wie verletzt ich gewesen war. Ich schob den Fuß etwas vor. »Und, wie geht's dir?«

»Es ist okay«, sagte er, eine Antwort, die ich etwas seltsam fand. Dann beschloss ich, nicht darüber nachzudenken. Das war besser. Er räusperte sich, ich tat es ihm unwillkürlich gleich. Wir mussten beide lachen, und dann quatschten wir endlich drauflos. O ja, wir redeten zu meiner Überraschung tatsächlich einfach drauflos, als hätte er mich nicht an der Fähre stehen lassen, als hätte ich nicht tagelang an ihn denken müssen, als hätte ich ihn nicht an den unmöglichsten Stellen gesehen wie einen Geist, der mich nicht verlassen wollte. Schon recht eng nebeneinander überquerten wir den Hof auf dem Weg nach draußen. Nachdem wir das Tor durchschritten hatten, griff er wie selbstverständlich nach meiner Hand. Ich ließ es zu.

»Seit wann bist du hier?«, fragte ich.

»Ich bin gestern Abend mit Eurolines eingetroffen.«

Und wieso bist du hier? Ich musterte ihn. Natürlich sagte er nichts, natürlich fragte ich nicht. All das hier erschien mir plötzlich wie ein feines Gespinst, das man durch zu raues Nachforschen zum Zerreißen bringen könnte, und das wollte ich nicht. Ich würde meine Fragen später stellen. Vielleicht. Für kurze Zeit dachte ich an Dinge, die unter den Teppich gekehrt wurden, an Dinge, die einen irgendwann zum Stolpern bringen konnten, aber jetzt schien mir noch nicht der Moment für zu viele Worte. Wir hatten Zeit. Wir hatten Zeit, jetzt, wo er mich wiedergefunden hatte.

Was hatte ihn dazu bewegt? Ich hatte ihm doch nur einen Überblick über meine Reiseroute gegeben. Er konnte nicht wissen, wann ich wo sein würde, und heute hatte ich nicht hier sein wollen. Emma? Aber ich wollte nicht grübeln, sondern akzeptieren, dass es gut so war, wie es war. Wir waren wieder zusammen, womöglich würden wir gemeinsam weiterreisen. Womöglich würde ich nicht mehr allein sein.

»Hast du Hunger? Ich kenne ein kleines Restaurant«, sprach er in meine Gedanken hinein. Ich schmiegte mich an ihn, denn während wir draußen die Straße entlangliefen, hatte er irgendwann den Arm um meine Taille gelegt, und ich hatte es zugelassen. Doch, tatsächlich hatte ich Hunger. Es war ja schon Abend. Tatsächlich war es mir aber auch ein bisschen egal, wo ich mit ihm hingehen würde, wenn er nur bei mir war.

»Warst du schon mal in Paris?«, fragte ich ihn.

Natürlich war er schon mal da, dachte ich, bevor ich meinen Satz ganz ausgesprochen hatte. Wer sonst kannte schon ein kleines Restaurant in Paris. Er hatte es ja kaum in einem Reiseführer gefunden, um mir dann diesen Vorschlag zu machen.

»Hm, ja, ich war schon einmal hier. Ich habe damals einem Cousin ausgeholfen. Vor ein paar Jahren.«

»Cousin?«

Er lachte. »Dritten oder vierten Grades. Wir haben fast überall Verwandte, das weißt du doch. Ist der Vorteil eines Landes, das seit Jahrhunderten Menschen exportiert. Uns gibt es wirklich einfach *überall.*« Er lächelte. »Vielleicht war er auch gar nicht mein Cousin, aber ich habe ihm geholfen und durfte dafür auf dem Boden schlafen. Vier Wochen war ich hier, habe mit dem Umzug geholfen und mir natürlich die Stadt angesehen. Also, gehen wir?«

Ich stimmte zu. Doch, ich hatte Hunger. Das Frühstück lag schon eine ganze Weile zurück, und das Schinkenbaguette hatte nicht lange vorgehalten.

Liam führte mich in ein Gewirr von kleineren Gassen, das ich in dieser Stadt voller breiter Straßenfluchten und großer Boulevards gar nicht erwartet hatte. Manches sah aus wie die Kulisse für einen

Historienfilm mit Kopfsteinpflaster und krummen Gassen. Unwillkürlich stellte ich mir Menschen in altertümlicher Kleidung vor, sah zerlumpte Kinder spielen, den Kreisel mit der Peitsche vorantreiben und Musketiere den Degen ziehen. Ach, es war wunderbar, sich an Liams Arm zu schmiegen. Er hatte mir inzwischen meinen Rucksack abgenommen und trug ihn über der anderen Schulter. Wir begegneten anderen Pärchen, und es kam mir vor, als würde ich ihnen verschwörerisch zulächeln. Edith Piaf sang wieder in mir. Dieses Mal war es in Ordnung. Unter dem Himmel von Paris gingen die, die ineinander verliebt waren.

Der Eingang zum Restaurant war klein, vermutlich hätte ich es übersehen, wenn Liam mich nicht dort hingeführt hätte. Ganz bestimmt hätte ich mich ohnehin nicht dort hineingewagt. Ein einfaches Schild wies auf ein Menü hin. Man konnte aber auch zwischen Vorspeise und Hauptspeise oder Hauptspeise und Nachspeise wählen, was die Sache günstiger machte. Allerdings waren die Preise ohnehin äußerst moderat. Obwohl es eigentlich noch früh war, waren fast alle Tische besetzt, aber auch für uns fand sich noch ein Plätzchen. Ich schaute mich kurz um, bevor ich mich setzte. Das Lokal war klein und irgendwie urig, und ich konnte mir gut vorstellen, dass auch Paul und Emma einmal in so einem Lokal gewesen waren. Die Klientel war jung, vermutlich waren es Studenten.

»Wie findest du es?«, fragte Liam, nachdem ich wieder zu ihm hinsah.

»Gefällt mir«, sagte ich und fügte in Gedanken hinzu: Und es ist wunderbar, dass wir hier zusammen sind. Was auch immer ich gedacht hatte, dies hier war, was ich eigentlich wollte. Ich war froh, dass wir auf diese Weise eine neue Chance erhielten.

Wir aßen in Ruhe inmitten des Lachens und des Geschnatters unserer Tischnachbarn. Wir sahen Leute gehen und neue ankommen. Wir hatten beide dasselbe Hauptgericht gewählt, einer von uns den Nachtisch, der andere die Vorspeise. Beides teilten wir. Zum Essen gab es Wein. Liam schlug mir einen Clairet vor, ein Weißwein, der wie ein Rotwein ausgebaut war und den ich sehr lecker fand. Nach dem Essen spazierten wir noch etwas durch die sonnenwarmen goldroten Abendstraßen, redeten miteinander, und es war, als wären wir niemals getrennt gewesen. Spontan lud ich ihn ein, mit mir ins Hotel zu kommen. Das war schnell für mich, aber es fühlte sich richtig an. Außerdem war er mir von Inishbofin hinterhergereist, das mussten über tausend Kilometer sein – und hatte ich nicht ein Doppelzimmer gebucht? Was sprach also dagegen?

Er freute sich deutlich über meine Einladung. Wir holten sein Gepäck bei seinem Cousin ab. Es war schon recht dunkel, als wir im Hotel eintrafen, aber wir konnten alles problemlos an der Rezeption klären. Beschwingt stieg ich vor Liam die Treppe hinauf, öffnete die Tür und bediente den Lichtschalter. Der Vorhang war zugezogen. Ich öffnete ihn und schaute auf die schmale Straße vor dem Hotel. Dann sah ich mich kurz um. Das Zimmermädchen hatte das Bett gemacht. Meine Kleidung lag ordentlich über dem Stuhl am Schreibtisch. Liam stellte seinen Rucksack ab. Wir sahen einander an. Ich musste nichts sagen. Im nächsten Moment kam er zu mir herüber und küsste mich zärtlich. Ich wollte ihm sagen, wie sehr ich ihn vermisst hatte, aber mir fehlten einfach die Worte. Umso mehr hoffte ich, dass er es spürte.

Liebe hat so viele Facetten. Sie ist sanft und wild und vorwurfsvoll und verzeihend. Sie ist zuckersüß. Liebe roch wie Liam, und sie hatte seine Stimme, und ich wollte sie jetzt doch nicht von mir stoßen, um über Dinge zu reden, für die wir noch keine Worte hatten. Ich küsste ihn also wieder und verlangte keine Erklärungen. Seine Lippen streichelten meine. Während wir noch unterwegs gewesen waren, hatte ich mir immer wieder Bilder von uns gemacht. Schon auf dem Weg hatte ich mir ausgemalt, wie wir uns in den Armen hielten. Ich spürte seine Hände auf dem Rücken und konnte wahrnehmen, dass er in diesem Moment nicht genau wusste, was er tun sollte. Ich nahm meinen ganzen Mut zusammen und zog ihn noch enger an mich. Zuerst schien er sich noch zu wehren, dann gab er nach, und wir standen Körper an Körper wie eins, und ich spürte jeden seiner Atemzüge wie meine eigenen.

Das ist Glück. Für diesen einen Moment konzentrierte ich mich einfach darauf, seine Wärme zu genießen und nicht an die vielen Bilder zu denken, die mir Liebesfilme in den Kopf pflanzten, Bilder, die wir schon so unendlich oft gesehen hatten und die nichts mit uns zu tun hatten, Bilder, die ich durch meine eigenen ersetzen wollte. Ich lehnte mich gegen den Druck seiner Hände und wurde gehalten. Es fühlte sich gut an. Wie viel Zeit war vergangen seit dem letzten Kuss? Sollte ich etwas sagen? Sollten wir überhaupt sprechen? Ich spürte seinen Mund auf meinem Haar und schmiegte mich noch enger an ihn. Nein, ich würde nichts sagen, denn alles, was ich sagen konnte, war banal.

Unten im Hof hörte ich Frauen lachen, aber ich musste und wollte ihnen keine Aufmerksamkeit zollen. Hier waren nur wir beide, nur Liam und ich.

Da war seine Hand, mit der er jetzt mein Kinn sanft zu sich hinzog. Ich erwiderte seinen Blick. Wir küssten uns erneut, und ich legte den Kopf in den Nacken. Ich hörte auf meinen Körper, er wusste die Antworten. Nur ihm musste ich vertrauen.

Auch der nächste Pariser Morgen empfing uns mit strahlendem Sonnenschein. Wir wachten Arm in Arm auf, aneinandergeschmiegt, und das Erste, was mir in den Kopf kam, war der Gedanke, den ich schon beim Einschlafen gehabt hatte, nämlich dass ich einfach nur furchtbar, furchtbar glücklich war. Ich war so glücklich, dass ich es im ganzen Körper spürte. Da war ein angenehmes Kribbeln, das mich vom Kopf bis zu den Zehen ausfüllte, ein Gefühl in meinem Bauch, als wollte ich einfach nur loslachen. Liam und ich, wir hatten einander wiedergefunden, und es war so viel einfacher gewesen, als ich erwartet hatte. Wir hatten uns nicht aussprechen müssen, nur akzeptieren, was geschehen war. Nein, ich war nicht mehr wütend. Ich musste einfach nur grinsen. Wie ein Honigkuchenpferd.

Liam war zu mir gekommen. Ich spürte ihn ganz dicht bei mir. Er war mir durch halb Europa hinterhergereist. Ich schaute an die Decke und lächelte immer noch. Dann drehte ich behutsam den Kopf und betrachtete den schlafenden Mann neben mir: Liam. Er war da. Bei mir. Er war zu mir gekommen. Er war mir bis nach Paris gefolgt, hatte mich gesucht und gefunden.

Ich bin ihm wichtig.

Was auch immer gewesen war, er hatte mich nicht vergessen können. Nicht nur ich, auch er musste in den letzten Tagen über uns nachgedacht haben, und dann hatte er eine Entscheidung getroffen und war mir hinterhergefahren. Welches größere Pfand gab es?

Ich starrte wieder nach oben an die Decke des Hotelzimmers, und ich konnte immer noch nicht aufhören zu lächeln. Möglicherweise hatte doch auch Emma ihre Hände im Spiel gehabt, aber ich war ihr dankbar dafür, und ganz besonders dankbar war ich ihr, dass sie mich nicht gefragt hatte, weil ich sonst vielleicht die falsche Entscheidung getroffen hätte … Wie war es ihr eigentlich gelungen, Kontakt zu Liam aufzunehmen? Hatte sie herumtelefoniert? Wahrscheinlich hatte sie das. Emma ließ sich von solchen Kleinigkeiten sicher nicht aufhalten. In diesem Moment war ich sehr stolz darauf, ihre Enkelin zu sein.

Liam bewegte sich jetzt. Seine linke Hand zuckte und berührte mein nacktes Bein. Ich sah seine Lider flattern, und zum ersten Mal fiel mir auf, was für wunderschöne geschwungene dunkle Wimpern er hatte. Ich drehte mich auf die Seite, rückte näher an ihn heran und küsste ihn. Er schlug die Augen auf und war sofort voll da.

Lächelnd erwiderte er meinen Kuss. Wir hatten uns wiedergefunden, und wir würden wunderbare Tage miteinander verleben, denn jetzt war er an meiner Seite, und daran würde sich auch nichts ändern. Er hatte sich entschieden zu kommen, und deshalb würde er auch bleiben, dessen war ich mir sehr sicher.

Liam kannte sich aus in Paris, ein wenig jedenfalls und gewiss sehr viel besser als ich. Bei gutem Wetter, hatten wir gestern noch beschlossen, wollten wir ein Picknick in den Buttes-Chaumont machen, einem großen Park auf dem Gelände ehemaliger Steinbrüche im Norden von Paris. So, wie es draußen aussah, stand dem nichts entgegen.

Beim Frühstück lächelten Liam und ich uns immer wieder über große Milchkaffeetassen hinweg an und knusperten luftige Croissants, während wir lockere Pläne für die nächsten Tage schmiedeten. Hin und wieder schaute ich flüchtig zu den anderen Hotelgästen hin, und manchmal dachte ich dann, dass sie uns sahen und dass sie sahen, wie glücklich wir waren, und dass sie sich genauso darüber freuten wie ich.

Liam trug heute Jeans und ein verwaschenes blaues Langarmshirt, und ich stellte mir vor, dass er so als Student ausgesehen hatte. Dass ich ihn geradezu anstarrte, schien ihn gar nicht zu beunruhigen. Einmal bekam er eine Nachricht auf dem Handy. Er schaute nur kurz darauf. Ich hob fragend die Augenbrauen.

»Das war Áine«, sagte er.

»Grüß sie«, bat ich ihn. Ich wartete kurz, trank dann den letzten Rest aus meiner Tasse und ließ den Blick nochmals durch den Hof schweifen.

»Mach ich.«

»Was?«

»Áine grüßen.«

»Hm.« Eigentlich hatte ich gar nicht mehr mit einer Antwort gerechnet. Aber so war es auch gut. Ich mochte Áine.

Wir nutzten die Metro, um zu unserem Ziel zu kommen, und mussten dann nur noch ein kleines Stück laufen, bevor wir in eine weitere Oase inmitten von Paris eintauchen konnten. Die Buttes-Chaumont waren sehr hügelig und gewiss auch deshalb besonders interessant. Einst war an dieser wie auch an einigen anderen Stellen im Stadtgebiet der hellgraue Kalkstein abgebaut worden, der Paris so prägte. Teilweise, so hatte ich vor einiger Zeit in einem Dokumentarfilm gesehen, liefen auch heute noch tiefe Stollen unter der Millionenstadt entlang, von denen einige sogar wegen Einsturzgefahr überwacht werden mussten.

Liam und ich hatten uns in einem Supermarkt auf dem Weg reichlich mit Essen versorgt. Er hatte einen Wein ausgesucht, ich Käse, Salami und etwas Gemüse gekauft, Paprika, Gurken, Tomaten, so etwas eben. Dazu würde es frisches Baguette geben und zum Nachtisch Petits Fours und Fertigkaffee aus dem Kühlregal.

Zuerst aber gingen wir spazieren. Ich genoss den Gedanken, dass wir wie ein Liebespaar aussahen. Aber wir sahen natürlich nicht nur so aus, wir waren ein Liebespaar, hier in der Stadt der Liebe, was ein Klischee sein mochte, sich aber einfach großartig anfühlte. Ich jedenfalls spürte, wie mein Herz bei dem Gedanken immer wieder etwas schneller klopfte, bevor es seinen alten Rhythmus fand.

Es war wunderbar. Durch das Geäst der Bäume fielen Sonnenstrahlen zur Erde, malten hier und da ein helles Muster aus Licht auf den Boden. Es war auch wunderschön, durch diese tanzenden Flecken zu laufen, aber irgendwie erschien mir heute einfach alles herzzerreißend: diese ganze Anlage hier, das Wetter, die anderen Menschen. Auch wenn Emma und Paul damals nicht hier gewesen waren, war ich mir sicher, dass Emma die Bilder gefallen würden, und für mich fühlte es sich an, als würde ich die Reise auf diese Weise auch ein wenig zu meiner machen. Sollte ich sie vielleicht doch fragen, wie sie Kontakt zu Liam aufgenommen hatte? Während ich überlegte, lauschte ich unseren Schritten. Hin und wieder beobachtete ich die anderen Menschen, die im Park unterwegs waren: Kinder mit ihren Eltern, Jogger, Touristen – andere Liebespaare. O ja, ich fand, dass es durchaus etwas ganz Besonderes war, in Paris verliebt zu sein.

Vielleicht war es Zeitverschwendung, aber an diesem Tag machten wir nichts anderes als die Buttes-Chaumont zu erlaufen, zu picknicken und darüber zu reden, wie wir die vergangenen Tage verbracht hatten. Ich erzählte von Cashel, Dublin und London. Er berichtete von Inishbofin und von Áine, die ihm keine Ruhe gelassen habe.

»Deinetwegen.«

Ich nickte zufrieden, hakte aber nicht nach. Dafür war noch Zeit. Abends im Bett fiel es mir trotz Müdigkeit schwer, einzuschlafen. Ich dachte daran, dass ich Liam ständig an den unmöglichsten Stellen gesehen hatte, aber ich hatte mir nicht ausgemalt, wie es sein würde, wenn er wieder vor mir stand, wenn wir doch noch gemeinsam unterwegs waren. Dieses tiefe Gefühl war sofort wieder da gewesen, das ließ sich nicht leugnen … Sollte ich doch misstrauischer sein, auch aus Verantwortung mir selbst gegenüber?

Während wir im Hof des Justizpalastes vielleicht noch etwas unsicher miteinander umgingen, sogar ein wenig fremdelten, war davon nichts mehr zu spüren, als wir uns am Tag nach den Buttes-Chaumont auf den Spuren von Paul und Emma durch Paris treiben ließen. Vorbei ging es an Notre-Dame, über die Île de la Cité und die Île Saint-Louis hinweg, immer wieder fanden wir uns an der Seine, und dann erreichten wir die Louvre-Pyramide. Von Ferne grüßte der Eiffelturm.

Beim Frühstück hatten wir uns gemeinsam Emmas Album angesehen. Liam bewunderte Pauls Zeichnungen und ließ sich ein paar der Einträge übersetzen. Danach hatten wir unsere Strecke für den heutigen Tag nachvollzogen. Wir nahmen fast den gleichen Weg, den ich am ersten Tag genommen hatte, wählten nur hier und da eine andere Abzweigung, wenn uns ein Anblick gar zu sehr verlockte. Eine Weile saßen wir im Jardin du Luxembourg auf einer Bank. Liam fotografierte mich. Zuerst wollte ich abwehren, dann wurde mir bewusst, dass noch nie jemand Fotos von mir gemacht hatte, auf denen ich entspannter und glücklicher aussah.

Wir aßen in einem italienischen Restaurant zu Mittag, um danach wieder auf die andere Seite der Seine zu wechseln. Auf den Spuren von Emma und Paul ließen wir uns weiter treiben, und ich fand, dass Paris eine Stadt war, die man gut auf diese Weise entdecken konnte: Es gab einfach überall etwas zu sehen. Liam zeigte mir Häuser aus dem 14. Jahrhundert, und schließlich führte er mich zu einem Keller aus dem 13. Jahrhundert, auf den er während seines früheren Besuchs gestoßen war. Der Eingang war schmal und sah auf den ersten Blick so privat aus, dass ich zögerte.

»Komm«, forderte er mich auf. »Du wirst staunen.«

Während wir eine steile Treppe hinunterstiegen, spürte ich ihn hinter mir, bereit, mich zu halten, falls ich fallen sollte. Ich wusste nicht, warum ich mir solche Gedanken machte. Ich würde nicht fallen, da war ich mir sicher. Trotzdem war es eine zuckersüße Vorstellung, von ihm gehalten zu werden; eine Vorstellung, die mich lächeln ließ. Ich konnte mich nicht erinnern, solche Gefühle schon einmal gehabt zu haben, noch nicht einmal als Jugendliche. Wahrscheinlich war ich stets eher nüchtern gewesen. Die nüchterne Liv war meine Hauptrolle. Nun entwickelten sich andere Dynamiken, und ich war zum ersten Mal bereit, sie zuzulassen und mir nicht mehr im Weg zu stehen.

Unten dauerte es eine Weile, bis wir uns an das Dämmerlicht gewöhnt hatten. Die Luft war kellerkühl. Vielleicht zitterte ich. Jedenfalls legte Liam den Arm um meine Schultern und zog mich in eine Umarmung. Gemeinsam gingen wir ein paar Schritte weiter. Ich konnte mittelalterliche Säulen ausmachen, die ganz langsam aus dem Dunkel auftauchten, langsam wie die Erkenntnis, dass hier vor so vielen Jahren einmal ein belebtes Gebäude gewesen war, in dem um eine Tageszeit wie diese vielleicht hektische Betriebsamkeit geherrscht hatte. Es war ein faszinierender Anblick, umso faszinierender, weil sich alles, was wir hier sahen, nur ein paar Treppenstufen unterhalb des pulsierenden, modernen Paris befand.

Ich fragte mich unwillkürlich, wie weit wir von der Seine entfernt waren. Vor einigen Hundert Jahren, erzählte mir Liam, hatte der Keller einem Kloster gehört. Hierhin waren Waren gebracht worden, die über den Fluss in die Stadt gelangten und mit denen die Mönche handelten. Während ich mich interessiert umschaute und meiner Fantasie die Zügel löste, spürte ich Liam wieder hinter mir und war einfach nur glücklich. Kurz entschlossen lehnte ich mich rücklings gegen ihn. Ich liebte es, ihn zu spüren. Ich liebte seine Wärme und seinen Geruch, die mich einhüllten und mir das Gefühl gaben, ich sei zu Hause.

Nachdem wir das Gebäude wieder verlassen hatten, gingen wir erneut an der Seine spazieren. Wir beobachteten die Touristenboote und sprachen darüber, später selbst eine Tour zu unternehmen. Als wir hungrig wurden, kauften wir uns ein belegtes Baguette. Wir picknickten an der Seine und ließen die Beine baumeln. Ich beobachtete Liam, der das rechte Bein locker angezogen hatte und seinen rechten Arm darauf abstützte. Sein Rabenfederhaar glänzte in der Sonne. Er schaute in diesem Moment in die Ferne und schien sich meiner Blicke nicht bewusst zu sein, und ich war irgendwie berührt. Ja, da war etwas in seinem Gesichtsausdruck, das mich anrührte, etwas, das er vielleicht vor mir verbergen wollte, das ich aber dennoch wahrnahm. Ich konnte spüren, wie verletzlich er war, dass da etwas an ihm war, das ich noch nicht kannte, aber das beunruhigte mich nicht. Wir würden genügend Zeit haben, mehr voneinander zu erfahren.

Ich aß also ruhig fertig und wischte meine Hände an einem Taschentuch ab, bevor ich näher an ihn heranrückte. Er riss sich aus seinen Gedanken, lächelte entschuldigend und legte den Arm um meine Schultern. Jetzt war er wieder bei mir, ganz und gar auf mich konzentriert. Ich spürte sein Lächeln wie ein Streicheln, lehnte mich an ihn und konnte nicht fassen, dass ich es war, der so etwas passierte.

Später an diesem Tag verliefen wir uns im Louvre. Mehrfach kamen wir an denselben breiten, geschwungenen Treppen vorbei, gingen sie rauf oder runter, manche sogar mehrfach, ohne dass wir dies beabsichtigten. Das Museum war so groß, dass wir die Orientierung verloren, und obgleich nicht wenige Menschen da waren, schien die Zahl verschwindend klein in den hohen, weiten Gängen. Mir war es egal, solange wir nur gemeinsam unterwegs waren.

Liam war zum ersten Mal hier, ich hatte seit meinem letzten Besuch das meiste vergessen. Wir konnten die Schätze also gemeinsam entdecken, und das war schön. Abgesehen davon, dass wir immer wieder stehen blieben, um uns zu küssen.

»Wrapped around each other«, sagte Liam einmal mit einem Schmunzeln. Umeinandergewickelt? Ich lachte. Dieses Museum beherbergte so unglaublich viele Kunstwerke, dass wir sie ganz sicher nicht alle zu sehen bekamen. Zudem waren anscheinend an jedem Tag bestimmte Bereiche für den Publikumsverkehr gesperrt. Der Gedanke, dass ich mit Liam hierher zurückkommen würde, um das Gebäude weiter zu erforschen, gefiel mir ausnehmend gut. Auch Liam versicherte mir mehrfach, wie sehr er sich freue, mit mir hier zu sein. An manchen Bildern und Objekten in Ausstellungstischen gingen wir langsamer, an manchen schneller vorüber. Einmal blieb er gedankenverloren vor einem Bild stehen. Als ich ihn ansprach, ging ein Ruck durch seinen Körper. Vorübergehend sah er durch mich hindurch, dann entschuldigte er sich. Ich schaute ihn fragend an. Doch er zuckte nur mit den Schultern und drehte sich wieder zu dem Riesengemälde hin – es handelte sich wohl um irgendeine Darstellung aus der Bibel, farbenprächtig und etwas blutig.

»Gefällt es dir?«, fragte ich.

Er runzelte die Stirn und schaute das Bild noch einmal an, als sähe er es zum ersten Mal. »Nein, ich glaube nicht.«

Ich war mir nicht sicher, was mir sein Lächeln sagte, und legte vorsichtig den Arm um ihn. Er war in Gedanken, aber worüber hatte er nachgedacht? Wir gingen weiter, entdeckten unseren gemeinsamen Rhythmus wieder. Mir ging durch den Kopf, dass ich mich in meinen früheren Beziehungen immer anpassen musste, dass das hier nicht so war und dass sich das gut anfühlte. Natürlich statteten wir auch der Mona Lisa einen Besuch ab. Das Bild war kleiner, als ich erwartet hatte, auf Holz gemalt, und ich hatte den Eindruck, es kaum gesehen zu haben, bevor ich schon weitergehen musste. Andererseits musste ich auch feststellen, dass mich andere Bilder mehr dazu verlockten, sie genauer anzuschauen: ein Bettlerjunge, der so lebensecht wirkte, dass man ihn quasi atmen spürte, ein Mann, der viel Wert darauf legte, dass die Welt die Macht erkannte, die er innehatte. Das Bild war jahrhundertealt, und dennoch sah ich etwas im Blick des Mannes, das mir auch heute nicht unbekannt war. Da war wohl etwas in unserem Wesen, das sich auch in Hunderten von Jahren nicht änderte.

Ich konnte später nicht sagen, wie lange wir im Museum unterwegs gewesen waren. Irgendwann taten uns beiden die Füße weh. Im Hof des Louvre fanden wir Platz auf ein paar Steinstufen, auf denen wir uns kurz ausruhten. Wir beobachteten andere Touristen, sahen eine Frau, die das unebene Pflaster des Hofs fast zu Fall brachte.

Für den Rückweg nahmen wir die Metro, denn uns taten die Füße immer noch weh. In einer Station kamen wir an einem Querflötenspieler vorbei. Liam verzögerte seine Schritte etwas.

»Spielst du ein Instrument?«, fragte ich ihn. Ich dachte daran, seine Schwester im Pub singen gehört zu haben.

Für einen Moment sah er mich an, als hätte er nicht verstanden. Dann nickte er. »Viele Iren können ein Instrument spielen. Ich spiele Bodhrán.«

Das war diese Trommel. Ich stellte mir vor, wie es war, solch hypnotische Rhythmen spielen zu können, und ich dachte mir, dass es schön wäre, mit Liam irgendwo draußen zu sitzen und ihm beim Spielen zuzuhören. In der Metro war ich für einen Moment so sehr in Gedanken, dass ich sie nur noch als Ruckeln in meinem Körper spürte, als Bewegung mit ihrer ganz eigenen Melodie.

»Früher habe ich auch Geige gespielt«, nahm Liam nach einer ganzen Weile den Gesprächsfaden wieder auf, »aber jetzt nicht mehr. Geige können andere besser. Man muss erkennen, was man kann und was nicht.« Er sah mich von der Seite an. Ich fuhr fort, nach vorne zu blicken, und nickte. Ich dachte daran, dass ich nur Blockflöte konnte, aber leider nicht besonders gut. Es machte sicherlich Spaß, mit anderen zusammen zu spielen.

»Warst du in einer Band?«

Er lachte. »Nein, wir haben uns nur locker im Pub getroffen und dann zusammen gespielt. Du warst ja auch schon einmal dabei.«

»Hm.«

Wir sagten beide nichts mehr, vielleicht hingen wir unseren Gedanken nach, vielleicht versuchten wir, uns zu entspannen. Nach einer Weile nahm ich mein Handy zur Hand und scrollte durch die Bilder, um eine Vorauswahl unter denen zu treffen, die ich für Emma online stellen würde. Als künstlerisch interessierte junge Menschen waren natürlich auch Paul und Emma in diesem Museum gewesen. Es gab ein Bild von Emma in diesen dunklen Anzughosen, mit Rollkragenpullover und einer Baskenmütze vor dem Louvre. Sie hatte ihre blonden Haare im Nacken zusammengenommen. Der Pferdeschwanz fiel ihr über die Schulter nach vorne. Ich sah das Bild genau vor mir, so oft hatte ich es schon angeschaut. Es war der Blick, den Paul auf diesem Bild auf Emma richtete, der mich irritierte.

Bevor wir in unser Hotel zurückkehrten, kauften wir ein Baguette und ein paar Kleinigkeiten in einem Supermarkt. Die Buchung des Doppelzimmers, mit der ich zuerst gehadert hatte, hatte sich als wirklich gute Entscheidung herausgestellt. Nachdem wir gestern Essen gewesen waren, picknickten wir heute im Bett. Ich breitete eins meiner ungenutzten Handtücher aus, damit wir nicht alles vollkrümelten. Auch eine kleine Flasche Wein fehlte nicht. Danach setzte ich mich an den kleinen Tisch, um Bilder für Emma online zu stellen. Liam sah mir über die Schulter. Schließlich beugte er sich von hinten über mich, küsste mich sanft auf Wange und Schläfe und knabberte an meinem Ohr. Ich kicherte.

Wir waren albern an diesem Abend, vielleicht war es der Wein. Sicherlich war es auch immer noch die Situation, die uns beide verunsicherte. Aber es war okay. Wir mussten einander nichts vormachen. Wir hatten bereits gelernt, dass wir uns miteinander fallen lassen konnten. Ganz ehrlich – ich hatte so etwas noch nicht erlebt, und ich war mir ziemlich sicher, er auch nicht.

In dieser Nacht entdeckten wir jeden Quadratzentimeter unserer Körper mit den Händen, den Fingerspitzen, den Mündern. Wir schmeckten uns, flüsterten einander Liebkosungen ins Ohr. Noch gingen wir nicht weiter. Da war etwas, das uns davon abhielt, doch ich zweifelte nicht daran, dass sich das bald ändern würde.

Am folgenden Tag hatten wir einiges vor. Die Zeit in Paris neigte sich dem Ende zu, und ich suchte endlich die Stände der Bouquinisten auf. Ich erzählte Liam mehr von meinen Großeltern und ihrer Liebe. Wahrscheinlich erzählte ich hauptsächlich von Dingen, die ich mir zusammenreimte, aber das war schon in Ordnung so. Ich hatte den Eindruck, dass ich Paul und Emma inzwischen doch etwas näherkam, dass ich vielleicht bald mehr verstehen würde, dass ich vielleicht bald die richtigen Fragen stellen konnte. Ich zeigte Liam ein Bild von meinem Großvater vor dem Stand eines Bouquinisten, während er mit strahlendem Lachen ein Buch in die Kamera hielt. Die Bibel der Vernunftbegabten, hatte Emma daruntergeschrieben. Das Buch war leicht verschwommen, aber dennoch hatte ich entziffern können, dass es sich um einen Band der Enzyklopädie von Diderot und d'Alembert handelte.

Wir ließen uns Zeit beim Stöbern, auch Liam fand Gefallen daran. Gegen Mittag suchten wir uns wieder einen Platz an der Seine, breiteten die Reste unseres gestrigen Picknicks vor uns aus, aßen und beobachteten. Es gab hier einfach immer etwas zu sehen, das Wetter war wunderbar. Liam legte den Arm um mich. Ich schmiegte mich an ihn und überlegte, ob wir vielleicht doch etwas verpassten, aber im Moment war das schon in Ordnung so. Im Moment wollte ich wieder dem Leben zusehen: den Touristenbooten auf dem Fluss, den Spaziergängern, ein paar jungen Leuten, die sich in unserer Nähe niederließen und bald zur Gitarre sangen. Es kam mir vor, als säßen wir noch enger beieinander als in den Tagen zuvor. Dann ermahnte ich mich, den Moment zu genießen und nicht zu viel nachzudenken, nicht über uns, nicht über das Warum und nicht darüber, was sein würde. Hieß es nicht irgendwo, dass das Leben das war, was passierte, während wir Pläne machten? Wahrscheinlich auch etwas, was ich im Internet gelesen hatte, aber es war doch etwas Wahres daran.

Als Nächstes machten wir eine Fahrt auf dem Bateau-Mouche und winkten anderen Touristen am Ufer zu, während um uns herum die Auslöser von Handys und auch der einen oder anderen Kamera gedrückt wurden. Liam fragte mich, ob er mich auch aufnehmen dürfe. Ich stimmte zu. Drei gemeinsame Tage in Paris hatten mich auf eine Art und Weise gestärkt, die ich bisher kaum für möglich gehalten hatte. Liam fotografierte mich aus verschiedenen Blickwinkeln, ich flirtete mit der Kamera. Als er sich wieder zu mir setzte, küsste ich ihn so spontan, wie ich es gar nicht von mir gewohnt war. Seine rechte Hand streichelte mit dem Hauch einer Verzögerung über meinen Rücken.

Nach der Bootsfahrt zog es uns in die Katakomben, in denen Schädel über Schädel, zusammengetragen von ehemaligen Friedhöfen, zu makabren Kunstwerken aufgeschichtet waren. Ich schauderte, als ich davorstand. Der Anblick hatte etwas sehr Eigenes.

»Hier möchte ich niemals eingesperrt sein«, flüsterte ich ihm zu, während er dicht hinter mir stand. Es tat so gut, ihn zu spüren, diese gemeinsame Zeit zu haben, mit ihm unterwegs zu sein.

»Das wirst du nicht«, flüsterte er, während wir gemeinsam auf eine Wand von Totenschädeln starrten.

Wahrscheinlich atmeten wir beide auf, als wir aus den Tiefen von Paris wieder ins Licht traten. Die Katakomben ließen mich nachdenklich zurück, und auch Liam war für eine Weile sehr schweigsam. Arm in Arm schlenderten wir die Straße entlang, ein paar schnelle Fußgänger wichen uns aus. Ich konnte nicht sagen, dass ich über irgendetwas nachdachte. Vielmehr hüpfte ich in meinem Kopf von einem Gedanken und einem Eindruck zum anderen.

Als ich Liam einmal kurz von der Seite ansah, bemerkte ich, dass auch er sehr nachdenklich aussah. Ich erkannte diese Stimmung wieder, ich hatte ihn schon so gesehen, es aber wieder vergessen.

Auch jetzt schob ich es von mir weg. Ich wollte mich nicht verunsichern lassen. Der Tag war zu schön. Es tat gut zu laufen. Als wir die Passage du Grand Cerf erreichten, zog sich von einem Moment auf den anderen der Pariser Himmel zu, und Liam schob mich kurzerhand in die überdachte Verbindung. Sekunden später prasselte ein heftiger Sommerregen herab. Ich fröstelte unwillkürlich. Plötzlich schlang er die Arme um mich und zog mich eng an sich. Ohne zu zögern, legte ich meinen Kopf an seine Brust und genoss es für einen Augenblick, nur seinen Körper zu spüren. Der Regen prasselte so dicht und so heftig herunter, dass er die Geräusche der Großstadt geradezu auslöschte. Hin und wieder hörte man Wasser, das von einem Fahrzeug aufgewirbelt wurde. Draußen war in diesem Moment ein einziges Grau, durch das hin und wieder jemand hindurchhuschte. Ich erkannte wenige Schirme und mehr dünne Jacken, die über Köpfe gehalten wurden.

Liam und ich waren die Einzigen, die sich vor dem Regen unter die Überdachung gerettet hatten. Der Regen versetzte mich erneut in diese seltsame Stimmung. Unwillkürlich fröstelte ich wieder. Liam schlüpfte aus seiner Jacke und legte sie mir um die Schultern.

»Ist dir nicht kalt?«, fragte ich.

Er schüttelte den Kopf. »Ein Ire friert nicht«, gab er grinsend zurück, und ich musste daran denken, dass Jenna mir von manchen ihrer Kumpels erzählt hatte, die sommers wie winters im T-Shirt unterwegs gewesen waren. Wieder hielt er mich in den Armen, wieder lehnte ich mich an ihn, atmete seinen Geruch ein, dachte, dass mein Herz zu schnell schlug. Was machte mich so unruhig?

Als der Regen etwas nachließ, drehten wir uns um und spähten, immer noch Arm in Arm, nach draußen. Es fühlte sich gut an, geschützt zu sein, aber nach einer Weile stellte ich mir auch vor, wie schön es sein würde, gemeinsam durch diesen Regen zu laufen. Vielleicht war Liam verblüfft, als ich loslief. Jedenfalls dauerte es einen Moment, bis er mir folgte, und als er wieder neben mir war, war mein Haar bereits klatschnass von dem neuerlich auffrischenden Regenschauer, und aus seinem rann ebenfalls Wasser über seine Wangen und in seinen Kragen hinab. Mein T-Shirt unter seiner Jacke schmiegte sich nass an meinen Körper. Anfangs hatte ich noch gemerkt, wie das Wasser in meinen Kragen und dann über meinen Rücken lief. Ich zog seine Jacke über der Brust zusammen. Liam schaute mich an. Sein Haar ringelte sich in seine Stirn, rahmte sein Gesicht ein, und ich konnte mich nicht sattsehen an seinen Wangenknochen.

»Du bist verrückt«, sagte er lachend.

»Ja, das bin ich«, erwiderte ich und lachte ebenfalls, obgleich das nicht stimmte, denn eigentlich war ich einfach nur die strukturierteste und langweiligste Person in diesem Universum. Aber vielleicht war das mit Liam anders. Mit ihm konnte ich lockerlassen, und das tat so unendlich gut.

»Echt verrückt«, wiederholte er, und alles fühlte sich leicht an wie in einem schönen Film. Arm in Arm gingen wir zurück ins Hotel, hinterließen Wasserlachen in der Hotellobby, zogen uns im Zimmereingang aus und ließen unsere nasse Kleidung dort auf einem Haufen liegen, während wir gemeinsam unter die heiße Dusche schlüpften. Die Dusche war klein, und wir kamen uns schon alleine deswegen nahe, weil es gar keinen Platz gab, einander auszuweichen, aber ich wollte auch nichts anderes. Ich wollte ihm nahe sein. Seine Hände auf meinem Körper weckten Gefühle in mir, die ich nicht für möglich gehalten hatte. Mein Verstand schaltete sich einfach aus. Ich lehnte mich gegen ihn, meinen

Kopf an seiner Brust, sein Mund an meiner Stirn. Er legte die Arme um mich und zog mich enger an sich. Meine Brüste richteten sich auf. Ich fühlte seinen Penis fest über meiner Scham. Er küsste meine Stirn und meine Schläfen. Das Geräusch seines Atems veränderte sich. Zwischen uns veränderte sich etwas. Er beugte sich über mich. Unsere Münder berührten sich. Wir küssten uns, als würden wir aneinander Atem holen, und rückten dann wieder voneinander ab. Er legte die Arme um meine Taille. Das Wasser prasselte über unsere Köpfe. Wir waren bereit, einen Schritt weiter zu gehen.

Wir waren in der Stadt der Liebe, wir liebten einander, und wir schöpften aus dem Vollen. Wir küssten einander, während wir uns aus dem kleinen Bad stolpernd hinüber zum Bett bewegten. Es hatte einen Vorteil, schon nackt zu sein, denn es war schwierig gewesen, sich aus den nassen Klamotten zu schälen. Irgendwann legte ich mich rücklings auf das Bett. Im nächsten Moment war er neben mir. Ich hörte seinen Atem, sah seine Brust, die sich hob und senkte, und seine Erregung. Unsere Augen fanden sich. Wir küssten einander wieder. Paris, Stadt der Liebe. Meine Hände streiften über seinen Rücken, wir hielten uns in den Armen. Der Straßenlärm draußen, knatternde Mofas, Autos, Streit untermalten unsere Bewegungen. Er legte sich auf den Rücken und zog mich über sich. Einen Moment lang war ich überrascht, dann genoss ich es, auf ihm zu sitzen. Er musterte mich. Wir sagten nichts, nur unsere Körper bewegten sich miteinander. Wir hatten einander wiedergefunden, und ich war einfach nur froh darüber.

»Wo geht es als Nächstes hin?«, wollte er wissen, als wir danach nebeneinander auf dem Rücken lagen, nackt und immer noch warm von der Liebe.

»Bordeaux«, gab ich zurück und schaute ihn forschend an. Wir hatten schon darüber geredet, seine Frage wunderte mich. »Kommst du denn wirklich mit?«, fragte ich dann vorsichtig. Meine Stimme zitterte hörbar. Mit einem Mal wurde mir klar, dass ich mich vor diesem Moment gefürchtet hatte. O ja, ich hatte Angst davor, doch noch enttäuscht zu werden, und verdammt, warum brauchte er denn jetzt so lange, um zu antworten? Nun räusperte er sich auch noch. Mein Magen zog sich zusammen.

»Wenn ich darf?«

»Natürlich …« Ein kunterbuntes Musical explodierte in meinem Kopf und ließ meinen Körper weich werden. Tatsächlich sang ich innerlich, während ich äußerlich ein eher ernstes Gesicht behielt. Wir würden weiter gemeinsam unterwegs sein. Jetzt stand es fest. Mein Herz trommelte einen wahren Glücksrhythmus.

Er räusperte sich noch einmal. »Ist dir das denn wirklich recht?«

Ich blickte auf. »Natürlich.«

Sein Gesicht entspannte sich von einem Moment auf den anderen. Dann setzte er sich auf dem Bett auf und warf mir einen Blick halb über die Schulter zu. »Es ist noch zu früh zum Schlafen, oder?«

Ich stützte mich auf meinen Ellbogen hoch. »Hm?«

»Ich würde mir gerne noch den Eiffelturm mit dir ansehen. Macht man das nicht, wenn man in Paris ist?«

»Vielleicht?« Ich setzte mich ganz auf. »Aber es ist schon zehn Uhr, oder?«

»Na und?«

Er wirkte plötzlich unternehmungslustig auf mich. In solcher Stimmung hatte ich ihn noch nicht erlebt, als hätte für einen Moment etwas Schweres auf ihm gelastet.

»Gut.« Ich stand auf, breitete die Kleidung vom Tag endlich zum Trocknen aus und suchte mir etwas Frisches aus der Reisetasche zusammen: eine Jeans und eine bestickte blaue Tunika, die Emma mir einmal aus Mexiko mitgebracht hatte. Liam war schon angekleidet, als ich fertig war.

Wir stiegen vorsichtig die enge Treppe von unserem Zimmer zur Rezeption hinunter. Dort saß wieder die junge Frau, der Liam erzählte, was wir vorhatten. Sie lächelte und erinnerte uns noch einmal an den Code, der es uns erlauben würde, später wieder ins Hotel zu kommen.

Von unserem Standpunkt aus war es gut eine Stunde bis zum Eiffelturm, aber uns verlockte es beide zu laufen. Der Abend war noch sommerlich hell, und warm war es ohnehin. Es herrschte einiger Betrieb auf den Straßen: Nachtschwärmer machten sich auf den Weg, Restaurants spuckten erste Gäste wieder aus, andere traten ihren Schichtdienst an. Die Sirenen eines Krankenwagens waren zu hören, dann die von einer Feuerwehr. Liam legte den Arm um mich. Ich genoss es, mich an ihn zu schmiegen.

»Ich würde in Bordeaux gerne jemanden besuchen«, sagte er. »Wir können sicher auch bei ihr unterkommen.«

Also war er auch schon in Bordeaux gewesen. Ich dachte an das gebuchte Hotelzimmer. Aber hörte es sich nicht besser an, privat unterzukommen? Ich konnte das Hotel gleich morgen früh stornieren … Ich warf ihm einen Blick von der Seite zu.

»Von wem sprichst du?«

»Sie heißt Neige. Ich habe sie kennengelernt, als wir beide auf einem Weingut ausgeholfen haben.«

»Neige wie Schnee? Das ist ein Name?«

»Offenbar.« Ich sah ein leichtes Schmunzeln in seinen Mundwinkeln, während er mich jetzt enger an sich zog. Hatte er meine Unsicherheit bemerkt? War ich überhaupt unsicher? »Neige ist die ehemalige französische Freundin eines Kumpels, und ja, ich bin mir ziemlich sicher, dass das ihr richtiger Name ist.«

»Ehemalig wie gewesen?«

»Neige und ich sind noch befreundet. Der Kumpel lebt heute mit seiner Familie in Australien und betreibt dort Weinbau. Die beiden sind also nicht mehr zusammen.«

»Dein Kumpel ist Ire?«

»Spricht etwas dagegen, dass Iren Weinbau betreiben?« Liam schaute mich fragend von der Seite an. Ich berührte seine Hand, die locker auf meiner Schulter lag, und streichelte leicht darüber.

»Nein«, erwiderte ich, um dann hinzuzufügen: »Ich würde mich freuen, Neige kennenzulernen.«

»Das ist schön.«

Wir hatten den Eiffelturm jetzt fast erreicht. Ich sah ihn schon seit geraumer Zeit immer höher vor mir aufragen. Wir näherten uns vonseiten der École militaire über das Champ de Mars. Inzwischen war die Sonne ganz untergegangen, der Turm wurde angestrahlt und glitzerte einfach wunderschön vor dem nächtlichen Hintergrund. Es war wenig Betrieb. Wir buchten die Fahrt bis zur obersten Plattform. Die Aussicht war atemberaubend. Ich konnte mich kaum sattsehen, und Liam an meiner Seite zu haben machte die Sache noch besser. Seite an Seite standen wir da und ließen die Blicke in alle Richtungen schweifen. Nach einer Weile drehten wir uns zueinander hin. Niemand war da. Wir küssten uns. Mein ganzer Körper sehnte sich schon wieder nach ihm. Ich erkannte mich in meiner Lust und meinem Begehren kaum wieder. Wer war ich? Was hatte mich so verändert?

16. KAPITEL

Am nächsten Morgen war Liam vor mir wach, wie lange, konnte ich nicht sagen. Jedenfalls saß er reglos auf dem Bettrand, als ich die Augen aufschlug. Ich gähnte. Er rührte sich nicht. Möglicherweise hatte er mich nicht gehört. Das Handy lag neben ihm. Hatte er telefoniert? Auch davon hatte ich nichts mitbekommen. Ich betrachtete seinen Rücken, die Kurve seines Rückgrats, gut erkennbar, weil er sich leicht nach vorne beugte, eine schmale, längliche Narbe auf der linken Seite. Sie fiel mir zum ersten Mal auf. Ich wollte sie berühren und zögerte doch.

Die Narbe war nicht groß, aber doch zu groß für eine Kleinigkeit.

Ich stellte mir kurz vor, dass sie heftig geblutet hatte, und fühlte fast so etwas wie Schmerz. Ich wollte es nicht und dachte jetzt doch unwillkürlich daran, wie viel ich nicht von ihm wusste. In meinem bisherigen Leben hatte ich meine Beziehungen stets länger gekannt. Oft waren wir vorher gute Freunde gewesen, hatten dieselben Kurse belegt oder dieselben Dinge ausprobiert.

Ich berührte die Narbe doch. Er zuckte zusammen, griff unvermittelt hinter sich und berührte meine Hand. Etwas vibrierte zwischen uns, das mich für einen Augenblick den Atem anhalten ließ. Dann drehte er sich halb zu mir hin, sein Gesicht im Profil. Auch aus dieser Perspektive sah er verdammt gut aus.

Anschließend stand er auf, sein Laken locker um sich geschlungen, der Oberkörper nackt. Letzte Nacht hatten wir uns auch noch ein drittes Mal geliebt, hatten uns in den Armen gehalten, einander geküsst und geschmeckt, die Nasen in unsere

Gerüche versenkt. Ich krabbelte vom Bett hinunter und stellte mich in meinem Schlafshirt neben ihn. Sein Laken rutschte etwas, ich starrte wie hypnotisiert darauf, doch dann hielt er es fest. Ich schaute weg und wieder hin und fragte mich, ob ich vielleicht ein wenig rot geworden war. Ich liebe dich, dachte ich, aber um es auszusprechen, war es vielleicht noch etwas früh – oder? Wann war eigentlich die erste passende Gelegenheit, so etwas zu sagen? Wann war der richtige Zeitpunkt?

Durch den noch halb geschlossenen Pariser Fensterladen fiel Licht zu uns herein. Staubkörner tanzten in den morgendlichen Sonnenstrahlen und sahen dabei aus, als würden sie ihr eigenes kleines Universum bilden. Auf der schmalen Gasse, die unten am Hotel vorbeiführte, knatterte wieder einmal ein Moped vorbei. Ich stellte mir Sophie Marceau auf dem Rücksitz vor und fragte mich, ob er *La Boum – Die Fete* wohl kannte. Wahrscheinlich nicht.

Eigentlich wussten wir immer noch nicht viel voneinander … Ich konnte den Gedanken nicht zu Ende führen, weil er mich plötzlich küsste und weil das verdammte Laken hinunterrutschte. O mein Gott! Ich wusste nicht, wo ich hinschauen sollte. Es war so hell. In der Nacht war es dunkel gewesen bis auf ein paar suchende Scheinwerfer hin und wieder an den Wänden. Meine Güte, ich war doch keine prüde Jungfer! Er küsste mich noch einmal, keuscher und vorsichtiger irgendwie.

»Wir müssen los«, sagte er dann mit einem bedauernden Schulterzucken. »Der Zug wartet leider nicht auf uns. Heute Abend aber …«

Ich nickte nur. Wir waren so schnell angezogen, dass wir sogar noch Proviant für die Fahrt kaufen konnten – etwas Salami, festen Käse, Wasser. Inzwischen gab es eine zweistündige Direktverbindung nach Bordeaux. Liam hatte damals noch irgendwo auf der Strecke umsteigen müssen. Am Bahnhof Montparnasse angekommen, suchten wir rasch unseren Zug und unsere Plätze. Wir waren die ganze Zeit so geschäftig, dass ich gar nicht mehr dazu kam, weiter über den gestrigen Abend nachzugrübeln oder darüber, was sich zwischen uns entwickelte. Wir hatten uns jetzt vier weitere Tage lang kennengelernt, vielleicht hatten wir bereits unsere Geheimnisse gestreift, auch wenn ich das bezweifelte. Inzwischen kannte ich immerhin diesen bestimmten Ausdruck in seinem Gesicht, der ab und zu aufschien und den ich mir nicht erklären konnte.

Wir verstauten unser Gepäck. Rund um uns waren andere Passagiere mit derselben Aufgabe beschäftigt oder machten es sich bequem. Ich saß bereits und sah abwechselnd durch das Zugabteil oder nach draußen auf den Bahnsteig.

Es war noch recht früh am Morgen. Wir hatten einen der ersten Züge nach Süden gewählt und frühstückten deshalb auch im Zug, auch wenn ich es ein wenig bedauerte, dass wir nicht auch am letzten Tag den schönen Hof des Hotels genossen hatten.

Unwillkürlich hielt ich inne, als sich nun ein junges Liebespaar vor unserem Fenster innig umarmte. Sie legte den Kopf zurück, um ihn anzusehen, er strich ihr über das lange Haar. Er sagte irgendetwas. Sie lachte und reckte sich ein wenig, um ihn zu küssen. Mir fiel auf, dass er runde John-Lennon-Gläser trug und eine John-Lennon-Frisur. Sie trug Hosen mit Schlag. Ich drehte mich wieder zu Liam hin, der die Tüte mit unseren Einkäufen auf den Tisch gestellt hatte und sich jetzt noch einmal seinen Rucksack vornahm. Ich musterte das Gepäckstück, in dem er alle Habseligkeiten für eine Reise untergebracht hatte, von der er gar nicht wissen konnte, wie lange sie dauerte. Wie hatte er seine Auswahl getroffen, und musste er nicht auch irgendwann zurück in seinen Beruf? Was arbeitete er überhaupt?

Während der Zeit auf Inishbofin hatte er diverse Hilfsarbeiten ausgeführt. Das hatte ich mitbekommen. Ich wusste auch, dass er Literatur studiert hatte, aber hatte er eine feste Arbeit? Redete man über so etwas?

Du weißt nichts von ihm.

Ich schaute erneut durch das Fenster nach draußen. Das Liebespaar war verschwunden. Ein Elternpaar hetzte mit zwei Kindern den Bahnsteig entlang. Die Mutter schob einen Kinderwagen aggressiv durch die zunehmend dichtere Menge, während der Vater ein etwas älteres Kind an der Hand hinter sich herzog, das sich dem Ganzen offenbar widersetzte.

Die Türen zum Zugabteil gingen noch einmal auf. Stimmen wurden kurz lauter und entfernten sich dann wieder. Ich blickte zum ersten Mal auf das Buch, das ich aus meiner Tasche gezogen und vor mich hingelegt hatte: ein schmaler Roman von Amélie Nothomb – ihr erster, den ich immer schon hatte lesen wollen. Ich hatte schon einige ihrer Bücher gelesen. *Mit Staunen und Zittern* kam mir in den Kopf und ihre Biografie der ersten fünf Jahre – *Metaphysik der Röhren* –, die mich nachhaltig beeindruckt hatte. Ich berührte das Buch vor mir mit den Fingerspitzen und überlegte. Es hieß *Die Reinheit des Mörders*. Meine Auswahl erstaunte mich ein wenig. Ich schob es von mir weg. Irgendwie bezweifelte ich, dass dieses Buch meine jetzige Stimmung traf. Ich starrte noch einen Moment länger auf das Cover und versuchte, meine Gedanken zu sortieren.

»Wann warst du damals in Bordeaux?«, fragte ich dann, indem ich den Kopf hob. Liam, der aus dem Fenster geschaut hatte, wandte sich mir zu.

»Nach den A-Levels, vor dem Studium. Ich wollte die Welt sehen und mir etwas dazuverdienen. Dieser Cousin aus Paris kannte Neige, und die hatte ein Jobangebot.«

Nach den A-Levels, also nach dem Abitur. Ich sah, dass er lächelte, als ob er sich an etwas Schönes erinnern würde. Der Zug fuhr an. Paris flog an unserem Fenster vorbei.

»Wie bist du auf Weinbau gekommen?«

Liam zuckte mit den Schultern. »Zufall. Wie gesagt, mein Cousin kannte Neige.« Er grinste mich unwillkürlich breit an. »Auf der Insel wissen wir nicht viel vom Weinbau, wie du dir ja vorstellen kannst.«

Ich musste lachen. Liam begann, unser Frühstück auszupacken, und wir verbrachten die nächste halbe Stunde damit, zu essen und über dies und das zu reden. Ich bemerkte, wie ich wieder ruhiger wurde, konnte mir allerdings auch nicht erklären, warum ich überhaupt unruhig gewesen war. Da war etwas, was mich beschäftigte, es war, als läge es dicht unter der Oberfläche, aber ich konnte es nicht greifen.

Nach einer Weile ging ich wieder dazu über, aus dem Fenster zu schauen. Wir hatten Paris und das umliegende Land hinter uns gelassen. Hin und wieder sah ich Landschaft, dann wieder lange nur Lärmschutzmauer oder was auch immer das war. Die Atmosphäre im Zug war angenehm.

Mein Buch hielt ich inzwischen doch in der Hand, las aber immer noch nicht. Stattdessen beobachtete ich unsere Umgebung. Zwei Leute arbeiteten Akten durch, drei schauten Filme auf ihren Laptops. Ich war lange nicht mehr Zug gefahren, merkte aber in diesem Moment wieder, wie sehr ich es liebte. Es war eine besondere Reiseform. Etwas später erwischte ich mich dabei, wie ich Liam aus den Augenwinkeln dabei beobachtete, wie er das Display seines Smartphones betrachtete und dann so etwas wie ein Lächeln über sein Gesicht zog. Hatte ich richtig gesehen, oder irrte ich mich? Ich senkte den Blick unvermittelt auf mein Buch. Er sollte nicht sehen, dass ich ihn beobachtete. Das fühlte sich komisch an.

»Ist es gut?«, fragte er mich.

»Was?«

»Das Buch.«

»Hm, ich weiß nicht. Ich denke schon.« Ich schaute ihn an. »Ich habe noch nicht mit dem Lesen begonnen.«

»Ah.« Er verstaute sein Handy. »Ich muss mir auch noch was besorgen. Ich bin leider so rasch aufgebrochen, dass ich nicht mehr dazu gekommen bin. Vielleicht finde ich ja etwas in Bordeaux. Es gibt da einen tollen Buchladen.«

Ich stellte mir vor, dass er im Weinberg sitzend irgendwelche Klassiker gelesen hatte, aber wahrscheinlich war das albern. Dann legte ich mein Buch erneut auf dem Tisch ab und kramte mein Handy hervor, um ein Bild von ihm zu machen. Er prostete mir mit seinem Kaffeebecher zu. Ich rief Emmas und meine Instagram-Reiseseite auf.

»Auf dem Weg nach Bordeaux« betitelte ich das Foto. Emma schickte ein Herzchen zurück. Ich freute mich. Etwa eine Stunde von Bordeaux entfernt telefonierte Liam noch einmal mit Neige, die uns eine Unterkunft zugesagt hatte. Sie wollte uns sogar am Bahnhof abholen.

Neige war mir auf Anhieb sympathisch. Sie war zierlich, dunkelhaarig und sah wirklich sehr französisch aus. Sie lebte in einer WG im obersten Stock eines Apartments in der Innenstadt, eine sehr begehrte Unterkunft, wie sie betonte, obgleich das Gebäude auf mich etwas klapprig wirkte. Ihr Mitbewohner war gerade auf Elternbesuch in der Normandie, und so konnten wir in seinem Zimmer unterschlüpfen. Es war ziemlich klein. Eigentlich konnte man sich darin nur aufhalten, wenn einer auf dem angenehm großen Bett Platz nahm. Liam ließ seinen Rucksack deshalb vorerst im engen Flur fallen. Ich stellte meinen neben dem Bett ab und auch die Reisetasche und befürchtete einen Moment lang, beides dort nie wieder herauszubekommen. Ein paar Minuten lang lagen wir danach beide nebeneinander auf dem Rücken und schauten nach oben an die Decke, auf die irgendjemand irgendwann wohl mal ein Sternenmuster gezeichnet hatte, das nun langsam verblasste. Ich schloss die Augen und lauschte seinen und meinen Atemzügen. Dann setzte ich mich wieder auf, wobei ich Schwierigkeiten hatte, neben meinem Rucksack noch Platz für meine Beine zu finden. Neige rief uns von draußen einen Abschiedsgruß zu. Der Schlüssel liege auf dem Küchentisch, sie müsse jetzt zu ihrem Semesterferienjob.

Ich schaute Liam an. »Gehen wir raus?«

Liam gähnte. Er wirkte mit einem Mal müde und nachdenklich, aber auch das gefiel mir an ihm. Irgendwie hatte er so etwas von einem romantischen Helden, vielleicht ging aber auch nur mal wieder die Fantasie mit mir durch. Er gähnte noch einmal. »Wohin?«

»In diesen Park hier.« Ich kramte Emmas Album aus dem Rucksack und zeigte Liam die betreffende Seite. Es gab dort mehrere Bilder von Emma vor verschiedenen Bäumen und sogar eines von Paul, der auf einer Brücke stand und sinnend auf einen Bachlauf hinabstarrte. Auf einem weiteren Bild lächelte eine sehr junge Emma von der Brücke hinunter in die Kamera. Neben den Fotos gab es auch ein paar Zeichnungen von exotischen Bäumen, unter die Paul ein schnörkeliges P gemalt hatte. Auf den nächsten Seiten gab es noch mehr Bilder aus der südfranzösischen Stadt: alte Häuser, ein riesiger Brunnen, die Garonne, ein Markt, Menschen im Gespräch auf der Straße, Kirchen, alte Männer beim Pétanque, kleine Mädchen im Sonntagsstaat, das Meer, Weinberge … In Bordeaux hatten Paul und Emma außerdem Austern am Ufer der Garonne gegessen. Ich betrachtete das Bild von Emma mit der Muschel in der Hand genauer und fand, dass sie entschlossen aussah. Liam deutete auf eine der Zeichnungen.

»Dein Großvater hatte wirklich Talent.«

»Hm.« Ich hielt ihn umfangen und spähte über seine Schulter auf Bilder hinunter, die ich doch längst gesehen hatte. Dieses Mal traf es mich heftiger, dass Emma und Paul so wenig Zeit vergönnt gewesen war. Als hätte er die Veränderung an mir bemerkt, drehte Liam sich zu mir hin und gab mir einen Kuss. Ich entspannte mich wieder.

»Gut«, sagte er, »dann lass uns mal los.«

Vielleicht bildete ich mir das ein, aber es kam mir vor, als führen die Fahrer in Bordeaux aggressiver als in Paris. Zebrastreifen blieben generell unbeachtet, und ich war mir bald sicher, noch nie so viele dreibeinige Hunde gesehen zu haben wie in dieser Stadt. Um hier über die Straße zu kommen, musste man todesmutig einfach gehen und vorher sicherstellen, dass einen der Fahrer auch gesehen hatte.

Wir schafften es dennoch, lebendig über die Straße zu gelangen, und der Besuch des Jardin Public lohnte sich definitiv.

Es gab viele Bäume und Pflanzen, die ich noch nie gesehen hatte. Bald waren wir damit beschäftigt, Bilder nachzustellen und sie sofort auf Instagram zu posten. Emma schickte ein grinsendes Smiley zurück. Ich erkundigte mich nach ihrem Bein und erhielt einen hochgereckten Daumen. Mehr wollte sie offenbar nicht sagen. Sie schrieb, dass sie jetzt wieder in ihrem Haus sei.

Irgendwann ließen Liam und ich den mit funkelnden Goldspitzen bewehrten Zaun des Jardin Public hinter uns und spazierten am Cours de Verdun entlang in Richtung Place de Tourny und Innenstadt. In der Fußgängerzone blieben wir vor Schaufenstern stehen. Ich spürte seinen Arm um mich und sah uns verschwommen in der Spiegelung. Wir waren ein Paar. Waren wir ein Paar?

Wir erreichten endlich das Monument aux Girondins, das ich auch aus Emmas Album erkannte, landeten in dem Buchladen, von dem Liam gesprochen hatte – er wählte etwas von Joseph Conrad –, und endlich auch an der Garonne, die eine sehr bräunliche Farbe aufwies. Auf einer gemauerten Begrenzung über dem Fluss machten wir es uns bequem. Er saß hinter mir, und ich genoss die Wärme seiner Umarmung.

Gegen Abend wählten wir ein kleines Restaurant in der Nähe einer Kirche, wo wir uns ein dreigängiges Menü gönnten. Als wir in Neiges Wohnung zurückkehrten, war diese verwaist. Unsere Gastgeberin hatte uns allerdings einen Zettel zurückgelassen: »Feel free« oder so etwas. Liam war nicht überrascht. Neige war auch damals oft unterwegs gewesen.

Er suchte nach Kaffee, während ich mich an den schmalen Küchentisch setzte. Die kleine Küche war vollgestopft mit Kochutensilien und den verschiedensten Geräten, von denen keins zum anderen passte. Liam fand Kaffee und brühte uns einen Espresso auf. Es gab auch noch eine geöffnete Flasche Wein, doch ich schüttelte den Kopf.

»Heute nicht.«

Wenig später lagen wir nebeneinander auf dem Bett, blätterten gemeinsam durch Emmas Album und ließen den Tag Revue passieren. Emma meldete sich und erkundigte sich, ob wir Austern gegessen hätten. Nein, antwortete ich. Beim Schreiben überlief mich ein Schauder.

Aus den Augenwinkeln sah ich Liam breit grinsen.

»Ich finde Austern ganz lecker«, meldete er sich zu Wort. »Vielleicht sollten wir das doch noch nachholen.«

Ich ignorierte ihn, beendete den Chat mit Emma und widmete mich wieder dem Album. Einiges von dem, was auf den Bildern zu erkennen war, hatte ich heute gesehen. Ich betrachtete noch einmal ein Bild von Emma, die mondän an einer Zigarette mit silberner Spitze zog.

Dann blätterte ich eine Seite weiter und hielt überrascht inne. Das war nicht Bordeaux. Das war das Bild eines Weinguts inmitten von tiefgrünen Weinbergen.

Okay, überlegte ich, das war eindeutig nicht mehr Bordeaux. Das war Umland. Ein Papier fand sich auf dieser Seite, zur Hälfte festgeklebt. Ich las eine Wegbeschreibung, dazu ein paar Infos und der Hinweis, dass man uns erwartete. Und war wieder überrascht.

Neige kam nach Hause, bevor wir ins Bett gingen. Wir tranken noch einen Wein zusammen. Ich erzählte ihr von dem Weingut und dass wir uns fragten, wie wir am besten dort hinkommen sollten. Es gab Busse, aber Neige schlug vor, ein Auto zu leihen. In der Nacht träumte ich von einem seltsamen Gerüst, an dem ein wild flatternder Vogel hing. Ein Mann stand daneben und hielt ein Messer bereit, um dem Tier den Kopf abzuschneiden. Schweißgebadet fuhr ich hoch.

17. KAPITEL

Wir entschieden, dass ich die erste Runde übernehmen würde. Liam fuhr selten Auto – es gab nicht viel Gelegenheit auf Inishbofin – und war zudem an Linksverkehr gewöhnt. Zuerst kurvten wir eine Weile durch Bordeaux und dessen Außenbezirke. Einmal verfuhr ich mich, doch gemeinsam fanden wir den Weg zurück. Danach ging es erst eine Weile am Meer entlang, dann entfernten wir uns nach und nach davon und fuhren schließlich in die Hügel hinein. Überall waren jetzt Weinberge. Zweimal bogen wir noch falsch ab, aber schließlich kamen wir doch an.

Die Einfahrt, die auf das Gut zuführte, war breit. Ich vergewisserte mich noch einmal, dass wir auch am richtigen Ort waren, bevor ich zwischen den beiden Torpfosten hindurchlenkte und der Linkskurve folgte. Ein richtiges Tor gab es nicht. Längs der schmalen Straße wuchsen Weinstöcke und üppige Rosen, dazwischen andere Blumen in Blau und Weiß. Bald tauchte ein zweistöckiges Gebäude in hellem Apricot mit ziegelrotem Dach vor uns auf. Das Gut selbst stammte wohl aus dem 19. Jahrhundert, jedenfalls ließ das der Stil vermuten. Als ich den Wagen zum Stehen brachte, öffnete sich auch schon die Haustür. Man erwartete uns offenbar bereits. Ein Mann in Arbeitsklamotten kam aus dem Haus und winkte uns zu.

»Bonjour«, grüßte er fröhlich. »Bonjour, bonjour!«

»Bonjour«, gab ich zurück, während ich noch dabei war, auszusteigen.

»Sie müssen Emmas Enkelin sein!«, sprach der Mann weiter. Er hatte ein wirklich herzliches, willkommen heißendes Lachen, als er nun auf Liam und mich zukam. Dennoch fühlte ich mich für einen Augenblick überfordert. Mein Kopf war wie leer gefegt, mir wollte kein einziges französisches Wort einfallen, und ich war sehr froh, dass Liam an meiner Seite war, der weniger befangen in seinem englisch gefärbten Französisch antwortete. Nur kurz, dann war das Eis gebrochen.

»Ich bin Robert«, stellte sich der Mann vor. »Emma hat Sie beide eben noch angekündigt. Ich habe mit ihr telefoniert.«

»Liv!« Ich streckte ihm die Hand hin, die er amüsiert schüttelte. Sicher war er es gewohnt, *bises* – die französischen Wangenküsschen – zu verteilen, aber er machte keine Anstalten, dies jetzt zu tun.

Ich musterte ihn verstohlen. Robert war noch jung, vielleicht etwas älter als ich, aber meine Großeltern hatte er gewiss nicht kennengelernt. Außerdem hießen die Freunde meiner Großeltern Alice und Joaquin.

»*Mamie* und *papy* werden sich so darüber freuen, Emmas Enkelin zu treffen«, fuhr Robert jetzt fort. »Sie bedauern es bereits sehr, dass sie noch unterwegs sind. Ich habe sie gleich angerufen, nachdem ich mit Emma telefoniert hatte. Sie schauen nämlich gerade bei unserem zweiten Weingut nach dem Rechten, wissen Sie?«

»Ah ja«, entgegnete ich, etwas anderes fiel mir nicht ein. Gewiss wäre ich gerne eloquenter gewesen.

Robert wandte sich an Liam. Die beiden Männer stellten sich einander vor und tauschten sich etwas aus. Ich hörte Liam von seiner Arbeit auf dem Weingut reden. Als Nächstes machte Robert eine kleine Runde mit uns um das Haus herum.

Das Weingut lag in einem großzügigen Garten, der zum Teil zur Erholung einlud, in dem zum Teil aber auch Gemüse angebaut wurde. Da gab es Tomatensträucher, Zucchini, Salat, verschiedenste Kräuter. An einer Stelle fand sich ein Schlauch mit Löchern, eine Art provisorische Bewässerungsanlage, wie uns Robert erklärte. Ein Stück weiter stand eine Reihe Mandelbäume. Darunter lag ein Labradormischling mit einem Glöckchen um den Hals, der uns mit trägem Schwanzwedeln begrüßte. Zugegebenermaßen war es mittlerweile ziemlich warm und ein Platz im Schatten das Beste, was man sich suchen konnte.

Nachdem Robert uns noch ein wenig durch das untere Stockwerk geführt hatte, landeten wir in der Küche, wo ein Mann und eine Frau dabei waren, die Überreste des Mittagessens zu beseitigen. Ein alter, riesiger Holztisch bot Platz für viele Gäste. Der Mann stellte sich als Gustavo vor, die Frau hieß Alina. Sie waren Aushilfen und kamen jeweils von morgens bis mittags. Durch die großzügigen Fenster entdeckte ich hier und da Arbeiter zwischen den langen Reihen von Weinstöcken. Liam blieb eine Weile mit dem Rücken zu uns stehen und beobachtete das Ganze interessiert. Ich stellte mir vor, dass Erinnerungen in ihm hochkamen. Ich hätte sie gerne mit ihm geteilt.

Robert stellte uns etwas zu trinken und ein paar Knabbereien hin. Dann verabschiedete er sich. Er habe noch zu tun, wir könnten uns aber gerne umsehen. Das Haus stehe uns offen.

Ich nahm gerne an. Vor allem weil ich das Bedürfnis hatte, in Bewegung zu bleiben, bevor ich mir zu viele Gedanken machte. Irgendwie war ich mir nicht ganz klar über die Situation. Emma hatte mich gebeten, Joaquin und Alice zu besuchen, während sie Lizzie verschwiegen hatte. Kannten die beiden Franzosen Lizzie? Konnten sie mir etwas über Emmas Freundin erzählen?

Ich drehte mich zu Liam hin. »Gehen wir?«

»Gerne.« Liam nahm sich noch eine Handvoll Pistazien. Ich trank mein Wasserglas leer und verschluckte mich beinahe. Als ich mich umdrehte, sah ich, wie Liam gedankenverloren aus dem Fenster schaute.

»Erinnerungen an deine Zeit in der Gegend?«, fragte ich mit einiger Verzögerung, als wir uns gerade anschickten, eine steile Treppe hinauf ins obere Stockwerk zu gehen.

Er dachte einen Moment nach. »Wahrscheinlich«, sagte er dann.

Auch das Innere des Gebäudes hatte seinen ganz eigenen Charme mit gemusterten Stofftapeten, die an vielen Stellen verblichen waren, alten schweren Möbeln und schwarzen Drehschaltern, ein wahres Museum des späten 19. und frühen 20. Jahrhunderts. Im Hellen wirkte es interessant, durch die Fenster konnte man immer wieder die atemberaubend schöne Landschaft sehen. Im Dunkeln, stellte ich mir allerdings vor, würde dies hier eher an einen Gruselfilm gemahnen, in dem Monster in allen Ecken lauerten. Ich musste an *The Others* mit Nicole Kidman denken. Ich hatte den Film damals mit meinem Freund gemeinsam geguckt, ein Nachmittag, den wir wohlig gruselnd auf dem Sofa verbracht hatten. Er hatte Cola getrunken und Chips gegessen, ich hatte an meinem Kräutertee genippt, über den er sich immer und im Verlaufe unserer Beziehung in immer bösartigerer Weise lustig gemacht hatte. Lange hatte ich nicht verstanden, dass uns unsere Unterschiede nicht zu einem passenden Paar machten, sondern uns vielmehr immer weiter auseinandertrieben. Kurz nach diesem Abend, den ich doch als so perfekt empfunden hatte, hatten wir uns getrennt, und ich hatte mich lange gefragt, wie mich mein Gefühl und meine ganze Wahrnehmung so hatten täuschen können. Vielleicht war ich einfach kein besonders guter Menschenkenner. Und was bedeutete das letztendlich für mich und Liam?

Offenbar war ich in Gedanken stehen geblieben, denn Liam drehte sich zu mir um und schaute mich fragend an. Ich musste mit einem Mal an Situationen in den letzten Tagen denken, an denen er plötzlich abwesend gewirkt hatte und die ich mir irgendwie nicht hatte erklären können. Vielleicht sollte ich nicht darüber nachdenken, aber irgendwie konnte ich nicht mehr so leicht darüber hinwegsehen. Worüber sprachen seine Schwester Áine und er? Ich runzelte nachdenklich die Stirn. Lass es, Liv, lass es …

Robert rief plötzlich von unten zu uns hoch, ob alles in Ordnung sei, er könne uns gar nicht mehr hören? Ich riss mich aus den Gedanken. Wir wechselten einen raschen Blick, dann antwortete Liam: »Klar, alles okay.«

Ich drehte mich von ihm weg und stieg weiter die Treppe hinauf. Oben angekommen, zog mich Liam in seine Arme. Ich schmiegte mich an ihn. Dann schauten wir uns wieder um. Vielleicht hatte sich hier einmal eine Art Salon befunden. Es gab zerschlissene Sofas und Sessel. Der Boden bestand aus feinem, aber relativ abgenutztem Parkett. An den Wänden hingen große, schwere Ölgemälde. Eines zeigte eine Familie: Vater und Mutter und drei Kinder, die um sie herumstanden oder um ihre Füße herumpurzelten. Ich blieb einen Moment länger davor stehen und vertiefte mich in die Darstellung. Das Bild zeigte eindeutig die Umgebung, die ich vom Fenster aus sehen konnte, und ich fand, dass der Maler oder die Malerin durchaus begabt gewesen war. Dann ging es noch eine weitere steilere und schmalere Treppe nach oben. Im oberen Stockwerk, eigentlich nur ein halbes, wenn man es von der Höhe her mit den anderen verglich, waren die Räume und Fenster kleiner, und es war dunkler als unten. Hier gab es auch dunkle, robuste Dielen und kein helles Parkett. Ich vermutete, dass hier einmal die Dienerschaft gelebt hatte.

Ganz sicher hatte es in einem solch großen Haus früher Diener gegeben. Wir schauten eins nach dem anderen durch jede Türöffnung. In einem Zimmer befand sich Gerümpel, in zweien waren Betten, aber es sah nicht so aus, als wäre eines davon in letzter Zeit genutzt worden. Schließlich kletterten wir über eine ebenfalls schmale Treppe wieder nach unten und fanden ein kleineres Wohnzimmer, ein Zimmer mit einem Billardtisch, eine Bibliothek … Die Schlafzimmer, die darauf folgten, waren bewohnt, und wir schauten lediglich kurz rein. Das letzte Zimmer war ein Nähzimmer, in dem eine alte Nähmaschine stand. Auf dem Tisch wartete ein abgeliebtes Kuscheltier.

»Liv?«, riss mich Liams Stimme aus meinen Gedanken. »Robert ruft uns, glaube ich. Es gibt wohl etwas zu essen.«

»Entschuldige, ich war in Gedanken.«

Woran hatte ich eigentlich gedacht? Ich hatte an Paris gedacht und wie wir uns wieder gefunden hatten und dass ich sehr froh war, mit ihm unterwegs zu sein … Und dass mich irgendetwas beunruhigte.

Was ist los, Liv? Es ist alles gut. Woran zweifelst du plötzlich?

Robert empfing uns in der Halle. Er hatte ein Tuch um den Kopf gebunden, das ihn ein wenig aussehen ließ, als hätte er sich als Pirat verkleidet. Sein Gesicht war gerötet, das Hemd trug er bis zu den Ellbogen aufgekrempelt. Er schwitzte. Durch die geöffnete Tür hörten wir Stimmen, die sich über den Hof näherten.

Wir waren nachmittags gekommen. Zum Abendessen kamen die Arbeiter ins Haus, die ich zwischen den Rebstöcken gesehen hatte. Wir folgten Robert in die Küche. Auf dem großen Holztisch standen inzwischen Schälchen mit geschnittenem Gemüse, Dips und eine große Schüssel Salat und Baguettes. Im Herd brutzelte etwas und verbreitete seinen verführerischen Duft, in einem weiteren großen Topf köchelte Suppe. Die Köchin stellte sich als Anne vor, Roberts Frau, die uns herzlich begrüßte. Robert wies uns unsere Plätze zu. Kaum fünf Minuten später war der Raum von französischem Stimmengeschnatter erfüllt, und von zehn Baguettes war nur noch eines teilweise da, denn jeder hatte mittlerweile ein großes Stück vor sich liegen.

Ich aß mit Appetit und fragte mich, wie es Emma und Paul damals wohl hierher verschlagen hatte? Der Ort lag doch eher abseits der gewöhnlichen Touristenrouten. Ich aß etwas von der Suppe und probierte auch etwas Charcuterie. Weingläser füllten sich irgendwie von selbst. Später nahm Robert Annes Platz am Herd ein und vollendete den Nachtisch. Anne erklärte uns, dass er eine Ausbildung zum Koch gemacht habe und davon träume, irgendwann ein eigenes kleines Restaurant zu eröffnen. Vielleicht sogar hier auf dem Hof. Der erste Nachtisch wurde verteilt: Crème brulée mit einer überaus leckeren karamellisierten Kruste. Zum Abschluss gab es Käse. Man sprach noch etwas mehr miteinander, dann war der Hunger gestillt. Entspannung machte sich breit. Gut zwei Stunden waren vergangen, aber es machte nicht den Anschein, als ob das gemeinsame Beisammensein bald ein Ende fände. Diese französischen Essen waren wirklich so lange, wie ich gehört hatte. Nach gut zweieinhalb Stunden verabschiedeten sich schließlich die Ersten, die morgens besonders früh raus wollten. Drei Stunden später halfen Liam und ich Robert und Anne, den Rest des Tisches abzuräumen und das Geschirr in die Profispülmaschine zu füllen.

»Die haben wir uns letztes Jahr endlich gegönnt«, sagte Anne mit einem Lächeln. »Alice, meine Großmutter, war zwar zuerst nicht einverstanden, aber inzwischen beschwert sie sich nicht mehr. Das ging schneller als damals, als wir den alten gusseisernen Herd durch einen modernen ersetzt haben. Dabei steht der alte Herd immer noch in der Außenküche und wird vor allem im Sommer gut genutzt …«

Wir setzten uns wieder. Anne brühte einen Kaffee auf. Wir sprachen im Weiteren über Verschiedenes: die Reise, den Weinanbau, wie uns die Gegend gefiel … Gegen Mitternacht zogen wir uns alle zurück.

Unser Schlafzimmer, das ich tagsüber noch nicht gesehen hatte, war beeindruckend herrschaftlich. An der Decke befand sich Stuck und eine hervorgehobene Stelle, wo früher die Beleuchtung angebracht war. Ich stellte mir etwas wie einen üppigen Kristalllüster vor. Die Tapeten wiesen feine Streifen in helleren Pastellrottönen auf. Das Bett war riesig und ziemlich alt, soweit ich das einschätzen konnte. Ein Profi war ich allerdings nicht. Nach Bordeaux und Paris war es das dritte Zimmer, in dem Liam und ich uns das Bett teilten.

Ich schlüpfte unter die Decke. Ich war bereits geduscht und trug meinen Schlafanzug, während Liam noch mit der uralten Dusche kämpfte, wie ich mitbekam. Unten im Hof hörte ich kurz noch Robert undeutlich mit jemandem reden, dann wurde ein Motor angelassen, und ein Auto fuhr knirschend über den Schotter. Bis Liam das Zimmer betrat, hatte meine Gähnfrequenz deutlich zugenommen. Ich bewegte mich, hob aber nicht den Kopf.

»Bist du noch wach?«, flüsterte er.

»Hm.«

Das Bett hinter mir gab nach, als er sich setzte. Ich spürte seine Hand an meinem Rückgrat. Seine Berührungen sandten einen wohligen Schauder über mich, den ich sofort auch zwischen meinen Beinen spürte. Er wiederholte seine Berührung. Ich drehte mich zu ihm hin, sodass wir Front an Front lagen. Sein Penis bewegte sich. Meine Brustwarzen richteten sich auf. Ich schaltete meine Gedanken aus. Das, was jetzt geschah, sollte nicht in Worte gefasst werden: Wir berührten uns behutsam, streichelten die Haut des anderen. Wir waren wir, wir gehörten zusammen. Ich schmiegte mich enger an ihn, küsste seine Wangen und dann seinen Mund, strich ihm das Haar zurück. Dann spürte ich seine Finger in meinen Haaren, wieder seine Haut auf meiner Haut. Plötzlich war da etwas anderes, der Signalton eines Handys, einmal, zweimal … Liam machte keine Anstalten, darauf zu reagieren. Ich richtete mich halb auf.

»Willst du nicht rangehen?«

Ich konnte spüren, wie er den Kopf schüttelte.

»Ach nein, das ist sicher nur Áine. Wahrscheinlich macht sie gerade den Pub zu. Ich rufe sie morgen an.«

»Okay.« Ich zögerte. Etwas stimmte nicht mehr. Er küsste mich, aber sehr viel keuscher. »Schlaf jetzt gut«, sagte er. »Ich bin doch etwas müde.«

»Du auch.«

Er drehte sich von mir weg. Ich dachte an die Melodie, die das Handy gespielt hatte. Ich war mir sicher, dass ich sie noch nie gehört hatte …

Mitten in der Nacht wachte ich auf und benötigte einen Moment, um mich zu orientieren. Durch einen Spalt im Vorhang fiel silbriges Licht zu uns herein, das in seiner Intensität fast taghell war, aber doch fremd wirkte. Der Vorhangstoff bewegte sich leicht. Dann konnte ich vor dem Fenster mit einem Mal eine dunkle Gestalt ausmachen: Liam. Ich wollte mich aufsetzen und blieb dann doch reglos liegen. Was machte er da mitten in der Nacht? Soweit ich sehen konnte, stand er einfach da und sah nach draußen. Hatte ihn auch das Licht geweckt? Manche Menschen reagierten empfindlich auf das Licht des Vollmonds, und dieser Vollmond war wirklich sehr hell. Als er sich abrupt umdrehte und wieder zum Bett herüberkam, kniff ich rasch die Augen zu und drehte mich zur Seite, als würde ich mich im Schlaf bewegen. Irgendwie wollte ich nicht, dass er bemerkte, dass ich wach war. Irgendwie wollte ich nicht, dass er sich beobachtet fühlte. Die Matratze bewegte sich, es knarrte leise. Er legte sich wieder hin. Ich versuchte wieder einzuschlafen, aber jetzt lag plötzlich ich mit offenen Augen da, während ich seinen ruhigen Atemzügen lauschte. Meine Blicke wanderten suchend durch den Raum. Ich hatte recht gehabt: Was am hellen Tag interessant wirkte, kam einem nachts eher vor wie eine Kulisse aus einem Gruselfilm. Ich dachte an die wenigen Anekdoten, die ich heute zu Emma gehört hatte, und lenkte mich damit ein wenig ab, aber es nützte nichts. Irgendwann stellte ich fest, dass ich auf die Toilette musste, sonst würde ich wohl auch noch den Rest der Nacht wach bleiben. So leise wie möglich stand ich auf. Als ich die Tür fast erreicht hatte, stand Liam plötzlich hinter mir. Mit einem leisen Aufschrei fuhr ich zusammen.

»Ich bin's nur.« Er grinste mich an, als ich ihn vorwurfsvoll anschaute. »Ich dachte, du hättest vielleicht gerne Begleitung.«

»Ich bin eine erwachsene Frau, ich werde …«

»Hast du das eben gehört?«, unterbrach Liam mich, legte den Finger an die Lippen und schaute sich mit aufgerissenen Augen um. Für einen Moment erstarrte ich, dann bemerkte ich sein neuerliches Grinsen.

»Blödmann.« Ich boxte gegen seinen Oberarm. Er reagierte nicht.

»Also soll ich dich begleiten?«, fragte er lediglich.

Ich nickte. Er ging voraus, ich hielt mich hinter ihm. Sollte ich ihn doch fragen, was er da am Fenster gemacht hatte?

Emma

Die Physiotherapie hatte begonnen und strukturierte einen Teil des Tages, während Emma andere Stunden darauf verwandte, auf Instagram Livs Reise zu verfolgen. Liv gab sich Mühe damit, die Bilder nachzustellen, und Emma war zumeist sehr zufrieden mit dem Ergebnis.

Inzwischen hielten Liv und Liam sich für einige Tage auf dem Weingut bei Bordeaux auf, als Gäste von Alice und Joaquin. Die Erinnerungen kamen nun stärker zurück, als Emma es erwartet hatte. Seit Paris war Liv jetzt also wieder mit Liam zusammen. Es hatte nur weniger Gespräche bedurft, und der junge Mann war bereit gewesen, ihrer Enkelin zu folgen. Emma fand, dass dieser Liam eine angenehme Stimme hatte. Sie glaubte nicht, dass es alleine an ihrer Überzeugungskraft gelegen hatte. Liam liebte Liv. Sie konnte deshalb auch nicht sagen, was ihn dazu gebracht hatte, Liv an der Fähre zu versetzen, aber sie war sicher, dass die beiden das noch würden klären können. Es war gut, über die Dinge zu reden, das hatte sie im Laufe ihres Lebens gelernt, auch wenn sie diesen Rat selbst nicht immer beherzigt hatte. Da war die Sache mit Lizzie, das Bild im Album, das sie verraten und Livs Neugier geweckt hatte. Sie spürte, dass Liv ihr inzwischen Fragen stellen wollte, und sie wusste nicht recht, wie sie damit umgehen sollte. Es gab Dinge, die sie einfach vergessen wollte, aber vielleicht konnte man sich nicht an das Schöne erinnern und das Schreckliche einfach außen vor lassen. Vielleicht war beides ja nur eine Seite einer Medaille. Vielleicht musste man also das eine akzeptieren, um das andere zu haben.

18. KAPITEL

»Emma und Paul waren ein wunderbares Paar, so verbunden miteinander, aber da war manchmal auch eine Traurigkeit zwischen ihnen, auch wenn sie nach Kräften versuchten, diese zu verbergen. Es war einfach nicht zu übersehen«, erzählte Joaquin, und Alice nickte bekräftigend.

»Ich glaube, ich habe wirklich niemals vorher und niemals danach ein Paar gesehen, das mich mehr beeindruckte«, fügte Alice nachdenklich hinzu. »Sie waren einfach füreinander gemacht, das konnte man sehen. Paul war etwas älter. Ich glaube, er hat deiner Großmutter sogar mal Nachhilfe gegeben, als die beiden noch in der Schule waren …«

Alice schmunzelte in der Erinnerung. Am frühen Nachmittag unseres zweiten Tages waren Annes Großeltern zu uns gestoßen. Wir hatten uns Zeit gegeben, einander kennenzulernen und uns näherzukommen.

Zuerst erzählten sie von dem zweiten Weingut. Danach äußerten wir unsere Bewunderung für Haus und Garten, um dann eine Kleinigkeit zusammen zu essen. Robert hatte eine Zitronentarte gebacken. Zum Abschluss gab es einen leichten Wein.

Inzwischen drehte sich das Gespräch um Emma und Paul und wie Joaquin und Alice und sie einander kennengelernt hatten.

»Wir trafen uns zufällig auf einem der Märkte in einem der Nachbarorte. Joaquin und ich hatten damals just dieses Weingut hier gekauft und planten, in den Weinbau einzusteigen, von dem wir beide keine Ahnung hatten. Paul und Emma schlossen sich uns spontan an und halfen sogar für ein paar Tage mit.« Alice überlegte kurz, bevor sie weitersprach. Wir erfuhren noch dies und das über Paul und Emma und auch über Joaquin, der einst mit seiner Familie vor der portugiesischen Diktatur nach Frankreich geflohen war.

»Deshalb habe ich diesen portugiesischen Namen und diese große Traurigkeit in mir«, sagte er mit dem sanften Lächeln, das mir inzwischen schon sehr vertraut war.

»Das könnt ihr ihm glauben, er kann melancholisch«, pflichtete Alice ihm mit einem Schmunzeln bei. »Das muss der Portugiese in ihm sein. Den Fado liebt er ja auch.«

Ich beobachtete, wie Joaquin seine Alice in den Arm nahm und sie sanft auf beide Wangen küsste. Die beiden waren fast siebzig Jahre zusammen und wirkten irgendwie immer noch verliebt. Es war schön zu sehen, dass das möglich war. Liam griff nach meiner Hand, und ich ließ es zu, obwohl ich jetzt schon wieder über diese eine nächtliche Beobachtung grübelte. War da doch etwas, was ich nicht erkannte, etwas, um das ich mir Sorgen machen musste?

Ich ließ Liams Hand los. Kam es mir nur so vor, oder warf er mir einen fragenden Blick zu? Kurz entschlossen griff ich nach der Weinflasche, um mir einen kleinen Schluck nachzufüllen, als wäre das meine eigentliche Absicht gewesen. Dann dachte ich daran, dass ich ihn in der vergangenen Nacht am Fenster beobachtet hatte, und es war so, als würde diese eine Beobachtung das Gefühl zurückbringen, das ich alleine auf der Fähre gehabt hatte, an dem Tag, an dem er nicht gekommen war.

Auch an diesem Tag mussten Joaquin, Anne, Alice und Robert noch etwas arbeiten. Ein Weingut führte sich nicht nebenher. Liam und ich beschlossen also, uns noch einmal auf dem Gelände umzusehen. Wir liefen ein gutes Stück durch hügeliges

Gelände. Es tat gut, sich zu bewegen. Irgendwann schlug er vor, sich etwas bei den Arbeitern umzuschauen. Ich war überrascht, mich sagen zu hören, dass ich noch ein bisschen weiterlaufen wollte.

»Okay, dann sehen wir uns später auf unserer Bank, ja?«

Er meinte die Bank, die am Haus unterhalb unseres Fensters stand. Ich nickte, sah ihm hinterher, bis er zwischen Weinstöcken verschwunden war, und wartete noch ein bisschen, bevor ich Emmas Nummer wählte. Es klingelte zehnmal, bevor sie leicht keuchend abnahm.

»Hast du etwa dein Handy rumliegen lassen?«, neckte ich sie. »Und warum keuchst du so, du bist doch nicht etwa auf den Beinen?«

»Liv?« Emma klang überrascht. »Wird ja auch Zeit. Hast du seit gestern neue Bilder eingestellt? Ich habe es heute noch gar nicht an den Computer geschafft, zu viel zu tun. Die lassen mich immer noch nicht mit der Physio in Ruhe, aber man will ja wieder mobil werden, nicht wahr? Und ja, heute habe ich ein paar Schritte getan, und dagegen kannst du gar nichts tun, nicht von da, wo du jetzt bist …«

»Solltest du dich nicht schonen, Omi?«

»Ach, papperlapapp …«

Ich erkundigte mich noch einmal eingehender nach ihrem Genesungsprozess. Sie reagierte ungeduldig darauf. So kannte ich meine Großmutter. Geduld war nicht ihre Stärke.

»Wann schickst du neue Bilder?«

»Heute noch.«

»Gut. Weißt du, es tut wirklich gut, wenigstens auf diese Weise dabei zu sein.« Emma machte eine längere Pause. »Und, wie gefällt es euch auf dem Weingut? Ich hoffe, Joaquin und Alice erzählen nur Gutes über uns?«

Ich blieb stehen und schaute eine lange Reihe von Weinstöcken entlang. »Sie haben erzählt, wie ihr euch kennengelernt habt und dass Alice dir das Ratatouillekochen beigebracht hat.«

Emma lachte. »Ja, damals war ich nicht sehr gut in der Küche. Und sonst? Erzähl doch mal?«

»Es ist schön hier. Das Weingut hat unglaublich viel Charme. Ich bezweifle übrigens, dass sich groß etwas geändert hat seit eurem Aufenthalt damals. Das Haus wirkt teilweise echt wie ein Museum. Es ist durchaus etwas Besonderes …« Ich hörte meiner eigenen Stimme zu, wie sie immer leiser wurde. Dann war es für einen Moment ganz still. Emma wartete.

»Gibt es noch etwas anderes, was du mit mir besprechen wolltest?«

Ich war verblüfft. Bis zu diesem Zeitpunkt hatte ich doch irgendwie geglaubt, dass ich sie einfach so angerufen hatte, weil wir eben in regelmäßigen Abständen telefonierten, weil ich ihr von meiner Reise erzählte und sie mir von ihrer, weil wir uns gegenseitig ergänzten, aber … Sie hatte es ausgesprochen, und mir wurde klar, dass sie recht hatte. Ich hatte sie nicht nur einiger Bilder wegen angerufen. Ich rief sie wegen der Fragezeichen in meinem Kopf an und der widersprüchlichen Gefühle wegen, die mich zunehmend verwirrten.

»Es ist … Es ist wegen Liam«, hörte ich mich sagen. »Du hast ihm gesagt, wo ich zu finden bin, oder?«

»Das habe ich, aber er hat sich selbst entschieden zu kommen. Du bedeutest ihm etwas, Liv. Er ist dir durch Europa hinterhergereist. Von Inishbofin mit dem Bus nach Dublin, von dort nach London, von London nach …«

»Ich weiß«, unterbrach ich sie. »Weißt du«, fuhr ich dann fort, »manchmal wirkt er so glücklich und mir zugewandt, manchmal …« Ich suchte nach Worten. »Manchmal wirkt er irgendwie abwesend, und ich habe den Eindruck, dass da etwas ist, was er nicht mit mir teilen will.« Übertrieb ich jetzt? Konnte ich das sagen, nur weil ich ihn ein paarmal in Gedanken verloren erlebt hatte? Weil er nachts aus dem Fenster schaute? Aber da fuhr ich schon fort: »Ich habe ihn nachts am Fenster gesehen. Er stand einfach da und schaute hinaus.«

Emma räusperte sich. »Hast du ihn gefragt, was er da macht?«, fragte sie dann in einem bedächtigen Ton, der mir an ihr ungewohnt war.

»Nein.« Ich zögerte. »Ich wusste einfach nicht, wie.«

»Ich denke, du solltest ihn fragen. Am besten gleich. Es macht keinen Sinn, sich unnötig Gedanken zu machen.«

»Er ist nicht da.«

»Also bist du auch nicht ehrlich. Du redest hier. Mit mir. Über ihn.«

Ihr Satz ließ mich zusammenzucken. »Ich wollte spazieren gehen«, verteidigte ich mich. »Er hat mich schon einmal sitzen lassen. Natürlich mache ich mir Gedanken.«

»Und was wäre deine Lösung, außer reden?«

Ich atmete tief durch und überlegte. Da war eindeutig etwas, das ihn beschäftigte und das er nicht mit mir teilte.

»Grüble nicht zu sehr, Liv«, unterbrach Emma meine Gedanken. »Sieh lieber die schönen Seiten. Diese Reise, alles, was du erlebst, kann dir keiner nehmen.«

Ich seufzte. Wir sprachen noch etwas weiter, dann verabschiedeten wir uns voneinander, und ich legte auf. Ich wusste immer noch nicht, was ich tun oder denken sollte. Die Tage in Paris waren mir so unbeschwert erschienen, auch in Bordeaux war alles gut gewesen, aber jetzt hatte sich etwas geändert … Ich gab mir endlich einen Ruck und lief langsam wieder zum Gut zurück. Ich war tatsächlich spazieren gewesen, was das anging, log ich nicht.

Es ging leicht bergab, bald konnte ich das Dach des Hauptgebäudes sehen. Weiter da hinten, dachte ich, musste das Meer liegen.

Als ich wieder auf die anderen traf, saßen Liam, Alice und Joaquin zusammen und tranken Clairet.

»Alles gut?«, erkundigte sich Liam. Ich konnte kein Arg in seinem Blick erkennen. Er spionierte mir nicht nach. »War der Spaziergang erholsam?«

»Ja. Mir fehlte einfach noch ein wenig Bewegung.«

Liam lächelte. Da war etwas Vertrautes in seinen Augen, etwas, das Wohlbefinden auslöste, ein Gefühl, von dem ich mich irgendwie abhängig fühlte und das ich nicht mehr missen wollte.

Ich setzte mich und schaute mir das Gebäude nochmals genauer an, das helle Apricot, das mancherorts abblätterte, die ebenfalls hellen Fensterrahmen, die Fensterkreuze und das Glas darin, welches hier und da kleine Unebenheiten aufwies. Wir hatten bereits eine Nacht hier verbracht und einen ganzen Tag. Nachts war es unheimlich gewesen, aber an Liams Seite fühlte ich mich doch sicher. Andererseits …

Verdammt, ich konnte einfach nicht vergessen, dass ich ihn am Fenster gesehen hatte. Ich versuchte, mich darauf zu besinnen, was Joaquin und Alice mir über Paul und Emma erzählt hatten. Dann lehnte ich meinen Kopf gegen Liams Schulter und spürte seinem leisen Atmen nach. Die Weinberge rings um uns erinnerten mich an ein tiefgrünes Meer. Während der Abend fortschritt, wurde das Sonnenlicht immer goldener. Die Stimmung war friedlich, und ich musste doch daran denken, dass ich Liam am Fenster gesehen hatte. Was hatte ihn wach gehalten? Worüber hatte er nachgedacht, und warum beschäftigte mich das eigentlich so? Konnte es nicht sein, dass man nachts einfach mal aufwachte?

Was weiß ich eigentlich über Liam? In unseren ersten gemeinsamen Tagen in Paris war ich mir sicher gewesen, ihn jetzt zu kennen. Nun aber kam es mir wieder so vor, als könnte er alle meine Annahmen über ihn von einem Moment auf den anderen wie bloße Spinnweben zerreißen …

Robert entschuldigte sich kurz und kam dann mit einem Bild zurück. Annes Großeltern und Emma und Paul waren darauf zu sehen. Alle saßen sie vor dem Haus, an derselben Seite, an der wir saßen, und lächelten strahlend in die Kamera. Emma stand an Pauls Seite und hatte ihm eine Hand auf die Schulter gelegt. Paul saß halb vor ihr auf einem Stuhl, gegen den Tisch gelehnt. Er lächelte nicht. Ich sah noch einmal genauer hin. Tatsächlich fiel es erst auf den zweiten Blick auf, weil die anderen so glücklich aussahen und ihn geradezu überstrahlten.

Ich runzelte die Augenbrauen und betrachtete ihn noch genauer. Vielleicht hatte er auch nur in diesem Moment nicht gelächelt, und es war einfach Pech, überlegte ich, aber eigentlich hatte ich den Eindruck, dass das nicht so war. Da war eine Last auf seinen Schultern, die mich schlucken ließ.

»Papy hat sich gestern spät auch noch daran erinnert, dass Emma einmal gekocht hat«, sagte Robert unvermittelt.

Ich hob den Kopf. »Gekocht? War es gut?« Ich wusste, dass Emma erst spät mit dem Kochen angefangen hatte. Mein Vater hatte sich stets über ihre Kochkünste beschwert.

»Na ja, offenbar war es zumindest unvergesslich, oder?« Robert zuckte mit den Schultern. Liam nahm sich eine Handvoll Pistazien und begann sie nacheinander zu knacken. »Ich glaube nicht«, fügte Robert dann mit einem leisen Grinsen hinzu, »aber Alice brachte ihr wie letztens schon gesagt in den paar Tagen immerhin bei, ein richtig gutes Ratatouille zu machen.«

»O ja, ihr Ratatouille ist furchtbar lecker«, pflichtete ich ihm bei.

Später bot Liam den Franzosen an, zum Abschied ein Irish Stew zu kochen. Es wurden ein paar Scherze über die irische Küche gemacht, aber letztendlich waren alle neugierig. Wir brachen also noch einmal auf, um Kartoffeln und Mohrrüben zu besorgen und Lammfleisch mit Knochen, die wir auskochen konnten. Es machte Spaß, gemeinsam einzukaufen. Anne hatte uns Tipps gegeben, und wir waren eine Weile unterwegs. Auf dem Rückweg lenkte Liam den Wagen an einem besonders schönen Aussichtspunkt an die Seite und stoppte. Ich schaute ihn fragend an. Er streichelte mir zart über die Wange. Unwillkürlich rückten wir aufeinander zu und küssten uns. Ich hatte einen Moment lang überlegt, ob ich ihm jetzt meine Fragen stellen sollte, dann entschied ich mich dagegen. Es war gut, ihn zu spüren. Ich wollte nichts fragen. Nicht jetzt.

Wir blieben vielleicht zwanzig Minuten an dem Aussichtspunkt stehen, bevor sich hinter uns noch andere näherten, dann startete Liam den Wagen wieder. Auf dem Weingut angekommen, zogen wir uns sofort in die Küche zurück. Er setzte die Knochen auf, um eine Brühe zu kochen. Gemeinsam schälten wir Kartoffeln und schnitten Möhren. Vom Meer her kam an diesem Tag eine kräftige Brise und trieb die Wolken weiter ins Landesinnere, wo sie sich irgendwo an einem Berg fangen würden. Es war bedeckt, andererseits verschaffte der Wind auch etwas ersehnte Abkühlung nach den letzten sehr stickigen Tagen. Ich beobachtete Liam, der konzentriert im Kochtopf rührte. Er machte das offenbar gerne, und ich musste zugeben, dass es bald sehr gut roch und mir das Wasser im Mund zusammenlief.

Noch später am Abend tranken wir wieder Wein. Ich lernte die verschiedenen Ausprägungen der unterschiedlichen Weine inzwischen immer besser kennen. Paul und Emma waren damals ganze vier Tage hiergeblieben. Mein Großvater hatte meine Großmutter bei der Arbeit im Weinberg fotografiert und dabei, wie sie genüsslich Trauben aß.

An diesem ganzen Abend wirkte Liam sehr entspannt, und dennoch ließ ich ihn nicht aus den Augen. Wir gingen sehr spät ins Bett, nachdem uns Robert noch mit selbst gemachter Île flottante verwöhnt hatte. In dieser Nacht stand Liam nicht auf, jedenfalls bekam ich nichts davon mit. Morgens war er dennoch als Erster wach und brachte mir eine große Tasse Milchkaffee ans Bett. Zum letzten Mal aßen wir Honigbaguette auf der Terrasse hinter dem Haus, und ich wusste bereits jetzt, dass ich diesen Ort sehr vermissen würde. Ich hoffte sehr darauf, einmal hierher zurückzukommen.

Während diesmal Liam den Weg zurück nach Bordeaux fuhr, schaute ich viel aus dem Fenster. Er hatte sich inzwischen an den Rechtsverkehr gewöhnt, wie er mir bestätigte. Ich grübelte wieder einmal darüber nach, ob ich ihn doch fragen sollte, was er nachts am Fenster wollte. Wir machten noch einen Abstecher zur Dune du Pilat und gerieten abends bei Neige in eine kleine Party, was weitere Gespräche unmöglich machte. Vielleicht war das aber auch gut so, vielleicht machte ich mir wirklich zu viele Gedanken.

Mach dich locker, Liv. Nun ja, im Lockerlassen war ich nie gut gewesen.

Dies war unsere letzte Nacht in Bordeaux, zerrissen von Musik, Gesang und Gesprächen in Küche, Flur und Nachbarzimmer. Von der südwestlichen Metropole aus brachen wir früh am nächsten Morgen zu einer weiteren Mietwagenfahrt quer durch den Süden Frankreichs auf. Es war sicher eine der längsten Strecken auf Emmas und Pauls Reise. Die beiden hatten sie damals in Etappen zurückgelegt, die sie über Montauban, Toulouse und Carcassonne führten und danach ein Stück näher an der Küste entlang, bevor sie wieder einen Schlenker ins Landesinnere vollführten. Unsere Mittagspause machten wir in Carcassonne, weil ich den Bildern, die ich von dem Ort kannte, einfach nicht widerstehen konnte, auch wenn es, wie zu erwarten gewesen, touristisch vollkommen überlaufen war. Auf dem Weg dorthin, in Toulouse, reichte es für einen ersten kleinen Kaffee. Die Stadt gefiel mir, und ich plante, noch einmal zurückzukommen. Offenbar hatte mich die Reise, die ich eigentlich gar nicht hatte antreten wollen, doch ein wenig auf den Geschmack gebracht.

Am späten Nachmittag kamen wir in Aix-en-Provence an, wo wir uns dieses Mal für längere Zeit in ein Café setzten, *un petit noir*, einen kleinen Kaffee, und etwas Süßes bestellten und einige Zeit damit zubrachten, die Leute zu beobachten, die vorüberflanierten. Ich bewunderte den leichten Chic der Damen, aber auch burschikose Großmütter, die deutlich mit beiden Beinen auf dem Boden standen. Hin und wieder blieb jemand in relativer Nähe stehen, und Gesprächsfetzen flogen zu uns herüber. Irgendwann wurden größere Einkäufe vorbeigetragen, Baguettes unter Arme geklemmt.

Schließlich machten wir uns auf die Suche nach unserem Hotel. Wir brauchten eine Weile, bis wir es gefunden hatten, denn es befand sich in einer schmalen Gasse. Das Zimmer war sauber, aber ziemlich eng. Ich fand heraus, dass Emma und Paul damals genau auf der anderen Seite des Flurs übernachtet hatten. Unser Fenster wies in eine schmale Gasse hinaus. Auf der anderen Seite, stellten wir später fest, gab es einen großzügigen Garten. Liam schaffte es irgendwie, unser eher kleines Mietauto in dem gefühlt noch kleineren Hof auf den Parkplatz zu bugsieren. Mir klopfte das Herz bis zum Hals, während ich ihm zusah.

Abends führte ich Liam in ein Bistro aus, von dem ich in Emmas Unterlagen gelesen hatte und das es zu meiner Überraschung immer noch gab. Vielleicht blätterte sein Charme etwas, aber es war ein gemütlicher Ort, und das Essen roch mehr als verführerisch. Wir tranken wieder einmal Wein, vielleicht sogar etwas zu viel davon, und freuten uns nach einem guten Essen und bei warmem Wetter auf den Rückweg. Wie so oft gingen wir Arm in Arm. Ich genoss es, seine Haut zu spüren. Ich genoss es, dass wir einen gemeinsamen Rhythmus fanden. Die Luft war schwanger von Hitze, Kräutern, Essen und Blumenduft, der über Mauern aus Gärten zu uns schwebte. Die seidige Abendbrise erinnerte an ein Streicheln. Im Garten unseres Hotels tranken wir kurz entschlossen noch einen Digestif.

»In Aix war ich noch nicht«, sagte Liam unvermittelt.

Ich hielt inne und nippte dann an meinem Getränk. »Das wundert mich jetzt. Ich hatte das Gefühl, bislang warst du einfach überall.«

Er grinste. »Aber ich wollte immer mal hier hin, das schon.«

»Wirklich?«

»Klar, wegen Cézanne. Das berühmte Bild vom Sainte-Victoire, weißt du …?«

Ich dachte an den Berg, den ich tagsüber gesehen hatte. »Ich wusste nicht, dass du dich für Kunst interessierst?«

Weil ich überhaupt nicht viel über dich weiß.

»Doch, klar.« Er nahm sein Glas zur Hand und trank ebenfalls. »Ich habe doch Literatur studiert. Ich bin so einer. Mancher auf der Insel hält mich wahrscheinlich für einen ausgemachten Freak.«

Er zwinkerte mir zu, aber dann hatte ich mit einem Mal das Gefühl, dass da etwas Beobachtendes in seinen Augen war, etwas Unsicheres, nicht ganz Entschlossenes, etwas, das sich nicht fassen ließ.

In dieser Nacht schliefen wir Arm in Arm ein und wachten so auch am nächsten Morgen zu hellem Licht auf, das durch den

Spalt zwischen nur nachlässig zugezogenen Vorhängen fiel. Ich drehte den Kopf etwas zur Seite, um Liams Gesicht neben mir auf dem Kopfkissen zu betrachten. Er wirkte entspannt. Ich mochte das. Ein Sonnenstrahl fiel auf sein Haar und ließ es glänzen. Es war warm, und er hatte etwas geschwitzt. Eine feuchte Haarsträhne zeichnete die mir zugewandte Wange nach. Sein Atem ging leise. Lauter Dinge, die mir in diesem Moment auffielen … Dann öffnete er unvermittelt die Augen.

»Beobachtest du mich?«

»Nein«, log ich.

Nach Aix-en-Provence führte uns der Weg noch weiter ins Landesinnere nach Lacoste, eines der schönsten *villages perchés* des Luberon, wie man die Dörfer nannte, die wie an den Berghang geklammert wirkten, und damit auch zum alten Schloss des Marquis de Sade. Wir parkten in mittlerer Entfernung und näherten uns dem Schloss so gut es ging über halb zugewachsene Pfade. Der Ausblick war von vielen Stellen aus atemberaubend, denn er reichte über das Tal des Calavon mit seinen Weinfeldern und Kirschbaumplantagen, über den Bergzug der Alpilles, die Silhouette des Mont Ventoux und die Konturen des kleinen Ortes Bonnieux. Der Anblick der Kirschblüte musste einfach beeindruckend sein. Ich berichtete Liam, was es über den Marquis zu erzählen gab, und neckte ihn, indem ich behauptete, er sei rot angelaufen. Er lachte nur, nahm mich dann entschlossen in den Arm und zog mich an sich. »Wie war das noch bei *Fifty Shades of Grey*?«

»Untersteh dich.«

Ich schmiegte mich dennoch an ihn und genoss seine Nähe in vollen Zügen. Dann ging es weiter nach Montpellier.

Der gestrige Tag hatte bereits gezeigt, dass meine Großeltern ihre Reise wohl eher nicht in jedem Detail geplant hatten, denn der Weg führte uns mal östlich, mal westlich, mal vom Meer weg und mal darauf zu. Paul und Emma hatten allerdings häufiger übernachtet. Ich entschied mich aus mehreren Gründen dagegen, hauptsächlich deshalb, weil meine Ferien nun mal endlich waren. Wir kamen abends in Montpellier an, wo wir recht untypisch Pfannkuchen aßen. Liam überraschte mich, indem er etwas später ein Lied von Georges Brassens anstimmte: »Auprès de mon arbre je vivais heureux …«

»Unter meinem Baume / lebte ich im Glück«, setzte ich unter ein Foto eines besonders knorrigen Baumes. Emma meldete sich wieder etwas später, weil sie zu viel Theater mit der verdammten Reha gehabt hatte.

Paul mochte dieses Lied, kommentierte sie. Wir riefen kurz entschlossen an, und Liam sang es ihr vor. Seine schöne Stimme jagte mir Schauder über den Rücken.

In der Nacht sah ich ihn wieder am Fenster stehen. Dieses Mal richtete ich mich auf.

»Was machst du da?«, fragte ich so unbefangen wie möglich.

Meine Stimme ließ ihn herumfahren. Er zögerte einen Augenblick. »Ich weiß nicht«, sagte er dann. Es kam mir vor, als versuchte er zu lächeln, aber es war nicht besonders hell, und vielleicht irrte ich mich auch. »Irgendwie konnte ich nicht schlafen.« Er machte eine kleine Pause. »Es war ein sehr schöner Tag, oder?«

Wechselte er das Thema? »Ja«, antwortete ich langsam und hörte das Misstrauen in meiner Stimme. Hörte er es auch?

19. KAPITEL

Unser Hotel in Montpellier befand sich in einem modernen mehrstöckigen Gebäude. Von unserem Fenster aus konnte man direkt hinüber zu einem ebenfalls sehr modernen Einkaufszentrum sehen. Eine Lichtinstallation inmitten des Gebäudes machte den Eindruck eines riesigen farbigen, leuchtenden Wasserfalls.

Am zweiten Abend schlug Liam vor, dass wir uns dort im Supermarkt etwas zum Abendessen holen sollten, um mal wieder auf dem Zimmer zu picknicken, wie wir es schon in Paris getan hatten. Wenig später durchstöberten wir den Supermarkt im Untergeschoss des Zentrums und fanden besonderen Gefallen an Dingen, die uns in anderen Geschäften noch nicht begegnet waren: Salzzitronen, Wein aus der Region, diverse karibische Würzsoßen. Weitere eineinhalb Stunden später trieb uns eine Soße namens Zyklone die Tränen in die Augen.

Nach dem Abendessen ging ich ins Bad, um mich bettfertig zu machen. Es war ein langer Tag gewesen. Liam hatte sich bereits ausgezogen und war unter die Bettdecke geschlüpft, als ich das Zimmer wieder betrat. Für einen Moment fühlte ich mich seltsam befangen. Es war nicht unser erstes Mal, aber die Dinge veränderten sich, ohne dass ich diese Veränderungen richtig erfasste. Ich setzte mich neben ihn. Wir küssten uns. Ich schmeckte seine Haut. Dann stemmte er sich hoch und küsste meinen Nacken, berührte ihn zart in kleinen Abständen, als wollte er jeden Quadratzentimeter erforschen. Einen Augenblick später zog ich die Decke beiseite und setzte mich auf ihn. Unsere Hüften näherten sich einander an. Er drang in mich ein, und ich spürte ihn in diesem Moment in mir, wie ich ihn noch nie zuvor gespürt hatte.

Wir schliefen beide am folgenden Morgen länger als gewöhnlich, und irgendwie fühlte ich mich gut, als ich aufwachte und Liam mich anlächelte. Er war wohl etwas vor mir aufgewacht, denn er kam gerade aus der Dusche, das eher schmale weiße Hotelhandtuch um seine Hüften geschlungen.

»Das ist aber nicht nötig«, sagte ich und deutete grinsend auf das Handtuch. »Ich kenne doch inzwischen alles.« Er lachte, hielt das Handtuch aber noch mit einer Hand fest und fuhr sich mit den gespreizten Fingern der anderen Hand durch seine nassen Haare. Ob er das Handtuch im nächsten Moment fallen gelassen hatte? Ich konnte es nicht sagen, aber einen Augenblick später schmiegten wir uns schon wieder unter der dünnen Decke aneinander und entfachten das Feuer erneut, das seit gestern gar nicht richtig erloschen war.

Natürlich kamen wir zu spät zum Frühstück, aber das war es wert. Als wir einen Blick in den Frühstückssaal warfen, war jedenfalls schon das Putzpersonal zugange. Staubsauger dröhnten. Tischtücher wurden eingesammelt. Arm in Arm traten wir aus der Tür des Hotels. Ich fühlte mich ein bisschen teeniehaft, als würde ich nicht das tun, was man von mir erwartete, sondern meinen eigenen Weg suchen. Statt des Hotelfrühstücks wählten wir ein Café. Ich hatte wie immer Emmas Album dabei. Mir kam in den Sinn, dass sich unsere Reise dem Ende zuneigte, und ich wollte mir nun jede Etappe noch einmal in Ruhe ansehen. Im Café musste ich mir dazu auf dem Tisch etwas Platz schaffen, denn alles war eng mit Zuckerdose und einer Kunstpflanze zugestellt. Danach spazierten wir wieder einmal Arm in Arm eng umschlungen durch die schmalen Gassen der alten Stadt. An einer Stelle war ein Touristenauto in einer fast rechtwinkligen Kurve stecken geblieben, was recht amüsant aussah.

Ich machte viele Fotos, die ich schon im nächsten Restaurant online stellte. Auch heute gab es Crêpes, danach setzten wir unser Sightseeing fort. Als ich vor einem Schaufenster stehen blieb, um ein Kleid zu bewundern, schleppte mich Liam kurzerhand hinein. Ich wehrte mich nur halbherzig. Vielleicht hatte ich doch etwas nachzuholen, das mir als Jugendliche entgangen war. Manchmal vermutete ich das fast. Ich wollte jedenfalls gerne sehen, wie das Kleid an mir wirkte. Als ich aus der Kabine kam und Liams Blick bemerkte, kam ich mir vor wie eine Prinzessin. Dann schaute ich auf das Preisschild und wollte ablehnen. Er schüttelte den Kopf.

»Wir kaufen es«, sagte er entschlossen, und ich verdrängte den Gedanken daran, wo ich so etwas denn überhaupt tragen sollte? Ich war niemand, der auf Abendveranstaltungen ging oder sich irgendwie aufbrezelte. Hin und wieder, blitzartig, dachte ich auch an diesem Tag an sein nächtliches Aufstehen.

Wir reisten ein weiteres Stück durch die Provence, dieses Mal wieder in Richtung Meer. Die Landschaft war voller Postkartenmotive. An einem Tag fuhr nachmittags für eine Weile ein wahnsinnig dicker Mann auf einem winzigen Mofa vor uns her, das unter ihm fast zu verschwinden schien. Liam musste plötzlich so sehr lachen, dass er Schluckauf bekam, und ich konnte gar nicht anders, als mich ihm anzuschließen. Er hatte ein wirklich mitreißendes Lachen, und wenn er lachte, dann wirkte er glücklich. Dennoch erwischte ich ihn in diesen Tagen immer wieder dabei, wie er mit nachdenklichem Blick in die Gegend starrte. Einmal ging er weg, um in Ruhe zu telefonieren. Als er zurückkam, sagte er: »Áine fragt, was wir so machen.«

Ich musterte ihn. Áine, schoss es mir durch den Kopf, wirklich? Würde sie dann nicht vielleicht einmal auch mit mir sprechen wollen? Da wuchs etwas zwischen uns und begann, unsere Liebe zu bedrohen.

20. KAPITEL

Nizza war eines unserer letzten Ziele vor Marseille. Wir wollten hier lediglich einen Nachmittag verbringen, gingen zuerst Arm in Arm am Strand entlang, bevor wir uns für eine Zeit in den Sand setzten. Als ich sagte, ich hätte Hunger, verschwand Liam und kehrte schließlich mit einer Socca, einer Art südfranzösischer Pizza, zurück, die wir uns teilten. Nach einer Weile holte ich Emmas Album hervor und blätterte darin. Bei einem Bild hielt ich inne. Unter ein Bild von Emma hatte Paul in krakeliger Schrift »Über den Dächern von Nizza« geschrieben. Ich musterte die Bilder auf dieser Seite. Manchmal kam es mir vor, als würde ich einen Aspekt dessen, was ich da sah, nicht verstehen, so, wie sich mir auch Liam teilweise entzog.

Ich musterte die Doppelseite erneut. Konnte man eigentlich sagen, dass sich der Ton eines Fotoalbums änderte? Dass man mit Worten malen konnte, war unbenommen, was aber erzählten Bilder, die doch auch ausgewählt worden waren, so, wie man Worte auswählte?

Gestern hatte ich wieder an Lizzie gedacht.

Als es zu kühl wurde, um noch am Strand zu sitzen, machten wir uns auf den Weg nach Marseille.

21. KAPITEL

Ich hatte diese Beschreibung einer Wanderung gefunden, irgendwo im letzten Drittel der Strecke, wie sie in Emmas Album stand, und wir beschlossen, den Ausflug noch von Marseille aus zu machen, bevor wir das Auto endgültig abgaben.

Emmas Beschreibungen waren eigentlich immer kurz gewesen, eher anekdotisch. Dieses Mal hatte sie einen längeren Text verfasst. Zum Ersten fiel mir auf, dass die Schrift meines Großvaters krakeliger wurde. Auf diesen Seiten konnte ich sie kaum lesen, weil sie so krakelig war, aber Emma konnte es offenbar, denn sie antwortete darauf, und manchmal entspannen sich ganze Dialoge zwischen den beiden, und aus ihren Antworten konnte ich zumindest entschlüsseln, was er geschrieben hatte.

Warum sich die ordentliche Schrift meines Großvaters so veränderte, konnte ich mir nicht erklären.

Der Weg zum Anfang der Wanderstrecke führte uns aus Marseille hinaus in Richtung Massif des Calanques. Bald wurden die Straßen Stück um Stück schmaler. Nicht zum ersten Mal hielt ich unwillkürlich die Luft an und hoffte sehr, dass uns niemand entgegenkam. Offenbar gab ich einen kleinen Seufzer von mir, denn Liam warf mir einen amüsierten Blick zu.

»Angst?«, fragte er.

»Pfff …«

»Wenn wir im Graben landen, musst du jedenfalls anrufen«, fuhr er mit einem Lachen in der Stimme fort. Von der Seite sah ich ihn immer noch breit grinsen. »Mein Französisch verstehen sie bestimmt nicht«, neckte er mich weiter, »noch weniger, wenn ich am Telefon nervös bin.«

»Kann schon sein.« Ich lachte auch, doch es klang etwas steif. Das Unwohlsein in meinem Magen wurde dennoch kleiner. Lachen half definitiv dabei, sich besser zu fühlen, und … Liam anzusehen.

Ich nahm mir etwas länger Zeit dafür, ihn zu betrachten: das dunkle Haar, in das der Fahrtwind eine leichte Bewegung brachte, die Augen, die er zusammenkniff, weil die Sonne hell schien und er keine Sonnenbrille dabeihatte. Seine helle Haut hatte in den Tagen unserer Reise ein wenig Farbe bekommen, war aber immer noch sehr hell. Ich sah für einen Moment nach draußen, dorthin, wo es abwärts ging, und entschied mich dann rasch wieder für die andere Seite. Verdammt, das schaute tatsächlich aus, als ginge es da sofort in die bodenlose Tiefe. Ich kurbelte die Scheibe weiter herunter und spähte an der Autotür vorbei auf die Straße. Ja, da war noch etwas Platz. Erleichtert sog ich den warmen Duft der südfranzösischen Sommerlandschaft in mich ein. Es roch einfach wunderbar nach Kräutern und Staub, und ja, da waren auch Abgase, aber irgendwie war das eben der Geruch von Urlaub. Ich mochte es.

Die Straße wurde noch schmaler, Liam fuhr noch langsamer. Dennoch, wenn uns jetzt jemand entgegenkam … Wenig später parkten wir das Auto, schnappten uns die Rucksäcke mit Baguette und Käse und gingen zu Fuß weiter. Ich fragte mich, ob Emma und Paul mit ihrem alten Auto damals weiter gekommen waren. Vermutlich nicht.

Eine Weile gingen wir schweigend hintereinander her. Ein Bild von Emma aus dem Album blitzte plötzlich vor mir auf. Nein, ich täuschte mich nicht. Da war der Felsen, da hatte ein Baum gestanden, den es nicht mehr gab, aber das Gestein strahlte immer noch in einem unverwechselbaren hellen, leuchtenden Grau. Ich blieb stehen. Liam hielt ebenfalls an. Ich musterte die Stelle und war mir sicher: Emma hatte zwischen diesen beiden schmalen Felsen gestanden und sich zu Paul, dem Fotografen, hingedreht. Auf dem Bild sah es aus, als würde sie etwas zu ihm sagen. Ihr Mund war leicht geöffnet, und sie hatte so einen Ausdruck in den Augen. Sie trug ein leichtes Blusenkleid, vermutlich hatte sie es selbst genäht. Früher hatte meine Großmutter so etwas öfter gemacht. Auf dem Bild sah sie entspannt und glücklich aus, ganz so, als gäbe es keine Probleme. Ich wusste inzwischen, dass dem nicht so gewesen war.

»Willst du, dass ich fotografiere?«, riss mich Liams Stimme aus den Gedanken.

»Hm, ich weiß nicht. Ja. Doch.«

Ich hatte so viele Bilder nachgestellt. Warum nicht auch dieses, selbst wenn ich inzwischen durchaus meine Auswahl traf und versuchte, meinen eigenen Weg zu finden, anstatt nur zu kopieren.

Ich schilderte Liam Emmas Bild. Auch er hatte inzwischen seine Erfahrungen gemacht. Er kannte das Album. Je weiter wir auf unserer Reise gekommen waren, desto tiefer waren wir gemeinsam in Emmas und Pauls Geschichte eingetaucht. Allerdings hatte ich ihm nicht von Cashel erzählt und auch nicht von der Handschrift meines Großvaters.

Vielleicht irrte ich mich ja auch. Das war möglich. Der Dreh- und Angelpunkt war Lizzie. Der Dreh- und Angelpunkt war, dass Liam nachts am Fenster stand und mir sagte, alles sei in Ordnung.

»Komm, wir machen das Foto. Stell dich da hin.« Er nahm mir die Kamera ab und warf einen prüfenden Blick durch den Sucher und dann auf das Display. Wenig später stand ich da in kurzen, abgeschnittenen Jeans und einem Männerhemd und dachte, dass meine Großmutter definitiv mehr Style gehabt hatte. Aber natürlich waren das auch andere Zeiten gewesen, und Frauen hatten sich anderen Erwartungen ausgesetzt gesehen, wollten sie nicht für Flittchen gehalten werden.

Wenn man so zwischen den Felsen stand, stellte ich kurz darauf fest, war man der Sonne heute ziemlich ausgeliefert. Auf meinem Kopf wurde es warm. Ich kniff die Augen zusammen. Während ich noch überlegte, drückte Liam bereits ab.

»Hey«, protestierte ich. »Ich war noch gar nicht bereit.«

»Du siehst wunderbar aus. Das tust du immer.«

Ich war ein bisschen perplex. So etwas sagte er nicht oft. Man sah ihm an, dass er nicht scherzte, und ich wusste irgendwie nicht, wie ich darauf reagieren sollte. Er kam zu mir herüber, um mir die Resultate zu zeigen. Es waren schöne Bilder. Ich sah unternehmungslustig aus. Ich lachte. Ich konnte mich gar nicht daran erinnern, gelacht zu haben.

An den Seiten meines Gesichts bildeten sich Schweißperlen. Meine Güte, war das heiß. Natürlich waren wir wieder zu spät aufgebrochen, um die kühleren Morgenstunden nutzen zu können. Ich freute mich plötzlich darauf, die Bilder heute Abend mit Emma zu teilen. Sicherlich wartete sie schon ungeduldig.

»Marseille ist wunderschön, oder?«, hatte sie gestern noch geschrieben. »Wartet ab, bis ihr die Calanques seht.«

Ich hatte jetzt Durst und setzte entschlossen die Flasche an. Liam schaute mir einen Augenblick selbstvergessen zu, bevor er seine eigene Flasche herausholte und es mir gleichtat.

Jetzt war es an mir, ihn zu beobachten. Für einen Moment sah er aus wie so ein Kerl aus einer Cola-Werbung. Ich wollte ihn wieder einmal auf der Stelle küssen. Stattdessen setzte ich meinen Rucksack auf und stiefelte durch die beiden Felsen hinauf weiter nach oben.

Es war wie ein Tor, das wir durchschritten. Für etwa zehn Minuten liefen wir nur bergan. Jeder hing seinen Gedanken nach. Hin und wieder fielen mir Stellen auf, die ich schon mal gesehen hatte. Jedenfalls kam es mir so vor, aber Paul und Emma hatten gar nicht so viele Bilder gemacht. Damals war man einfach sparsamer mit dem Fotomaterial umgegangen.

Der Weg wurde deutlich anstrengender. Ich lief und konzentrierte mich auf meine Schritte. Auf dem letzten kleinen Hügel ließ ich Liam an mir vorbeiziehen.

»Klar ist das in Ordnung«, sagte ich, als er um Erlaubnis bat. Es war schön zu sehen, wie entspannt er heute wirkte. Es fiel mir aber auch als etwas Besonderes auf, denn da waren eben auch diese Stimmungen …

Denk nicht dran. Verdammt, ist das anstrengend. Trotz meiner Kurzatmigkeit versuchte ich, auch die wunderbare Umgebung wahrzunehmen: den dunkelblauen Himmel, die Macchia, die hellen Steine, den Duft, der aufstieg, wenn man an Rosmarin, Thymian und anderen Kräutern vorbeistreifte; ein Fest für die Sinne. Ganz unglaublich war das. Hin und wieder hielt ich inne und genoss den Ausblick. Manchmal genoss ich auch den Ausblick auf Liam vor mir. An einer Stelle, an der wir ein paar Felsen überkletterten, hielt er mir ganz gentlemanlike die Hand hin. Unsere Finger umfassten einander. Wir sahen uns in die Augen und erkannten das Vertraute darin. Er zog mich hoch zu sich. Ich stützte mich mit der freien Hand ab, und dann standen wir für einen Moment dicht beieinander und küssten uns.

Es ging noch ein Stück weiter bergauf. Ein Hügel schloss sich hier an den nächsten. Irgendwann unterdrückte ich einen Seufzer.

Er war aufmerksam. »Wir schaffen das«, sagte er.

»Natürlich.«

Ich holte meine Wasserflasche erneut hervor, setzte sie an und trank mit tiefen Schlucken. Ich musste mich etwas bremsen.

Weiter ging es. Dieses Mal hielten wir erst wieder an, als wir das Meer sehen konnten. Es lag nun etwas unterhalb, über einen letzten tiefer liegenden Hügel hinweg, und dann erblickten wir auch endlich den Einschnitt der Bucht, die Emma so eingehend beschrieben hatte. Wenig später waren wir an der Stelle der Wanderung angekommen, an der es wieder nach unten ging. Zugegebenermaßen fürchtete ich mich ein wenig. Ich hatte es nicht so mit Höhen, und ich mochte es auch nicht wirklich, über Schottergrund und schmale Pfade am Abgrund entlangzubalancieren. Ich hielt inne, beugte mich dann zu meinen Schuhen hinunter, um die Schnürsenkel fester zu ziehen. Zeit gewinnen. Ich dachte an ein Bild von Emma, auf dem sie einen Rock zu ihren derben Schuhen trug, und an das verwackelte Bild von einem in die Kamera lachenden Paul auf derselben Seite. Es gab weniger Bilder von Paul. Wahrscheinlich hatten deshalb auch verwackelte ihren Platz gefunden. Auf diesem sah er ein wenig schwebend aus, als würde er sich auflösen. Ich hatte schon öfter versucht, etwas in seinem Gesicht zu erkennen, aber je mehr ich mich anstrengte, desto weniger sah ich.

»Gehen wir weiter?«, fragte Liam.

»Klar«, gab ich zurück, auch wenn ich gar nicht wusste, ob ich mich dazu schon in der Lage fühlte, aber wir konnten ja auch schlecht hier stehen bleiben. Liam trat einen Schritt vor, näher an den Abgrund heran, wie mir vorkam, und nahm den Weg nach unten in den Blick. Ich hielt den Atem an, hatte plötzlich Angst um ihn, stellte mir vor, wie er auf dem losen Untergrund den Halt verlor und in die Tiefe … Solche Sachen passierten. Sah es danach aus? Nein! Konnte ich es verhindern? Ebenfalls nein … Ich kämpfte darum, meinen Atem zu beruhigen. Liam drehte sich zu mir um und sah mich prüfend an.

»Wirklich alles okay?«

»Ja, wirklich.« Ich räusperte mich. »Ich habe es einfach nicht mit Höhen.«

Das war keine Lüge, und es war vielleicht auch nicht die ganze Wahrheit. Ich wusste nicht, was ich sonst hätte sagen sollen. Ebenso wenig, wie ich wusste, was ich eigentlich fühlte.

»Lass uns weitergehen, okay?«, sagte er und lächelte mich an, und dieses Lächeln vertrieb auch die düstersten Gedanken. »Ich gehe vor dir und sichere dich ab.«

»Was, wenn ich gegen dich stolpere?«

Er hob die Augenbrauen. »Das wird nicht passieren.«

Wir folgten dem schmaler werdenden Pfad oberhalb des Meeres weiter. Immer wenn ich einen kurzen Blick nach unten warf, konnte ich mir einfach nicht vorstellen, dass wir da runterkommen sollten, aber dann schlängelte sich der Weg unerwartet doch nach unten. Liam ging voraus. Seine Bewegungen wirkten sicher. Ich ging gerne in seinem Tritt. Ich musste mir nichts beweisen. Mir war das lieber so.

Während ich auf seine Schultern und seinen Rücken schaute, sah ich die Stellen, an denen Schweiß den Stoff inzwischen dunkler färbte. Seit es gar keinen Schatten mehr gab, trug er einen breitkrempigen Hut, der seinen Nacken schützte, und natürlich Sonnencreme, zu der ich ihn gezwungen hatte. Seine Schneewittchenhaut vertrug einfach keine südfranzösische Sonne. Auf dem Weg nach unten redeten wir kaum mehr als beim Aufstieg, eher weniger, nicht weil ich außer Atem oder in Gedanken war, sondern weil ich mich so höllisch konzentrieren musste. Teile des

Weges waren voller Geröll, festes Schuhwerk war auf diesem Weg unerlässlich, und ich war sehr froh, dass ich mich dazu überwunden hatte, meine Füße in bei diesem Wetter ziemlich warme, aber feste Wanderschuhe zu stecken. Unten ging es noch ein Stück weiter, und dann musste sogar geklettert werden. Klettern war okay, wenn nicht allzu große Höhen überwunden werden mussten. Außerdem würde ich ja mit dem Gesicht zum Berg hin klettern und nicht nach hinten sehen. Waren Paul und Emma auch geklettert? Auf den Bildern sah es nicht danach aus, aber man musste wohl davon ausgehen.

Ich dachte unwillkürlich wieder an das verwischte Bild von Paul, meinem Großvater. Und ich dachte wieder einmal über die beiden und ihre Beziehung nach. Welches Bild zeichnete das Album von Paul und ihr? Paul hatte die meisten Bilder aufgenommen. Hatte er damit allem seine Sicht der Dinge aufgeprägt? Emma machte weniger Bilder, zumeist waren es Schnappschüsse, aber sie hatte viele Kommentare angefertigt. Und dazwischen mischte sich mittlerweile das, was ich von Freunden über sie hörte, und das, was ich mit Liam erlebte. Es war wie ein Teppich aus Bildern und, ja, auch Klängen, denn manchmal waren da auch Liedtexte, und dann stellte ich mir vor, dass Emma und Paul einander vorgesungen hatten, weil sie einander geliebt hatten und weil ich diese Liebe auf jeder Seite erkennen konnte. Und doch war da manchmal auch ein dunklerer Ton, den ich mir genauso wenig zu erklären vermochte, wie ich mir die Frage beantworten konnte, warum Liam manchmal nachts am Fenster stand.

Was hatte Emma eigentlich dazu getrieben, in ihrem Alter diese Reise noch einmal unternehmen zu wollen? Reiselust? Hatte sie sich in ihre Jugend zurückversetzen wollen? Was war ihr Ziel gewesen? Hatte sie Dinge klären wollen? Und wer war Paul, von dem ich weiterhin nicht viel wusste und dessen Erinnerung

Emma irgendwie für sich behalten hatte? Hatte sie nichts von Paul erzählt, weil sie meinen Vater hatte schonen wollen? Emma hatte meinen Vater in Zeiten alleine aufgezogen, in denen Ehefrauen für viele Sachen noch um Erlaubnis bitten mussten. Sicherlich hatte das ihre Selbstständigkeit gestärkt. Hatte sie sich je jemanden zur Seite gewünscht? Vielleicht wollte sie es nicht laut aussprechen, weil es eben einen Unterschied gab zwischen Dingen, die man sich wünschte, und Dingen, die man trotz allem sehr gut alleine meistern konnte. Vielleicht hatte sie aus diesen Gründen geschwiegen, weil man von ihr erwartet hatte, dass sie als Frau Hilfe brauchte. Emma hatte nie wie ein Mensch gewirkt, dem etwas fehlte, und doch gab es Erinnerungen, wie ich jetzt sehr gut wusste, an denen sie festhielt. Gut möglich auch, dass es schwer war, über einen Mann zu reden, den man so sehr geliebt hatte. Emma und Paul hatten sich geliebt, was auch immer es zwischen ihnen gegeben hatte. Noch heute sah ich etwas in ihren Augen, wenn sie von ihm sprach. Es mussten schöne und schmerzhafte Erinnerungen sein, beides untrennbar ineinandergewunden.

Bei unseren letzten Gesprächen hatte ich sie hin und wieder grüblerisch erlebt, etwas, das ich nicht von meiner forschen Großmutter kannte. Warum fragte ich nicht, was sie beschäftigte? Weil meine Großmutter den Eindruck gemacht hatte, dass ihr diese Erinnerung wehtat?

Ich atmete tief durch, als wir endlich unten ankamen, und schaute mich um. Auch hier erkannte ich wieder einige Ausschnitte von Emmas und Pauls Schwarz-Weiß-Bildern. Auf diesem Stein da drüben hatte sie posiert, den Rock über die züchtig schräg gestellten Beine gezogen. Ich musste lächeln, wenn ich daran dachte, denn meine Großmutter erinnerte mich auf diesem Bild an Gina Lollobrigida. Sie hatte ein einnehmendes Lächeln, der Wind zauste etwas an ihrem Haar, das sie vergeblich mit einem Kopftuch zu bändigen versuchte. Ich hoffte sehr, dass ich mich auch einmal so gut halten würde. Dann ließ ich meinen Blick weiter schweifen. Da drüben, unter dem damals noch kleineren Baum, hatte Paul mit einer Pfeife im Mund gesessen, mit Stift und Block in der Hand. Ich musste das Album gar nicht mehr vor mir haben, inzwischen kannte ich es auswendig.

Liam und ich warteten die Mittagshitze im Schatten ab, picknickten Baguette und Camembert, cremten uns noch einmal brav mit wasserfester Sonnencreme ein und gingen schwimmen. Es gab Stellen zwischen den Felsen, in denen man ganz gut ins Wasser kam. Ich war froh darüber, eine Taucherbrille mitgenommen zu haben. Es fiel mir doch schwer, nicht zu wissen, was unter mir war. Vielleicht lag es daran, dass ich schon immer Schwierigkeiten damit gehabt hatte, mich fallen zu lassen.

Während ich in Ufernähe verfolgte, wie Liam durchs Wasser kraulte, dachte ich wieder einmal daran, dass die Reise sich langsam dem Ende näherte. Ich war noch unsicher, was ich von ihr mitnehmen würde. Was würde ich Emma erzählen, was würde sie mir erzählen? Was würde ich sie fragen? Überhaupt, was würde aus Liam und mir werden? Ich wollte nicht, dass es vorbei war, aber jeder von uns hatte ein Leben, in das er nun würde zurückkehren müssen. Während ich ihn kaum aus dem Blick ließ, dachte ich an die Dinge, die ich gerne von ihm wüsste, Dinge, die ich ihn gerne fragen würde, aber immer noch fehlten mir die richtigen Worte. Was würde aus uns werden, wenn das hier vorbei war? Abends stellte ich die neuen Bilder online und betitelte sie mit einem Wort: Calanques.

Irgendwann in der Nacht wachte ich auf. Mir war warm. Ich hatte Durst. Wir waren beide müde gewesen und früh zu Bett gegangen. Im Halbdunkel tastete ich mich durch das Zimmer zum Bad hin und hoffte in diesem Moment mit plötzlich heftig klopfendem Herzen, dass niemand das Licht anmachte, denn ich hatte eben festgestellt, dass ich splitternackt war. Ich hatte mir wohl im Halbschlaf den Schlafanzug ausgezogen. Es war wirklich warm. Schon den ganzen Tag über war es das gewesen, eine drückende Hitze mit wenig Luftbewegung, die man nur im Schatten und mit vielen kühlen Getränken aushielt. Im Bad ließ ich mir Wasser über die Handgelenke laufen. Erst war es lauwarm, dann wurde es etwas kühler.

Jetzt war ich richtig wach. Ich hob mein verschwitztes Haar aus dem Nacken. Der Weg ins Bad hatte sich lang angefühlt, vermutlich, weil ich mich vorsichtiger bewegt hatte, um nirgendwo anzustoßen und Liam nicht zu wecken.

Es war wohl früher Morgen. Durch das kleine Fenster fiel bereits die Morgensonne durch das alte schlecht geputzte Glas auf das Waschbecken und hinterließ einen gelblichen Fleck. Würde ich wieder einschlafen? Ich überlegte einen Moment, öffnete dann die klappernde Tür zur Dusche, stieg hinein und machte das Wasser an. Es dauerte etwas, spotzte und gurgelte und fühlte sich ein wenig so an, als könnte man dem Wasser auf jedem Zentimeter durch die alten Leitungen zuhören. Das erste Wasser kam in einem Schwall. Ich hielt für einen Augenblick die Luft an, denn es war kalt und wurde erst langsam wärmer. Dann ließ ich es über meinen Kopf rieseln, griff schließlich nach dem Hotel-Duschmittel mit Zitronenduft und verteilte es sorgfältig auf meinem Körper. Mit langsamen, gleichmäßigen Bewegungen wusch ich mich schließlich auch zwischen den Beinen. O ja, das fühlte sich sehr gut an. Ich massierte etwas fester, hörte, wie sich die Tür öffnete, dann war Liam hinter mir. Seine Hände berührten meine Brüste. Die Brustwarzen wurden hart. Ich zitterte vor Erregung. Er sagte kein Wort, aber natürlich wusste ich, dass das Liam war. Also hatte ich ihn doch geweckt – vielleicht waren es die Wasserleitungen gewesen, die irgendwie am Bett entlangführten und durch die Wand deutlich zu hören waren? Seine rechte Hand wanderte über meinen Bauch und traf etwas weiter unten auf meine linke Hand. Das Wasser lief jetzt auf unsere beiden Köpfe. Ich drehte mit der rechten Hand auf kälter. Liam hinter mir schmiegte sich enger an mich. Ich legte den Kopf zur Seite, öffnete den Mund, um ihn zu küssen …

Ich erwachte mit diesem Gefühl, irgendwo runterzufallen, kurz bevor ich auf dem Boden aufschlug. Mein Atem ging schnell, mein Herzschlag galoppierte. Das Zimmer lag noch im Halbdunkel. Liam schlief an meiner Seite. Er hatte nicht mit mir geduscht, genauso wenig wie ich unter der Dusche gewesen war. Wir hatten einander nicht gestreichelt und erregt. Ich wusste nicht, ob ich enttäuscht war.

Das Gefühl zwischen meinen Beinen war immer noch sehr real. Ich runzelte die Stirn. Alles nur geträumt. Ja, es war warm, aber ich war nicht nackt, sondern trug ein T-Shirt und einen Slip, und ich hatte definitiv auch nicht geduscht. Das Gefühl von Erregung war allerdings noch da, und ich wusste auch, dass meine linke Hand eben noch zwischen meinen Beinen gelegen hatte. Das Bettlaken befand sich quer über meinem Oberkörper. Meine Beine waren frei. Ich schaute wieder zu Liam, der seine Ecke des Bettlakens festhielt und einen Teil davon zwischen seinen Beinen durchgezogen hatte.

Er trug nur eine Unterhose. Für einen Augenblick starrte ich seinen nackten Rücken an und dann den Ansatz seines Hinterteils. Die Narbe. Meine Wangen wurden rosig. Ich drehte meinen

Kopf zurück und starrte an die Decke. Erst nach einer Weile wagte ich es, ihn wieder anzuschauen. Er schlief immer noch. Ich streckte die Hand nach ihm aus und fühlte mich aufgeregt wie ein Teenie. Natürlich wachte er auf.

»Liv, was ist denn?«

»Nichts.«

Ich küsste ihn.

Beim gemeinsamen Frühstück konnte ich Liam immer wieder kaum ansehen. Er trug gut sitzende schwarze Jeans und ein dunkelblaues Jeanshemd, aber eigentlich war das egal. Er war ein Mensch, der in allem gut aussah, sogar in diesen alten Fischerklamotten, in denen ich ihn auch schon gesehen hatte. Ich tat so, als müsste ich mich darauf konzentrieren, mein Croissant zu zerpflücken. Wenig später sah es rund um meinen Teller aus, als wäre das Backwerk explodiert. Meine erste Tasse Kaffee änderte ihre Farbe erst annehmbar, als ich fast einen Viertelliter Milch hineingekippt hatte. Liam musterte mich mit einem Lächeln.

»Du bist heute irgendwie anders«, sagte er dann. Ich lief rot an. Zwischen seinen Augenbrauen bildete sich eine steile Falte. »Ist irgendwas?«

»Nein.« Ich schob mir endlich etwas Croissant in den Mund und verschluckte mich natürlich gleich daran. Jetzt brauchte ich immerhin keine Erklärung mehr für meine Gesichtsfarbe. Ich hustete und hustete. Er stand auf, um mir auf den Rücken zu klopfen. Als ich wieder zu Atem kam, fragte ich ihn, wie er geschlafen habe, und wollte im nächsten Moment dafür unter den Tisch sinken, aber er bemerkte meine Aufregung nicht.

»Gut«, sagte er, um dann mit einem Grinsen hinzuzufügen: »Ich schlafe immer gut an deiner Seite, und der Start in den Tag war ja nun auch nicht zu verachten …«

»Hm«, machte ich und versenkte meine Nase in der großen französischen Milchkaffeetasse, um vorsichtig ein paar Schlucke zu nehmen. Warum hatte ich das Thema eigentlich darauf gebracht?

»Wie schläfst du denn?«, fragte er.

»Gut. Warum fragst du?«

»Weil du mich gefragt hast?« Er sah verwundert aus.

»Hm, ja …«

Ich drehte mich zur Seite und nahm ein paar Unterlagen aus meiner großen Handtasche und dann noch Emmas Album, um beides auf den letzten freien Platz zu legen. Für einen Moment ließ ich die Hand auf dem alten Plastikeinband mit seinem Karomuster liegen.

»Darf ich?«, fragte er.

»Immer.« Ich schob das Album sogar ein bisschen zu ihm hin. *Siehst du, ich vertraue dir, Liam.*

Er blätterte. »Es ist schön, so etwas mit jemandem anzulegen, den man liebt«, sagte er unvermittelt und für mich etwas überraschend. »Es muss einfach wunderbar sein, eine solche Erinnerung zu haben, obgleich deine Großmutter sich sicher vorgestellt hat, ihren Mann nicht so früh zu verlieren. Das muss furchtbar wehgetan haben.«

Ich fand, dass sein Gesichtsausdruck bei diesen Worten weich und verletzlich aussah. Er war einer der wenigen Männer, denen man im Gesicht ansehen konnte, was sie fühlten, wenn er denn bereit war, es zuzulassen. Im Moment ließ er es zu. Warum wohl? Warum ließ er mich just in diesem Augenblick einen Teil seiner Seele erkennen?

In dieser Nacht sah ich Liam auf dem Balkon unseres kleinen Hotelzimmers stehen. Er hatte die Schultern hochgezogen und verschmolz geradezu mit den Schatten. Ich sah ihn nicht richtig und dennoch spürte ich, dass er weinte. Was sollte ich tun? Wir hatten schwierige Momente in diesen Tagen, aber wir hatten auch viele gute, und nichts bereitete mich auf das vor, was kommen würde.

Emma

Das Schönste waren die Bilder, die Liv jeden Tag auf Instagram hochlud, das Schlimmste war, hier tatenlos festzusitzen, wenn sie doch so gerne dort gewesen wäre, an Livs Seite. Emma starrte ihr Bein an, das sie auf dem Hocker abgelegt hatte, und dann die Krücke, die neben ihr an der Wand lehnte.

Inzwischen konnte sie schon wieder einige Schritte gehen. Sogar einen kleinen Spaziergang hatte sie bereits gewagt, bis zu der Stelle, an der sie damals gestürzt war. Aber das verdammte Bein ließ sich leider Zeit mit dem Heilen, ganz gleichgültig, wie diszipliniert Emma die Übungen ihrer Physiotherapeutin auch befolgte.

Wahrscheinlich hatten sie alle recht. Mit fünfundachtzig Jahren war man eben nicht mehr die Jüngste, da machte der Körper nicht mehr so einfach alles mit. Früher war das anders gewesen. Nicht alles war leichter gewesen, aber auf bestimmte Dinge hatte man sich besser verlassen können.

Emma seufzte. Wirklich, manchmal kam ihr ihr alter Körper wie ein einziger Affront vor. Sie war in ihrem ganzen Leben nie viel krank gewesen, ihre Wunden waren stets rasch geheilt. Heute war das anders, und Erinnerungen kamen zurück, von denen man geglaubt hatte, dass sie hinter einem lägen.

Sie streckte die Hand nach den Keksen auf dem bunt verzierten, etwas klobigen Teller aus und nahm sich einen davon. Langsam musste sie auch noch aufpassen, dass sie nicht zu viele Süßigkeiten aß und aufging wie ein Hefekloß. Für einen Moment berührte sie den Teller mit den Fingerspitzen. Ach, dieser Teller … Wie gut sie sich erinnerte! Liv hatte ihn in ihrem letzten Kindergartenjahr gemacht. Damals war sie fünf Jahre alt gewesen. Selbstverständlich waren die Verzierungen eher grob, aber Emma liebte ihn über alles. Ihr Haus war voller solcher Erinnerungen. Sie wollte keine davon missen, so schmerzhaft sie auch waren.

Sie ließ ein weiteres Plätzchen auf ihrer Zunge zergehen.

Emma hatte tatsächlich nie verstanden, warum man nur zu Weihnachten Plätzchen essen sollte. Seit sie erwachsen war, aß und buk sie deshalb Plätzchen, wann immer ihr danach war. Längst war sie eine mehr als passable Plätzchenbäckerin. In ihrem Freundeskreis war man geradezu entzückt, wenn sie zu Weihnachten ihre Leckereien verschickte.

Nachdenklich wandte Emma sich wieder dem Computer auf dem Tischchen neben ihr zu und betrachtete mit gerunzelter Stirn das Bild von den Calanques, das Liv ihr geschickt hatte. Wie wunderschön das immer noch aussah: hellgraue, schroffe Felsen, hier und da von Pflanzen überwuchert, dazwischen türkisgrünes Wasser und die Ahnung einer Sonne, die es einem gleich wärmer werden ließ …

Emmas Kehle und Magen wurden von einem Moment auf den anderen eng.

Sie klickte hastig weiter. Auf einem der nächsten Bilder waren Liam und Liv zu sehen, die beiden hatten ein Selfie von sich gemacht. Liams Arm lag um Livs Schultern. Beide strahlten in die Kamera.

Ein Moment für die Ewigkeit festgehalten. Die beiden passten gut zueinander, das konnte man sehen; und dennoch hatte Liv zuletzt am Telefon gesagt, dass sie Liams Verhalten immer wieder irritiere. Da waren sogar Tränen in ihrer Stimme gewesen, auch wenn sie nicht geweint hatte.

»Was irritiert dich denn?«, hatte Emma nachgehakt.

Liv hatte geschwiegen, Emma gewartet.

Mittlerweile war da dieses ganz besondere Vertrauen zwischen ihnen. Sie hatten sich immer gut verstanden, doch in den Wochen der Reise, die sie getrennt und doch irgendwie gemeinsam verbracht hatten, hatte sich ihr Verhältnis noch ein gutes Stück weiterentwickelt. Schließlich räusperte sich Liv.

»Ich weiß nicht, und ich weiß auch, es hört sich albern an, aber es kommt mir immer noch vor, als ob er etwas vor mir verbirgt.« Einen Augenblick blieb es still, dann sprach Liv wieder: »O Mann, ich hatte recht, das hört sich echt seltsam an. Vielleicht irre ich mich.«

Emma klickte wieder ein Bild zurück: die Calanques – Felsbuchten und Wasser … Auch sie hatte ein solches Bild. Das Foto war natürlich schwarz-weiß. Damals hatte es nichts anderes gegeben. Aufgenommen hatte es Paul, ihr verstorbener Mann, und der Gedanke an ihn ließ Emmas Herz immer noch so schnell schlagen wie das einer verliebten jungen Frau.

Paul. O ja, sie wusste, dass sie nicht darüber hinweg war, ihn verloren zu haben, aber wie konnte das alles heute noch so wehtun? Hieß es nicht, die Zeit heile alle Wunden? Mechanisch nahm sie sich einen neuen Keks, aber das Gebäck wollte plötzlich nicht mehr schmecken. In ihrem Mund fühlte es sich wie ein Metallstück an, das man in ein dickes Holzscheit trieb, um es zu spalten. Erinnerungen kamen in ihr auf, vor denen sie sich fürchtete.

Paul … Es gab Dinge, die sie ihrer Enkelin noch nicht erzählt hatte und die sie ihr vielleicht auf der Reise hätte erzählen können, wenn dieser dumme Unfall nicht dazwischengekommen wäre. Aber vielleicht hätte sie den Mut auch nicht gefunden, weil es eben schwerfiel, über Dinge zu reden, über die man so lange geschwiegen hatte.

Emma schaute auf das Instagram-Foto. Im Album war das eine Zeit, in der trotzdem alles noch gut war. Damals hatten sie geplant, später dorthin zurückzukehren, aber dazu war es nicht gekommen. Immerhin hatten sie einen unvergesslichen Nachmittag dort verbracht. Sie waren gewandert, geklettert, hatten gemalt und gebadet und einige Bilder geschossen. Damals war man weniger leichtfertig mit dem Material umgegangen.

Ein paar von Pauls Zeichnungen hatte sie später in das Album geklebt. Während seiner Schul- und Studienzeit hatte er sich als Karikaturist ein Zubrot verdient und sich sogar einmal in Montmartre versucht …

Emma gab sich einen Ruck und scrollte durch Livs Bilder. Alles war bunter heute, aber sie hatte zweifelsohne die Fotos aus dem Album nachgestellt. An vielen Details konnte man erkennen, wie viel Zeit vergangen war: Bäume waren gewachsen, andere Pflanzen verschwunden, doch manches war immer noch, wie es damals gewesen war.

Emma schloss die Augen. Es war schön, diese Bilder zu sehen, und zugleich war es herzzerreißend, denn sie erkannte Dinge, an die sie so viele Jahre nicht gedacht hatte, weil es zu schmerzhaft gewesen wäre. Sie hatte sich nicht vorstellen können, dass es auch heute noch wehtat, nach so vielen Jahren.

22. KAPITEL

An einem der nächsten Tage stand ich morgens auf unserem Balkon in unserem kleinen Marseiller Hotel in Hafennähe. Von hier aus konnte man das Meer sehen. Das noch helle Licht malte Reflexe auf das Wasser und ließ Dinge daraus hervorsteigen, die es nicht gab, und ich verfolgte Segelschiffe am Horizont, die sich zuweilen als Fata Morgana entpuppten.

Wir aßen in einem Bistro zu Mittag. Es gab überaus schmackhaften Fisch zu Salz-Olivenöl-Kartoffeln, bevor wir durch die Hafenanlagen schlenderten. Vor einer Palme stellten wir ein Bild von Emma nach, auch wenn meine Großmutter damals Kostüm und Hut getragen hatte und ich lediglich ein knittriges Sommerkleid. Als die Sonne später noch steiler nach oben stieg, stellten wir den Sonnenschutz am Fenster so ein, dass es im Zimmer schattig blieb, und ruhten uns aus.

Erst am späten Nachmittag, als die Hitze etwas abnahm, verließen wir das Hotel. Auf dem Weg, den wir heute gingen, lagen Piniennadeln dicht an dicht, und man musste aufpassen, dass man nicht ins Rutschen geriet und am Ende noch stürzte. Wir suchten weiter nach Motiven, bevor ich mich entschloss, eine Pause zu machen, während Liam sich noch ein wenig umschauen wollte.

»Ich brauche noch ein bisschen Bewegung«, sagte er. Irgendetwas an seinem Lächeln ließ mich innehalten, doch ich erwiderte nichts.

Wir machten eine Zeit und einen Treffpunkt aus. Ich suchte mir einen netten Platz in relativer Nähe, holte meine Flasche

Wasser aus dem Rucksack und den *Graf von Monte Christo,* in dem ich lesen wollte, während ich hin und wieder einen etwas längeren Blick zum Château d'If hinüberwarf, dem ehemaligen Gefängnis auf der Felseninsel, die etwa eine Seemeile von Marseille entfernt lag.

Ich hatte das Buch als Jugendliche mehrfach gelesen, und ich hatte es für sehr passend für die Reise gehalten, aber heute konnte ich mich irgendwie nicht richtig konzentrieren. Immer wieder erwischte ich mich dabei, wie ich einen Satz mehrfach las und zeitweise auf die Seiten starrte, ohne überhaupt etwas zu lesen. Jetzt, wo Liam nicht da war, dachte ich wieder an die Dinge, die er getan hatte, Sachen, die ich beobachtete. Schließlich grübelte ich auch noch darüber nach, dass er gesagt hatte, er müsse sich bewegen. War das so, oder hatte er das Bedürfnis, von mir wegzukommen? Dachte er darüber nach, wie er mir beibringen könnte, dass unsere gemeinsame Reise bald endete? Wollte er mich dieses Mal wenigstens nicht einfach sitzen lassen?

Ich hatte wieder eine Weile zum Château d'If hinübergeschaut, als ich Liam plötzlich in einiger Entfernung wahrnahm. Er lief an der Kaimauer herum, dann und wann blieb er stehen und sah über das Meer hinweg. Ab und an beschattete er sogar seine Augen wie jemand, der nach etwas Ausschau hielt, und meine Gedanken flatterten plötzlich in meinem Kopf herum wie junge, aufgescheuchte Vögel.

Er wirkte nicht, als wollte er sich besonders schnell bewegen. Manchmal blieb er längere Zeit stehen, dann ging er wieder ein paar Schritte weiter. Hinter seiner Gestalt wippten die Maste der Segelboote, und manchmal schienen ihn die vertikalen Linien geradezu zu schlucken, sodass es aussah, als würde er von einem Moment auf den anderen vor meinen Augen verschwinden.

Ja, ich hatte tatsächlich Angst, dass er einfach wieder verschwinden könnte. Wie schon einmal. Er verbarg etwas vor mir. Sollte ich ihn endlich danach fragen, was ihn nachts aus dem Bett trieb? Sollte ich darauf warten, dass er selbst auf mich zukam? Dachte er vielleicht längst darüber nach, wie er sich am besten aus dem Staub machen könnte? Ein bitteres Gefühl stieg in mir auf. Mein Herz klopfte schneller. Liam war auf seine Art anders, und doch kannte ich Männer, die zu feige waren, einem die Wahrheit zu sagen. Darin hatte ich meine Erfahrungen gemacht.

Mitten in der folgenden Nacht wachte ich wieder einmal auf und spürte, dass Liam nicht mehr neben mir lag. Gestern war er zum vereinbarten Zeitpunkt gekommen, und ich hatte nichts von dem gesagt, was mich beschäftigte. Wir hatten uns noch etwas geholt und es auf einem Mäuerchen sitzend verspeist. Wir hatten über den Tag geredet, über Dinge, die wir gesehen hatten, und Dinge, die wir noch tun wollten. Es schien keine Schwierigkeiten zu geben, jedenfalls erwähnte keiner von uns beiden etwas. Das Meer war nah und trug seinen Salzgeruch zu uns herüber. Liam streichelte meine rechte Hand. Arm in Arm gingen wir zurück zu unserem kleinen Hotel. Auf einem Stück des Weges begleitete uns die Katze des Hotelwirts, der wir schon am Abend unserer Ankunft begegnet waren.

Ich richtete mich schlaftrunken auf und erkannte Liams Silhouette an der schmalen Scheibe unseres Zimmers. Er saß auf dem Balkon und sah wohl aufs Meer hinaus. Ich setzte mich mechanisch im Bett auf und ließ mich dann doch rasch wieder zurücksinken, damit er mich nicht beim Glotzen erwischte. Das Bett quietschte erbärmlich unter mir, und tatsächlich warf er einen Moment später einen Blick zu mir herein. Offenbar spielte ich überzeugend die Schlafende, denn wenig später hörte ich wieder das Geräusch des aus vielen kleinen Holzperlen bestehenden Vorhangs, der bei geöffneten Türen wohl die Insekten abhalten sollte. Ich haderte mit mir, dann stand ich auf.

Bisher hatte ich nur einmal gezeigt, dass ich wach war. Was würde er dieses Mal sagen? Meine größte Befürchtung war, dass er mich anlügen würde. Mir war bewusst, dass er mir nicht immer die ganze Wahrheit sagte, aber ich wusste einfach nicht, warum er das tat. Warum war er mir denn letztlich überhaupt durch halb Europa hinterhergereist? Hatte Emma ihn doch überredet?

Ich stand schon an der Balkontür und hatte meine Gedanken kaum zu Ende gebracht. Der Vorhang raschelte. Liam erschrak nicht, drehte nur den Kopf zur Seite und sah mich an, als hätte er mich erwartet. Ich starrte die Zigarette zwischen seinen Fingern an.

»Ich dachte, du rauchst nicht«, sagte ich perplex.

»Tu ich auch nicht.« Liam stieß die Zigarette geradezu in den Aschenbecher hinein. Sie riss auf, der Tabak krümelte heraus. Ich starrte die Zigarette immer noch an und fragte mich, wo er sie herhatte. »Sie war nicht an«, sagte er. Das sah ich auch. Aber was sollte das? Er räusperte sich. »Ich habe sie mir geschnorrt, als ich gestern alleine unterwegs war.« Er zuckte mit den Schultern. »Ich habe so ein paar junge Typen rauchen sehen und dachte plötzlich, ich müsste es einmal probieren.«

Der Vorhang raschelte, weil ich mit einer meiner Bewegungen gegen ihn geschwankt war. Was sollte ich sagen? Ich verstand ihn einfach nicht. In diesem Moment war es, als wären Kontinente zwischen uns.

»Ich habe kurz geraucht, weißt du«, sagte er unvermittelt. »Vorübergehend, als ich ein junger Kerl war. Das haben irgendwie alle gemacht. Ich mochte es nie.« Er schaute wieder zum Meer hinüber. »Später bin ich dann auch davon abgekommen, als ich es nicht mehr allen recht machen wollte.«

Ich war immer noch nervös. Ich konnte nichts dagegen tun.

Du denkst zu viel, Liv! Mein Hals war trocken, aber ich wollte mich nicht räuspern. Ich wollte mich einfach ruhig verhalten und stellte mir vor, dass er dann vielleicht weiterreden würde und ich ihn endlich besser verstehen konnte. Ich wollte ihn verstehen, ich wollte, dass sich die Dinge zwischen uns endlich klärten.

Liam stand auf. Der Balkon war aus Beton und so schmal, dass er sich nur nach vorne beugen musste, um sich mit beiden Armen auf den Rand zu stützen. Irgendwann einmal hatte der Beton irgendeine Farbe gehabt, aber die war im Laufe der Jahre verblasst.

Ich stand immer noch in der Tür. Liam saß jetzt auf dem Stuhl, der am weitesten davon entfernt war. Wartete er, dass ich mich setzte?

Ich horchte. Aus der Stadt hörte man das Reden und Lachen der Nachtschwärmer, das typische Knattern eines Mopeds, die Sirenen von Polizei und Krankenwagen. Irgendwo dröhnte französischer Pop und mischte sich mit orientalischen Klängen. Jemand schimpfte auf Französisch und Arabisch los. Wir hörten eine Reihe französischer Kraftausdrücke. Auf einem der gegenüberliegenden Dächer flogen Möwen in einem Lichtstrahl auf.

Ich dachte an den gestrigen Morgen, an dem wir auf dem Balkon Croissants gefrühstückt hatten, die Liam besorgt hatte, und an den ersten Abend hier, an dem wir auf einem Markt Käse und zuckersüße Weintrauben gekauft hatten, dazu eine Flasche Wein aus dem Supermarkt. Wir hatten hier gesessen und zum Meer hinübergeschaut, das bruchstückhaft zwischen den Dächern hervorschaute, und alles hatte sich sehr ferienmäßig angefühlt.

Liam streckte ein Bein gegen die Begrenzung. Ich setzte mich endlich auf den anderen Stuhl.

»Ich konnte nicht schlafen«, sagte er, und ich wusste, dass da nicht mehr kommen würde. Das hatte er auch beim letzten Mal gesagt. Aber warum konnte er nicht schlafen? Lag es an mir? Dachte er über uns nach? Ich bemerkte diesen kleinen Gnom in mir, der einfach immer wieder den Kopf reckte: Er hat einfach genug von dir, Liv, komplizierter ist das nicht.

»Ich bin aufgewacht«, hörte ich mich sagen, und es klang sehr albern, weil es eben doch sehr offensichtlich war. Deinetwegen, dachte ich, aber ich sagte es nicht. Mir fiel wieder ein, dass er manchmal telefonierte, wenn ich nicht dabei war, und ich wusste nicht, mit wem. Mit Áine, sagte er. Konnte ich ihm das glauben?

Eigentlich kannte ich mich nicht als eifersüchtigen Menschen. Das hatte sich mit Liam verändert, ausgerechnet mit ihm, bei dem ich etwas fühlte, das ich noch nie zuvor gefühlt hatte, ausgerechnet mit Liam, dem ich doch vertrauen können wollte.

Vom Anfang in Inishbofin bis hierher hatte es seine Zeit gedauert, bis ich mir eingestand, wie sehr ich ihn liebte. Ich kannte mich nicht als misstrauischen Menschen, aber mittlerweile war ich es. Das war ein Felsbrocken, der ins Rollen geraten war und unaufhaltsam ins Tal donnerte. Ich verlor meinen kühlen Kopf, und das war ein seltsames Gefühl.

Und jetzt saßen wir also an einem weiteren Strand bei Marseille, und Liam sah wieder einmal glücklich aus, und ich wollte doch glauben, dass er es auch wirklich war. Musste man sich denn alles sagen? Jeder Mensch behielt doch etwas für sich, oder etwa nicht? Bei Jenna war es vielleicht nicht so. Bei ihr wusste man immer, woran man war. Sie versteckte nichts, aber bei Liam und mir war das doch möglich.

Ich dachte an den Tag mit der Fähre zurück, an dem Liam nicht gekommen war. Es hatte keine Warnung gegeben. Er war einfach nicht aufgetaucht. Konnte das wieder geschehen? Sollte ich mich darauf einrichten? Würde mir das helfen? Würde ich je erfahren, was der Grund gewesen war, oder sollte ich einfach einen Haken daran setzen? Schwamm drüber? War ich zu empfindlich? Aber er hatte mich versetzt, und er hatte mir kein einziges Mal gesagt, warum er das getan hatte. Einerseits konnte das nicht so stehen bleiben, andererseits hatte ich Angst vor dem, was ich auslösen würde, wenn ich zu viele Fragen stellte.

Er sprang so plötzlich auf die Füße, dass ich zusammenzuckte, weil ich so in Gedanken gewesen war. Ich sah, wie er mich anlachte und dann nach vorne zur Wasserlinie ging, wo er ein paar Steine aufklaubte, die er schwungvoll ins Wasser warf. Dann streifte er sich das Hemd vom Leib, streckte die Arme über den Kopf – er sah gut aus! – und war im nächsten Moment in seinen abgeschnittenen Jeans prustend im Wasser verschwunden, um gleich darauf mit kraftvollen Schlägen auf den Horizont zuzuschwimmen. Ich beobachtete ihn und konnte mich weiter nicht von meinen Gedanken lösen. Zwischen dem Meeresgefunkel sah es plötzlich aus, als wäre er verschwunden. Unwillkürlich schaute ich auf die Stelle, an der er gesessen hatte. Manchmal stand ich kurz davor, sein Handy zu kontrollieren. Ich war so in Gedanken versunken, dass ich gar nicht bemerkt hatte, dass Liam sich inzwischen einen Eimer von einem Kind ausgeliehen hatte und die beiden nun kaltes Meerwasser über meinen Beinen ausleerten. Kreischend sprang ich auf. Liam stand grinsend vor mir. Er sah aus, als würde es ihm gut gehen. Wasser perlte von seinem muskulösen Körper ab, von diesen wunderschönen Muskeln.

Ich sah ihn gerne an. Irgendjemand rief. Liam drehte sich für einen Moment wieder dem Meer zu. Meine Augen wanderten von seinem Kopf über den Nacken und die festen Schultern, breit, aber nicht übermäßig breit, zu seinem Po … Erst jetzt bemerkte ich, dass ich die Luft angehalten hatte. Ich atmete ein. Mir war ein bisschen flau im Magen.

»Kommst du mit schwimmen?«, fragte er mich. »Es ist herrlich.«

»Klar.« Schwimmen würde mich vermutlich von meinen nutzlosen Gedanken abhalten. O ja, schwimmen war eine gute Idee. Er griff nach meiner Hand, um mich auf die Füße zu ziehen. Auch das fühlte sich sehr gut an. Ich wusste wieder, warum wir gemeinsam hier waren – ja, ich machte diese Reise für Emma, und Liam war *mein* Teil der Reise. Es war gut, mit ihm unterwegs zu sein.

Er zog mich einfach hinter sich her. Meine Füße berührten das erste Wasser, ich sank ein bisschen in den sandig-steinigen Boden ein. Ich ging weiter, auch wenn ich ein wenig fröstelte. Das Wasser schien aus verschiedenen warmen und kalten Schichten zu bestehen. Liams Griff wurde fester.

»Ich gehe schon nicht weg«, sagte ich.

Er schaute mich nachdenklich an. »Das weiß ich doch«, erwiderte er.

Abends blätterte ich in Emmas Album, während Liam noch einmal losging, um eine Pizza zu holen, die wir gemeinsam auf dem Balkon verspeisen wollten. Ich sah Emma am Strand sitzen in einem dieser züchtigen Badeanzüge, die man heute kaum noch fand. Es schaute allerdings so aus, als hätte sie einen Träger etwas von ihrer Schulter rutschen lassen, während Paul daraufschaute und aussah, als wollte er ihre Schulter küssen. Dass er neben ihr saß, zeigte, dass sie einen anderen gebeten hatten, sie beide zu fotografieren. Paul war vollständig bekleidet, sogar mit Krawatte, und schien ein wenig fehl am Platz, dennoch wirkten sie wie ein Paar, das zusammengehörte, ein glückliches Paar.

Sie hatten sich so gesetzt, dass das Meer im Hintergrund war. Die Sonne hatte schon fast den Horizont erreicht. Auch das Schwarz-Weiß-Bild verströmte Abendstimmung. Ich schaute mir meine Großeltern noch einmal an, erst Emmas Gesicht, dann Pauls. Manchmal kam es mir vor, als hätte ihn niemand von uns richtig kennengelernt – Emma ausgenommen wahrscheinlich. Auf seine Art war Paul ein Phantom. Auch auf diesem Bild blickte er, wie meist, sehr ernst, und er war sehr schmal. Ich schaute erneut genauer hin und fand, dass seine Augenbrauen schön gezeichnet waren. Man bemerkte sie trotz der dicken Hornbrille, die ihn auf diesem Bild ein wenig wie Sartre aussehen ließ. Sein dichtes Haar trug er gescheitelt und zur Seite gekämmt. Es war eine Frisur, die denen ähnelte, die vor ein paar Jahren mal wieder aufgekommen waren. Mein Vater hatte eine solche getragen. Wahrscheinlich kamen die meisten Dinge irgendwann wieder zurück. Von Emma wusste ich mittlerweile, dass Paul und sie früher viel diskutiert hatten, nächtelang hatten sie sich die Köpfe heiß geredet. Emma hatte sogar geraucht – Gauloises –, sie hatten Franzosen getroffen, junge Menschen ihres Alters. Das konnte nicht leicht gewesen sein, so bald nach dem Krieg …

23. KAPITEL

Als ich am nächsten Morgen die Augen öffnete, war Liam weg. Ich konnte mir sagen, dass er früher aufgestanden war, aber ich wusste, dass dem nicht so war. Ich schloss die Augen und öffnete sie noch einmal wie ein kleines Kind, das glaubte, dass es etwas wieder herbeizaubern konnte, aber sein Bett blieb leer, und eigentlich sah es so aus, als wäre es gar nicht benutzt worden. Ich war früher ins Bett gegangen, er hatte gesagt, dass er gleich komme.

Für einen Moment lag ich reglos da, dann rollte ich mich zur Seite und legte beide Hände auf die Bettdecke. Sie war kühl, sah unberührt aus. War er tatsächlich nicht im Bett gewesen? Offenbar hatte ich nach der körperlichen Anstrengung gestern geschlafen wie ein Stein. Hatte er irgendeine Nachricht hinterlassen? »Bin Brötchen holen.« Irgend so etwas eben.

Ich fand nichts. Da war meine Reisetasche, da sein Rucksack. Okay, der war also noch da. Wo war er? Meine Gedanken begannen sich umherzuwinden wie Schlangen. Darin war ich wirklich gut.

Was verbarg er vor mir? War er vielleicht krank, war es das? Liebte er mich einfach doch nicht so sehr, und war ihm das inzwischen klar geworden? Hatte er überhaupt je das Wort Liebe verwandt? Musste man das, um sich etwas zu beweisen? Ich musste es nicht. Ich liebte ihn. Ich begann zu weinen, und da war Wut in meinen Tränen. Mein Blick fiel auf Emmas Album. Als Nächstes sollte es noch einmal zurück nach Bordeaux gehen. Alice und Joaquin freuten sich auf uns.

Um elf Uhr rumpelte es vor der Tür, und einen Augenblick später stand Liam mit einer Tüte duftender Croissants vor mir. Ich starrte ihn an wie eine Erscheinung, und es schien mir, als würde er einen Augenblick zögern.

»Ich brauche endlich eine ehrliche Antwort«, sagte ich.

Er schaute mich verblüfft an. Ich suchte nach Worten, stotterte. Ich kam mir vor wie in einem Film, aber im Film hätten alle den Atem angehalten und wären sich nicht komisch vorgekommen. »Du würdest es mir doch sagen, wenn du irgendetwas hättest? Ich meine, wenn irgendetwas nicht stimmt mit dir?«

Liam legte die Croissants auf dem kleinen Schreibtisch ab und sah sich nach den Handtüchern um, die wir immer auf dem Bett ausbreiteten, um uns vor Krümeln zu schützen. Es kam mir vor, als miede er meinen Blick.

»Wie meinst du das denn?«

»Na ja, ich meine«, ich zögerte, »ich meine, wenn du krank wärst. Das würdest du mir doch sagen, oder?«

Er starrte mich an, dann lachte er schallend, und ich kam mir blöd vor. Es wurde besser, als er mich in den Arm nahm.

»Es ist alles in Ordnung mit mir, Liv.«

»Wirklich?«

»Wirklich.« Er fuhr mit dem rechten Zeigefinger über mein Gesicht. »Ich wollte dich nur nicht wecken, weil du so süß geschlafen hast. Es war wohl etwas spät gestern, oder das Schwimmen war zu anstrengend.« Er zwinkerte mir zu. Ich reagierte nicht. Ich wollte ihm glauben. Doch als ich an diesem Abend im Bett lag, ging der Gedankenwirbel von Neuem los.

Am nächsten Morgen war Liam wieder weg. Dieses Mal bekam ich es früher mit, und nach zehn Minuten atmete ich zum was weiß ich wievielten Mal sehr tief durch, so, wie ich es vielleicht zum letzten Mal vor einer Klausur getan hatte, bevor ich das Blatt mit den Fragen vorsichtig umgedreht und endlich gewusst hatte, ob ich mich richtig vorbereitet hatte. Wo war er dieses Mal?

Ich starrte zu seiner Bettseite hin. Das Handy lag dort, mitten auf dem Bett. Er würde also gewiss wieder zurückkommen … Warum hatte er es hiergelassen? Irgendwie musste ich das Handy ständig anstarren. Ich konnte es kaum aus den Augen lassen. Nein, er ging eigentlich nie ohne Handy aus dem Haus. Also würde er es früher oder später holen. Wie viel Zeit hatte ich wohl, um es mir anzusehen? Ich hatte schon öfter darüber nachgedacht.

Ich trat ans Fenster unseres Hotels und hielt nach ihm Ausschau. Leider war die Sicht hier nicht wirklich gut, dazu war die Straße hinter dem Haus viel zu schmal. Es war also eher unwahrscheinlich, dass ich ihn auf diese Weise irgendwo entdeckte. Sollte ich es trotzdem wagen, meine Chance nutzen und einen Blick auf sein Handy werfen? Endlich Klarheit über das haben, was er vor mir verbarg?

Ja, vielleicht vergifteten mich diese Gedanken, aber ich konnte nichts dagegen tun. Es musste jetzt eine Lösung geben, bevor etwas zwischen uns trat, das sich nicht mehr bewältigen ließ.

Das verdammte Handy ging mir einfach nicht mehr aus dem Kopf. Ich schaute es an und sagte mir dann, dass ich es gleich hätte nehmen sollen. Vielleicht hätte ich sogar nach draußen laufen sollen, ihn suchen und es ihm in die Hände drücken, damit ich gar nicht erst in die Versuchung geriet, gegen die ich gerade ankämpfte. Je später ich es in die Hand nahm, desto wahrscheinlicher war außerdem die Möglichkeit, dass er doch noch zurückkam, mich mit dem Handy sah und … Ich beugte mich zu seiner Bettseite hinüber und nahm es. Mein Herz klopfte schneller. Es war, als würde ich mir dabei zusehen, und ja, es gab auch die

Stimme, die mich davon abhalten wollte. Routiniert klappte ich es auf, suchte Messages, scrollte, und dann entwickelte sich alles genau so, wie ich es erwartet hatte: die Schritte im Flur, ein Geräusch an der Tür, Liam, der mich anstarrte wie in so einem Film …

»Was machst du da, Liv?«

Es sind auch dieselben Fragen, oder?

»Nichts, ich mache nichts.« Ich warf das Handy zurück aufs Bett, als wäre es plötzlich sehr heiß geworden. »Du hast dein Handy vergessen. Ich wollte es dir gerade bringen.«

Sagte man so etwas Absurdes wirklich in solchen Momenten? Ich brachte es kaum über mich, noch einmal in seine Richtung zu schauen. Ich spürte, dass er mir meine Worte nicht abnahm.

»Spionierst du mir nach?«, fragte er im nächsten Moment mit einer erschreckenden Ruhe. Seltsamerweise sah er nicht wütend dabei aus, eher erleichtert. Im nächsten Moment ging er zum Bett hinüber, setzte sich darauf und wirkte in diesem Augenblick so anziehend auf mich, dass es mir den Atem verschlug. Er lächelte schief. »Nun gut, ich wollte es dir schon lange sagen, Liv …«

Sag es mir nicht, sag es mir nicht … Ich will es doch gar nicht wissen …

»Ich habe ja längst gemerkt, dass du mir misstraust, dass da irgendetwas ist, was dich unruhig macht, zu Recht vielleicht …«

»Ich misstraue dir nicht«, stotterte ich.

»Und ich bin froh, dass der Zeitpunkt zu reden endlich gekommen ist.«

Er ignorierte mich. *Du musst es mir nicht sagen, bleib einfach still. Ich kann damit leben, dass ich es nicht weiß. Wirklich.*

Doch ich hatte diese Wahl nicht mehr. Ich hatte Dinge ins Laufen gebracht, die ich nicht mehr kontrollierte.

Als er anfing zu erzählen, überlegte ich für einen flüchtigen Moment, mir die Ohren zuzuhalten, aber natürlich war ich aus diesem Alter heraus, und natürlich änderte das auch nichts. Hatte ich mir das hier selbst zuzuschreiben? Hätte ich ihm vertrauen sollen und keine Antworten auf Dinge einfordern, die mich vielleicht doch nichts angingen? Liam erzählte. Er sagte Dinge, die mich verwirrten, denn hauptsächlich bestand er darauf, meiner Liebe nicht würdig zu sein. Wirklich, es kostete mich einige Beherrschung, nicht verzweifelt zu lachen, als er das behauptete. Lediglich sein Gesichtsausdruck hielt mich davon ab: Für ihn war das, was er sagte, bitterer Ernst.

»Warum nicht?« Meine Stimme zitterte. Es war das Erste, was ich seit einiger Zeit sagte. »Warum verdienst du meine Liebe nicht?«

Er verschränkte die Arme und drückte die Kiefer so fest aufeinander, dass sein Gesicht zuckte.

»Ich bin verheiratet.«

»Wie bitte?«

Jetzt lachte ich doch. Es klang schrill. Das konnte nicht sein, das war doch nichts als ein verdammtes Klischee. Er hatte bereits eine verdammte Frau … Hatte er vielleicht auch Kinder? Hatte er darüber nachgedacht, sie zu verlassen? Hatte er mir das versprechen wollen? Ich verlasse meine Familie, ich liebe nur dich … Wer waren sie? Lebten sie auf der Insel? Warum hatte ich sie nicht gesehen?

Meine Fantasie ging in rasender Geschwindigkeit mit mir durch. Wollte er mir jetzt etwa sagen, dass er doch zu seiner Familie zurückkehrte? Hatte er mit seiner Frau geredet? Wut brodelte in mir hoch. Verdammt noch mal, er war verheiratet und hatte es mir nicht gesagt! Für was hielt er sich eigentlich? Ich zitterte, und mir war klar, dass ich gleich Dinge sagen würde, die ich vielleicht bereute. Aber ich wollte sie sagen. Ich wollte sie so sehr sagen, dass es geradezu in meiner Kehle brannte.

»Du verdammter Mistkerl!«, schrie ich ihn an.

»Ich glaube, du verstehst das falsch«, erwiderte er sehr leise und irgendwie sehr ruhig, was mich noch wütender machte.

»Was soll ich denn da falsch verstehen, *for fuck's sake!*«

Nein, ich wollte mich nicht beruhigen. Ich wollte toben, ihm zeigen, wie sehr er mich verletzt hatte, und dann wollte ich nur noch nach Hause und diese verdammte Reise abbrechen, die ich ja ohnehin nie hatte antreten wollen. Ich hatte schon damals recht gehabt, als Emma mir das erste Mal von ihrer Idee erzählt hatte. Ich hätte daheimbleiben sollen. Er räusperte sich.

»Es ist nicht so, wie du denkst«, sprach er noch leiser weiter.

Ich drehte mich abrupt von ihm weg und schloss die Augen. Eine Weile sagte er nichts. Ich hörte, wie er sich erneut räusperte.

»Ich weiß, dass du mir nicht mehr vertraust«, sagte er unvermittelt.

Ich musste tief Luft holen. Zur Hölle, ja, das tue ich nicht.

»Und vielleicht hast du recht damit«, fuhr er nachdenklich fort. »Du kannst mir glauben, dass ich wirklich gekämpft habe. Ich habe darum gekämpft, dir der Mann zu sein, den du verdienst, aber es geht einfach nicht ...«

»Dann geh halt zu ihr zurück«, schrie ich ihn an. Meine Stimme kippte. Und wieder räusperte er sich. Ich dachte, dass er es endlich aussprechen sollte. *Ich will es hinter mir haben.*

»Sie ist tot.« Ich starrte die Tür an. »Ich habe es wirklich versucht«, wiederholte er dann, »aber ich kann Rita nicht vergessen, und ich kann nicht vergessen, was zwischen uns war. Es hat mein Leben verändert ...«

Rita, sie heißt Rita, dachte ich. Ich suchte jetzt doch nach seinem Blick, aber er wich mir aus. Jedes seiner folgenden Worte war ein Messerstich mitten in mein Herz. Irgendwann verstummte er. Meine Stimme zitterte wieder, als ich zu sprechen begann: »Warum hast du dann all das getan? Warum hast du mit mir geredet, warum bist du mir gefolgt? Das hättest du nicht tun müssen.«

Ich wollte weinen, aber meine Augen blieben trocken. Ich wollte zusammenbrechen, aber ich stand immer noch da, starr wie ein Stein, und dann schwoll wieder eine Kaskade von Wörtern in mir an, die ich ihm an den Kopf werfen wollte. So kannte ich mich wirklich nicht.

»Ich kann dir einfach nicht das geben, was du von mir willst. Ich werde es dir nie geben können.«

»Und das wird dir jetzt klar?«

Was sollte ich ihm noch glauben? Vielleicht erzählte er mir nur wieder etwas. Jetzt schauten wir uns beide an. Sein Gesicht sah unbeweglich aus, steinern, als hätte er eine Entscheidung getroffen, die ihn schmerzte, die er aber nicht ändern konnte oder wollte.

Aber sie ist tot, wollte ich ihn wieder anschreien und fragte mich gleichzeitig, ob man so etwas tat. Würde schreien helfen? Mir würde es helfen, da war ich mir sicher. O ja, Verständnis und Ehrlichkeit waren die eine Sache, aber ich war eben auch verdammt wütend. Wieso ließ er es zu, dass diese tote Rita so einen großen Platz in seinem Leben einnahm? Sie würde nie zurückkehren. Sie würde doch nie wieder sein Leben teilen. Ich sah ihm in die Augen und öffnete den Mund, doch er kam mir zuvor.

»Ich kann es nicht. Ich kann sie nicht loslassen. Ich habe es versucht, Liv, wirklich. Meine Frau ist tot, ja, und während wir verheiratet waren, wollte ich, dass sie tot ist, weil es so verdammt schwer war mit ihr, und ich stellte es mir manchmal vor … Verstehst du? Ich war nicht an ihrer Seite, als sie mich brauchte. Dabei hätte ich es sein müssen. Ich habe den Menschen, der mir am meisten bedeutete, im Stich gelassen. Ich will so etwas nicht noch einmal erleben.«

Ich verstand nicht, was er mir sagen wollte, aber ich fragte auch nicht. Eigentlich wollte ich es ja gar nicht wissen …

»Ich muss hier weg«, stieß ich endlich hervor und ging zur Tür.

Ich ging gute zwei Stunden umher, ohne dass ich später hätte sagen können, wo ich gewesen war. Ich lief einfach, lief und lief und lief, kreuz und quer. Er war verschwunden, als ich wiederkam. Ich würde ihn nie wiedersehen.

Am Telefon weinte ich an diesem Abend so sehr, dass Emma mich kaum verstehen konnte, aber sie blieb geduldig, hakte nach und lockte auf diese Weise schließlich die ganze Geschichte aus mir heraus. Ich hatte mir den ganzen Tag über Zeit gelassen, sie anzurufen, obwohl ich das natürlich von Anfang an vorgehabt hatte. Aber erst hatte ich nachdenken und meine Fassung zurückgewinnen müssen. Ganz war es mir nicht gelungen, das war meiner Erzählweise durchaus anzuhören.

»Er ist verheiratet, Emma, aber das ist nicht das Schlimmste, er …« Ich hörte mich schluchzen und war fasziniert, dass ich überhaupt noch – oder wieder? – Tränen in mir hatte. Wie konnte das sein? Ich hatte doch schon so viel geweint. Stundenlang – so etwas hatte ich nicht mehr erlebt, seit ich ein Kind gewesen war. Stockend holte ich Luft. »Aber das ist nicht das Schlimmste«, wiederholte ich und stotterte dann den Namen von Liams Frau kaum verständlich heraus, »Rita … Er will mich nicht, weil seine Frau tot ist.«

»Seine Frau ist tot?« Meine Großmutter klang verwirrt. Ich weiß nicht, ob es ihr Ton war oder irgendetwas anderes. In jedem Fall hörte ich auf zu weinen. Von einem Moment auf den anderen stockten meine Tränen. Meine Nase lief, ich putzte sie mir.

Mein Mund war trocken. Ich entschuldigte mich und trank einen Schluck lauwarmes Wasser aus der Flasche, die ich mit mir herumgetragen hatte. Ein Geräusch sagte mir, dass Emma den Telefonhörer von der einen zur anderen Seite wechselte. »Und noch einmal, was war mit seiner Frau?«

»Sie hat sich umgebracht«, antwortete ich. »Er hält es für seine Schuld, weil er vielleicht irgendetwas gesagt hat, und sie ... Keine Ahnung, ich glaube, ich habe es vielleicht nicht ganz kapiert.«

Ich hätte jetzt gerne wieder geweint, aber plötzlich konnte ich nicht mehr. Ich musste mehrfach schlucken.

»Ach, Kleines.« Emmas Stimme klang sanft wie ein Streicheln. Wie früher, wenn ich bei ihr zu Besuch war und mir beim Hinfallen die Knie aufgeschlagen hatte. Dann hatte sie zwar jedes Mal mit Jod gefuchtelt, was ich hasste, aber danach hatte sie mich in den Arm genommen, auf ihren Knien gewiegt und mir eine Geschichte erzählt. Ich drückte den Hörer fester ans Ohr, als könnte ich ihr damit näher sein.

»Ich möchte nach Hause, Omi, bitte.«

Ich hatte diese Reise abgeschlossen. Vielleicht fehlte hier und da noch etwas, aber insgesamt hatte ich doch alles gesehen und die meisten Bilder nachstellen können. Meine Großmutter war zufrieden mit mir. Ich sagte Alice und Joaquin ab, was diese bedauerten, und stellte die letzten Bilder online. Ich spürte nichts. Ich googelte zur Sicherheit noch einmal nach meinem Heimweg, weil es das Einzige war, was mich beruhigte. Von Marseille aus gab es natürlich einen Zug nach Paris. Ich fragte mich flüchtig, wo er seine letzte Zeit hier verbrachte. War er schon abgefahren oder irgendwo untergekommen? Emma schrieb einen Kommentar unter eins meiner Bilder. Wir tauschten uns halbherzig darüber aus.

Abends blätterte ich durch ihr Buch des Lebens und musterte die Bilder von Paul und ihr, während sich mein Magen wieder einmal verknotete, jedenfalls fühlte es sich so an. Paul und Emma, Liv und Liam. Lizzie.

Ich hatte Fragen und machte halbherzige Pläne für die Zeit meiner Rückkehr. Ich schrieb sogar Nachrichten an Kolleginnen, um Treffen zu vereinbaren. Ich wollte alles sein, nur nicht alleine mit mir.

Ich rief Jenna an.

Als ich am nächsten Tag im TGV saß, musste ich mich sehr beherrschen, nicht in Gedanken zu versinken. Im Zug zu sitzen barg stets diese Gefahr. Ich blätterte in einem Hochglanzmagazin, das ich mir gekauft hatte, und las hier und da. Ich beobachtete meine Mitreisenden und betrachtete die Landschaft, wenn sich die Möglichkeit ergab.

Frankreich raste wieder einmal an mir vorbei. Ich holte einen Schreibblock aus meiner Tasche und versuchte, Listen über das anzulegen, was ich zu Hause zu tun beabsichtigte. Es war immer gut, darüber nachzudenken, was man tun wollte, welche Aufgaben man hatte. To-do-Listen waren gut in solch einer verdammten Situation.

Danach kehrte ich zurück in mein verdammtes Leben.

Emma

Emma öffnete die Instagram-Seite mit einem unguten Gefühl. Sie konnte nicht sagen, dass ihr die Nachrichten gefielen, die sie in letzter Zeit erhalten hatte. Da entwickelte sich etwas zwischen Liam und Liv, das nach nichts Gutem aussah. Am liebsten, dachte sie, würde ich mich selbst auf den Weg machen. Aber das Bein spielte da noch lange nicht mit, und so blieb ihr nur, das Schauspiel von ferne zu verfolgen und das Beste zu hoffen. Sie dachte jetzt häufiger an die Rückkehr nach Cashel und wie sich schließlich alles verändert hatte. Es gab Szenen, an die sie sich heute noch erinnerte, als wären sie eben erst geschehen …

Paul sah nicht zu ihr hin. »Ich wollte dich schützen«, sagte er.

»Schützen? Vor was, Paul?« Emma fühlte Wut in sich aufsteigen, dann sprang sie auf und lief mit schnellen Schritten durch das Zimmer, während er weiter fast reglos am Tisch sitzen blieb, sie erst beobachtete und dann wieder hilflos vor sich hin starrte. Sie blieb stehen. »Wovor willst du mich schützen, Paul, davor, dass ich irgendwann alleine dastehe? Ohne dich. Denkst du, das fällt mir leichter, wenn du einfach stirbst und ich nicht darauf vorbereitet bin? Wenn du einfach nicht mehr bei mir bist und ich alleine zurückbleibe?«

»Aber ich will dir nicht wehtun. Außerdem bist du stark. Warum können wir die Zeit nicht nutzen, die uns bleibt?«

Emma stand immer noch und schaute ihn unverwandt an.

»Du tust mir nicht weh, wenn du ehrlich zu mir bist.« Sie holte tief Luft. »Und jetzt bitte sag es mir, sag mir, wo du warst. Wie kommst du dazu, mich hier einfach in Cashel sitzen zu lassen?«

»Du hattest Elisabeth. Sie ist immer für dich da.«

Emma spürte die Arme starr und steif an ihren Seiten. Sie ballte die Fäuste. »Elisabeth hat ihre eigene Familie, und du bist einfach gegangen, ohne ein Wort. Du hättest etwas sagen müssen. Du bist nicht alleine. Wir sind ein Paar, du kannst deine Entscheidungen nicht alleine treffen. Wo warst du?«

»In Dublin.« Paul starrte einen Moment lang vor sich hin. Seine Hände zitterten leicht. »Ich war bei einem Arzt, Emma, ich …

Ich war schon einmal bei einem Arzt, das weißt du ja …« Er hob den Kopf und schaute sie wieder an. »Ich beobachte diese Veränderung an mir schon seit einiger Zeit und wollte es zuerst nicht wahrhaben. Jetzt geht das nicht mehr.«

»Und warum hast du nicht mit mir geredet? Wir gehören zusammen. Wir sollten übereinander Bescheid wissen.«

Sie sah, wie seine rechte Augenbraue sich kurz nach oben bewegte. Sie wusste natürlich, dass es da Dinge aus dem Krieg gab, die er nicht erzählte, aber jetzt, wo sie zusammen waren, da sollten sie sich doch alles sagen?

»Wirklich, ich wollte dir nicht wehtun.« Kurz sah es aus, als würde er in Tränen ausbrechen, und ihr zog sich der Hals zusammen, weil sie ihn noch niemals hatte weinen sehen.

»Ich will auch für dich da sein, Paul, verstehst du das nicht?«, flüsterte sie dann und musste heftig schlucken. »Deshalb sind wir doch Mann und Frau, in guten wie in schlechten Tagen.«

»Aber ich werde dich irgendwann zurücklassen müssen, Emma. Ich bin krank. Ich werde gehen, und das wird viel früher sein, als wir uns das je vorgestellt haben …«

Sterben. Sag es doch. Aber er sprach das Wort nicht aus. Natürlich nicht. Das tat er nie. Emma hörte sich selbst atmen.

»Wir werden sehen«, sagte sie dann.

Paul öffnete den Mund und schloss ihn wieder.

24. KAPITEL

Liam und Rita

Als Liam ankam, war es früher Abend, und Rita lag bereits im Bett. Er war von der Siebzehn-Uhr-Fähre direkt zu ihrem Haus gelaufen. Natürlich hatte er sich beeilt, hatte voller Vorfreude die Tür geöffnet und war dann gleichsam vor dem seltsam schalen Geruch zurückgefahren, der ihn empfing. Es hatte gerochen, als wären wochenlang keine Fenster mehr geöffnet worden. Im Haus war es unglaublich still gewesen, sodass er einen Moment lang zweifelte, ob überhaupt jemand da war. Verwirrt hatte er eine Zeit lang innegehalten. Da war nichts, was auf Ritas Anwesenheit hindeutete, kein Laut, keine Lebensäußerung, nichts. Zugegebenermaßen hatte es ihn schon gewundert, dass sie ihn nicht von der Fähre abgeholt hatte. Das tat sie eigentlich immer, manchmal war sie sogar selbst mit der »Seestern« hinübergesegelt, um ihn zu empfangen. Er liebte es, wenn er sie vom Ufer aus kommen sah, wenn er sah, wie sie da alleine am Steuer stand, mit ihrem lockigen dunklen Haar, eine moderne Gráinne Ní Mháille, eine Grace O'Malley der Gegenwart.

Liam runzelte die Stirn. Hatte er nicht schon in den letzten Wochen ab und an gedacht, dass sich der Ton ihrer Briefe änderte? Sie hatten schon einmal mit dem Dämon gekämpft, und sie hatten ihn besiegt … Nein, er wollte sich keine dummen Vorstellungen machen. Vielleicht hatte sie seine Nachricht nur nicht bekommen?

Aber sie hat dir doch geantwortet.

Er überlegte. Er konnte jedenfalls froh sein, dass er es hierher geschafft hatte, denn heute war der Bus spät dran gewesen, und er hatte die Fähre gerade noch erwischt. Wenn nicht, hätte er jemanden anrufen müssen. Sie? Und wenn er sie nicht erreicht hätte, wie mehrmals in den letzten Tagen? Dann wäre er vielleicht zu einem alten Kumpel aus der Schule gelaufen … Er war froh, dass ihm das erspart geblieben war. Er hatte lange keinen Kontakt mehr zu seinen alten Freunden gehabt. Die Fähre hatte er jedenfalls gerade noch erwischt. Die Überfahrt war ereignislos gewesen, und als sie im Hafen von Inishbofin anlegten, war niemand da gewesen.

In diesem Moment hatte er gemerkt, dass er tatsächlich gehofft hatte, dass da doch jemand stand: eine verschlafene Rita, die die Nacht über auf See gewesen war und leider den Wecker überhört hatte, eine Rita, die ihn überraschen wollte und ihn breit angrinste.

Doch da war niemand gewesen, und auch sonst war wenig Betrieb, gewiss weil der Himmel recht dunkel war und es nach Regen aussah.

Für einen Moment hatte er noch einer aufgeregt schnatternden Schar junger Frauen hinterhergesehen, die wohl das Wochenende auf Inishbofin verbrachte. Sie trugen T-Shirts mit einer stilisierten Kuh, vielleicht handelte es sich um eine Hen-Party, eine Junggesellinnenabschiedsparty. Allerdings fanden die doch normalerweise an aufregenderen Orten statt?

Als Letzter hatte er sich auf den Weg vom Kai zu ihrem Haus gemacht. Und jetzt stand er hier, in diesem ungewohnten Geruch. Er horchte noch einen Moment länger, dann rief er: »Rita! Bist du da?«

Keine Reaktion. Er ließ die Tasche fallen und entschied, nach oben zu gehen, wo er das Licht anmachen musste. Den ganzen Flur entlang waren die Türen geschlossen, nur die des Badezimmers stand leicht offen. Als er sich kurz forschend umschaute, sah er schlammige Schuhabdrücke. Hier war lange nicht geputzt worden, dabei war Rita eigentlich ziemlich ordentlich …

Er steuerte das Schlafzimmer an, zögerte noch einen Augenblick und öffnete dann die Tür mit mehr Entschlossenheit, als er wirklich verspürte.

Der Geruch war im Schlafzimmer noch deutlicher. Hier roch es, als hätte sich jemand schon lange Zeit nicht mehr geduscht oder die Kleidung gewechselt. Die Vorhänge waren fest zugezogen, und es war so düster, dass es einen Augenblick dauerte, bis sich seine Augen an die Lichtverhältnisse gewöhnt hatten. Ritas Anblick im Bett, die Decke bis zum Hals hochgezogen, den Rücken der Tür zugewandt, ließ ihn zusammenzucken.

»Rita?« Sie gab keinen Laut von sich, aber er hatte den Eindruck, als würde sich die Decke etwas bewegen. »Rita, ich bin's.«

Das war albern. Schließlich wusste sie, dass er heute nach Hause kam, oder? Er ging zu den Fenstern hinüber und zog einen der Vorhänge etwas auf. Dann drehte er sich um und kam zum Bett zurück. Ihr Gesicht war bleich. Da war nichts mehr von den rosigen Wangen, die er so liebte. Sie schaute ihn kurz glasig an, dann schloss sie die Augen einfach wieder.

Liam frühstückte zwei Tage alleine, bevor Rita am dritten Tag nach unten kam und eine Weile stumm vor ihrer Tasse Tee saß. Im Hellen sah ihr Haar noch ungewaschener aus, die Haut wirkte käsig und ungesund. Sie aß zu wenig, aber er hatte sie in den letzten Nächten auch mehrfach ruhelos im Haus herumlaufen hören. Da hatte sie wahrscheinlich Wasser getrunken und wohl auch Brot geknabbert, denn er hatte die geöffnete Toastpackung morgens auf dem Küchentisch gefunden.

»Toast?«, fragte er. Sie schüttelte den Kopf. Er butterte sich selbst eine Scheibe und biss herzhaft hinein. »Hm, lecker, Frühstück mit Toast und meiner Liebsten, das habe ich vermisst.«

Sie reagierte nicht, sah eigentlich aus, als hätte sie ihn gar nicht gehört, trank aber immerhin einen Schluck von dem Tee, den er ihr hingestellt hatte.

Er überlegte. Offenbar war es wirklich zurück. War etwas in seiner Abwesenheit geschehen? Aber es musste nichts geschehen, das wusste er. Es war etwas in Ritas Kopf. Eine ihrer Großmütter hatte ähnliche Beschwerden gehabt. Irgendwann hatte man sie weggesperrt.

Er betrachtete den Schmutzrand an Ritas Hals, da, wo sich Schweiß und Staub verklebt hatten. Dann versuchte er, erneut ein Gespräch anzufangen, prallte aber wieder an ihr ab.

Nach einer Weile versuchte er es noch einmal. »Rita, Süße, ich könnte dir ein schönes Bad einlassen, was meinst du? So ein richtig schön warmes mit deinem Lieblingsduft. Wäre das was?« Der Kosename klang falsch. Alles, was er versuchte, fühlte sich falsch an. Er griff nach ihrer Hand, keine Regung, nicht die geringste. Sie reagierte einfach nicht auf ihn, als wäre sie in einer anderen Welt.

Wieder ein paar Tage später war erneut etwas anders. Jemand polterte sehr früh am Morgen an der Couch im Wohnzimmer vorbei, auf der er seit seiner Ankunft geschlafen hatte. Die Vorhänge wurden aufgerissen und ließen unbarmherzig helles Morgenlicht herein. Er kniff unwillkürlich die gerade geöffneten Augen wieder zusammen.

»Aufstehen!«, rief Ritas Stimme. Ja, das war ihre Stimme, so, wie er sie kannte und wie sie immer gewesen war, energisch und munter. Sie riss ihm die Decke weg. Er setzte sich mechanisch auf und gähnte. Irgendwie wusste er, dass er jetzt nichts Falsches machen durfte. Er sah zu Rita hoch. Sie stand vor ihm, frisch geduscht, mit einem sehr kurzen Haarschnitt, den sie sich in der letzten Nacht offensichtlich eigenhändig geschnitten hatte.

Er gab sich einen Ruck. »Hey, Sonnenschein, wie spät ist es denn?«

»Fünf Uhr«, antwortete sie.

»Morgens?«

»Klar.«

Er schluckte die Frage hinunter, warum sie ihn um fünf Uhr weckte.

»Und wo gehen wir hin?«, erkundigte er sich und versuchte, fröhlich zu klingen.

Sie grinste ihn an. »Auf unser Boot, wohin sonst?«

Ihre Stimme klang so klar, als könnte es daran so gar keinen Zweifel geben. Sie war wie verwandelt. Im nächsten Moment begann sie auch schon ungeduldig auf ihren Fußballen auf und ab zu wippen. Ihr ganzer Körper wirkte angespannt, wie eine Feder, die in einer Halterung steckte, aus der sie jeden Moment hinauszuspringen drohte. Liam beeilte sich, aufzustehen. Mit den ausgebreiteten Fingern fuhr er sich durch die Haare.

»Na dann«, sagte er. »Ich war echt ewig nicht mehr auf unserem Schiff. Das ist eine super Idee.« Er lächelte sie an. Etwas veränderte sich für einen flüchtigen Moment in ihrem Gesicht. Er tat so, als würde er es nicht merken. »Lass mir einen Moment, ich ziehe mich rasch an.« Er rannte so schnell die Treppe hinauf, dass er ins Stolpern geriet. Er hätte gerne geduscht, verzichtete jedoch darauf. Alles musste jetzt schnell gehen. Stattdessen schlüpfte er nur in frische Klamotten, bürstete sich die Haare und eilte die Treppen wieder nach unten. Sie stand immer noch da, den Kopf jetzt halb zum Fenster hingedreht, wie eine automatische Puppe, die man ausgeschaltet hatte.

»Gehen wir?«, rief er ihr zu und trat schon vor die Tür. Rita kam ihm direkt hinterher und fummelte im Hinausgehen eine Zigarette aus der Tasche ihrer Regenjacke. Es war ihm neu, dass sie rauchte, aber dass da etwas war, war ihm schon in den ersten Tagen seit seiner Ankunft aufgefallen. Er hatte sie zwar nicht rauchen sehen, aber da war eben der Geruch gewesen. Er musterte sie verstohlen. Sie trug eine schmale schwarze Jeans und einen dunklen Aran-Pullover. Ihr Haar war so kurz geschnitten, dass die Kopfhaut weiß hervorschimmerte. Waren das gelbliche Verfärbungen an ihren Fingern?

Er musste sich sagen, dass er froh war, an der frischen Luft zu sein. Rita ging jetzt strammen Schrittes voraus. Bald erreichten sie den kleinen Hafen. Außer ihnen war noch niemand unterwegs. Als sie ihm die Hand gab, um ihn an Bord zu ziehen, war es sehr kurz wieder ein wenig wie früher und dann auch wieder nicht. Er konnte kaum darüber hinwegsehen, wie sie ausschaute: das bleiche Gesicht, die abgemagerte Gestalt, die Haare. Warum hatte ihm niemand Bescheid gesagt? Vielleicht hatten sie nicht gewusst, wie …

Sie drehte sich zu ihm hin, und er errötete, weil es sich anfühlte, als hätte sie ihn erwischt. Sie machten die Taue los. Rita navigierte das Boot wie selbstverständlich aus dem Hafen hinaus.

Als sie das offene Meer erreichten, ging die Sonne über dem Festland auf und färbte das Meer in einem sehr hellen Gold. Über ihnen segelten Möwen im Wind. Er hielt Ausschau nach Papageientauchern. Das Boot bewegte sich auf den Wellen sanft auf und ab. Für einen Moment schaute er zum Land hin, dann beobachtete er wieder Ritas entschlossene, ruhige Bewegungen.

Hier auf dem Schiff war sie bei sich, war sie wieder die Frau, die er kannte. Er überlegte, ob er ihr hier Fragen stellen konnte, aber er wagte es nicht. Das Gefüge war prekär und konnte leicht zum Einsturz gebracht werden. Das hatte er immer wieder erlebt. Stattdessen fuhr er also fort, sie zu beobachten. Das machte auch Spaß. Rita war schon viel länger eine gute Seglerin als er. Sie kannte das Schiff bis auf die letzte Schraube. Sie hatte schon als Grundschülerin davon geträumt, Fischerin zu werden wie ihre Großeltern und ihre Eltern. Und wie sie da so stand, konnte man sich vorstellen, dass es funktioniert hätte. Er sah zu, wie sie konzentriert den Blick auf das Segel richtete, nur eine kleine Bewegung machte, und das Schiff folgte ihr. Er liebte es wirklich, ihr am Steuer zuzuschauen. Er liebte es, wie geschickt sie hantierte. Er liebte ihr Lachen und den konzentrierten Ausdruck auf ihrem Gesicht, wenn ein Manöver sich als schwieriger darstellte.

Sie hatte ihm einmal gesagt, sie träume, an der Vendée Globe teilzunehmen. O ja, es war in jedem Fall gut, hier zu sein. Das Glück, auf dem Wasser zu sein, fing ihn sofort wieder ein.

Auf dem Wasser hatten sie beschlossen zu heiraten. Das war während der ersten Semesterferien gewesen, als er zum ersten Mal wieder aus Dublin zu Hause gewesen war und von dem Erlebten geradezu übersprudelte. Sie war damals zweiundzwanzig gewesen, er einundzwanzig. Während er studiert hatte, hatte sie sich in den Fischereibetrieb der Eltern eingearbeitet. Gemeinsam waren sie in diesen Tagen oft hinausgesegelt, in diesen kurzen, wunderschönen Wochen, in denen er ihr auch den Antrag gemacht hatte, als könnte er damit etwas heilen.

Vielleicht waren sie selbst überraschter gewesen als ihre Eltern und Freunde. »Das war doch klar«, sagten die, als Rita und Liam ihnen davon erzählten, und Áine hatte hinzugefügt: »Wir wussten das von Anfang an.«

Das Rosa-Blau des Morgenhimmels verblasste nach und nach. Das Meer verlor seinen Goldschimmer, das Rot-Orange verstärkte sich. Rita schickte ihn in die Kajüte, um Tee zu kochen. Er fand auch eine Packung Kekse, die er ihr einzeln fütterte. Als sie selbst Tee trank, ließ sie ihn kurz ans Steuer. Aus den Augen ließ sie ihn nicht.

»Na, du musst wieder reinkommen, was?«, neckte sie ihn.

»Kann schon sein.«

Sie trank ihren Tee rasch aus und übernahm dann wieder.

Irgendwann küssten sie sich. Er dachte an Dublin. Er liebte sein Studium, aber freute sich auch darauf, seinen Abschluss zu machen und wieder hierherzukommen, um bei ihr zu sein. Er konnte sie aus diesem Loch ziehen, er wusste es.

Sie fuhren ein Stück die Küste runter, immer entlang der Stellen, an denen sie schöne Zeiten verbracht hatten. Irgendwann warfen sie Anker. Sein Magen knurrte.

»Schon wieder Hunger?«, fragte sie belustigt.

»Ich bin ein Mann.«

»Akademiker.«

Er zuckte mit den Schultern. »Jedenfalls habe ich Hunger. Vielleicht ist ja noch etwas in den Schränken.«

»Vielleicht.«

Er kletterte also erneut durch die Luke nach unten in die kleine Kajüte. Seine Suche brachte eine Packung Hobnobs, ein paar Dairy Chocolates und zwei Flaschen Sprite hervor. Er schnappte sich alles und ging dann wieder nach oben. Am Ausstieg blieb er stehen und beobachtete Rita für einen Moment. Er liebte diesen konzentrierten Gesichtsausdruck an ihr. Als sie ihn entdeckte, schenkte sie ihm ein Lächeln.

»Oh, noch mehr Hobnobs. Gibst du mir einen?«

Liam fummelte das Paket auf und steckte ihr einen Keks direkt in den Mund. Ihre Lippen waren weich, sie hatten diesen einmaligen Schwung unterhalb der Nase, und diese Mundwinkel, die sich zu necken schienen. Er wollte den Moment genießen, aber es fiel ihm sehr schwer. Es wollte ihm einfach nicht gelingen, nicht an morgen zu denken. Er konnte nicht aufhören, darüber nachzudenken, was dann sein würde, denn er wusste es nicht. Sie war unberechenbar.

In den Wochen nach dem Tag seiner Heimkehr musste Liam sich an eine Frau gewöhnen, die ihm oft fremd war. Er hatte Rita wirklich nie so bedrückt erlebt. Am Tag nach dem Ausflug blieb sie wieder im Bett. Manchmal überredete er sie in den darauffolgenden Tagen dazu, aufzustehen, aber das erforderte viel Kraft, und er schaffte es nicht immer. Manchmal brauchte es auch nur ein klingelndes Telefon, und alles war umsonst.

Er besuchte seine Familie und ihre und Freunde, versuchte, von den anderen in Erfahrung zu bringen, was geschehen war, aber niemand konnte etwas sagen. Alle waren überfordert. Rita veränderte sich vor ihrer aller Augen, ohne dass sie wussten, ob es einen Grund dafür gab. Auch seine jüngste Schwester Niamh, Ritas beste Freundin, zuckte mit den Schultern. Er wusste nicht, was er tun sollte. Wie oft kam er in diesen Tagen zu einem stockdunklen Haus zurück, einem Haus, das auf den ersten Blick leer und tot wirkte. Wie bei seiner Ankunft fand er sie oft im Bett vor.

»So müde«, hatte sie einmal gesagt, als sie ihn nachts gerufen hatte, »so müde, so müde.«

Dann hatte sie ihn gebeten, bei ihr zu schlafen. Sie sagte nicht, dass sie Angst hatte. Er wusste es.

Er bezog das Bett und sorgte dafür, dass sie regelmäßig duschte. Nur einmal wachte er nachts auf und fand sie schlafend vor. Eine Weile hatte er ihr dabei zugesehen, hatte gesehen, wie sie relativ ruhig atmete, während der Schmerz ihr Gesicht dennoch nicht ganz verließ. Er prägte die feinen Linien in ihren Gesichtszügen und veränderte dauerhaft den Zug um ihre Mundwinkel. Er versuchte, sich zu erinnern, wie es gewesen war, als dieser Ausdruck noch nicht da gewesen war, als sie der glücklichste Mensch auf Erden gewesen war, jemand, der einen mitriss mit seinem Enthusiasmus. Aber er konnte sich nicht erinnern. Und dann hatte er ihre rechte Hand angeschaut, die unter der Bettdecke hervorgerutscht war, und überlegt, ob er es wagen konnte, sie zurück unter die Bettdecke zu schieben. Aber wahrscheinlich würde sie aufwachen und dann wach liegen. Die Krankheit gönnte ihr keine Ruhe.

An diesem Tag war er irgendwie wieder auf der Couch gelandet, wo er zu Anfang geschlafen hatte. Es war keine Schlafcouch. Darauf zu liegen war unbequem, und er hatte nichts als eine alte, kratzige Wolldecke, um sich zuzudecken. Trotzdem war er auch dieses Mal rasch weggenickt, weil die Tage einfach furchtbar anstrengend waren. Als er an diesem Tag aufwachte, kauerte sie vor ihm und beobachtete ihn. »Was machst du da?«, hatte er schläfrig gemurmelt. Er war so müde gewesen. Er war einfach nicht richtig aufgewacht.

»Nichts.« Sie lächelte, aber das Lächeln erreichte ihre Augen nicht, auch wenn sie sich sichtlich Mühe gab. »Ich schaue dir nur beim Schlafen zu. Das ist schön.«

Er musterte sie. »Wie geht es dir?«

»Ganz gut.«

»Leg dich auch wieder hin«, murmelte er. »Du bist sicher müde.«

»Klar, mache ich gleich.« Sie lächelte immer noch, als ihm die Augen zufielen. Es war das letzte Mal, dass er mit ihr sprach.

Ein paar Wochen später hielt der Arzt, der ihn zum Gespräch gebeten hatte, seine Unterlagen gegen die Brust gedrückt. Er war noch jung, und Liam konnte sich vorstellen, dass er so etwas noch nicht oft getan hatte.

»Es ist unwahrscheinlich«, sagte er, »dass sich bei Ms O'Rourke noch eine Verbesserung einstellt. Sie als ihr Ehemann werden überlegen müssen, wie Sie weiter vorgehen wollen.«

Liam hatte Rita angestarrt und nur genickt. Ja, er verstand durchaus. Er hatte Wochen an diesem Bett zugebracht und keine Veränderungen bemerkt als die, dass sie ihm immer fremder wurde, dass sie sich von ihm entfernte, während sie da bewegungslos vor ihm im Bett lag.

Warum hast du das getan, Rita?

Nachdem sie ihn in dieser einen Nacht geweckt hatte, musste sie alleine mit dem Boot hinausgefahren sein. Dann war sie vermisst gemeldet worden. Nach gut vierundzwanzig Stunden hatte man sie schließlich halb tot aus dem Wasser gezogen. Sie hatte ihre Schwimmweste getragen. Wahrscheinlich hatte man ihm deshalb später versichert, dass es ein Unfall gewesen sei. Dass sie irgendwie über Bord gegangen sei. Aber er wusste, dass das nicht stimmte, und er war sich sicher, dass die anderen das auch wussten.

Es war nicht das erste Mal, dass Rita versucht hatte, sich das Leben zu nehmen. Dieses Mal war sie ihrem Ziel so nahe gekommen wie noch nie zuvor.

Kenne ich sie noch? Wahrscheinlich war sie ihm schon vorher entglitten, als der Mensch, den er gekannt hatte, mehr und mehr vor seinen Augen verschwunden war, als die Krankheit die aktive, quirlige Person, die er kannte, vollkommen veränderte. Als sie patzig zu ihm gewesen war und unfreundlich, um sich wenig später zu entschuldigen und verzweifelt zu weinen, weil es ihr einfach nicht gelingen wollte, sich zu ändern, sosehr sie auch darum kämpfte.

Er blieb bei ihr, als die Geräte abgeschaltet wurden, und auch noch darüber hinaus. Er erzählte ihr von früher und davon, dass er ihren Mut geliebt habe und dass er ihr nicht böse sei. Er musste ihr das sagen, denn er war tatsächlich wütend auf sie gewesen, wütend auf das, was aus ihr geworden war. Warum hatten sie es nicht gemeinsam geschafft? Warum hatte sie ihn allein gelassen?

Am Abend war er erstmals wieder nach Hause auf die Insel gefahren. Er hatte frische Kleidung gebraucht, und er musste es irgendwie ihren Eltern sagen. Auf ihrem Schreibtisch hatte er einen Umschlag gefunden, der ihm vorher nicht aufgefallen war. Ein Zettel lag darin, auf dem sie detailliert ihre Beerdigung beschrieben hatte. Wahrscheinlich hatte sie ihn an dem Tag zurückgelassen, als er zuletzt mit ihr gesprochen hatte. Warum hast du nicht mehr mit mir geredet, Rita, warum? Aber sie war nicht mehr da, und sie würde nie wieder zurückkommen.

25. KAPITEL

Auch ein Jahr nach dem Sturz und dem gebrochenen Oberschenkel ging Emma bedächtiger als früher, aber immerhin war sie wieder auf den Beinen.

Natürlich war mir klar gewesen, dass sie sich von so etwas nicht auf Dauer würde aus der Bahn werfen lassen. Emma war eine starke Frau, und ich war in diesen Herbstferien wieder einmal zu Besuch bei meinem Vater, wie es sich für eine alte Jungfer ohne Anhang gehörte. Am Freitag nach Schulende fuhr ich direkt los. Abends gab es Ratatouille bei Emma. Sie grüßte mich von Joaquin und Alice, mit denen sie kürzlich telefoniert hatte. Ich dachte an eine Landschaft, geprägt von Hügeln und Weinstöcken, und ganz kurz auch an rabenfederschwarzes Haar. Allerdings war ich inzwischen sehr viel besser darin geworden, nicht an ihn zu denken. Jenna hatte mir durchaus erfolgreich über die erste Zeit hinweggeholfen. Es war nicht wie nach meiner letzten Beziehung.

Am Samstag lud mich Emma auf Kaffee und Kuchen ein. Ihr Apfelkuchen war natürlich himmlisch, das Highlight jedes Besuchs. Mir lief schon das Wasser im Mund zusammen. Ich liebte diese Mischung aus süßem Mürbeteig und karamellisierten Äpfeln; doch Kuchen half einem auch über andere Dinge hinweg, die anders gelaufen waren als erwartet.

Emma hatte draußen gedeckt, mit ihrem besten Geschirr, auf der Terrasse, wo ein noch spätsommerlich warmer Tag einen goldenen Herbst versprach. Wie ich es liebte, mit ihr auf ihrer Terrasse zu sitzen.

»Kaffee?«, fragte Emma. Ich hielt ihr die Tasse hin, fügte Milch hinzu und lächelte in mich hinein.

»Weißt du noch? Der Caro-Kaffee?«

Emma lächelte ebenfalls. »Natürlich.«

»Kinderkaffee hast du das genannt …«, erinnerte ich mich weiter. »Ich kam mir so groß vor damals.«

»Ja, das war so …« Auch Emmas Lächeln vertiefte sich. Mein Blick fiel auf das Album auf dem Tisch, das mich im letzten Jahr auf der Reise begleitet hatte. Offenbar hatte sie vor meiner Ankunft darin geblättert. Ich überlegte, ob jetzt die Gelegenheit war, sie endlich nach Lizzie zu fragen. Nachdem ich nach Hause gekommen war, hatte ich erst einmal vergessen wollen, dann hatte mich das Berufsleben wieder gehabt, und ich hatte dafür gesorgt, dass ich immer gut beschäftigt war, aber jetzt … Natürlich hatte ich ihr zumindest ein bisschen was von dem Besuch erzählt. Sie war nicht überrascht gewesen, und ich hatte den Eindruck, dass sie sich darüber freute, dass Lizzie ein Café führte.

Nein, wir redeten nicht über Lizzie. Ich hatte inzwischen mein zweites Stück fast aufgegessen – wahrscheinlich würde ich es bereuen, der Apfelkuchen war ziemlich gehaltvoll –, als sich Emma räusperte.

»Weißt du was, ich habe mir überlegt, dass ich gerne noch einmal nach Inishbofin fahren würde«, sagte sie unvermittelt. »Ich bin mir nicht sicher, ob ich eine lange Reise bewältigen könnte, aber das würde ich mit deiner Hilfe sicherlich schaffen.« Sie machte eine Pause, zu kurz, als dass ich etwas hätte sagen können. »Ich würde dir außerdem gerne etwas zeigen.«

Ich öffnete den Mund. »Ich«, stotterte ich. Ich fragte mich, ob ich wirklich ausgerechnet auf die Insel zurückwollte. Und was wollte mir meine Großmutter wohl zeigen? Sie setzte ihre Teetasse ab und legte den Löffel darüber, wie sie es immer tat, wenn sie genug hatte.

»Kennst du eigentlich meine Erinnerungsgläser?«

»Ja, natürlich.« Ich nickte, vielleicht, weil es so seltsam war, dass sie das fragte. Die Erinnerungsgläser waren die Gläser auf dem Bord draußen im Flur und im Regal im Wohnzimmer, Gläser, in denen sie Erinnerungen an ihre vielen Reisen gesammelt hatte. Ich hatte sie mir immer wieder angeschaut, wenn ich bei ihr zu Besuch war, hatte manche auch mit klopfendem Herzen heruntergenommen, um die Dinge genauer zu betrachten, die sich darin befanden: ein schöner Stein, eine kleine Schnitzerei oder auch ein gekauftes Souvenir. Ich hatte nie davon gehört, dass sie ein Erinnerungsglas irgendwo zurückgelassen hatte. Davon erzählte sie mir als Nächstes.

Emma bestand darauf, dass wir Auto und Fähre nehmen würden, kein Flugzeug, weil Paul und sie das früher auch so getan hatten. Es war ihr wichtig, dass alles so weit wie möglich so verlief wie damals. Außerdem würde uns die langsamere Anreise beiden helfen, uns auf die Ankunft vorzubereiten. Ich zuckte mit den Schultern, als sie davon erzählte. Mir war es gleich. Vielleicht war es mir auch irgendwie recht, wenn der Weg nach Inishbofin möglichst lang dauerte. Wie würde es überhaupt sein, dorthin zurückzukehren und ihm zu begegnen? Wohnte er noch dort? Ich hatte tatsächlich nichts mehr von ihm gehört, nachdem ich nach Deutschland zurückgekehrt war. Einmal hatte Áine angerufen, aber unser Gespräch war eher holprig verlaufen. Was war, wenn ich ihm jetzt auf der Insel wieder begegnete? Ich konnte ja kaum weglaufen …

»Ich freue mich, dass ich diese Reise doch noch unternehmen kann«, unterbrach Emmas Stimme meine Gedanken. »Zumindest teilweise.«

Das Kaffeetrinken war beendet. Wir räumten den Kaffeetisch auf und gingen nach drinnen, wo ich das Geschirr in der Maschine verstaute, während Emma am Küchentisch saß und mir dabei zusah. Wir hatten heute noch einmal über das Erinnerungsglas geredet, das Paul und sie vergraben hatten. Sie hatte ihm damals versprochen, eines Tages auf die Insel zurückzukehren und es zu holen, eines Tages, wenn sie einen Platz im Leben gefunden hatte und es ihr wieder gut ging …

»Als Paul und ich das erste Mal nach Inishbofin gefahren sind«, erinnerte sich Emma jetzt, »war es eher Zufall, weißt du? Wir waren in den Westen Irlands gefahren. Vielleicht wollten wir nach Galway oder nach Valentia Island viel weiter im Süden … Von dort aus führte das erste Telekommunikationskabel in die USA … Jemand in einem Pub irgendwo im Westen Irlands erzählte dann von dieser Insel der weißen Kuh. Natürlich konnten wir bei diesem Namen nicht widerstehen.« Sie lächelte in sich hinein. »Und na ja, wir waren auch schon ziemlich nah dran, kurz vor Cleggan. Wir hatten uns nämlich verfahren, weißt du? Der Linksverkehr, die ungewohnte Beschilderung. Manche Schilder waren nur in Irisch, und wer konnte schon wissen, dass Galway dann Gaillimh heißt und An Cloigeann für Cleggan steht. Irgendwann landeten wir jedenfalls im Hafen von Cleggan, zu spät für die Fähre, und verbrachten die Nacht in unserem Käfer. Am nächsten Tag fuhren wir dann rüber. Paul wurde ein bisschen seekrank, hielt sich aber ziemlich tapfer. Als wir ankamen, mussten wir uns erst einmal eine Unterkunft suchen. Damals gab es keine B&Bs, Gästehäuser oder gar Hotels. Wir kamen privat unter, was letztendlich kein Problem war. Man war wohl genauso neugierig auf uns wie wir auf die Insulaner.«

26. KAPITEL

Emma und ich brachen früh am nächsten Morgen auf, fuhren nach Osten und dann an Kleve vorbei in Richtung Norden. In Hoek van Holland nahmen wir die Fähre nach Harwich. Wir ruhten uns beide auf der Überfahrt aus, hatten wir doch bis spät in die Nacht hinein gepackt. Das erste Mal Linksverkehr nach gut einem Jahr war aufregend, doch ich gewöhnte mich rasch daran. In der ersten Nacht kamen wir in einem Pub in Colchester unter, der auch Zimmer vermietete und sogar ein kleines Abendessen anbot. Hungrig und mit fettigen Fingern aßen wir dicke Wedges und Fisch aus der Fritteuse. Emma schien ihren Spaß zu haben, gab großzügig Essig zu ihren Pommes und bestellte sogar Bier, während ich beim Cider blieb. Unser Zimmer war einfach und sauber, aber sehr eng. Das Bad war so schmal geschnitten, dass man sich darin kaum drehen konnte und es am besten rückwärts verließ. Nachdem ich mir das Gesicht gewaschen und die Zähne geputzt hatte, betrachtete ich mich noch einen Moment lang im Spiegel.

Ein bisschen fühlt es sich doch wie Ferien an, dachte ich. Bisher hatten meine sechsundachtzigjährige Großmutter und ich eine durchaus gute Fahrt gehabt, wir hatten viel geredet und teils lauthals gesungen. Emma hatte mir von ihren anderen Reisen erzählt, und so, wie sie es tat, klangen die Reisen durchaus verlockend.

Nach Colchester ging es weiter nach Westen. Wir fanden einen Hinweis auf ein altes Herrenhaus und entschieden uns kurz entschlossen für einen Besuch. Bald fuhren wir auf einer breiten

Einfahrt auf das wirklich herrschaftliche Haus zu und bewunderten wenig später während der kurzweiligen Führung im Raucherzimmer eine Art Kanne, in die sich die Herren des Hauses und ihre Gäste erleichterten, ohne zur Toilette gehen zu müssen, wenn es außer Frage stand, den Spieltisch zu verlassen. Danach zeigte man uns den Eingang zu einem Tunnel, durch den die Dienerschaft ungesehen von einem Teil des Gebäudes zum anderen gelangte, und ließ uns in der Küche eine beinahe unübersichtliche Anzahl an Schnüren und daran hängenden Glöckchen bewundern, mit denen man als Herr oder Dame des Hauses Hilfe in jedes Zimmer rufen konnte. Die Wohnungen der Dienerschaft waren eng, verfügten über je zwei Betten und gingen auf die unansehnlichere Seite der Anlage hinaus, die aber immer noch einen überaus schönen Ausblick bot. Zuletzt führte man uns in den alten normannischen Turm, einst die Keimzelle von allem, der jetzt ein Dasein in ihrem Schatten fristete.

Wir fotografierten und stellten die Bilder auf unserem gemeinsamen Reise-Account ein. Voriges Jahr hatte ich ihn auch das letzte Mal aufgerufen. Ich fragte mich plötzlich, ob Liam je wieder auf diese Seite geschaut hatte, immerhin war sie öffentlich zugänglich. Innerhalb kurzer Zeit dachte ich jetzt zum zweiten Mal an ihn.

Zur Übernachtung suchten wir uns ein B&B an der Grenze zu Wales. Der fiktive Bruder Cadfael hatte hier in der Gegend ermittelt. Emma und ich hatten die Bücher von Ellis Peters eine Zeit lang gemeinsam und mit Begeisterung gelesen, und ich griff auch heute noch hin und wieder gerne darauf zurück. Für den Abend empfahlen uns unsere Gastgeber einen Pub, der für sein Essensangebot berühmt war. Wir wurden nicht enttäuscht. Es gab überaus leckeren Shepherd's Pie und dazu sehr guten Cider. Emma und ich sprachen ein wenig über die kommenden Tage und gingen bereits gegen zehn Uhr ins Bett. Den ganzen Tag über hatte ich mich sehr gut gefühlt und wenig daran gedacht, was vor mir lag. Jetzt unter der Dusche wurde ich plötzlich unruhig. Wie viele Stunden noch, bis wir auf Inishbofin ankamen? Warum hatte ich dieser Reise nur zugestimmt? Was erwartete mich dort?

Emma stand schon unter der Dusche, als ich am nächsten Morgen aus unruhigen Träumen hochfuhr. Nach dem Frühstück ging es weiter in Richtung walisischer Westküste. Bald schlängelten sich die Straßen durch Nordwales entlang teils tiefer grüner Schluchten und durch meist menschenleere Gegenden. Wir übernachteten noch einmal und nahmen früh am nächsten Morgen die Fähre von Holyhead nach Dun Laoghaire. Nach Holyhead hatten sich vor etwa zweitausend Jahren die letzten Druiden geflüchtet, las ich Emma während der Überfahrt aus dem Reiseführer vor. Emma schien mir auf dem letzten Stück der Strecke ruhiger geworden zu sein und hüllte sich auch auf der Fährfahrt zumeist in Schweigen. An was sie wohl dachte?

27. KAPITEL

Irland empfing uns mit leichtem Nieselregen, der allerdings kurze Zeit später schon in Sonnenschein überging. Irland, hatte ich immer wieder gehört, war das Land der vier Jahreszeiten an einem Tag. In Dun Laoghaire lenkte ich das Auto bald den Hügel aufwärts zu dem Hotel, in dem wir heute übernachteten. Zum ersten Mal seit Beginn der Reise sprach Emma davon, müde zu sein, und wollte sich ausruhen. Sie bat mich deshalb, meinen Spaziergang ohne sie zu machen. Als ich aufbrach, lag sie auf dem Bett und hatte die Augen geschlossen. Ich betrachtete sie noch einen Moment lang, spürte ein Lächeln in meinen Mundwinkeln – Emma war einer der wichtigsten Menschen in meinem Leben –, dann zog ich leise die Tür hinter mir zu.

Mein Weg führte mich zuerst wieder den Hügel abwärts in Richtung Meer. Ich sah die Vorstadtbahn DART, die die Orte entlang der Küste von Malahide im Norden über Dublin bis Greystones, County Wicklow, im Süden verband. Mein Handy sagte mir, dass östlich hinter den Schienen der Strand lag, den ich auch bald darauf entlangspazierte. Ich fand eine riesige Auster, verstaute sie in meinem Rucksack, machte einige Bilder und entschied dann, in entgegengesetzter Richtung zum einstigen Männerschwimmbad »The Forty Foot« zu laufen, das James Joyce in seinem *Ulysses* beschrieben hatte. Dort suchte ich mir schließlich ein Plätzchen zum Verweilen, um etwas Ruhe in meine immer aufgeregteren Gedanken zu bringen. Es fiel mir schwer. Ich stand bald wieder auf und beobachtete über eine Begrenzung hinweg eine Gruppe Kinder mit Kajaks im Wasser. Etwas später – ich saß nun in einem Café bei Scones und starkem schwarzem Tee und hatte gerade neue Bilder online gestellt –, meldete sich Emma. Sie war also wieder wach.

»Fühlst du dich besser?«, tippte ich.

»Ja, alles gut. Ich glaube, ich bin einfach etwas aufgeregt.«

»Verständlich«, schrieb ich zurück.

Das war ich auch.

Emma

Vielleicht war sie gar nicht müde gewesen, vielleicht hatte sie sich einfach sammeln müssen, jetzt, wo die guten und schlechten Erinnerungen immer eindringlicher zurückkamen. Emma hatte gehört, wie ihre Enkelin die Tür behutsam hinter sich gezogen hatte, und die Augen dann noch eine Weile geschlossen gehalten. Irgendwann hatte sie sie geöffnet und hoch an die Decke geschaut, die in einem Karamellton gestrichen war. Alles in diesem Zimmer war in Karamell und Gold gehalten, die Tagesdecke auf dem Bett war aus einem goldschimmernden glatten Material. Seit der ersten Nacht in Colchester hatte sie öfter an Elisabeth gedacht und wie sie damals zu ihrem ersten Besuch in Cashel eingetroffen waren. Damals in Cashel hatte es geregnet. War das ein Omen? Nein, wahrscheinlich nicht, denn als sie später wiedergekommen waren, war das Wetter gut gewesen.

Paul und sie kamen im strömenden Regen in Cashel an, und auf dem letzten Stück schien es ganz unmöglich, dass der Scheibenwischer die Wassermassen noch würde bewältigen können. Die Landschaft um sie herum verschwand hinter Schleiern verschiedenster Grautöne. Manchmal tauchte unvermittelt eine Mauer im Blickfeld auf, dann wieder ein Gatter, ein schiefer Zaun, ein geducktes Haus. Unablässig prasselte der Regen auf das Dach ihres VW Käfers. Endlich erreichten sie die Außenbezirke der Kleinstadt und die ersten beieinanderstehenden Häuser. Man sah kaum Menschen auf der Straße, dafür regnete es sicher zu stark. Emma las zum wiederholten Mal die Adresse auf ihrem Zettel und suchte dann ihr Ziel auf der handgezeichneten Karte. Paul starrte angestrengt durch die Windschutzscheibe nach draußen, die Augenbrauen eng über der Nasenwurzel zusammengezogen. Langsam und vorsichtig fuhren sie weiter. Man sah wirklich kaum etwas.

»Da muss es rechts gehen«, sagte Emma im nächsten Moment zu Paul, der sich eben nach vorne gebeugt hatte. Er brummte etwas Unverständliches. Emma versuchte, selbst durch das Seitenfenster zu sehen, während sie ihrem schneller klopfenden Herz nachspürte. Bald würde sie ihre geliebte Elisabeth wiedersehen.

28. KAPITEL

Als ich den ersten Schritt auf das Inselland machte, fühlte ich mich seltsam. Ja, es fühlte sich seltsam an, wieder hierherzukommen, seltsam und doch auch irgendwie gut, was mich überraschte. Während der Fahrt von Dublin herüber hatte Emma mir mehr von ihrem Erinnerungsglas erzählt, dem einzigen, das sie je zurückgelassen hatte. Und ich hatte vielleicht genügend Zeit gehabt, mich mit der Entscheidung anzufreunden.

Wir waren wieder im selben Bed and Breakfast untergekommen, worüber ich mir nicht zu viele Gedanken zu machen versuchte. Zu meiner Erleichterung war es nicht Liam, der uns empfing, sondern Áine, die es sich nicht hatte nehmen lassen, uns zu begrüßen, während ihre jüngere Schwester Niamh vorübergehend an ihrer Stelle im Pub nach dem Rechten sah. Niamh würde ich noch kennenlernen.

»Sie ist seit dem Spätsommer hier«, sagte Áine und zog mich dann noch einmal in ihre Arme. »Es ist so gut, dass du da bist!«

Ich wusste nicht, wie ich reagieren sollte. Ich wusste nicht, was sie von Liam und mir wusste. Wenig später brachte sie Emma und mich nach oben zu unserem Zimmer, wie es im letzten Jahr Liam getan hatte. Das neue Zimmer lag neben dem alten und bot dementsprechend einen ähnlichen Blick. Beim Bett handelte es sich um ein äußerst großzügiges Ehebett mit einer Webdecke in einem Tartanmuster.

Am ersten Abend schwatzten wir noch lange wie zwei Teenies, bis meine Großmutter endlich gähnend darauf bestand, doch das Licht zu löschen.

»Ich bin eine alte Frau, weißt du, ich brauche meinen Schönheitsschlaf«, murmelte sie schläfrig, während sie sich unter die Decke kuschelte. Ich lachte. Dann verschwand ich noch einmal im Bad, um mir ebenfalls die Zähne zu putzen, und bahnte mir anschließend den Weg durchs Halbdunkel zum Bett hinüber.

Als ich die Augen schloss, sah ich Liam vor mir. Doch, ich fürchtete mich davor, ihm über den Weg zu laufen. Was hatten wir einander zu sagen? Hatten wir uns überhaupt etwas zu sagen?

Ich war in einem Zwiespalt. Ich wollte ihn sehen und dann auch wieder nicht ... Ich wollte ihn zur Rede stellen, und dann auch wieder nicht. Ich dachte an Áine, die herzlich lachend auf mich zugekommen war. Was stellte sie sich vor, was erwartete sie sich von mir? Wir hatten nicht über ihn gesprochen, ich hatte sie noch nicht einmal danach gefragt, wo er war. Fürchtete ich mich vielleicht vor der Antwort? Fürchtete ich mich davor zu hören, dass er hier war und ich ihm auf Dauer nicht aus dem Weg gehen konnte? Fürchtete ich mich vielleicht auch davor, dass er nicht hier war?

Zu Niamh konnte ich wenig sagen. Möglicherweise war sie eine neue Figur im Spiel. Ich kannte sie nicht, und sie wusste nichts von mir. Liam hatte damals nicht viel von ihr erzählt. Es hatte nicht wirklich einen Grund gegeben, über jüngere Geschwister zu sprechen.

Verdammt, eigentlich hatte ich niemals, niemals, niemals wieder hierher zurückkommen wollen. Das war mir im letzten Jahr doch klar gewesen. Aber dann hatte Emma dieses Samenkorn in mir gepflanzt, und ich hatte einfach nicht verhindern können, dass es Wurzeln schlug. Etwas hatte begonnen, auf das ich keinen Einfluss hatte.

Am nächsten Morgen begegneten Emma und ich Mel, Liams, Áines und Niamhs Mutter, die uns herzlich begrüßte und zuerst einmal ein echtes irisches Frühstück kredenzte. Anscheinend war sie meinetwegen gekommen. Auch sie freute sich über meine Rückkehr. Áine war schon im Pub beim Aufräumen und den Vorbereitungen für den Abend. Niamh bereitete Zimmer für weitere Gäste vor. Während Emma sich mit strahlendem Gesicht über ihre Würstchen hermachte, lobte ich Mels frisch gebackenes Brot. Emma bat gleich um das Rezept, was Mel ihr nur zu gerne gab. Etwa zehn Minuten später begegnete ich erstmals Niamh. Ich sah sie durch die Tür in der Küche. Sie beobachtete mich. Ich fragte mich, ob Liam auf der Insel war. Wenn er hier war, war die Insel kaum groß genug, um ihm auf Dauer aus dem Weg zu gehen. Vielleicht sollte ich also jetzt nach ihm fragen wie eine souveräne, erwachsene Person und mich nicht weiter verrückt machen? Ich sah zu Emma, die weiterhin mit Appetit aß und sich unterdessen mit Mel unterhielt. Ich war erstaunt, wie gut sie Englisch sprach. O ja, sie war Chefsekretärin gewesen, aber das überraschte mich doch. Als ich kurz darauf den Blick auf meinen Teller richtete, bemerkte ich, dass ich das restliche frisch gebackene *brown bread* zerkrümelt hatte. Mel zwinkerte mir belustigt zu. Ich versuchte, alles mit dem Löffel aufzusammeln, und aß Marmelade dazu.

Nach dem Essen kehrten Emma und ich noch einmal ins Zimmer zurück, zogen feste Schuhe für unseren ersten Ausflug an, putzten die Zähne und räumten ein wenig auf. Emma sprach begeistert davon, wie sehr sie sich freute, heute Abend Áines Pub zu besuchen. Ich stand mit dem Rücken zu ihr, als sie davon erzählte, und merkte, wie ich zögerte. Würde ich ihm dort begegnen? Und dann? Aber ich konnte mich wohl kaum auf Dauer verstecken, schließlich begleitete ich meine Großmutter … Dann klingelte mein Handy. Áine bat mich um fünf Minuten. Im Pub. Ich sagte ihr zu und versprach meiner Großmutter, dass ich sie gleich abholen würde.

Der Pub war leer und wirkte erstaunlich viel größer auf mich ohne seine Gäste, als ich ihn kurz darauf betrat. Áine stand hinter der Theke – so hatte ich sie auch beim ersten Mal angetroffen –, Niamh sah ich nun in der Vorratskammer. Sie nickte mir kurz zu, als ich daran vorbeiging. Áine räumte hinter der Theke auf, während sie mit mir sprach.

»Tut mir leid«, entschuldigte sie sich, »aber das muss gemacht werden.«

»Ist schon okay. Brauchst du Hilfe?« Ich nickte zum Besen hin, der noch in der Ecke wartete.

»Danke, wenn's dir nichts ausmacht«, gab sie fröhlich zurück. »Niamh wollte das eigentlich tun, aber sie muss jetzt noch eine Lieferung von gestern überprüfen.«

»Klar.« Ich sah zur Vorratskammer hin und überlegte, ob Liam auch hier irgendwo war. Natürlich fragte ich nicht. Stattdessen machte ich mich daran zu fegen, während Áine über dies und das sprach und ich mich irgendwann fragte, warum sie mich eigentlich gebeten hatte zu kommen. Wir alle waren irgendwie unentschlossen. Auch sie war vorsichtig, das merkte ich deutlich. Andererseits tat es irgendwie auch gut, gemeinsam zu arbeiten, selbst wenn es letztendlich nicht viel zu tun gab. Ich stellte den Besen zurück.

»Du kommst doch heute Abend?«, fragte sie unvermittelt.

»Ich weiß nicht«, gab ich zögernd zurück. Ging es darum? Hatte sie wissen wollen, ob ich in den Pub kam?

»Mach dir keine Sorgen«, sagte sie. »Es wird sicher Spaß machen.«

Spaß – sie nannte es *craic,* was das irische Wort dafür war und tatsächlich klang wie die bekannte Droge.

»Hm.« Ich lehnte mich rücklings gegen die Theke.

»Weißt du, ihr könnt euch nicht dauerhaft aus dem Weg gehen«, fuhr sie fort. Also war er hier. Ich runzelte die Stirn.

»Das hatte ich nicht vor«, hörte ich mich sagen.

»Das ist gut. Bis heute Abend dann.«

»Bis heute Abend.«

Minuten später stand ich wieder vor der Tür. Emma rief mich an und teilte mir mit, dass sie mit Mel in der Lounge saß und sich prächtig unterhielt. Sie wollte den gemeinsamen Spaziergang verschieben. Mir war es recht.

Ich ging also alleine zum Hafen hinunter und hielt Ausschau nach der Vormittagsfähre. Jenna schickte mir eine Nachricht, während ich dastand und grübelte. Ich bestätigte, dass wir inzwischen auf der Insel waren. Natürlich wusste sie von meiner Reise. Ich hatte sie direkt angerufen, nachdem Emma mich überredet hatte. Sie bestand darauf, auf dem Laufenden gehalten zu werden. Das tat ich hiermit.

Vom Hafen aus ging ich schließlich ein Stück weiter nach rechts am Meer entlang. Eine Weile stand ich an einem Strand und hörte auf das Geräusch der Wellen, die in einem unablässigen Rhythmus gegen das Land schlugen. Kurz vermeinte ich im Wasser einen Seehund zu sehen. Sicher war ich mir allerdings nicht. Das Wetter war unerwartet gut, wenn auch, jetzt im Herbst, kühler als während meines ersten Aufenthalts. Ich fröstelte und zog meine Jacke über der Brust zusammen. Heute begegnete ich niemandem mehr.

Bei meiner Rückkehr fand ich Emma in der Lounge, immer noch gemeinsam mit Mel. Inzwischen war es tatsächlich schon Nachmittag. Ich sagte ihr, dass ich nach oben gehen und mich etwas frisch machen würde. Dort hängte ich meine Jacke über einen der beiden Stühle und schlüpfte aus den Schuhen. Der Wind hatte mein Haar ziemlich zerzaust, und es dauerte eine Weile, bis ich es durchgebürstet hatte. Ich band es zu einem Pferdeschwanz zusammen, trat ans Fenster unseres Zimmers, zog mir schließlich einen Stuhl heran und saß eine Weile nur da. Ich dachte an Liam, dann wieder an meine Großmutter. Auch wenn ich während der Wochen meiner Reise im letzten Jahr einiges über Emma gelernt hatte, musste ich zugeben, dass ich immer noch dazulernte. Eigentlich war meine Großmutter wie ein Bild, dem ein Maler immer neue letzte Striche hinzufügte. Ich sah es immer noch nicht in seiner Gesamtheit, welche Perspektive ich auch immer einnahm.

Voll bekleidet legte ich mich schließlich auf meine Seite des Bettes. Es war vielleicht halb vier Uhr.

Gut zwei Stunden später wachte ich wieder auf. Es war dämmrig. Ein Blick aufs Handy zeigte mir 17:30 Uhr an. Auf einen Schlag war ich wach. Emma war offenbar da gewesen, denn ihre Strickjacke lag sorgsam zusammengelegt auf ihrer Bettseite, aber ihre Ausgehjacke und die Schuhe fehlten. War sie im Pub? Ja, doch, ich hatte mich entschieden, ich würde in den Pub gehen. Vorher würde ich aber noch duschen und etwas Frisches anziehen. So fühlte es sich besser an.

Emma fand ich wider Erwarten in der Lounge, die Ausgehjacke über der Lehne, wo sie in ihrem Reisealbum blätterte und irisches Fernsehen schaute. »Ich habe auf dich gewartet.«

»Wir können gerne los. Tut mir leid, dass wir heute nicht unterwegs waren.«

»Ich habe mich gut unterhalten. Das ist schon in Ordnung.« Emma lächelte. »Vielleicht hattest du Schlaf nachzuholen. Wir werden sicherlich noch gemeinsam unterwegs sein, nicht? Gehen wir jetzt?«

Für einen flüchtigen Moment zog sich mein Magen zusammen, obwohl ich meine Entscheidung oben doch eigentlich bereits getroffen hatte. Liam würde heute Abend wahrscheinlich im Pub sein, das hatte mir Áine gesagt. Er war fast jeden Abend dort.

Vor der Tür war es windig. Unwillkürlich schlang ich die Arme um den Körper und versuchte, die Haarsträhnen zu ignorieren, die sich aus dem Pferdeschwanz gelöst hatten und bald wild um meinen Kopf wirbelten. Vielleicht kündigten sich hier ja die Herbststürme an, aber eigentlich hatte ich keine Ahnung von so etwas.

Wir näherten uns dem Pub, das Licht, das aus dem Gebäude auf die Straße fiel, wurde bald deutlicher. Manchmal wurde es sogar richtig hell, wenn sich die Tür für einen Moment öffnete und jemanden hinaus- oder einließ. Mein Herz klopfte mittlerweile mit jedem Schritt heftiger. Sollte ich doch umkehren? Aber irgendwie wollte ich das auch nicht.

Die Tür knarrte, als ich sie aufstieß. Ich ging voraus. Emma kam mir hinterher. Der Innenraum war um diese Uhrzeit bereits gut gefüllt. Am Tresen wurde lautstark Guinness, Whiskey und Cider geordert. Leute lachten. Jemand sang. Ein paar amerikanische Touristen in sehr grünen T-Shirts saßen vor Guinness und eisgekühltem Weißwein. In der Ecke gegenüber hatten sich Musiker versammelt, auch Liam war bei ihnen. Ich erstarrte, er hatte mich noch nicht bemerkt. Er redete mit einem der anderen Musiker. Ich machte ihn nicht auf mich aufmerksam. Stattdessen ging ich zu Áine hinüber, die die Augenbrauen hochzog, als ich so angestrengt nicht zu Liam hinsah. Ich reagierte nicht auf ihren Blick, sondern orderte Cider, während Emma ein Gläschen Guinness probieren wollte. Áine schenkte uns ein.

»Geht aufs Haus«, sagte sie, als ich nach meinem Geld kramte. Dann nickte sie unvermittelt zu ihrem Bruder hinüber. »Einer von euch wird reden müssen.«

Ich folgte ihrer Bewegung mit dem Blick. Emma sah kurz zu Liam rüber und schaute dann mich an. So viele verwirrende Gedanken gingen durch meinen Kopf, dass ich keinen richtig fassen konnte. Liam trug Jeans, ein kariertes Hemd und derbe Arbeitsschuhe. Er sah wie immer aus, als würde er draußen arbeiten. Sein Haar hatte keinen wirklichen Schnitt, aber trotzdem sah er immer noch verdammt gut aus. Ich konnte plötzlich nicht anders, als ihn anzustarren. Er beugte sich kurz zur Seite und nahm sein Bodhrán auf.

Unsere Blicke trafen sich. Ein erster hypnotischer Trommelschlag schwebte in die Luft, leichte, wie verloren wirkende Schläge waren zu hören, denen ein schneller, mitreißender Rhythmus folgte. Liam ließ den Schlegel in für mich geradezu rasender Geschwindigkeit über die Oberfläche der Trommel tanzen. Er hatte die Augen mittlerweile geschlossen, den Kopf zur Seite gelegt, als würde er einer inneren Melodie lauschen, die nur er hörte und der er mit seinen Trommelschlägen Ausdruck verlieh. Als Erstes stieg die Geige ein, die Tin Whistle schloss sich an, und schließlich kam auch der irische Dudelsack hinzu, der anders als sein schottisches Pendant nicht mit dem Mund gespielt wurde. Die Stimmung um uns herum wurde immer fröhlicher. Liam hörte nach einer Weile auf zu spielen. Er und ich sahen einander wieder an, aber dennoch redeten wir den ganzen Abend nicht miteinander.

29. KAPITEL

Áine fand Liam auf seinem Schiff. Es war noch früh am Morgen, und sie wusste, dass er den Pub gemeinsam mit ihr verlassen hatte. Wahrscheinlich hatte er nicht geschlafen. Seit vorigem Sommer schlief er oft schlecht. Es war für eine Weile besser geworden, hatte sich aber in den letzten Wochen wieder verschlechtert. Die Ringe unter seinen Augen sahen heute aus wie mit Kohle nachgezogen, und dennoch bewegte er sich leichtfüßig. Er war dabei, aufzuräumen.

Das machte er immer, wenn zu viel in seinem Kopf war. Er hatte sogar damit begonnen, das Deck zu schrubben. Sie sah, wie er Wasser ausschüttete. Sie sah seine energischen Bewegungen. Es kam ihr so vor, als sei er noch schneller geworden in dem Moment, da er sie bemerkte. Sie beschleunigte ebenfalls, als könnte er ihr entkommen, aber natürlich konnte er nirgendwohin. Sie war die große Schwester. Sie kannte solche Situationen oder ähnliche, in denen sie Perspektiven eröffnen und Zuspruch leisten musste. Ja, er konnte ihr nicht entkommen, wenn er nicht auf der anderen Seite über Bord ins eiskalte Meer sprang, und das hielt sie zumindest für unwahrscheinlich. Allerdings hatte er durchaus schon überraschende Dinge getan.

Als sie über die Brücke zu ihm hinüberbalancierte, zeigte er ihr zum ersten Mal, dass er sie bemerkte. Jetzt konnte er sie nicht mehr ignorieren, so gerne er das offenbar wollte. Sie blickte ihn an, und ihr Herz brach ein bisschen. Er war immer noch ihr kleiner Bruder, auch nach all den Jahren. Sie konnte in ihn hineinsehen, und sie sah ihm an, dass er nicht hier sein mochte. Am liebsten hätte sie ihn in die Arme genommen, aber das war heute nicht mehr so leicht wie damals. Er war so viel größer und breiter als sie, dass sich sogar der Gedanke komisch anfühlte. Sie verzögerte ihre Schritte. Kurz stellte sie sich vor, dass er doch über Bord springen könnte. Mit einem Mal war sie sich da nicht mehr ganz sicher … »Liam, wir müssen reden.«

Sein Gesichtsausdruck verdüsterte sich noch weiter, wenn das denn möglich war. Sie sah ihm an, dass er ihr sagen wollte, dass sie sich nicht einmischen solle, aber er tat es nicht. Er hatte Respekt vor ihr. Sie war ihm eine Mutter gewesen, wenn die Eltern in den Anfangszeiten ihres kleinen Betriebs hart und viel gearbeitet und keine Zeit gehabt hatten. Sie war an seiner Seite gewesen, als sein Leben in Scherben zerfallen war. Sie hatte ihn gestützt, als er dann doch zusammengebrochen war. Sie wusste einfach alles von ihm. Er hatte immer ihre Unterstützung gehabt, aber alles hatte seine Spuren hinterlassen. Er hatte seine Unbeschwertheit verloren. Er war einmal ihr kleiner Bruder gewesen, das Glückskind, aber sie wusste, dass er sich fühlte, als wäre ihm das Glück verloren gegangen.

Er hatte Rita wirklich sehr geliebt. Sie hatte nach Ritas Tod irgendwann darauf bestanden, dass es weitergehen müsse. Eine Zeit lang hatte Rita sie alle mit in diesen dunklen Wirbel gerissen, besonders Liam. Es war ihnen allen schwergefallen, wieder daraus hervorzutauchen. Er hatte sich am schwersten getan.

Er hatte sich Vorwürfe gemacht. Er hatte gesagt, dass er anders hätte handeln müssen, dass er Rita vielleicht hätte retten können, doch sie wusste, dass es Menschen gab, die sich nicht retten ließen. Es waren Menschen mit zarten, wunderbaren Seelen, aber wenn sie gehen wollten, musste man sie gehen lassen.

»Hallo, Áine!«

»Liam.«

Sie musterten einander forschend, als müssten sie ihre Möglichkeiten abtasten, als wüssten sie nicht, was sie einander sagen und wie weit sie gehen durften.

»Sie ist hier. Sie ist gekommen. Du kannst ihr nicht ewig aus dem Weg gehen.« Áine sah ihren Bruder scharf an. Liam lag jetzt wieder auf den Knien und hielt die Bürste in der Hand, mit der er das Deck schrubbte.

»Ich weiß. Ich habe sie gestern gesehen und am ersten Tag, als sie mit ihrer Großmutter in die Küche gekommen ist. Ich war im Garten.«

»Warum bist du nicht hereingekommen, du hättest es hinter dir haben können.«

»Ich weiß nicht. Weil ich feige war? Weil ich nicht weiß, was ich ihr sagen soll? Ich habe ihr von Rita erzählt. Was soll ich ihr jetzt sagen?«

»Hast du ihr *wirklich* von Rita erzählt? Hast du ihr wirklich alles erzählt?«

Liam sah seine Schwester an. Sie war die Älteste, die Vernünftige, Niamhs und sein Schutzschild, der erste Unfall der Eltern, eher ungeplant, aber sie hatte ein stets strahlendes Gemüt, das einfach alles wettmachte. Er liebte sie, sie war ein *easy-go-lucky-girl*, ganz anders als er, das Wunschkind – oder war er auch einmal so gewesen?

»Kommst du heute Abend wieder? Ich könnte Hilfe gebrauchen, und die Leute lieben es, dich spielen zu hören.«

Sie war zu ihm aufs Boot gekommen, lehnte jetzt an der Reling in Hosen so eng, dass sie nichts der Fantasie überließen, und so voller Selbstbewusstsein. Anfangs hatte Mum das nicht gemocht, Liam konnte sich noch sehr gut daran erinnern. Was sollen die Leute denken, hatte Mum gesagt, aber natürlich waren die Zeiten vorbei, in denen man mit dem Tragen enger Jeans für besondere Aufregung sorgte, sogar auf Inseln wie der ihren. Viele Jahre später hatte Niamh, die Jüngste, sich die Haare abrasieren und die Nase piercen lassen müssen, um für ähnliches Gerede zu sorgen.

Und Áine? Es gab viele, die sagten, dass sie einander ähnlich sahen, doch sie war so vollkommen anders als er: zupackend, übersprudelnd, selbstgewiss. Er hatte seine Selbstgewissheit verloren, als er Rita verloren hatte. Und das war lange vor ihrem Tod gewesen. Es war gut, dass Áine den Pub der Familie übernommen hatte. Er wäre dafür gewiss nicht mehr der Richtige gewesen, auch wenn seine Eltern anfänglich andere Pläne mit ihm gehabt hatten.

»Die Amerikanerinnen werden heute auch wieder kommen«, sagte Áine.

»Hm.« Liam tauchte die Bürste in den Eimer und klatschte sie dann zurück aufs Deck.

»Du könntest den Umsatz um fünfzig Prozent steigern, wenn du kommst«, sagte seine Schwester und grinste ihn an. »Ich würde dich beteiligen.«

Jetzt musste er doch lächeln. Dann dachte er, dass Liv vielleicht auch da sein würde und dass er damit nicht umgehen konnte.

Áine holte tief Luft. »Du musst mit ihr sprechen, Liam, sprich mit ihr.«

Es war, als hätte sie seine Gedanken gelesen. Er wich ihrem Blick aus. »Nein, ich tue ihr einfach nicht gut«, gab er dann so leise zurück, dass man es kaum hörte. Er sah, wie sie die Arme vor der Brust verschränkte.

»Woher willst du wissen, dass du ihr nicht guttust?«

Er fühlte etwas wie Unwillen in sich aufsteigen. »Ich sehe es ihr an, ganz einfach.«

»Ach, bist du jetzt ein Menschenleser?«

Liam war kurz so wütend, dass er sich von seiner Schwester wegdrehen wollte, aber irgendetwas hielt ihn davon ab. Áine hatte immer schon diesen Einfluss auf ihn gehabt. Sie war an seiner Seite gewesen, als das mit Rita geschehen war. Sie hatte ihn gestützt. Sie hatte immer ein offenes Ohr gehabt. Sie trug eine Weisheit in sich, die nicht viele Menschen hatten, aber sie konnte auch sehr forsch sein, und dann kam es ihm vor, als wüsste sie nicht, wo die Grenzen waren. Manchmal war sie ein Schutz, manchmal … Er atmete tief durch.

»Ich habe mich damals entschieden. Es ist besser so.«

»Hast du sie gefragt?«

»Was?«

»Gehören nicht zwei dazu? Zu einer solchen Entscheidung, meine ich?«

»Nein.« Er antwortete schnell und hörte doch die Unsicherheit in seiner eigenen Stimme. Natürlich hatte er sie nicht gefragt. Er hatte gar nicht wirklich mit ihr gesprochen. Er hatte ihr nur das Mindeste von Rita erzählt. Er wusste nicht, was sonst passieren würde. Er wusste nicht, ob er die Dinge dann noch in der Hand hielt, wie er es im Moment zumindest glaubte. Klar, gut möglich, dass er sich das einbildete. Er hatte keine Ahnung, ob er überhaupt etwas in der Hand hatte. Er hatte keine Ahnung von nichts. Er war schon einmal gescheitert. Er hatte Rita nicht retten können.

Áine ließ ihn nicht in Ruhe. Am nächsten Tag war sie schon wieder da, beim Boot, was nur möglich war, weil Niamh da war und sich um den Pub kümmerte. Meist war er froh darüber, dass seine jüngere Schwester aus London zu Besuch war, heute bedauerte er es. Sie hatten auch schwere Zeiten miteinander gehabt, als sie ihm vorgeworfen hatte, an Ritas Tod schuld zu sein. Rita und sie waren beste Freundinnen gewesen, ziemlich unzertrennliche sogar.

Er beobachtete, wie Áine näher kam. Konnte sie nicht einsehen, dass er alleine bleiben wollte, wenn er sich auf das Schiff zurückzog? Er wandte sich dieses Mal demonstrativ ab und widmete sich dem großen Fischernetz, das er sich zum Flicken geholt hatte. Sie tat, als würde sie seine Ablehnung nicht bemerken, balancierte über die Brücke hinüber und setzte sich auf einen Kasten gegenüber von seiner Bank. Sie blieb länger still, als er erwartet hatte.

»Du musst dir verzeihen, Liam«, sagte sie schließlich.

Schon wieder dieselbe Leier. Er starrte das Netz in seiner Hand an. Es war alt, mehrfach geflickt, da waren Gebrauchsspuren, die ihn an früher denken ließen, vielleicht auch an eine Zeit, als er mehr Talent zum Glücklichsein gehabt hatte … Dann hob er den Kopf und sah sie unverwandt an.

»Ich kann mir nicht verzeihen, weil ich nichts wiedergutmachen kann. Ich kann mir keine Absolution erteilen. Was geschehen ist, ist geschehen. Ich kann nicht damit weiterleben und glücklich sein.«

Áine antwortete nicht sofort, was ihn verunsicherte. Eigentlich hatte sie ihre Antworten immer schnell parat. Zu langes Schweigen war er nicht von ihr gewohnt.

»Du hast nicht versagt, Liam«, sagte sie dann langsam, »du warst Rita ein sehr guter Ehemann. Immer. Manches kann man nicht ändern, sosehr man es auch möchte.«

»Ein guter Ehemann, ja? Und warum ist sie dann nicht mehr am Leben? Warum ist sie nicht hier bei uns?« Er schüttelte den Kopf und wollte sich wegdrehen, aber sie ließ es nicht zu.

»Du weißt, wie sie auch war, Liam.«

Plötzlich hielt sie ihn bei den Händen. Er wollte sich ihr entziehen und konnte es nicht. Ihre Daumen strichen sanft über seine Handrücken. Er starrte irritiert darauf. Was machte sie da? Warum hatte sie immer noch diese Macht über ihn, als wäre er ein kleiner Junge? Irgendwie war es auch faszinierend. Er konnte sich ihr einfach nicht entziehen, konnte ihr nicht sagen, dass sie ihre verdammten Finger von ihm lassen sollte. Sie war seine Schwester, die stets an seiner Seite geblieben war, auch damals, als Niamh ihm Vorwürfe gemacht hatte und mehrfach täglich die Fetzen geflogen waren. Seine Hände zitterten.

»Du hast getan, was du konntest«, war Áine wieder zu hören. Zum ersten Mal schmetterte er sie nicht automatisch ab. Sie hatte recht. So war es. Das Leben mit Rita war weit entfernt davon gewesen, einfach zu sein, aber er hatte sie doch geliebt, und immer, wenn es ihr gut gegangen war, hatte er so sehr gehofft, dass sie es gemeinsam schaffen würden. Sie hatte das auch gewollt. Sie hatte sich doch auch immer wieder nach oben gekämpft; immer und immer wieder, und sie hatten alle gewusst, wie schwer das für sie war.

Áine stand auf. Er spürte ihre Hand auf seiner Schulter.

»Du hast sie nicht alleine gelassen, Liam. Du musst das endlich einsehen, du musst dir verzeihen. Du bist ihr ein guter Mann gewesen. In allem.«

»Aber sie ist tot. Kannst du mir das erklären?«

Er betonte jedes Wort einzeln. Er konnte einfach nicht anders. Dann griff er nach Nadel und Faden, um das Netz endlich zu flicken. Seine Hände zitterten noch immer. Er schaffte es nicht, den Faden zu befestigen. Áine sah einen Moment lang zu und nahm ihm das Werkzeug dann ab. Er wollte sich wehren und tat es doch nicht. Er erinnerte sich, wie es gewesen war, als er ihr früher beim Flicken der Netze zugesehen hatte. Was zu tun war, hatte er von ihr gelernt, jeden einzelnen Schritt, so wie sie es von den Eltern und Großeltern gelernt hatte.

»Eure Hochzeit«, sagte sie unvermittelt, »das war einer der schönsten Tage, an die ich mich noch heute erinnern kann. Rita ist mir nicht gleich, und sie war es nie. Du weißt, dass sie mir eine gute Freundin war, aber in jeder Geschichte muss auch einmal eine neue Seite aufgeschlagen werden. Rita hat sich für einen Weg entschieden, auf dem wir ihr nicht folgen konnten. Verstehst du?«

Vielleicht verstand er es, aber wollte er es verstehen?

Auch Niamh kam an diesem Nachmittag noch vorbei. Es war gut, sie zu sehen. Es fühlte sich leichter an, weil sie nicht wollte, dass er Rita vergaß und einfach weitermachte. Niamh war Ritas beste Freundin gewesen, doch auch sie hörte sich zu seiner Überraschung heute anders an.

»Du hättest ihr nicht helfen können«, sagte sie und drehte die Teetasse in den Händen, die er ihr gefüllt hatte. »Das hätte nur sie selbst gekonnt.«

»Fängst du auch damit an. Bist du jetzt Psychologin?«, blaffte er sie an, dabei hatte er doch freundlich bleiben wollen.

Niamh zuckte mit den Schultern. »Wer weiß, vielleicht studiere ich das mal, und wenn du es echt wissen willst: Ja, ich habe Bücher dazu gelesen. Über Depressionen. Und Co-Abhängige.« Sie stellte ihre Tasse ab, kam zu ihm und berührte seine Schulter. Er bewegte sich ruckartig von ihr weg.

»Du warst nicht in meiner Situation.«

»Ja, das hatten wir schon geklärt, und das muss ich auch nicht sein.«

Er wollte sie jetzt anbrüllen, aber er tat es nicht. Sie war seine kleine Schwester. Sie wollte nichts Böses, und wahrscheinlich hatte sie sogar recht, aber er war einfach immer noch so verdammt hilflos. Wie sollte er die Vergangenheit nur loslassen?

30. KAPITEL

»Weißt du was, ich würde heute gerne nach dem Glas suchen«, sagte Emma an diesem Morgen. Das Frühstück war großartig gewesen. Sie hatte mit gutem Appetit gegessen, und ich fragte mich zum ersten Mal, seit wir hier angekommen waren, ob ich sie in den letzten Tagen vielleicht etwas aus dem Blick verloren hatte.

Ich fragte sie spontan danach. Sie verneinte und wirkte dabei nicht ärgerlich. Sie hatte kleinere Spaziergänge unternommen, sich einige Strecken in der näheren Umgebung erlaufen und sich häufiger mit Mel zum Tee getroffen. Heute wollte sie nach dem Glas suchen. Sie war sicher, dass sie sich noch gut an den Ort des Verstecks erinnerte. Ich ließ die Gabel mit dem letzten Rest Rührei sinken.

»Bist du dir sicher, dass du dir das zutraust? Es scheint schon ein Stückchen zu gehen zu sein.«

Emma bedachte mich mit einem strengen Blick. »Meine Güte, lass das bitte meine Sorge sein, und hör dich nicht an wie dein Vater.«

»Ist ja gut«, sagte ich laut, während ich die Stimme meines Vaters nörgelnd im Hintergrund hörte. Ich wusste nicht, ob er oder sie recht hatte. Wahrscheinlich fiel es einfach schwer, anzuerkennen, dass die eigenen Kräfte nachließen.

»Ich habe einen Stock«, unterbrach Emma meine Gedanken.

»Wohin soll es denn genau gehen?«

Sie sagte es mir, und ich hatte natürlich weitere Einwände, die sie genauso schnell außer Kraft setzte. Ich merkte bald, dass mir nichts anderes übrig blieb, als mich dem Willen meiner Großmutter zu beugen.

Niamh nahm uns überraschenderweise wenigstens ein Stück des Weges auf einem Elektromobil mit. In der Nähe des Strandes mit den wunderschönen Schnecken stiegen wir ab. Emma ging langsam, und ich passte mich ihrer Geschwindigkeit an. Heute war es ausgesprochen windig, und es fiel mir irgendwie schwer, an einem Gedanken dranzubleiben, sosehr ich mich auch bemühte. An der Stelle, an der Liam erstmals den Arm um mich gelegt hatte, blieb ich unvermittelt stehen. Ich hatte später hier ein Foto von ihm gemacht. Emma kannte es, musterte mich vielleicht deshalb, sagte aber nichts. Irgendwann ging es langsam bergan. Emma musste jetzt immer wieder eine Pause machen. Schließlich lud ein Felsbrocken zur Rast ein. Sie setzte sich darauf, schaute den Weg zurück und dann hinüber zum Meer, das heute aufgewühlter wirkte als gewöhnlich. Es sah stürmisch aus.

»Damals saß Paul auf diesem Stein«, sagte Emma. »Wirklich, ich erinnere mich genau. Ich erinnere mich auch daran, dass ich ihn manchmal gehasst habe.«

Ich schaute sie erstaunt an. Man konnte sehen, dass es ihr schwerfiel, die nächsten Worte zu sagen.

»Er war krank, und er wollte nicht mit mir reden. Er wollte alles mit sich ausmachen. Er wollte nicht darüber nachdenken, was sein würde. Er wollte mich einfach mit allem alleine lassen. So kam es mir jedenfalls vor.«

»Vielleicht hatte er zu viel Angst, darüber nachzudenken.«

Emma nickte. »Ganz bestimmt. In einem solchen Fall ist einfach nichts richtig. Soll man sich selbst gerecht werden oder dem anderen? Damals habe ich das nicht verstanden. Als junger Mensch sieht man wahrscheinlich weniger Grautöne und mehr Schwarz und Weiß.«

Ich dachte an das Album, das die Geschichte ihrer Beziehung erzählte, aber doch nur einen Teil davon abbildete, wie ein zweidimensionales Bild, bei dem man eine Dimension eben weglassen musste. Das, was wir sahen, war nie alles. Ich hatte nicht alle Antworten auf meiner Reise erhalten, aber ich hatte gelernt, Fragen zu stellen.

Emma

Emma biss sich auf die Lippe und schluckte die Worte hinunter, weil sie wusste, dass Paul sie nicht hören wollte. Die Krankheit hatte ihm seine Kraft und ihnen die gemeinsame Zukunft genommen. Es war schwer, dies zu akzeptieren. Sie waren zu jung für den Weg, den sie nehmen mussten. Er wollte nur noch diesen Berg hinauf, und sie konnte nichts anderes denken, als dass das ihrem gemeinsamen Leben vielleicht noch mehr Zeit kostete, Minuten und Sekunden und Stunden, die sie hier damit verbrachten, sich den Weg hinaufzukämpfen, anstatt zu reden und sich auszutauschen.

Aber was war wichtig? Sich zu lieben. Einander die gegenseitige Liebe bewusst zu machen. Über später zu reden, wenn sie alleine zurückblieb, zu verstehen, dass man seinem Schicksal so und so nicht entkommen konnte? Emma erinnerte sich, wie glücklich sie beide über ihre Schwangerschaft gewesen waren, damals, als sie sich ihm in Cashel offenbart hatte, bei diesem ersten Mal, aber dann …

Warum muss das Leben so ungerecht sein? Sie hielt das Glas im Arm, ein wenig gegen die Brust gedrückt. Muscheln befanden sich darin und Federn und Äste und ein Gedicht, das sie liebte und das er für sie aufgeschrieben hatte. Sie hatte es herausnehmen wollen, um es noch einmal zu lesen, aber er hatte den Kopf geschüttelt. »Es ist in dir drin. Du kennst es, du brauchst es nicht.

Und auch ich werde immer bei dir sein. Du trägst mich in dir, ohne Fotos, ohne Zeichnungen. Ich bin dir in den Kopf gezeichnet. Verzeihst du mir?«

Blödsinn, wollte sie ihn anschreien. Sie tat es nicht. Stattdessen schüttelte sie halb den Kopf. »Natürlich verzeihe ich dir.«

Sie brachen auf, mussten aber schon kurze Zeit später wieder eine Pause machen. Alles strengte ihn an. Warum tat er sich das an? Was sollte das bringen? Wie er jetzt so dasaß, sah Paul so tot aus, wie ein lebendiger Mensch tot aussehen konnte. Er atmete schwer. Er kämpfte mit den kleinsten seiner Bewegungen, mit jedem Muskel, sogar mit dem Atmen. Es war schrecklich, das anzusehen, und sie verstand nicht, warum er sich das antat und ihr. Sie konnte wirklich nicht sagen, auf wen sie in diesem Moment wütender war, auf seine Krankheit oder seinen Starrsinn. Er öffnete die Augen wieder, stand auf und schleppte sich, ohne ein Wort zu sagen, weiter.

Emma blieb noch einen Moment stehen und schaute ihm hinterher. Ich kann nicht mehr, dachte sie, ich bin diejenige, die nicht mehr kann. Aber er lief weiter, und sie musste ihm folgen.

31. KAPITEL

Der Weg war nicht leicht gewesen für eine über Achtzigjährige. Manchmal musste ich Emma stützen. Bevor wir anfangen konnten zu graben, musste sie sich ausruhen. Sie fröstelte. Ich bot ihr warmen Tee aus der Thermoskanne an, die uns Áine mitgegeben hatte. Sie nahm dankbar an. Dann saßen wir gut zwanzig Minuten an der Stelle, an der meine Großmutter das Glas damals eingegraben hatte. Ich hatte mir immer vorgestellt, wie sie gemeinsam Hand angelegt hatten, aber Emma hatte mir beschrieben, dass sie alleine es gewesen war, denn mein kranker Großvater war nach dem Weg hierher bereits viel zu erschöpft.

»Los«, Emma schaute mich auffordernd an, »holen wir es heraus.«

Sie hatte mir den Ort genau benannt, und ich begann mit dem Graben. Das Glas befand sich in einer kleinen Höhlung zwischen Erde und Fels. Tief kam man hier an den meisten Stellen nicht. Die Erdschicht war nur dünn. Ich nutzte eine kleine Schaufel, die Áine uns geliehen hatte, und meine Hände. Ich hatte mir nicht vorstellen können, dass man hier etwas vergraben konnte, wurde aber eines Besseren belehrt. In jedem Fall war es keine leichte Arbeit, und zwischenzeitlich zweifelte ich kurz, aber dann stand das Erinnerungsglas etwas prosaisch vor uns, ein altes Gurkenglas eben, auch von daher anders als die Erinnerungsgläser, die ich von zu Hause kannte. Ich konnte Steine darin erkennen, Federn, einen Zettel. Es war das erste Erinnerungsglas, das Emma angefertigt hatte. Jetzt hielt sie es in den Händen und machte keine Anstalten, etwas zu tun, während ich dasaß, versuchte, mir die Hände zu säubern, und sie beobachtete. Inzwischen sah sie nicht mehr ganz so blass und angestrengt aus. Ihre Wangen hatten sich etwas rosiger verfärbt, was auch an dem immer stärker auffrischenden Wind liegen konnte.

Das Glas … Ich sah die zartbunten Muscheln darin, die ich schon kannte, einen vertrockneten Ast, Steine, etwas, was wie der Teil eines Schädels aussah. Emma atmete tief durch.

»Weißt du, ich hatte ihm damals versprochen, dass ich alleine hierherreise, wenn ich meinen Platz im Leben gefunden habe. Dass ich das Glas dann ausgrabe, mich in Liebe, aber ohne Groll erinnere und es mit nach Hause nehme …« Sie hielt inne. »Ich habe meinen Platz im Leben gefunden. Ich habe kein schlechtes Leben gehabt, aber das habe ich nie getan. Ich bin nie wieder hierhergekommen, weil ich mir stets eingeredet habe, dass mir etwas fehlte und dass dieses Gefühl mich auffressen würde, wenn ich hierher zurückkomme, wo ich einmal so glücklich war.«

Ich sah, wie sie die Stirn runzelte. Im nächsten Moment riss ein scharfer Windstoß meine offene Jacke auseinander. Auf dem Weg hier herauf war mir warm geworden, weshalb ich den Reißverschluss geöffnet hatte. Jetzt schloss ich ihn mit Mühe wieder, stand dann auf und sah zum ersten Mal seit längerer Zeit zum Meer hinüber. Das Wasser war noch deutlich aufgepeitschter und aufgewühlter als vorhin. Auf dem Wasser tanzten Schaumkronen. Es hatte eine bleierne Farbe angenommen, der Himmel darüber war von einem leicht helleren Grau. An den Felsen unterhalb, an denen sich kräftige Wirbel bildeten, spritzte die Gischt meterhoch nach oben. Der Wind riss im nächsten Moment an meiner Kapuze, als wollte er mit mir kämpfen. Da kam ein Sturm auf.

Ich musste plötzlich an Liam denken, der heute früh hinausgefahren war, wie mir Áine gesagt hatte. Kurz entschlossen drehte ich mich zu Emma um, die immer noch das Glas in ihren Händen anschaute. »Gehen wir besser zurück. Das sieht nicht gut aus.«

Ich streckte die Hand nach dem Glas aus. Sie gab es mir, und ich verstaute es gemeinsam mit der Thermosflasche in meinem Rucksack.

Bedächtig machten wir uns auf den Rückweg. Emma stützte sich auf dieser Strecke noch mehr auf mich, und es ging noch langsamer voran. Es war überaus kraftraubend, sich den Weg auf dem schmalen Pfad nach unten zu suchen. Der Wind wurde immer stärker. Wir hatten den unteren Pfad, der uns direkt in unsere Unterkunft bringen würde, fast erreicht, als uns eine heftigere Böe beinahe umriss. Aber wir schafften es.

Áine war in der Küche mit Unterlagen beschäftigt. Für einen flüchtigen Moment war ich froh, dass da nicht Liam stand, dann wurde ich doch unruhig. War er etwa immer noch draußen? Das schreckliche Unglück kam mir in den Sinn, welches diese Insel Anfang des letzten Jahrhunderts getroffen hatte, der Sturm von 1927, der so viele Menschen in den Tod gerissen hatte. Heute ist das anders, versuchte ich mich gleich darauf zu beruhigen. Heute gibt es Sturmwarnungen, Satelliten, Rettungsdienste. Überwachung rund um die Uhr. Vielleicht war es auch nicht so schlimm, wie es mir als Landratte vorkam. Sicherlich schätzte ich das alles überhaupt falsch ein.

»Gut, dass ihr wieder da seid«, sagte Áine in diesem Moment. »Heute schickt man ja keinen Hund vor die Tür.« Sie schaute zu Emma und half ihr kurzerhand aus der Jacke. »Oh, du siehst aber erschöpft aus. Mit diesem Wind ist es noch schwerer zu laufen, nicht wahr? Wo wart ihr denn?«

Emma schilderte ihr den Weg, während ich überlegte, ob ich sie doch nach dem Wetter fragen sollte. Aber bevor ich etwas sagen konnte, zupfte Emma an meinem Ärmel. »Ich würde mich gerne ein wenig hinlegen«, sagte sie.

»Natürlich.« Ich stützte sie auf dem Weg nach oben, während Áine kurzerhand ein kleines Tablett mit Tee und Keksen hinter uns hertrug. Oben angekommen, setzte sich Emma aufs Bett. Ich half ihr, die Schuhe auszuziehen. Überraschenderweise ließ sie es zu. Sie musste wirklich müde sein. Dann streckte sie sich auf dem Bett aus, schloss kurz die Augen und öffnete sie dann wieder.

»Kannst du das Glas auf den Nachttisch stellen?«

»Natürlich.« Ich holte es aus meinem Rucksack und tat wie geheißen. Emma drehte den Kopf so, dass sie es sehen konnte.

Áine hatte das Tablett inzwischen auf dem kleinen Tisch im Zimmer abgestellt, und ich spürte, dass ich durchaus Lust auf eine große Tasse Tee und ein paar Kekse hatte. Áine verabschiedete sich. Da sie um diese Uhrzeit noch im Haus war, kümmerte sich wohl Niamh um den Pub.

Nachdem sie gegangen war, saß ich eine Weile mit meiner Teetasse an dem kleinen Tisch am Fenster. Emma erholte sich auf dem Bett liegend.

»She's a tough lady«, hatte Áine an einem der vergangenen Abende gesagt. Nach einer Weile richtete ich wieder meinen Blick auf das Erinnerungsglas.

»Kannst du bitte ein Handtuch aus dem Bad holen?«, forderte mich Emma unvermittelt auf. Ich tat es, breitete es auf ihren Wunsch hin auf dem Bett aus und reichte ihr dann auch das Glas. Sie hielt es kurz in den Händen und drehte es bedächtig hin und her. Dann schraubte sie es auf und schüttete den Inhalt auf das Handtuch. Für einen Moment kam es mir vor, als würde ein Geist aus dem Glas entweichen, ein Geist der Erinnerung an diese längst vergangenen Tage: Ich sah wieder dürre Zweige, Muscheln, Schnecken, auch den Papierstreifen, den Emma jetzt aufnahm. »When I am dead, my dearest«, las sie sehr leise, irgendwie behutsam, »sing no sad songs for me.« Wenn ich tot bin, meine Liebe, sing keine traurigen Lieder für mich … Mit einem Mal kämpfte Emma mit den Tränen. Ich kannte das Gedicht. Sie hatte es mir gegenüber schon öfter zitiert. Es stammte von Christina Rossetti und gehörte zu Emmas liebsten Gedichten. In diesem Moment rüttelte der Sturm wieder am Haus. Ich drehte den Kopf ruckartig zum Fenster. Plötzlich wurde mir die Kehle eng. Emma berührte mich. »Geh ruhig runter«, sagte sie zu mir. »Such ihn!«

Áine saß wieder am Küchentisch, als ich eintrat, arbeitete sich durch die Bücher, überprüfte offenbar Angaben und nahm Einträge vor. Sie hob den Kopf. In dem Moment rüttelte der Sturm heftig an der Tür, die, wie ich wusste, hinaus in einen kleinen Garten führte. Wir starrten beide auf die Tür, dann sahen wir uns erneut an.

Er ist noch da draußen, dachte ich wieder.

»Mein Bruder ist nicht unerfahren«, sagte Áine, während von einem Moment auf den anderen ein Getrommel riesiger Regentropfen auf das Fenster einsetzte. Ich nickte langsam. Was sollte ich auch tun? Konnte ich etwas tun? Nein, es gab nichts, mir waren die Hände gebunden.

Nach einer Weile ging ich unverrichteter Dinge wieder nach oben. Emma saß zu meiner Überraschung aufrecht im Bett, als ich hereinkam. Ich ging zum Fenster, wurde mir dessen aber erst einen Moment später bewusst.

»Ich glaube, dass Liam sich verabschieden muss.« Emmas Stimme ließ mich zusammenzucken. »Er muss sich von seinen Schuldgefühlen verabschieden, bevor er ein neues Leben anfangen kann, verstehst du?«

Ich sagte nichts. Nein, ich verstehe nicht, dachte ich. Der Sturm rüttelte jetzt beinahe unablässig an den Scheiben, und ich schaute nach draußen und hatte ein immer schlechteres Gefühl. Geschichten konnten schlecht ausgehen. So war das Leben. Nichts sagte einem, dass die Dinge immer gut liefen. Meine Großmutter hatte ihr Leben mit Paul verbringen wollen, es war anders gekommen …

Vielleicht merkte Emma, dass ich nicht reden wollte. Jedenfalls füllte sie den Inhalt des Glases schließlich zurück und zog sich den Schlafanzug an. Dann putzte sie sich die Zähne, legte sich ins Bett und wünschte mir eine gute Nacht. Kurze Zeit später hörte ich ihre ruhigen Atemzüge. Sie war eingeschlafen. Ich blieb noch eine Weile am Fenster und beobachtete den Sturm draußen, dann legte ich mich voll bekleidet ebenfalls hin, aber ich fand keine Ruhe. Schon bald stand ich wieder auf. Ich beschloss, noch einmal nach unten in die Lounge zu gehen, vielleicht etwas zu lesen oder auch fernzusehen. Meinem Eindruck nach hatte der Wind weiter zugenommen und rüttelte jetzt am Haus, als gäbe es kein Morgen.

Unten angekommen, wartete ich einen Moment lang im Flur, dann entschied ich mich, die Tür zu öffnen, um einen Blick nach draußen zu werfen. Ich musste mich mit meinem ganzen Gewicht dagegenstemmen, um die Tür zu öffnen. Dann riss sie mir der Sturm urplötzlich aus der Hand und ließ sie mit einem lauten Knall gegen die Wand krachen. Ich fuhr zusammen. Áine war plötzlich hinter mir und half mir, in Ordnung zu bringen, was ich angerichtet hatte. Gemeinschaftlich gelang es uns, die Tür wieder zu schließen. Auf ihre Handbewegung hin folgte ich ihr in die Küche.

»Es tut mir leid, ich habe das wohl unterschätzt.«

»Schon okay. Es ist nichts passiert.« Áine nahm einen Becher vom Bord und füllte ihn mit Tee. Ich gab Milch hinzu. Dann schob sie die Hobnobs zu mir hin. Ich hatte eigentlich keinen Hunger, nahm mir dann aber doch welche. Ich hatte nicht zu Abend gegessen. Tatsächlich taten die süßen Kekse und der warme Tee mir gut. Eine Weile schwiegen wir beide, während der Sturm draußen ums Haus tobte. »Er wird zurückkommen«, sagte sie.

Ich schluckte. »Es ist verdammt windig draußen.«

Áine blickte einen Moment zum Fenster hin, dann sah ich, wie sie durchatmete. »Das stimmt, aber er *will* zurückkommen.«

Ich schaute sie an und dachte, dass das hier vielleicht nicht eine Frage des Willens war. Ich konnte es nicht einschätzen. Ich war mir nur sicher, noch nie einen solchen Sturm miterlebt zu haben. Es fühlte sich an, als wäre die Welt aus den Fugen geraten. Wo war er? Sollte ich zum Hafen gehen? Sie schien wieder einmal meine Gedanken zu lesen.

»Bleib hier, du kannst momentan nichts tun.«

Ich schaute auf das Fenster, hinter dem es zumeist stockdunkel war. Nur manchmal zerrissen jetzt grelle Blitze die finstere Nacht. Auf dem Meer musste so ein Wetter doch beängstigend sein. Wie hoch sich die Wellen wohl auftürmten?

»Rita war meine Freundin«, sagte Áine unvermittelt. »Na ja, wir verstanden uns nicht immer gut. Sie war wohl mehr Niamhs Freundin.«

Rita, Liams Frau. Sprachen wir jetzt über sie und warum?

»Liam und sie haben sich sehr geliebt, weißt du. Sie kannten sich lange bevor sie ein Paar wurden. Sie waren Kinder, die zusammen spielten, Jugendliche, die einander lieben lernten. Rita hat die Insel nie verlassen …« Sie schaute sinnend in die Ferne. Wollte ich von Rita hören? Ich hatte mir noch einen Keks genommen, hielt ihn aber unverrichteter Dinge in der Hand. Áine schien über etwas nachzudenken, dann räusperte sie sich entschlossen. »Liam hat Rita sehr geliebt, ja, aber als er dich kennengelernt hat, konnte er zum ersten Mal loslassen. Als er dich kennengelernt hat, ist er wieder ins Leben zurückgekommen. Als er dich traf, habe ich meinen Bruder wiedererkannt.« Sie lächelte mich an. »Noch einen Tee?«

Ich nickte. Áine brühte neuen starken Tee auf, während ich die Krümel von meinem Hobnob aufsammelte und sie aufaß. Eigentlich hatte ich ja immer noch keinen Hunger, aber irgendwie beruhigte es mich. Áine schenkte uns beiden ein und stellte die Kanne dann zwischen uns. Wir tranken. Nach und nach schien mir der Sturm weniger heftig an den Läden zu reißen, dafür wurde der Regen stärker. Es goss wie aus Eimern. Der Himmel war so wolkenverhangen, dass wir es kaum mitbekamen, als endlich der neue Tag anbrach und die Sonne aufging.

»Komm, lass uns zum Hafen gehen«, sagte Áine irgendwann.

Ich huschte nach oben, um meine Schuhe zu holen. Emma schlief immer noch tief und fest. Sie sah entspannt aus, und das freute mich. Zumindest ein Ziel war erreicht. Wir hatten das Glas.

Áine wartete schon im Flur. Auf dem kurzen Weg zum Hafen durchweichte uns der Regen trotz unserer Regenjacken. Unsere Haare klebten bald am Kopf fest. Das Wasser rann über unsere Gesichter. Immer wieder musste ich mir das Wasser aus den Augen wischen.

Wir waren nicht die Einzigen, die es zum Hafen zog. Gott sei Dank waren gestern Nachmittag nur wenige Boote unterwegs gewesen, doch jedes, das im Hafen anlandete, wurde mit einem deutlichen Seufzer der Erleichterung begrüßt. Dann war auch er da. Die »Seestern« fuhr in den Hafen ein. Liam sah durchnässt und übernächtigt aus, aber er hielt sich aufrecht, und er wich mir nicht aus, als er mich sah.

»Hallo, Bruder«, grüßte ihn Áine, nachdem er vom Schiff geklettert war und auf uns zukam. Sie klopfte ihm sanft auf die Schulter. Er umarmte sie. Sie protestierte, weil er angeblich so nass war.

Er drehte sich zu mir hin und lächelte mich an.

»Ich lasse euch dann mal alleine«, erklärte Áine.

Wir schauten ihr beide hinterher. Im nächsten Augenblick wandten wir uns jedoch einander zu, zögerten noch, fielen uns endlich in die Arme und klammerten uns aneinander fest, einer nasser als der andere. Er zitterte.

Ich sprach als Erste: »Ich finde, du hast mir einiges zu sagen. Aber zuerst einmal …« Ich zog ihn erneut näher zu mir hin und küsste ihn.

32. KAPITEL

Ich hatte mir so viele Gedanken gemacht, doch komischerweise keine darum, was ich ihm eigentlich wirklich sagen wollte, wenn ich ihn wiedersah. Gestern war ich nur froh gewesen, als sein Schiff endlich wieder in den Hafen eingefahren war, so wie wir um jeden froh gewesen waren, der wohlbehalten auf Inishbofin gelandet war. Am Ende blieb keiner draußen. Das war gut.

Liam und ich gingen gemeinsam nach Hause, schälten uns aus den nassen Klamotten und schlüpften in etwas Warmes, um dann in der Lounge einen Tee zu trinken, bevor wir uns vorerst voneinander verabschiedeten. Wir beide hatten in der letzten Nacht nicht geschlafen und einiges nachzuholen.

»Ich werde dir später Rede und Antwort stehen«, sagte er sanft zu mir. »Morgen, ich verspreche es dir.«

Ich nickte. Dann schlich ich nach oben und legte mich ins Bett. Ich versuchte, noch über ein paar Dinge nachzudenken, war aber Sekunden später eingeschlafen und wachte erst gegen Mittag wieder auf. Das Zimmer war leer. Emma war unterwegs. Strahlender Sonnenschein kam durchs Fenster, die Wolken hatten sich bis auf wenige zerstreut.

Ich duschte lange und ausgiebig warm und schlüpfte dann in frische Kleidung. Mein Magen knurrte. Als ich vor die Tür trat, drang der Geruch von Gebratenem in meine Nase. Ich sprang die Stufen hinunter, entdeckte Emma in der Lounge und begrüßte sie.

»Freut mich zu sehen, dass es dir gut geht«, sagte sie mit einem Lächeln. Ich kannte den Ausdruck auf ihrem Gesicht. Ich hatte ihn in den letzten Tagen vermisst. Jetzt fühlte es sich an, als würde sie wieder in sich ruhen, so, wie ich es gewohnt war.

»Geht es dir auch gut?« Ich lächelte ebenfalls.

»Ja.« Sie sagte nur dieses kurze Wort, aber ihre Stimme sagte darüber hinaus alles. »Und jetzt geh zu ihm.«

»Das mache ich.«

Ich fand die Küche leer vor, aber da standen noch ein Teller auf dem Tisch und die Tasse, die Liam am liebsten zum Teetrinken benutzte. Die Tür zum kleinen Garten war nur angelehnt. Ich spähte hinaus. Einen Augenblick lang blendete mich die Sonne, sodass ich kaum etwas sah. Der Himmel war nach dem gestrigen Sturm so blau, dass es fast unglaublich schien. Liam stand etwas entfernt von der Tür mit dem Rücken zum Haus und schaute in die Ferne. Ich räusperte mich, mehr automatisch. Er drehte sich um. Ich konnte seinem Gesichtsausdruck nichts entnehmen, wusste nicht, ob er erleichtert war, mich zu sehen, weil wir dringend reden mussten, oder eben doch nicht. Aber wir müssen reden, dachte ich, daran führt kein Weg vorbei.

»Wir müssen reden«, sagte er.

Ich senkte kurz den Blick. Seine Füße waren nackt. Für einen Moment fühlte ich mich seltsam verloren. Ich hatte keine Ahnung, was jetzt auf mich zukam, aber ich wusste irgendwie, dass es endgültig war.

»Liv.« Als er meinen Namen aussprach, zuckte ich zusammen. »Liv, ich bin so froh, dass du hier bist.«

An diesem Abend saßen Liam und ich gemeinsam vor dem kleinen Kamin in seinem Zimmer, so eng beieinander, wie wir es schon lange nicht mehr getan hatten. Für eine Weile hatte ich den Flammen bei ihrem Tanz zugesehen. Wir hockten, in eine Decke gehüllt, auf dem weichen Teppich, den seine ältere Schwester Áine einmal aus dem Türkeiurlaub mitgebracht hatte. Auf einem cremefarbenen Untergrund rankten sich hellblaue, hellgrüne und roséfarbene Blätter und Blumen. Áine hatte uns einen heißen Whiskey gebracht. Nach anfänglichem Zögern hatte ich ihn genossen. Sie hatte auch noch kurz mit uns geplaudert, sich dann aber rasch zurückgezogen, um in ihr eigenes Zimmer zu gehen, das von diesem aus nur ein paar Schritte entfernt lag. Als kleiner Junge, hatte sie mir erzählt, war Liam manchmal zu ihr ins Bett geklettert, wenn er sich gefürchtet hatte.

Ich hielt mein Whiskeyglas immer noch in der Hand und beugte mich jetzt nach vorne, um es behutsam abzustellen. Verstohlen schaute ich mich um. Ich war zum ersten Mal in seinem Zimmer, sein Kinder- und Jugendzimmer, in das er nach Ritas Tod zurückgekehrt war, wie ich von Áine wusste. Am Türrahmen erinnerten Einkerbungen an sein Wachstum. Ich hatte es im Vorbeigehen registriert. Als Eheleute hatten Liam und Rita im Elternhaus von Ritas Vater gewohnt. Dort war mehr Platz gewesen. Ritas Vater lebte noch in einem kleinen Cottage am Ostende der Insel, hatte aber keinen Kontakt zu seinem Schwiegersohn, dem er anfangs vorgeworfen hatte, Schuld am Tod seiner Tochter zu sein. Inzwischen tat er das nicht mehr, aber sie hatten nicht wieder zueinandergefunden.

Ob sich Rita und Liam in ihrem Haus glücklich gefühlt hatten? Hatten sie dort Pläne geschmiedet, bevor die Krankheit ihr Leben verändert hatte? Plötzlich spürte ich wieder dieses verdammte Misstrauen in mir, die Angst, dass es etwas zwischen Liam und Rita gegeben hatte, dem ich niemals etwas entgegensetzen konnte. Es war einfach unmöglich, mit einer Toten zu konkurrieren.

Ich spürte, wie seine Rechte meinen linken Oberarm umfasste und wie er nach Worten suchte. Dann begann er endlich zu sprechen. Anfangs sah es aus, als würde ihm jedes Wort Schmerzen bereiten, aber es wurde Stück um Stück besser.

»Ich wollte dich nicht verletzen, aber ich fühlte mich schuldig, verstehst du? Als Rita fort war, habe ich mich schuldig gefühlt, weil ich mir damals manchmal aus tiefstem Herzen wünschte, dass endlich alles vorbei wäre, weil ich wohl irgendwann verstand, dass ich sie nicht retten konnte, wenn sie das nicht selbst wollte. Weil ich irgendwann einfach keine Kraft mehr hatte, gegen eine Dunkelheit zu kämpfen, die einfach so stark, so mächtig, so allumfassend ist. Diese Schwermütigkeit hielt sie in ihren Fängen und ließ sie nicht mehr los. Früher einmal war Rita unbefangen gewesen, du hättest Spaß mit ihr gehabt. Wir hatten uns als Kinder kennengelernt, waren dann Schulkameraden gewesen, schließlich Jugendliche, die einander näherkamen. Rita war immer so voller Energie gewesen, voller verrückter Ideen. Sie sprudelte geradezu über, und dann plötzlich wollte sie das Bett nicht mehr verlassen, und mit einem Mal sah sie uralt aus. Manchmal kämpfte sie, manchmal hatte ich den Eindruck, sie lasse sich hängen, wahrscheinlich hat sie immer gekämpft. Ich glaube, wenn man selbst keine Depressionen hat, kann man sich nicht im Mindesten vorstellen, was das bedeutet.« Er räusperte sich. »Weißt du, wir haben tatsächlich erst geheiratet, als sich schon Anzeichen der Krankheit zeigten. Wahrscheinlich stellte ich mir irgendwie vor, ihr auf diese Weise Sicherheit geben zu können. Ich wollte ihr wohl zeigen, dass ich bei ihr war, zu ihr stehen würde, in guten und in schlechten Zeiten, dass sie mir vertrauen konnte. Aber das änderte natürlich nichts, denn eine Depression ist der Spieler, der immer falschspielt, er ist der, der einem keine Chance lässt. Trotzdem kämpften wir. Wir kämpften so lange, und wir versuchten so viel, aber es half nichts. Und ja, es gab mehr als eine Gelegenheit, da war ich wütend darüber. Ich habe schlimme Dinge zu ihr gesagt, Sachen, für die ich mich schäme.«

Ich sah jetzt einen Schmerz in seinen Zügen, den er bislang vor mir verborgen hatte oder den ich einfach nicht hatte sehen können, weil ich so sehr mit mir selbst beschäftigt gewesen war. Ich hatte schon von Co-Abhängigkeit gehört, aber ich hatte es mir wahrscheinlich nicht so bewusst gemacht. Ich sah ihn an und verstand endlich, was die Beziehung zu Rita aus ihm gemacht hatte. Wie sie ihm entglitten war, wie die Frau, das Mädchen, das Kind, welches er sein Leben lang gekannt hatte, sich nicht hatte festhalten lassen. Wie er gekämpft hatte und die Depression immer da gewesen war, wie ein Schatten, der niemals wegging. Ich schluckte. »Darf ich sie einmal sehen? Würdest du mir ein Foto zeigen?«

Liam griff ohne ein weiteres Wort in die Gesäßtasche seiner Jeans, um seine Geldbörse herauszuziehen. Er klappte sie auf und zog ein Bild hervor, und ich registrierte sofort, dass er das Bild offenbar immer bei sich hatte. Wie abgegriffen es war, fiel mir auf, noch bevor ich mir Rita anschaute.

Sie war hübsch. Ein helles Gesicht mit großen blauen Augen, schwarze Haare. Ich erkannte die Stelle, an der es aufgenommen worden war, zumindest dachte ich das. Es war irgendwo unten am Strand, und Rita strahlte einnehmend in die Kamera. Ich stellte mir vor, wie sie auf dem Stein gesessen hatte, ein Knie angezogen und die Arme darauf abgestützt. Tatsächlich stellte ich mit einer gewissen Erleichterung auch fest, dass wir uns gar nicht ähnlich sahen. Sie war ein sehr drahtiger Typ gewesen, kleiner und auch schmaler als ich, mit unzähligen Sommersprossen in einem Gesicht, das Witz und Entschlossenheit ausstrahlte. Wenn man sie so sah, konnte man sich gar nicht vorstellen, dass sie Depressionen gehabt hatte, aber die Krankheit suchte einen ja auch nicht nach dem Aussehen aus, und als das Foto geschossen worden war, war es ihr vielleicht gut gegangen.

Ich fragte weiter. Liam erzählte mir, dass Rita nach der Schule das Fischerboot ihrer Eltern übernommen hatte. Ihr Bruder hatte kein Fischer werden wollen, und es hatte nur sie beide gegeben. Rita war damals glücklich gewesen, erzählte mir Liam, glücklich, weil sie schon als kleines Mädchen Fischerin hatte werden wollen und als ihr großes Vorbild immer Grace O'Malley, die Piratin, genannt hatte. Rita war stets die Unternehmungslustigste gewesen, die Mutigste, die mit den albernsten Ideen, bis die Krankheit schleichend ihren Geist übernommen hatte.

»Sie hat das Leben bis zum Schluss geliebt«, erklärte Liam. »Trotzdem wollte sie irgendwann sterben.«

»Sie ist wirklich hübsch«, sagte ich.

»Hm.« Liam warf einen Blick auf das Bild. »Weißt du, wir kannten uns so lange, irgendwie … Ja, sie ist hübsch, aber irgendwann fiel mir das gar nicht mehr auf.«

Ich schaute mir das Bild noch einmal an. War da noch etwas anderes in ihrem Gesicht, etwas, das einen erkennen ließ, was geschehen würde, dass jemand, der das Leben so sehr liebte, es irgendwann einfach … Es war so schwer vorstellbar. Ich reichte Liam das Bild zurück. Er machte zuerst keine Anstalten, es in die Geldbörse zurückzustecken.

»Damals ging es ihr gut, das war eine gute Phase. Ich erinnere mich noch daran, wahrscheinlich, weil es nur wenige solcher Tage gab …«

Liam zog unwillkürlich die Schultern zusammen und krümmte sich nach vorne. Sein ganzer Körper spiegelte den Schmerz wider, den er so lange in sich versteckt hatte, weil er doch funktionieren musste, weil er sich doch keine Schwäche erlauben durfte, weil er sich schuldig fühlte, weil er es nicht besser gekonnt und nicht besser gemacht hatte.

Wir waren, während wir redeten, etwas voneinander weggerutscht. Ich legte ihm jetzt spontan den Arm um die Schultern. Er zögerte einen Augenblick und lehnte sich dann an mich.

Ich dachte noch lange über das nach, was er gesagt hatte, und darüber, wie man das Leben so sehr lieben konnte, wie man Dinge so gerne tun konnte und dann doch alles wegwarf? Durfte ich wegwerfen sagen? Nein, wahrscheinlich nicht, das war eine Wertung, die mir nicht zustand. Ich dachte an die Dinge, die mir Liam über Rita erzählt hatte, und ich fragte mich erneut, ob ich wirklich mit ihr konkurrieren konnte. War das möglich?

Am nächsten Tag tauchte überraschend Niamh auf. Sie musste einen Moment abgepasst haben, in dem weder Liam noch Emma bei mir waren.

Niamh war die Schwester, die ich immer noch nicht richtig kennengelernt hatte: Ritas beste Freundin. Was wollte sie von mir?

»Darf ich reinkommen?«, fragte sie.

Ich öffnete die Tür weiter und ließ sie an mir vorbeitreten. Dann raffte ich die Wäsche zusammen, die ich auf dem einzigen Sessel abgelegt hatte, und warf sie auf meine Hälfte des Bettes.

»Bitte, setz dich.«

Niamh tat, wie ihr geheißen. Weil ich irgendetwas tun musste, stellte ich den Wasserkocher für Tee an. Dann drehte ich mich wieder zu ihr hin.

»Du bist schon gut akklimatisiert, was?«, fragte sie. Sie lächelte zum ersten Mal. Ich lächelte auch. Vielleicht war sie mir doch sympathisch. Es waren einfach nur die Umstände, die mich vorsichtig sein ließen. Sie schaute sich um. »Liam weiß nicht, dass ich hier bin«, sagte sie dann.

»Das dachte ich mir.« Ich gab je einen Beutel Tee in die Tassen und goss Wasser auf.

»Was hat er dir denn von mir erzählt?«

»Nicht viel.«

Niamh schwieg einen Augenblick lang, dann begann sie: »Mein Bruder hat jung geheiratet, weißt du, noch während seines Studiums. Rita und er waren ein wirklich schönes Pärchen.«

Ein schönes Pärchen … Ich schluckte. Es fiel mir schwer, ihre Worte nicht mit mir in Verbindung zu bringen, auch wenn das höchstwahrscheinlich nicht so gemeint war.

»Sie haben einander geliebt, wie ich es bisher nicht erlebt habe. Sie konnten in einem Raum voller Menschen sein, jeder an einer anderen Ecke, und du wusstest einfach, dass sie zusammengehören. Das musste dir niemand sagen.« Was sollte das? Ich war mir zunehmend unsicher, was ich von ihrem Besuch halten sollte. Sie schaute nachdenklich vor sich hin, dann fuhr sie fort: »Nach Ritas Tod hat mein Bruder sehr zurückgezogen gelebt. Áine sagte mir, dass sich das geändert hat, als du hier aufgetaucht bist.«

Ich lächelte schief und fragte mich, ob mich das trösten sollte. Eine Weile war es still, dann räusperte sich Niamh wieder.

»Ich bin hier, um euch zu helfen«, sagte sie leise.

»Es tut mir leid«, entschuldigte ich mich unwillkürlich. »Ich wollte nicht den Anschein machen, als ob ich …«

»Schon gut«, unterbrach sie mich. »Ich kann dich verstehen. Also, kann ich reden?«

Ich nickte, und dann erzählte sie mir von der Liebe zwischen Liam und Rita und davon, wie Rita an einer Depression erkrankt war. Einiges davon kannte ich ja bereits.

»Sie war aggressiv, und sie stichelte. Es war die Krankheit, aber es fiel Liam schwer zu erkennen, dass es nicht seine Schuld war, dass sie sich so veränderte. Er hat um sie gekämpft, aber das hat ihn auch kaputtgemacht. Als sie zum ersten Mal versuchte, sich das Leben zu nehmen, war es noch sehr halbherzig. Er hat sie rechtzeitig gefunden. Tatsächlich schien es danach wieder etwas besser zu gehen, aber es blieb nicht bei diesem einen Versuch, und dann kam der Tag, als sie mit dem Boot rausfuhr und Stunden später halb tot aus dem Wasser gezogen wurde.«

Das hatte er mir noch nicht erzählt. Es musste furchtbar gewesen sein. Niamh erzählte mir im Folgenden, wie man Rita ins Krankenhaus nach Galway gebracht hatte, wo Liam über einen Monat an ihrem Krankenbett gesessen hatte, bis man ihm nahegelegt hatte, die Beatmungsgeräte abzuschalten.

»Er musste die Entscheidung über Leben und Tod treffen, und auch wenn er wusste, dass sie sich nie wieder erholen würde, war es doch eine Entscheidung, die ihm nicht leichtgefallen ist. Außerdem hat ihm Ritas Vater Vorwürfe gemacht. Er war so fuchsteufelswild, dass er mehrfach auf Liam losgegangen ist. Liam hat sich nicht gewehrt. Er hat es über sich ergehen lassen. Danach habe ich meinen Bruder nicht wiedererkannt. Er war meist für sich. Vorher hat er nach Arbeit gesucht. Er hatte sogar eine Stelle in einem kleinen Verlag, aber die Betreuung von Rita hat zu viel Zeit beansprucht, also hat er es aufgegeben. Nach ihrem Tod blieb er gut ein halbes Jahr nur für sich. Erst danach gelang es uns, ihn ein bisschen ins Leben zurückzuholen, aber wir hatten immer den Eindruck, dass er uns aus einer gewissen Distanz betrachtete, als hätten wir keine wirkliche Verbindung mehr zu ihm.«

Ich trat ans Fenster, nachdem Niamh mich verlassen hatte. Sie hatte mir gesagt, dass ich mich jederzeit melden könne, falls ich noch eine Frage hätte. Momentan hatte ich keine. Niamh hatte mir neue Facetten von Liam und Rita offenbart, einen neuen Aspekt ihrer Liebe. Sie hatte mir von einem Pärchen berichtet, das ein Herz und eine Seele gewesen war, bis die Krankheit gekommen war, schleichend erst und ohne ihr wahres Gesicht zu zeigen, eine Krankheit, die sie alle zermürbt hatte, nicht nur Rita.

An einem der folgenden Abende blieb ich spontan bei Liam auf der »Seestern«. Ich schlief in meinem T-Shirt und bat ihn morgens um eins seiner Hemden. Er sagte mir, ich solle eines aus dem Schrank in der Kajüte wählen. Ich musste die Ärmel des Jeanshemds ein wenig aufkrempeln. Es war so lang, dass es mir bis über die Oberschenkel reichte. Im Sommer hätte ich es als Kleid tragen können, aber jetzt war es dafür zu kühl, also schlüpfte ich auch noch in meine Jeans, bevor ich rasch meine Jacke vom Vordeck holte, wo ich sie gestern leichtsinnigerweise hatte liegen lassen. Gott sei Dank hatte es nicht geregnet. Auf dem Rückweg sah ich Áine. »Guten Morgen«, grüßte sie mich fröhlich. »Kommt ihr zum Frühstück?«

Etwa zehn Minuten später saßen wir bereits in der Küche um den Tisch herum, der einmal gerade ausreichend war, jetzt aber viel zu groß wirkte. Ich schmierte mir einen Toast mit Butter, Áine streute zusätzlich Chips auf ihren gebutterten Toast, während Liam erst einmal nur eine große Tasse starken Tee mit Milch und Zucker trank. Der Tee schmeckte mir ebenfalls, und ich goss mir schon bald eine weitere Tasse ein. Áine grinste ein bisschen in sich hinein.

»Na«, fragte sie dann, »hattet ihr denn eine schöne Nacht, ihr beide?«

»Das geht dich gar nichts an«, gab ihr Bruder zurück.

»Vielleicht nicht, aber ich frage trotzdem.«

Die beiden Geschwister blickten sich an. Für einen Moment hatte ich ein Bild von ihnen vor Augen, wie sie sich früher um genau diesen Tisch jagten.

»Ich habe jedenfalls sehr gut geschlafen«, sagte ich und fügte hinzu: »Dürfte ich noch einen Toast haben?«

»Klar doch.« Áine stand auf. »Ich könnte dir auch ein Ei in die Pfanne schlagen.«

»Nicht nötig, vielen Dank.«

»Ich hätte gerne eins«, meldete sich Liam zu Wort.

»Das kannst du dir schön selber machen.«

»Hast du nicht eben angeboten …?«

»Unserem Gast. Ich bin doch nicht deine Dienerin.«

Geschwisterliebe. Ich schaute von einem zum anderen. Liam erhob sich murrend und schlug sich selbst ein Ei in die Pfanne.

»Jetzt hätte ich doch auch gerne eins«, sagte ich. Áine und ich lachten.

Emma

Emma musterte sich im Schaufenster. Sie konnte sich nicht deutlich sehen, aber sie erkannte das Kostüm, das ihre schlanke Gestalt faltenlos umschloss, den etwas mehr als knielangen Rock. Die Spiegelung war nicht deutlich, doch die Beleuchtung gab dem Ganzen einen weihnachtlichen Anstrich. Weihnachtlich war ihr allerdings nicht zumute. Sie stand hier, um Paul von seinem Arztbesuch abzuholen. Er hatte alleine gehen wollen, doch das hatte sie nicht zugelassen.

»Wir sind zusammen hier drin«, hatte sie gesagt und wiederholte es noch einmal, als sie einander gegenübersaßen: »Wir sind zusammen hier drin.«

Paul hatte sie nur müde angeschaut. »Das sind wir nicht, mach dir nichts vor. Außerdem werde ich es nicht zulassen.«

»Du kannst mich nicht daran hindern.«

Emma hatte sich gefragt, ob ihre Stimme klang wie die eines Kindes, das mit dem Fuß aufstampfte. Wenn er ihre Nähe nicht zuließ, dann hatte sie keine Chance, so einfach war das. Paul hatte die Stirn gerunzelt.

Nach dem Termin beim Arzt war ihr zum ersten Mal aufgefallen, dass sein Gesicht nicht mehr so beweglich war wie früher. Es war schwammiger und älter, dabei hatte er immer so jungenhaft gewirkt. Es gab Bilder, die sich einfach im Kopf hielten wie Fotografien, die man immer wieder ansehen konnte. Für Emma war es der Moment, an dem sie Paul getroffen hatte, nachdem er sich nicht mehr unter dem Gartenhaus verstecken musste, und der, an dem sie ihn verloren hatte. Sie sah beides wie ein altes Schwarz-Weiß-Bild vor sich. Beim ersten Mal hatte er halb auf dem Tisch gesessen, als sie hereingekommen war, größer als sie und den Raum füllend und zugleich so unglaublich elegant und akademisch. Er hatte diesen jungenhaften Charme ausgestrahlt, dieses Wissen, diese Klugheit. Sie war kleiner als er gewesen, nicht nur körperlich, und dann hatte er sie angesehen, und dieses Bild hatte sich in ihrem Gedächtnis eingebrannt: wie er den Kopf drehte, wie sein viel zu langes Haar etwas über seine Augen gerutscht war, wie er es sich aus der Stirn gestrichen hatte und ihr Herz dazu getrommelt hatte.

»Das ist Emma«, hatte irgendjemand gesagt, an den sie sich nicht erinnerte.

»Ich weiß«, hatte er erwidert, mit dieser warmen Stimme, die einen vertrauen ließ. »Sie hat mir das Leben gerettet.«

Sie erinnerte sich auch daran, ihn zum ersten Mal zum Arzt begleitet zu haben. Dass sie sich hilflos gefühlt hatte und nicht gewusst hatte, wohin mit sich.

»Kann man da nichts machen?«, stotterte sie danach.

»Nein, kann man nicht«, antwortete Paul.

Sie schluckte. »Was ist es?«, fragte sie dann.

»Ich will nicht darüber reden.« Paul wich ihrem Blick aus. »Es liegt wohl in unserer Familie. Ich bin nicht der Erste, aber ich will gewiss der Letzte sein.«

Er sah sehr entschlossen aus. Sie hatte es durchgesetzt, ihn auch bei seinem nächsten Arztbesuch begleiten zu dürfen. Auch diese Szene brannte sich in ihrem Kopf ein: Paul und sie nebeneinander vor dem Tisch des Arztes.

»Wir stehen das gemeinsam durch«, hatte sie danach mit farbloser Stimme hervorgestoßen.

»Wir können das nicht gemeinsam durchstehen. Das ist mein Leben. *Ich* werde sterben …«

»Es ist nicht gesagt, dass Sie …«, setzte der Arzt an.

Paul sah ihn nur an, und der Arzt verstummte.

Jetzt räusperte er sich, und sie bemerkte, dass sie ihn offenbar angestarrt hatte. »Entschuldigung. Es tut mir leid, ich wollte dich nicht anstarren.«

»Das muss es nicht. Ist schon in Ordnung.«

Das Zusammenleben mit ihm war im Weiteren nicht leicht. Immer wieder schloss er sie aus.

»Warum hast du mir nichts gesagt?«

»Ich wollte nicht, dass du dir Gedanken machst.« Paul wich ihrem forschenden Blick aus.

»Aber wir gehören zusammen. Ich sollte mir doch Gedanken machen, wenn es dir schlecht geht.«

Er schüttelte den Kopf. »Nein, das ist nicht deine Sache.«

Emma fühlte sich wie vor den Kopf gestoßen. Wut stieg in ihr auf, Wut darüber, was das Leben ihnen in den Weg gelegt hatte,

Wut über die Unausweichlichkeit von allem. Sie schluckte, suchte seinen Blick.

»Nein«, beschied er ihr knapp.

»Was meinst du damit?«

»Wir gehen nicht gemeinsam hier durch, das lasse ich nicht zu.«

Sie versuchte im Folgenden, an Informationen über seine Krankheit zu kommen, aber das schien kaum möglich. Jeff und Elisabeth gegenüber machten sie gute Miene zum bösen Spiel. Eines Abends lief sie Jeff über den Weg, der hinten im Garten eine Zigarette rauchte – was er im Übrigen jeden Abend tat, wie ihr jetzt auffiel.

Sie gesellte sich einen Augenblick zu ihm. Dass die Situation zwischen Paul und ihr heute angespannt gewesen war, war ihm offenbar nicht entgangen.

»Alles klar zwischen euch beiden?«, erkundigte er sich vorsichtig.

Emma schüttelte den Kopf, wandte dann den Blick ab und spähte über die Mauer hinweg zu den Feldern und zum Weideland hin, das sich dahinter ausbreitete. Für einen Moment saßen sie nur beieinander. Sie hörte, wie er rauchte, und versuchte, ihre Gedanken zu sammeln.

»Paul ist krank«, sagte sie unvermittelt und schaute zu Jeff hin. Er erwiderte ihren Blick unverwandt. Hatte er das gewusst, weil er doch irgendwie Mediziner war? »Es ist eine Muskelerkrankung. Ich habe versucht, etwas darüber herauszufinden«, fuhr sie fort und wartete dann wieder ab. Jeff rauchte seine Zigarette zu Ende und drückte sie vorsichtig im Aschenbecher aus, der hier hinten zu diesem Zweck stand. Emma überlegte. »Ich frage mich, ob du mir helfen könntest?«

»Ich?«

»Mehr über die Krankheit herauszufinden.« Sie sah, wie er die Stirn runzelte, dann nahm er das Zigarettenetui aus seiner Hemdtasche, steckte es aber gleich wieder unverrichteter Dinge zurück.

»Ich bin Tierarzt.«

»Ich könnte mir dennoch vorstellen …« Ja, der Gedanke war ihr plötzlich gekommen, doch er erschien ihr gut genug, um sich nicht davon abbringen zu lassen. »Bitte!«

»Ich versuche es.«

Jeff hatte mit einem Freund gesprochen, der Humanmediziner war, und der hatte einen Kollegen angeschrieben, der in einem Krankenhaus arbeitete. Die Informationen flossen spärlich, aber immerhin. Emma las, was er ihr gab, inhalierte die Informationen geradezu, aber das mögliche Wissen um die Krankheit erleichterte ihr Leben nicht. Sie hatte sich nie vor der Wahrheit gefürchtet, doch nun hätte sie hin und wieder gerne den Kopf in den Sand gesteckt und gar nichts gewusst. Pauls Krankheit war unerbittlich, und sie ließ ihnen eine andere Zukunft als die, die sie sich vorgestellt hatten. Es fiel ihr selbst schwerer als erwartet, von dieser Zukunft abzulassen. Sie hatten ihr Leben miteinander verbringen wollen, gemeinsam reisen, eine Familie gründen.

Es waren oft nur Momente, in denen man falsche Entscheidungen traf, Entscheidungen, die man nicht zurücknehmen konnte. Und dann gab es Momente, in denen man die Wahrheit sagen wollte und es nicht konnte.

Heute Morgen hatten Paul und sie gemeinsam gefrühstückt. Es schmerzte sie, wie erleichtert er über den vermeintlichen Tod ihres Kindes war. Es fiel ihr entsetzlich schwer, sich nicht zu verraten. Nach dem Frühstück hatte er sich zum Lesen in den Salon ihres Hotels zurückgezogen, und sie hatte vorgegeben, einen Spaziergang machen zu wollen. Sie hatte ja gewusst, dass er nicht mitkommen würde, und sie musste einfach allein sein.

Zuerst war sie ziellos durch die Straßen gelaufen, dann war sie zu Elisabeth gegangen. Normalerweise wäre Elisabeth mitgegangen, aber die hatte einer Nachbarin ihre Hilfe versprochen. Emma wusste nicht, ob sie nicht doch erleichtert war. Irgendwann hatte sie sich auf dem Weg zum Rock of Cashel befunden. Sie war froh, dass sie zumindest ihre Strickjacke mitgenommen hatte, denn es war recht windig, auch wenn es nicht den Anschein machte, als ob es regnen würde.

Wie oft war sie diesen Weg eigentlich schon gegangen? Mit Paul, mit Elisabeth, mit Jeff, ihrem Mann. Vielleicht war es ihr auch hier oben zum ersten Mal aufgefallen, dass etwas nicht stimmte mit Paul. Vielleicht hatte sich hier oben ihr Leben geändert, und sie hatte es gar nicht gemerkt – oder nicht wahrhaben wollen, weil man so etwas ja nicht wissen wollte, weil es wehtat, wenn Träume vor den eigenen Augen zu zerplatzen drohten.

»Dieses Kind sollte nicht leben.«

»Wie kannst du so etwas sagen?«

»Verstehst du nicht? Es besteht eine beträchtliche Chance, dass ich meinem Kind diese Krankheit weitervererbe. Das ist ein Todesurteil. Das Kind wird bei lebendigem Leib sterben, so, wie ich sterben werde. Ich werde sterben, egal, was ich mir erträumt habe … Meine Muskeln werden die Kraft verlieren, ich werde ersticken …«

Es war die Verzweiflung, die ihn so harsch sprechen ließ. Sie wusste das.

»Es kann dennoch leben wollen«, hielt sie dagegen. »Es kann ein schönes Leben haben. Wir hatten auch ein schönes Leben.«

»Gefasel.«

»Du *willst* doch leben.« Sie sah, wie er die Zähne aufeinanderbiss und entschlossen schwieg. »So ist es doch, Paul. Du willst leben.«

Seine Stimme klang bitter, als er sprach. »Meiner Krankheit ist es ziemlich gleich, was ich will oder nicht.«

Er war jetzt öfter aggressiv ihr gegenüber, wütend, bitter und ungerecht, so, wie sie ihn gar nicht kannte.

Tage später saßen sie in Elisabeths Garten in Cashel an der hinteren Mauer. Emma lehnte sich an Paul. Er hatte den Arm um sie gelegt. Sie dachte daran, was er ihr erzählt hatte. Sie musste immer noch schwer atmen, aber sie konnte nicht mehr weinen. Sie wollte nicht mehr weinen, und sie konnte es auch nicht. Sie war leer geweint. Da war nichts mehr in ihr. »Was machen wir jetzt?«

»Wir fahren weiter.«

»Kannst du das?«

»Ich bin nicht tot.«

»Aber …«

»Das war unser Plan, Emma. Warum sollten wir davon abweichen?«

Einen Moment lang sagte sie nichts. Sie dachte über ihre Pläne nach und darüber, wie es jetzt weitergehen würde. Paul hatte ihr etwas mehr von seiner Krankheit erzählt, aber sicherlich nicht alles. Jedenfalls glaubte sie das. Sie hatten sich nicht mehr alles gesagt in den letzten Tagen, und es war ein wenig gewesen, als würde ein Damm brechen. Sie spürte, wie er über ihren Arm streichelte. Sie legte den Kopf an seine Brust und lauschte seinen Atemzügen. Wo war diese Krankheit, die ihr Leben zerstörte? Dann bemerkte sie seinen Blick. »Warum schaust du mich so an?«

Paul lächelte sie an, fast ein wenig verschmitzt, so, wie sie ihn von früher kannte.

»Ich weiß es nicht.« Er holte tief Luft.

Am Ende hatte sie an seinem Bett gesessen, während sein Atem langsamer wurde, dann mehrfach aus- und wieder einsetzte. Sie hatte sich nie vorgestellt, dass sie ihm einmal beim Sterben zusehen würde. Der Tod war in ihrem Leben nicht vorgesehen gewesen, auch wenn sie Nächte in Bombenkellern verbracht hatten, wo es sich angefühlt hatte, als säße der Schnitter stets auf der eigenen Schulter.

33. KAPITEL

Emma hatte mir Teile ihrer Geschichte erzählt, aber je mehr sie erzählte, desto besser verstand ich, dass da noch etwas Wesentliches fehlte. Sie hatte mir nicht von Lizzie erzählt.

»Ich habe damals einen Fehler gemacht«, sagte Emma an diesem Abend leise. »Es gab da etwas, über das wir uns nicht einig waren.«

Ich hielt still und schwieg. Mir war bewusst, dass ich ihr Zeit lassen musste.

»Paul und ich hatten uns immer ein Kind gewünscht«, fuhr sie fort. »Zu Beginn der Reise waren wir einige Jahre verheiratet, und in Cashel stellte ich fest, dass ich schwanger war. Wir waren beide überglücklich. Dann kam die Krankheit.« Sie seufzte. »Paul redete im Laufe der Zeit mit verschiedenen Ärzten, und es war irgendwann klar, dass das Kind …«

Mein Vater, dachte ich.

»Dass das Kind die Krankheit auch haben konnte. Das hat ihn fertiggemacht.« Sie starrte für einen Moment ihre Teetasse an, machte aber keine Anstalten, etwas zu trinken. Stattdessen schob sie das Gefäß mit spitzen Fingern von sich weg. Ein scharrendes Geräusch war zu hören.

»Hattest du denn nie Angst, dass mein Vater die Krankheit haben könnte – oder ich?«, fragte ich.

»Doch, und ich war heilfroh, als sich herausstellte, dass alles gut ist.« Sie schwieg kurz, dann fuhr sie fort: »Als wir dann wieder in Cashel waren, sagte ich ihm, ich hätte das Kind verloren. Auch das grämte ihn, doch ich wusste mir keinen anderen Ausweg. Ich verlangte, dass Elisabeth meine Lüge stützte. Sie tat es, aber sie war dagegen. Ich fürchte, das war der Moment, in dem unsere Freundschaft zerbrach. Ich weiß nicht, ob sie mir je verzeihen kann.«

Emma starrte eine Weile nur vor sich hin. Ich beschäftigte mich damit, mir Tee nachzuschenken, obwohl ich längst genügend hatte. Meine Hände zitterten. Eine hatte gelogen, eine hatte aus Freundschaft lügen müssen, und aus etwas, was eigentlich nur ein kleiner Tropfen gewesen war, hatte sich ein reißender Strom entwickelt, der sich nicht mehr überqueren ließ.

»Du solltest mit ihr reden«, sagte ich.

Emma nickte. Ihre Augen schimmerten. »Das will ich auch«, erwiderte sie. »Ich will nach Cashel fahren.«

Wir brachen am nächsten Tag auf. Liam bat darum, uns begleiten zu können. Sheila Monaghan freute sich, uns drei begrüßen zu dürfen, und hoffte auf neue Geschichten. Damals hatte ich ihr nichts von Lizzie erzählt. Am folgenden Morgen waren Liam und ich früher wach als Emma, die die Autofahrt wohl etwas angestrengt hatte. Liam ging schon zum Frühstück runter, während ich noch bei meiner Großmutter reinschaute. Für einen Moment betrachtete ich Emmas entspanntes Gesicht auf dem Kissen mit dem rosa Streublumenmuster. Sie war eine schöne Frau, so hatte ich das bisher gar nicht wahrgenommen, mit hohen Wangenknochen, geschwungenen Augenlidern und weißem Haar, das, normalerweise akkurat frisiert, jetzt etwas zerzaust wirkte.

Etwa eine halbe Stunde später traf auch sie am Frühstückstisch ein. Wir ließen uns Zeit. Ich hatte ihr gesagt, dass ich sie zum Rose Café bringen würde. Liam und ich würden dann nicht dableiben.

»Lizzie und du, ihr müsst reden.«

Emma hatte genickt.

Etwas später fuhr ich in die schmale Straße hinein, in der das Rose Café lag. Emma stieg aus und blieb unwillkürlich stehen. Sie drehte sich zu mir um. »Das ist es, ja?«

»Ja.«

Sie drehte sich wieder zum Rose Café hin, und ich sah, wie sie tief Luft holte. »Weißt du, dass sich Elisabeth immer ein solches Café gewünscht hat, schon als wir junge Frauen waren?« Sie streckte ihre Hand aus, und ich bemerkte, dass sie sich am Zaun festhalten musste. Ich hatte meine Großmutter selten ängstlich erlebt, eigentlich nie, wenn ich es recht bedachte. In diesem Moment öffnete sich die Tür des Cafés, und Lizzie kam heraus.

»Geh zu ihr«, forderte ich sie auf.

»Ich …« Emma hielt sich immer noch an dem Zaun fest. Es schien mir, als würde sie wirklich darüber nachdenken, ob und wie sie loslassen wollte, dann gab sie sich einen Ruck. »Gehen wir.«

Ich sah, wie sie auf Lizzie zuging, wie sich die beiden begrüßten und die Eingangstür wieder geöffnet wurde. Die Glocke schellte melodisch. Lizzie und meine Großmutter verschwanden, und ich kehrte zum Auto zurück. Ich fragte Liam nicht, ich fuhr einfach zum Rock of Cashel und stellte das Auto dort auf dem Parkplatz ab.

Es war ein wunderbarer Morgen, der Himmel hell und klar, ein Gemisch aus Rosa und Blau, ein Spiel aus Wattewolken und Sonnenschein. Es war so früh, dass nur wenige Leute unterwegs waren. Als wir oben ankamen, war der Blick über die Ebene herrlich. Wollte ich mich ändern, wollte ich mich so akzeptieren, wie ich war? Ich hatte eine Ahnung, dass es eine Balance zwischen beidem erforderte, nicht der Wunsch, alles an sich zu ändern, sondern sich hin und wieder herauszufordern. Das machte die richtige Mischung aus. Ich würde nie so sein wie meine Freundin Jenna, aber musste ich das? Ich war schließlich nicht sie. Ich begegnete Leuten anders, war das schlimm?

Nach einer Weile drehte ich mich zu ihm. Er legte die Arme um mich. Er fühlte sich warm an, warm und lebendig. Ich legte meine Hand auf sein Gesicht und streichelte über seine Bartstoppeln.

»Denkst du, wir werden es schaffen?«, fragte er leise.

»Hm«, brachte ich hervor. Niemand konnte sagen, ob wir es schaffen würden. Wir hatten das Potenzial. Zweifelsohne. Wir hatten die Möglichkeit.

Wieder auf der Insel, entschieden wir uns, ein Erinnerungsglas für Liams Frau anzulegen. Sie waren entschlossen und voller Zuversicht in ihr Leben gestartet, und sie hatten schreckliche, aber auch schöne Stunden miteinander geteilt, bis ein Biest namens Depression alles geändert hatte. Bei allen Vorstellungen, die ich mir je zu meinem zukünftigen Mann gemacht hatte – und das waren viele gewesen, und sie hatten sich im Laufe der Jahre natürlich zu einem gewissen Grad geändert –, war die sicher nicht dabei, dass ich einmal die Zweite sein würde, aber es fühlte sich nicht schlimm an.

Ich begleitete ihn, während Liam die richtigen Erinnerungsstücke für Rita zusammensuchte. Er nahm sich Zeit dafür, wählte sie sorgfältig aus, und es schien mir, als würde in diesem Prozess Stück um Stück Gewicht von seinen Schultern genommen. Er sammelte die bunten Schnecken, die mir so gefielen, an dem einen Strand und kleine Blüten an einer anderen Stelle. Er hielt das Glas in die Luft und ließ ein paar Regentropfen hineinfallen, denn Rita hatte den Regen geliebt. Anfangs war er noch sehr schweigsam, doch nach und nach erzählte er immer mehr. Es waren traurige und schöne Erinnerungen, aber er stellte sich ihnen und verschloss den Schmerz nicht mehr in sich, genauso wenig wie er ihn vor mir verschloss, denn wir wussten jetzt, dass unsere Liebe stark genug war.

Früh am nächsten Morgen stand Liam vor unserer Tür.

»Ich will mit dir rausfahren«, erklärte er.

»Okay«, hörte ich mich sagen.

Liam trug wetterfeste Hosen, ein kariertes Hemd, darüber einen Aran-Sweater, und wetterfeste Schuhe. Ich suchte diejenigen meiner Wanderklamotten hervor, die am ehesten an das, was man unter wasserfest verstand, herankamen, und flocht meine Haare zu einem Zopf, wie ich ihn wohl seit der Schule nicht mehr getragen hatte. Als wir auf die Straße traten, war alles noch wie ausgestorben. Der Wind ließ Wäsche auf einer Leine hin und her wirbeln. Ich folgte Liam den Weg zum Hafen hinunter, wo die Boote wie immer fest vertäut waren, und dann an einer langen Reihe Boote entlang. Die »Seestern« war das letzte Boot in der Reihe, holzfarben und blau. Liam sprang hinüber auf das Deck und streckte mir die Hand entgegen. Ich zögerte nicht. Seine Hand fühlte sich warm und fest an, meine eher kalt. Auf dem Boot nahm mein Körper den Rhythmus der Wellen in sich auf. Liam ließ den Motor an, um aus dem Hafen hinauszutuckern, und setzte dann die Segel.

Während ich ihn beobachtete, wirkte er wie eins mit dem Boot, und er kam mir auch irgendwie glücklich vor. Gemeinsam fuhren wir an eine Stelle, die Rita besonders geliebt hatte. Wir setzten den Anker und versenkten das Glas. Danach blieben wir noch eine Weile dort. Wir redeten nicht. Wir hielten uns in den Armen und spürten den Wind und die Sonne und dass nichts jemals ein Ende hatte.

Sehnsuchtsziel Sylt:
Der Auftakt der großen Saga
um ein Café in Keitum

ANKE PETERSEN

Der Kaffeegarten

Salz im Wind

Obwohl sie ihre Eltern früh durch eine Sturmflut verloren haben, wachsen die Schwestern Matei und Elin behütet und geliebt beim Kapitäns-Ehepaar Paul und Anna Hansen auf. Als Paul jedoch Anfang 1914 überraschend stirbt, stellt sich heraus, dass kaum noch Geld übrig ist. Anna beginnt, Gästezimmer an Künstler zu vermieten, und entwickelt gemeinsam mit den Mädchen die Idee, einen Kaffeegarten zu eröffnen. An einem wunderschönen Sommertag ist es so weit und das Haus endlich wieder voller fröhlicher Stimmen. Doch kaum ist das Glück zu den Hansens zurückgekehrt, ziehen mit dem 1. Weltkrieg erneut dunkle Wolken auf ...

»Das Rauschen der Wellen, der Duft der Rosen und viel Romantik – einfach zum Wegträumen ist diese Sylt-Saga von Anke Petersen!« *Anne Jacobs, Autorin des Bestsellers »Die Tuchvilla«*

KNAUR

Die große Sylt-Saga
um zwei Schwestern und ihren Lebenstraum
geht in den stürmischen 20er Jahren weiter

ANKE PETERSEN

Der Kaffeegarten

Die Farbe des Meeres

Der Kaffeegarten erstrahlt in neuem Glanz und bringt den Schwestern Matei und Elin den verdienten Erfolg. Elin ist glücklich, doch Matei zieht sich immer mehr aus dem Geschäft zurück und geht ganz in ihrer Malerei auf. Ihre Gemälde beeindrucken den Künstler Hannes von Bransbeck so sehr, dass er sie einem befreundeten Galeristen in Hamburg vorstellen will, der Kontakt nach Paris, Mailand und sogar New York habe. Als Matei sich entscheidet, Sylt zu verlassen und mit Hannes nach Hamburg zu gehen, kommt es zu einem schlimmen Streit zwischen den Schwestern. Aber kann eine ohne die andere wirklich glücklich werden?

Sehnsuchtsziel Sylt – Urlaub in Buchform für alle, die historische Familiensagas lieben.